纳粹在 1943 年 12 月 2 日发动的空袭让盟军措手不及，炸弹像雨点般掉落在这个防御不足的港口内，照明弹和防空炮火照亮了巴里的夜空

德国空军向拥挤的港口里那一排紧挨着的美国自由轮"悠闲自得"地扔下了炸弹

受损货船上成千上万吨燃油倾泻到海里，火焰以燎原之势在水面上迅速蔓延，一艘又一艘船葬身火海

第二天上午,大大小小的救援船在漂浮着残骸的油污水面上搜寻幸存者,但打捞上来的大多是遇难者的遗骸

一名英国港口官员在查看阴燃的废墟,用英语和意大利语写的"禁止吸烟"的标志牌使得这一悲惨景象更加令人心酸

为了应对德国可能会发动毒气战的日益严重的威胁,艾森豪威尔将军请求派遣化学战顾问前来增援,于是斯图尔特·亚历山大中校被派往盟军总司令部参谋部

伯妮丝·威尔伯中校负责管理地中海基地的4 500名护士,她在盟军总司令部与亚历山大相识并赢得他的倾慕时,已经是个风云人物

尽管丘吉尔反对,亚历山大还是写了两份关于巴里芥子气伤亡情况的机密报告,并寄给了化学战研究中心医务处处长罗兹上校,提醒他重点关注伤员的白细胞计数的减少和全身影响的症状

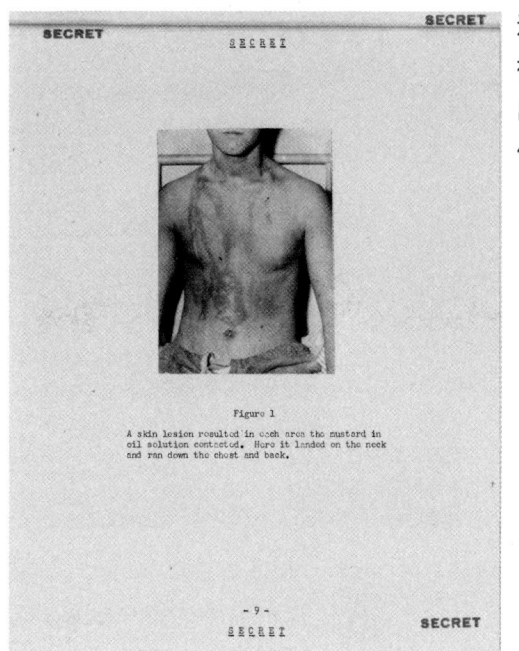

这名受伤的水兵说，巴里港发生爆炸后，他被淋湿过。从 8 天后拍摄的这张照片可以看出，由于接触了亚历山大所说的掺杂了芥子气的油污，他的皮肤伤痕累累

英国和美国军方官员发过数十封往来电报，要求对巴里芥子气事件和人员伤亡情况进行保密，这是其中一封电报

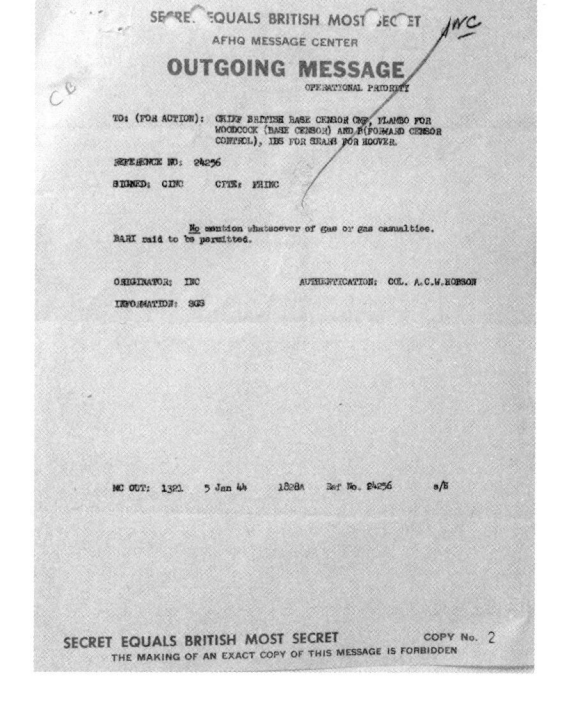

战争结束后，斯图尔特·亚历山大回到他在新泽西的家庭诊所，那是他父亲建造的一幢小石屋。此后30年，他一直是受人爱戴的医生和心脏病专家

1988年5月20日，在图森市高中生尼古拉斯·斯帕克（左）的努力下，以及参议员丹尼斯·德孔西尼（右）、比尔·布拉德利（后）的坚持下，亚历山大（中）因为他在军事和医学这两个领域的机密工作而得到了美国陆军军医局局长迟来的表彰

Jennet Conant

THE GREAT SECRET

THE CLASSIFIED WORLD WAR II
DISASTER THAT LAUNCHED
THE WAR ON CANCER

伟大的秘密

从"二战"芥子气泄漏事件到癌症化学疗法的发现

[美] 詹妮特·科南特 著　胡小锐 译

中信出版集团 | 北京

图书在版编目（CIP）数据

伟大的秘密：从"二战"芥子气泄漏事件到癌症化学疗法的发现 /（美）詹妮特·科南特著；胡小锐译. --北京：中信出版社，2021.6
书名原文：The Great Secret: The Classified World War II Disaster that Launched the War on Cancer
ISBN 978-7-5217-3039-5

I.①伟⋯ II.①詹⋯ ②胡⋯ III.①纪实文学－美国－现代 IV.①I712.55

中国版本图书馆CIP数据核字（2021）第085025号

The Great Secret: The Classified World War II Disaster that Launched the War on Cancer by Jennet Conant
Copyright © 2020 by Jennet Conant
Simplified Chinese translation copyright © 2021 by CITIC Press Corporation
ALL RIGHTS RESERVED
本书仅限中国大陆地区发行销售

伟大的秘密——从"二战"芥子气泄漏事件到癌症化学疗法的发现

著　者：[美] 詹妮特·科南特
译　者：胡小锐
出版发行：中信出版集团股份有限公司
　　　　（北京市朝阳区惠新东街甲4号富盛大厦2座　邮编　100029）
承　印　者：中国电影出版社印刷厂

开　本：787mm×1092mm　1/16　　插　页：2
印　张：21　　　　　　　　　　　　字　数：243千字
版　次：2021年6月第1版　　　　　　印　次：2021年6月第1次印刷
京权图字：01-2020-4966
书　号：ISBN 978-7-5217-3039-5
定　价：69.00元

版权所有·侵权必究
如有印刷、装订问题，本公司负责调换。
服务热线：400-600-8099
投稿邮箱：author@citicpub.com

在战争期间,真相总是被谎言包围,所以变得极其可贵。

——温斯顿·丘吉尔

战争最真实的一面总不在书里。

——沃尔特·惠特曼

目录

III　序言　小珍珠港事件

001　第1章
　　　巫师部队

031　第2章
　　　为时已晚

051　第3章
　　　穿秋裤的天使

065　第4章
　　　噩梦之旅

085　第5章
　　　特殊亲和力

107　第6章
　　　保密共识

127　第7章
　　　最终报告

149　第8章
　　　被遗忘的前线

167　第9章
　　　谜中谜

183 第 10 章
正面攻击

201 第 11 章
考验和磨难

213 第 12 章
真相大白

249 后记 迟到的正义

273 致谢

277 注释

313 参考文献

317 图片来源

序言

小珍珠港事件

  1943年12月2日，星期四，《时代生活》杂志的两名战地记者威尔·朗和乔治·罗杰来到意大利亚得里亚海沿岸的一座古老的港口城市巴里市。朗是一名资深战地记者，美国人，29岁。比他年长6岁的罗杰是一名资深摄影记者，英国人。令他们高兴的是，这里的酒吧和餐馆还在营业，而且生意非常好。筋疲力尽的两个人好不容易才在东方酒店抢到了一张空桌子。这家用玻璃幕墙装饰的酒店位于新市区一条宽阔的林荫大道边。他们咧着嘴，朝对方笑了笑，就瘫倒在摇摇晃晃的椅子上，一动也不想动了。他们的运气不错，可以在这里逗留两天，因此他们打算暂时放下手头的苦差事，稍做放松，享受一下当地的葡萄酒。

  巴里是普利亚区的首府，距离北部前线只有150英里[①]，但它似乎根本不关心世事。9月份，英国人未遭遇到任何抵抗，就占领了这座城市。市民们松了一口气，纷纷走上街头，庆祝从此可以受到同盟国阵营的保护。商店的橱窗里摆满了水果、蛋糕和面包，还有一些战争开始前就已经消失不见的美味佳肴。等待的顾客有的在愉快地高谈阔论，有的在讨

[①] 1英里≈1.61千米。——编者注

价还价。年轻的情侣们延续了几百年来的惯例，手挽着手，款款而行。虽然是冬天，但冰激凌摊贩的生意十分红火，这对记者们来说是个很不协调的景象，因为他们刚在离城区只有几英里远的地方，看见成群结队的妇女和儿童在路边的黑市乞讨。在目睹了一个又一个村庄被德军炸弹夷为平地、只剩下满目疮痍之后，记者们惊讶地发现，由于海岸边高崖耸立，这座中世纪的城市在战火中几乎毫发无损。它的著名地标——闪闪发光的白色圣·尼古拉大教堂（圣·尼古拉的墓穴所在地），看上去安然无恙。令人高兴的是，至少圣诞老人的尸骨没有受到这场可怕战争的打扰。

毫无疑问，这是因为盟军统帅曾下令不许破坏这个港口城市。巴里是地中海地区一个重要的服务中心，为美国第五集团军和英国第八集团军提供补给。一共有50万盟军参与了将德国人赶出意大利的作战行动，其中有一大半都隶属这两支部队。第十五航空队的新司令部就驻扎在海边那一系列宏伟的建筑中，这支部队的指挥官正是率军轰炸东京的詹姆斯·H. 杜立德将军。12月1日到达巴里后，他赶忙安置好部下，以便让他的航空队尽快从75英里以外的福贾机场升空。令杜立德懊恼的是，他只是一个配角。英国空军已经对意大利上空的德军形成了围追之势，而他的"飞行堡垒"——B–17远程轰炸机，以及B–24轰炸机和战斗机组的任务是做扫尾工作，进一步扩大对德军的战略轰炸。

已控制港口的英国人确信他们已经赢得了空中对垒，因此在当天下午，英国空军中将亚瑟·科宁翰爵士迫不及待地召开了一场新闻发布会，宣布巴里不可能受到袭击。他得意扬扬、信誓旦旦地告诉与会记者，英国皇家空军已经"击败"了地中海地区的轴心国部队。他还说："如果德国空军试图在这一地区采取任何重大行动，他们就是在自取其辱。"

港口呈现出一片繁忙的景象。大约30艘盟军的舰船（分属英国、荷兰、挪威和波兰）把防波堤水域挤得满满当当。4天前，美国自由轮约翰·哈维号与其他9艘商船驶进了港口。这些船紧贴海堤，沿着码头紧紧排列。它们彼此靠得非常近，几乎连成了一体。码头夜以继日地卸货，为接下来进军罗马这场大战做准备。鉴于意大利半岛崎岖不平的山区地形特点，盟军采取的战略是稳步推进，并计划在罗马以南约32英里的安齐奥发起海陆空军的协同攻击。向北推进的行动能否成功，那条长长的补给线是关键。由于迫切需要将战争物资源源不断地运送到最需要的地方，依惯例实施的灯火管制也暂时取消了，巴里港彻夜灯火通明。

朗知道，这些船的货舱里装有成吨的重要货物：食物、毯子、医院和战地救助站需要的医疗设备，以及简易着陆跑道需要的波纹钢、发动机和为杜立德的轰炸机准备的50加仑①航空燃料桶，等等。在上层甲板上可以看到各式车辆，有坦克、装甲运兵车、吉普车和救护车，它们都加满了油，随时待命。一队蒙着油布的卡车占据了道路，正隆隆地开进城区。码头边的泊位停满了船只，巨型起重机开着顶灯，正从船上不断地吊起捆好的设备。在宽阔的石头海堤旁，弹药箱堆积如山，预示着一场恶战即将到来。

由美国领导的解放意大利的行动已经进行了6个月，但进程与原计划有些不同。1943年7月10日，进攻西西里岛的"哈士奇行动"开始了。仅经过38天的战斗，盟军就占领了西西里岛，但德军在撤退时展开的报复行动也致使盟军伤亡惨重。随后，英国在9月3日发动了"湾城行动"；这既是对意大利本土发起的首次进攻，也是对欧洲大陆的首次进攻。伯纳德·蒙哥马利（昵称蒙蒂）将军率领的第八集团军越过墨西拿海峡，占领了意大利这只"靴子"的"足尖"，同时英国皇家海军的战舰和其他部队在卡拉布里亚会合。其实，这是一次掩护行动，目的是分散德军的注意力。9月8日，美军发起了"雪崩行动"，马克·克拉克将军率领的第

---

① 1加仑≈3.79升。——编者注

五集团军和英国第十集团军于凌晨3点半在那不勒斯以南的萨勒诺登陆。争夺滩头阵地的战斗十分激烈，但在黎明到来之时，他们终于抢滩成功。希特勒的军队被迫向山区撤退。

就在萨勒诺战役打响的头天晚上，北非战区盟军远征军的最高指挥官德怀特·D. 艾森豪威尔将军通过电台宣布意大利已经接受停战协议。这个时间选择真的太糟糕了。那天晚上，美军士兵从船上的扩音器里听到了这一爆炸性消息。他们只顾着高声欢呼，几乎忘记了眼前的重要任务，这显然削弱了他们的战斗力。随着意大利政府的无条件投降，意大利军队陷入了群龙无首的混乱状态。惊愕的意大利士兵现在被要求和他们之前的敌人——美国人和英国人——并肩作战，去对抗他们之前的盟友——德国人。战败的意大利军队被拆分得七零八落，他们对是否愿意参与将纳粹赶出国门的行动以挽回自己的荣誉也不确定，所以在随后的战斗中他们实际上发挥不了任何作用。

胜利并不像人们吹嘘的那么好。整个秋天，朗和罗杰都在报道盟军翻山越岭向罗马缓慢推进的作战行动。第五集团军在陡峭的岩石和稀疏的灌木丛中艰难前行，几乎毫无遮掩地暴露在沿途的德军碉堡和倾泻而下的猛烈炮火面前。蒙蒂部队的推进速度非常慢，他们需要穿过一个个果园和葡萄园，越过险峻的山脊，还要应对暴雨、涨水的河流和意志坚定的德国步兵的阻挠。从朗发表在《时代周刊》上的报道看，情况不容乐观：美国、英国、新西兰、加拿大和印度联军遭受了巨大的损失，推进速度异常缓慢。史无前例的降雨把道路变成了无法行进的沼泽，车辆成为一堆废铁，他们只好用骡子驮运食物、水和武器。天气一天比一天冷，军队的士气很低，没有人愿意在意大利冬天的泥泞道路上长途跋涉。来自斯克里普斯-霍华德报业集团的记者、勇敢的厄尼·派尔把这次行动称为"艰苦的行军"。

克拉克将军曾夸口说，他将率领部队在10月中旬攻占罗马。现在已经过了最后期限，而他们的目标仍遥不可及。在那不勒斯被攻占之后，德国人用定时炸弹在市区布设了饵雷，造成数百人死亡，其中大部分是平民。这次屠杀给了克拉克及其率领的美军一个深刻的教训：绝不能心存侥幸。"在这场战争中，我们不能留丝毫情面。"他写道，"这就是一个肮脏的游戏。"有消息称，盟军最高指挥部已有人提出疑问：这场不光彩的意大利战役什么时候可以结束？

夜幕降临，朗和罗杰端着酒杯，一想到战地采访任务，他们就高兴不起来。突然，空袭警报响了起来，当时是晚上7点35分。东方酒店的灯很快就熄灭了。之后，一阵炫目的亮光闪过，接着是一声可怕的巨响，然后是断断续续的炮击声。他们意识到，这个古老港口唯一的高射炮正在向入侵者开火。巴里的防御工事对敌机的回应并不猛烈，这似乎在他们意料之外。一位刚从北非调任的美国军官歪着头，淡淡地说："巴里的高射炮好像不够啊。"

突然，一阵震耳欲聋的爆炸声将他们掀翻在地。酒店前窗也被震碎了，玻璃碎片撒得满地都是。随后，爆炸声接连响起。多架德军Ju–88轰炸机从低空掠过市区，投下的几枚炸弹没有命中港口，而是落在不远处曲折而狭窄的老城区街道和白色建筑物上，浓烟和火焰从5个落点升起。

酒店内一片混乱。顾客们惊慌失措，纷纷躲到桌子底下或者蜷缩在角落里。在嘈杂的声音中，朗听到那名美国军官在呼唤他的朋友。一个女仆哭着跑上楼梯，然后又跑了下来。在酒店外面，惊慌失措的平民一路狂奔，涌入镇上仅有的几个防空洞，全然不顾脚底下是否有人跌倒了。一些脸色苍白的意大利人瞪大眼睛，一面挖掘废墟寻找自己的亲人，一面哭喊着："天啊！我的天啊！"

先行探路的飞机毫无征兆地投掷下金属碎箔，用于迷惑盟军的雷达。大量铝箔飘浮在空中，打着旋儿，落向地面，在一连串照明弹和曳光弹的照射下反射着幽灵般摇曳不定的光。燃烧弹像雨点一样降落在港口，如同绚丽的焰火表演照亮了天空，一瞬间黑夜变成了白昼。随后，德国人的炸弹呼啸着落入港口。舰船上的炮手们迅速就位，他们疯狂开火，试图击落敌人，但为时已晚，反抗已没有任何意义。巡逻的盟军战斗机还没来得及上前，来袭的敌机就已经掉转机头，飞入了茫茫夜色之中。虽然这场突袭持续了不到20分钟，但结果是毁灭性的。

晚上8点，朗和罗杰踏着满地废墟，沿街道向码头跑去。夜空中不时传来博福斯高射炮震耳欲聋的爆炸声，其间还夹杂着救护车的警报声。各种喧嚣声大得刺耳，持续不断。对面那些燃烧的船只将眼前的建筑物屋顶映衬得通红。他们向港口外的栅栏跑去，希望可以看清楚港口内的破坏情况。突然，一阵巨大的爆炸声响起。在随后的几秒钟里，所有噪声都从他们的耳朵里消失了。爆炸的冲击波将朗掀倒在地，他感到一股火山喷发般的热浪扑面而来。他抬起头，只见一团火焰翻腾而起，足有1 000英尺[①]高。朗和罗杰眼睁睁地看着300码[②]外的一艘油轮被炸得四分五裂，消失在烟雾中。"蒙蒂的弹药也没了。"罗杰说，他靠在一堵石墙上，摸索着拿起相机，拍摄了一张又一张照片。

朗听到鞋钉踩在柏油路面上的声音。他循着声音看过去，发现码头上的英国士兵已经放弃营救行动，纷纷沿海边逃跑了。在他们正前方的岸边，停泊着另一艘油轮，似乎马上也要爆炸了。朗对罗杰高声喊道："我们得赶紧离开这里。"

他们奔到附近一幢相对安全的楼房里，爬上屋顶，胆战心惊地蹲在那里。眼前的景象让他们目瞪口呆。朗后来给《时代周刊》发了封电报，对这个"狼烟四起的场景"进行了全面的描述：

透过烟雾，我们看到有8艘船在猛烈地燃烧。一艘军火船的船

[①] 1英尺≈0.30米。——译者注
[②] 1码≈0.9米。——译者注

头已经没入水中,船体吐着火舌,留下了红色、绿色和白色烟雾交织的让人伤感的抛物线。在一英里外的海面上,另一艘船正在静静地燃烧,显然是遭到袭击后被开到或者拖到那儿的。整个港口的中心区域都覆盖着一层熊熊燃烧的石油……

一枚炸弹炸毁了石油装卸码头的主管道,数千加仑原油涌入港口,巨大的火焰随即吞没了整个港口北侧。火焰在水面上迅速蔓延,从一艘船烧到另一艘船,即使是那些未被击中、只轻微受损的船只也很快葬身火海。船员们迅速解开缆绳,把船开到安全的地方,不然火势失控,他们就只有弃船逃生这一条路了。爆炸声不绝于耳,在短暂的间歇,他们不时地听到从火海深处传来的微弱的呼救声:"救命啊,救命啊!"罗杰一边记录着惨况,一边嘀咕着:"那里有很多可怜的家伙,他们即将死去。"

他们亲眼看见了这场战争在海面上造成的惨痛景象,但他们的独家新闻无法登上报纸,因为军方审查人员禁止媒体报道巴里遭到夜袭的消息。12月4日,艾森豪威尔在阿尔及尔通过电台发布的公报中只公开了若干细节,声称"造成了一些损害"。《纽约时报》刊登了一则关于这次轰炸的简短报道,但内容含糊不清、错误百出。《华盛顿邮报》在12月16日披露了这一消息,称这是自珍珠港事件以来盟军船只损失最为惨重的一次"偷袭",估计造成上千人伤亡,超过3.1万吨贵重货物损失殆尽,港口需要数周时间才能清理完毕并恢复正常运行,盟军的进攻行动也因此受到了严重影响。讽刺的是,第一份空袭报告实际上来自德国人。12月5日,柏林的一家广播电台因为德军的这次军事任务取得的巨大成功而扬扬得意,声称由于巴里港防护不力,他们的轰炸机轻轻松松就击沉了停在港口的众多盟军船只。超过105架Ju–88轰炸机参与了这次突袭行动,最终只损失了2架,其余所有飞机均安全返回基地。

12月16日，在华盛顿特区的每周新闻发布会上，怒气冲冲的战争部长亨利·L. 史汀生证实了《华盛顿邮报》的报道，并不情愿地透露真实的死亡人数比最初报道的还要多。纳粹共击沉了17艘盟军船只，其中包括2艘军火船和5艘美国商船，还有一些船只被击中或部分受损。海军武装防卫人员和美国水兵死伤惨重。史汀生对几小时前传出的有关巴里遇袭的消息感到十分愤怒，他只对突袭行动做了粗略的描述，拒绝透露导致火势加剧的军火船来自哪个国家，也拒绝提供任何其他细节。他对消息过早公开的恼怒让许多人觉得不正常。一位记者说，《华盛顿邮报》的那篇报道称德军精心策划、大胆实施的突袭行动让盟军措手不及，他问史汀生是否愿意对这篇报道发表评论。史汀生打断了这位记者的话，并厉声说道："不！我不会对这件事发表任何评论！"他随即终止了问答环节，大步走出了房间。

朗以目击者的身份对德国空军展开的致命袭击的报道，最终刊发在12月27日的《时代周刊》上，但罗杰拍摄的那些惊心动魄的照片未能刊登出来。该杂志的编辑还附上了一篇文章，介绍了政府有关这场灾难的"姗姗来迟且明显有些尴尬"的统计结果，并对新闻发布不及时进行了直言不讳的批评，这似乎赋予了这次事件更加重要的意义。"巴里遇袭是个坏消息，"该文章指出，"更糟糕的是，美国（或英国）不敢说出真相。"

无论在巴里发生了什么，所有迹象都表明这件事非同小可。谣言满天飞，小道消息说损失比战争部公布的数字还要大。有人猜测，美国讳莫如深的态度表明德军可能使用了某种秘密武器，比如由火箭驱动的新型滑翔炸弹。德军之所以使用这种武器，也许是因为它打击海上目标的效果非常好。当时在场的美联社记者沃尔特·洛根在报道中也隐隐透露了这种可能。同在现场的《芝加哥日报》资深记者罗伯特·凯西说："巴里具备成为焦点的所有条件。"只要看一眼那排延伸向远处的商船，就会知道德国人肯定会"在他们的作战地图上把这个港口用一枚红色大图钉标记出来"。记者们没有放过科宁翰在这次袭击发生前一天夸下的海口，这让英国皇家空军备感尴尬。还有人批评之所以损失惨重，责任在于美国海军，因为他们不懂得分散风险。巴里与敌军基地之间仅隔着一个狭窄的亚得里亚海湾，位于对方的攻击范围之内。而且众所周知，巴里的防卫非常薄弱。艾森豪威尔已请求参议院派遣特别委员会，对这次惨痛的失败展开调查，凸显了美国国会的重视程度。

总而言之，巴里空袭是一场悲剧，一些持怀疑态度的记者愤愤不平地称其为"小珍珠港事件"。它给志得意满的盟军当头一棒，而此前他们深信自己在意大利拥有压倒性的空中优势，对取得持续性的胜利信心满满。但是，面对危险的敌人，他们再一次估计不足，并为此付出了惨重的代价。对于这一次的教训，他们应该会牢记于心。负责美国商船队全球事务的战时海运局局长埃默里·斯科特·兰德少将显然是被问急了，他告诉《时代周刊》："在事态平息之前，你们还会听到很多关于那次空袭的官方通报。"但官方并没有再次发声，整个事件被蒙上了一层神秘的面纱。

在送出稿件的第二天，朗和罗杰重新加入了向北部的卡西诺山挺进的第五集团军。他们不会想到，要在将近30年后，世人才会知道在那个可怕的夜晚发生了什么；他们也不会想到，就在他们无助地站在那里，看着船只燃烧、数百名水手勇敢地面对充斥着油污的海水时，另一场悲剧正在酝酿之中。而且，由于是在战争期间，保密的需要大大加剧了这场悲剧的严重程度。当时，盟军正在为本次战争中最重要的一个行动——"霸王行动"做准备，他们计划在春天进攻被德国占领的法国。为了不影响这个行动的准备工作，美国和英国政府闭口不谈这次空袭事件。

第1章

巫师部队

———————

调令是半夜下达的。当第一通刺耳的电话铃声响起时，斯图尔特·弗朗西斯·亚历山大中校就醒来了。当第二通铃声响起时，他已经下床了。这成了他的第二天性。亚历山大总是睡得很浅，他把这一特点归功于他的父亲——一位传统的家庭诊所医生。每当深夜接到求救电话时，他的父亲就会不假思索地拿起雨衣和医疗包。亚历山大是一个典型的医生的儿子，不到10分钟，他已经整装待发了。

电话那头急促的声音命令亚历山大立刻向他的上司、第五集团军及北非战区阿尔及尔地区总医师弗雷德里克·A. 布莱塞准将报到。情况通报很粗略，只是一些简单的事实陈述。12月2日空袭发生后，巴里的医疗部门遇到了麻烦，而且有愈演愈烈之势。很多人由于不明原因迅速死亡，当地军事医院的医生也从未见过类似的症状，因此他们怀疑德国人肯定使用了某种未知的新型毒气。不明原因的死亡人数每天都在激增，因此英国向位于阿尔及尔的盟军总司令部发出了"红灯"警报。布莱塞称他们收到了一个紧急求助，他的原话是"专家建议"。幸运的是，他们正好有合适的人选。29岁的军医亚历山大是艾森豪威尔的部下，曾接受过化学战争方面的特殊训练。于是，他被立即派往现场。

　　作为一名军医，亚历山大看起来很年轻。他身高5英尺8英寸[①]，身材瘦削，长着一头金色的短发和一双淡褐色的眼睛。他的面容给人一种坦率、诚实的感觉，让人不禁想起"认真"这个词。他下巴旁边长着小酒窝，这让他看上去仿佛一个唱诗班的孩子，但两鬓有点儿稀疏的头发给他增添了一丝威严。他温文尔雅，说话轻声细语，在军队中很受欢迎。有些病人开玩笑说，亚历山大对待病人的态度更像一名儿科医生，而不是一个自愿接受战火洗礼的人。他刚刚参加过"火炬行动"（Operation Torch），这次行动的指挥官是赫赫有名的乔治·S.巴顿少将，他还亲眼看见了北非遭受的野蛮入侵。尽管生性安静、谦虚谨慎，但亚历山大已经证明了他的信心、坚定和足智多谋。他很有头脑，知道如何自我控制。

　　在巴里空袭的第二天，艾森豪威尔的司令部接二连三地收到消息，说德国空军对毫无防备的巴里港实施了空袭。最先收到的报告描述了巴里被炸得面目全非的惨状：城市和港口的部分区域仍在燃烧，被烧毁的船只只剩下残骸，桅杆和烟囱支离破碎，余火未尽，冒着阵阵黑烟。内港挤满了沉船，前来营救的拖船即便想绕过海堤寻找幸存者，也无从下手。伤亡不可谓不惨重。人们用渔网打捞起浮在水面上被烧得奇形怪状的尸体。那些令人不忍直视的残骸——胳膊、腿和躯干，毫无遮掩地被摆放在码头上，上面都是螃蟹咬过的痕迹。大部分遇难的水兵和商船船员的尸体要么找不到，要么没有办法确认身份，无法给他们办一个得体的葬礼。

*

　　亚历山大坐在盟军总司令部医务处阳光灿烂的办公室里，但一想到

[①] 1英寸＝2.54厘米。——译者注

巴里超负荷运转的医院无法救治这么多伤员,他就不寒而栗。看到桌子上那一摞报告,他就知道盟军在该地区的每一处医疗站(包括英国、新西兰、印度和意大利的医疗站)都因为持续数月的战斗而挤满了伤员,已经远远超出了正常的接诊能力。他的脑海中闪现出大规模激战之后熟悉的场景:抬担架的人手脚麻利地把伤员运进医疗站;白大褂上溅满鲜血的军医为伤员处理创口,给折断的胳膊或腿打上绷带,以便送到后方做进一步治疗;护士们挂起一个又一个血浆瓶,帮助虚弱的伤员维持生命;手术台总是收拾得很干净,准备迎接下一波伤员的到来。巴里的那些医疗站肯定同样如此,只不过伤员的数量会多得惊人。

但这只是他担忧的问题之一。他听说在损毁的货物中,还包括为5家正在筹备的美国野战医院配备的设施,其中一家医院就有1 000个床位,而且这些设施早就该就位了。所有医疗用品都装载在萨缪尔·J. 蒂尔登号自由轮上,但这艘船在这次袭击中被摧毁。这个消息让他十分沮丧。新来的医务人员露宿在离城镇有一段距离的地方,虽然很安全,但巧妇难为无米之炊,因为包括绷带、注射器和吗啡在内的所有物资都沉入了水底。在这种情况下,第二十六美国综合医院仓促地在12月4日投入使用,接诊部分空袭伤员。他们从意大利人那里借来了100张病床和一些床单、病号服,临时组建了一个医疗部门。此外,他们还从陆军航空队的一个仓库里找来了一些外科手术器械和少量的包扎纱布。雪上加霜的是,巴里的通信系统在袭击中被彻底摧毁,仍然处于瘫痪状态,这大大增加了救援工作的难度。医疗用品短缺的严峻现实无疑会加剧这场悲剧。亚历山大最先接到的命令十分明确,布莱塞告诉他,必须想方设法尽快补充损失的库存物资。

但现在,他觉得这可能是他们最不用担心的事情了。

阿尔及尔这座白色的城市在柔和的晨光中闪闪发光,似乎是一处远离战争的世外桃源。在下游的半月形港口中,各种大小和形状的船只依偎在水边，整幅画面看起来就像一张明信片。亚历山大急匆匆地向等待着他的吉普车走去，这辆车将把他送到市郊的梅森布兰奇机场。根据安排，他要在那里乘飞机前往巴里。他就是那个专家，而且只身一人，没有随行人员。

*

亚历山大出现在阿尔及尔绝非偶然。这虽然是艾森豪威尔将军的远见和他本人的意愿造成的一种偶然结果，但后来当他回想起让他出现在那里的一系列事件时，亚历山大总觉得这不是一个巧合。在这起偶然事件背后，命运之手操纵的痕迹清晰可见。

他生性安静，勤奋好学，完全可以在美国本土的一家医院或研究实验室里工作，等待战争结束。在战争打响后，作为一名医生，他完全可以把自己的职业作为免服兵役的借口，他听说不止一个同事因为被划归为"重要人物"而免于征召。但从一开始亚历山大就觉得自己必须参加这场战争，因此他很快就主动应征入伍了。

亚历山大参军的欲望十分强烈。他出生在一个自食其力的移民家庭。19世纪80年代，大批东欧犹太人为逃避饥荒、失业以及政治和宗教迫害来到了美国。亚历山大的祖父就是这股移民潮中的一员，他来自奥匈帝国的布拉迪斯拉发，是一个不名一文的小伙子。他努力挣钱，把兄弟姐妹和父母一个个地接到了美国。为了让家人过上更好的生活，他什么工作都做过。虽然贫穷，但他的自尊心很强。他喜欢美国的一切事物，尤其是棒球。尽管没有手套，尽管被打断了几根手指，他对棒球的热情却始终不减。他教导他的8个孩子，要对这块给予他们如此之多的新土地建立起一种深深的责任感。他的长子萨缪尔5岁就开始工作（卖报纸）了。通过辛勤的努力和孜孜不倦地在夜校学习，萨缪尔完成了大学和医学院的学业，又从一个不起眼的小镇医生成长为新泽西州帕克里奇的风云人物。他开了一家大型产科诊所，从医40多年间接生了数百名婴儿，还创办了该州第一家地区医院。他担任过该州医学会的主席、当地银行的行长，还当过几届市长。

小时候的斯图尔特·亚历山大经常跟着精力充沛、爱交际的父亲走亲访友，邻居们都知道萨缪尔医生有一个非常聪明的儿子。亚历山大唯一的理想就是追随父亲的脚步，他于1914年8月30日出生在一间小石屋里，这里也是他父亲的办公室和手术室。此后，他在父母的引导下快速成长。他认为上幼儿园纯属浪费时间，因而拒绝前往，这让当教师的母亲发现她的儿子学东西很快。在街对面的公立学校上学时，他跳了好几个年级，成为班里年龄最小、身高最矮的学生，但他的成绩一直名列前茅。为了迎接更大的挑战，或许也是为了经受更多历练，他被送到弗吉尼亚州的史丹顿军事学院，在那里完成了高中最后两年的学习。15岁时，他考入了达特茅斯学院。由于在科学研究方面表现优异，他刚上大四就被允许直接升入医学院。1935年，他以全班第一名的成绩毕业。医学院的课程只有两年，于是他又前往纽约的哥伦比亚大学医学院攻读医学博士学位。他研究生阶段的研究工作是在贝尔维尤医院完成的，研究方向是胸部疾病和神经学。毕业后他没有留校工作，因为大城市对他来说没有什么吸引力。在完成实习医师和住院医师的培训后，他自豪地回到位于帕克里奇的父亲身边，开始挂牌行医。

与父亲一同行医的美好日子只持续了几个月。1940年春天，德国开始了进军法国、比利时、卢森堡和荷兰的行动。当富兰克林·D. 罗斯福总统号召美国以全新的、更加认真的态度进入战备状态时，任何避免冲突的希望都化为泡影。亚历山大刚从医学院毕业就加入了预备役军官训练团，他告诉征兵委员会他将"随时待命"。当年11月，他被征召入伍，成为陆军医疗队的一名中尉。尽管他对此感到失望，但他的父亲十分满意。在第一次世界大战期间,他的父亲曾申请加入陆军医疗队,但没有成功,原因是他患有鼻中隔偏曲,即使做了矫正手术也无济于事,这件事成了父亲心中永远的耻辱和遗憾。为病人、社区和国家做奉献是父亲的生命准则,父亲一直教导亚历山大:"有些事我们必须去做。"年轻的亚历山大博士吸取了父亲的经验教训,也明白服兵役是父亲的一个未竟心愿,因此他觉得自己更应该好好履行这项责任。

他收拾好行李,与亲友道了别,然后去做例行体检。但他差点儿走了父亲的老路。亚历山大因为一种轻微的遗传缺陷而被认定为体检不合格。他的问题是复合性近视,事实上,他如果不戴眼镜,几乎什么也看不见。当军医告诉他他的视力是20/100、"远低于最低标准"时,亚历山大回头看了看视力表,并迅速记住了那一行行随机的字母,然后他一口咬定检查结果出错了。他摘下眼镜,要求重新做检查。这一次,他成功地通过了测试,成为一名现役军人。这是一件微不足道的小事,应该很快就会被他抛在脑后,但一个新的问题出现了:上前线后,视力问题是否会成为影响他的不利因素?随即,他马上开始思考另一个问题:如何去帮助像他一样的前线士兵呢?

进入第一师第十六步兵团医疗队(位于马里兰州埃奇伍德兵工厂附近的甘保德溪)后的几个月里,他一直在思考这个问题。新兵们毫无经验、紧张不安,不知道会在战场上遇到什么情况。兵营里四处散播着敌人迟早要打化学战的谣言。第一次世界大战期间,德军曾使用过毒气,因此人们普遍认为一旦战况不利,陷入绝境的希特勒就会通过化学攻击进行报复,虽然1925年的《日内瓦议定书》明确禁止使用生化武器。他们从一些资料中了解到装有毒素的炮弹会让人在痛苦中死去,窒息性气体会导致士兵们来不及逃离战壕就窒息而亡。恐惧沉甸甸地压在所有人的心头。

面对这种并不陌生的威胁,亚历山大突然想到,如果士兵们相信采取有效的防护措施足以帮助他们抵御毒气，他们可能就不会那么紧张了。从他当上预备役军官之日起，他就一直心存疑虑。在例行的防毒气演习中，他发现军队提供的防毒面具无法容纳眼镜的金属框架，他不得不摘下眼镜才行。但糟糕的视力检查结果一直横亘在他心头，提醒他在遭遇毒气袭击时，必须选择呼吸而不是视物。此外，作为一名医生，他觉得有责任确保他照料的所有士兵在作战时都能得到充分的保护。他决定写信给化学战研究中心探讨这个问题。他还提出了一个解决方案，并附上了几张草图。他的信给化学战研究中心的技术团队留下了深刻的印象，于是他们邀请亚历山大到位于埃奇伍德的研发中心做演讲。经过进一步的沟通和多次修改，亚历山大终于设计出一种可以戴在防毒面具内的新型眼镜。他的这项设计获得了专利，但他把所有权利都赠给了军队。这种新型眼镜很快就成为军队配发的标准军需用品之一。

不久后，化学战研究中心医学研究处处长威廉·D. 弗莱明上校找到了亚历山大。在问过亚历山大的个人情况后，弗莱明显然对他的履历感到满意，并说："我真的认为你应该加入我们。"弗莱明花了好几个月的时间才把亚历山大调离第一师。1941年秋天，亚历山大被调到了位于埃奇伍德兵工厂的化学战研究中心。在潮湿环境中进行了一年的两栖登陆训练后，他所在的团从马里兰寒冷彻骨的水域来到了炎热的波多黎各和马提尼克岛，最后在南卡罗来纳州和北卡罗来纳州登陆。不过，频繁的调动并没有让他感到后悔。他认为自己至少更好地了解到战斗中可能会遇到的各种危险，包括可能是最大的危险——固执的军官打着训练的旗号，恨不得淹死半个连队。一位少校不顾零度以下的气温，执意要让士兵们"坚强起来"，此举导致群情激奋。亚历山大参军并不是为了治疗那些本来不会发生，而一旦发生就会造成体质衰弱的支气管炎和肺炎。在生病人数过半之后，主任参谋查尔斯·范韦上校建议亚历山大出面进行干预。

"我干预的话，会不会惹上麻烦？"亚历山大吃惊地问。

"也许吧，"主任参谋说，"但这件事非你不可。"

亚历山大立即把全营隔离起来，暂停训练，并给陆军军医部长写了一份备忘录，指出即使寒冷的天气没有冻死这些士兵，那位少校的所作所为也会夺走他们的性命。医务督察员查明情况之后，同意终止这项训练。

命令亚历山大前往埃奇伍德的电报送达时，他已经做好了出发的准备，当天就踏上了征程。尽管他对化学武器几乎一无所知，但有机会参加防御有毒物质的秘密计划，似乎是一件"令人兴奋"的事情。

化学战研究中心（成立于1918年，第一次世界大战期间负责毒气与毒气防御装备的生产管理）在埃奇伍德兵工厂所在地建立了一个庞大的军火生产中心。1920年，国会将该机构永久地纳入美国军队，它的职责仍然是"调查、开发、制造、采购、供应所有烟雾和燃烧材料，及所有有毒气体和防毒设备"。后来，该部队获准使用专门的徽章（一条喷着火焰的绿色巨龙）和自己的口号（"我们用元素掌控战争"）。在随后的20年里，因为处于和平时期，这些准备工作一直备受争议。但化学战研究中心不为所动，仍致力于改进致命化合物的生产和投放系统。用罗斯福的话说，该部队的主要任务是维持美国的"防御需要"，也就是做好打化学战的准备。

尽管埃奇伍德兵工厂周围绿树成荫，还有一条波光粼粼的小河，但这个地方一点儿也不吸引人。化学战研究中心负责人威廉·N.波特少将说："每个人都必须做到在5分钟内戴好防毒面具。"兵工厂周围的空气中永远弥漫着一股刺鼻的气味，令人感到紧张不适。被分配到医学研究实验室后，亚历山大很快成为毒气领域的专家。带着他特有的动力和坚定的决心，亚历山大在图书馆花了数周时间自学，阅读了主要致命毒剂的所有相关资料。这些毒剂包括：氯气（一种强烈的刺激物，会损害眼睛、鼻子和喉咙），光气（一种价格低廉的致命毒剂，长期接触后会损伤肺部，并且没有有效的治疗方法），硫芥子气（一种可以蒸发的液体，无论是液态还是气态都具有致命性）。芥子气是德国使用的化学武器的主要成分，被称为"毒气之王"。在第一次世界大战中，它导致10多万人丧生，100多万人重伤。最有效的毒气是第一次世界大战快结束时研发出来的路易斯毒气，它是一种新型强效糜烂性毒剂，能迅速渗入人体。

亚历山大学会了如何通过气味辨识不同的毒气：室内游泳池的刺鼻气味是氯气，像刚割下的青草那样芬芳但有害的气味是光气，令鼻子发痒的大蒜气味是芥子气，像天竺葵一样微弱而令人作呕的甜香是路易斯毒气。除了嗅闻，没有其他实用的方法可以辨识大多数毒气，但这种方法具有很大的危险性和不确定性。士兵们需要掌握简单易行的检测方法。亚历山大刚到那里的时候，实验室正在完善一种新型探测设备，它本质上是一套用于识别野外气体的便携式化学装置。士兵们人手一张表，上面列有主要的化学战剂，他们必须记住这些可能预示着致命攻击的气味（见图1–1）。

毒气战的历史就是一部毒性不断增强的历史，同时催生了一系列迅速演变的防御措施。到第一次世界大战结束时，这已经变成了一种技术上的博弈。为了遏制不断革新的进攻威胁，军事战略家和科学家想出了各种各样的方法。医学研究实验室则一直专注于化学战的预防和伤亡护理程序的研究，不断加强有毒物质的防护措施，比如新型可调式防毒面具和防毒气浸渍的制服（包括内衣、袜子、兜帽、手套和绑腿）等。尽管这些救命的装备极大地降低了大多数毒气的杀伤力，但它们都有局限性。而且，任何装备都不可能百分之百地可靠。新型防毒面具依旧闷热沉重，易导致幽闭恐惧症，再加上体积庞大，携带起来极不方便，所以部队在作战演习中经常把它们抛在一边。研究人员竭尽所能，希望可以减少人们在袭击发生前的几秒钟里因为恐慌而在穿戴防护装备时出现疏

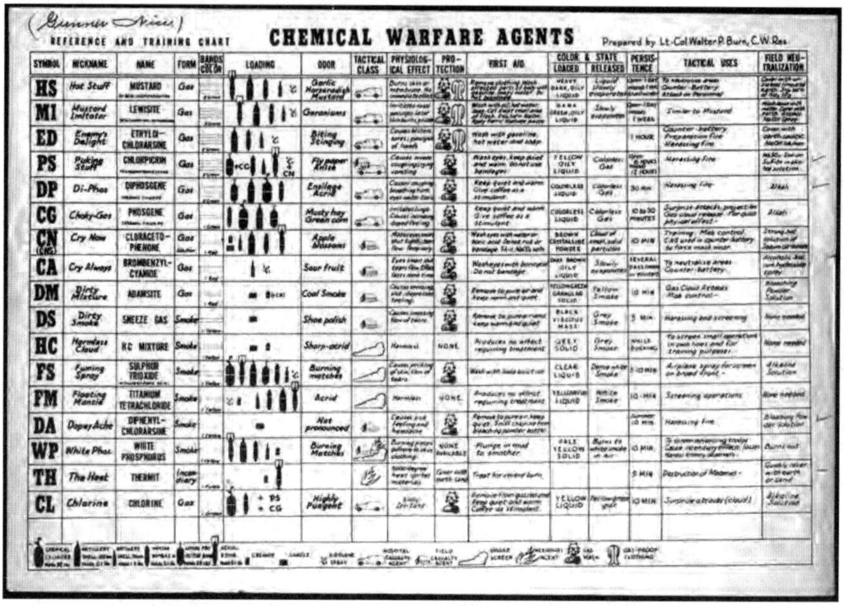

图 1-1　第一次世界大战期间主要毒气参考表，来自沃尔特·P. 伯恩斯。该表用于第二次世界大战开始阶段的毒气知识培训，旨在帮助部队了解各种毒气的投放方法、独特气味、生理效应，以及接触后应该采取的急救措施（William Frederick Nice Collection [AFC /2001/001 /01339], Veterans History Project, American Folklife Center, Library of Congress）

漏的可能性。"人们对窒息有一种天生的恐惧感。"化学战研究中心的一名官员无可奈何地说，"中士们为了躲避毒气，通常会径直跑进机枪掩体。"

亚历山大刚来的时候，实验室的首要任务是想办法保护脆弱的皮肤不受腐蚀性化学试剂的影响。他和同事们以氯为主要成分研发出一种软膏，可用于中和皮肤上残留的芥子气，避免细胞和组织受到破坏。他们做了多次改进，才证明其安全有效。最终，美国陆军批准了这项计划，并下令制造数百万支软膏送往前线。但路易斯毒气仍然难以应对，因为它含有砷，会引起全身中毒。为了解决这个问题，他们进行了一系列针对砷和重金属中毒的实验。他们设想，如果皮肤是一种非常活跃、可以快速吸收有毒物质的器官，那么它吸收治疗药物的能力也许同样强，于是他们决定研发一种透皮给药药物。几个月后，牛津大学的三名研究人员发现了抗路易斯药剂（British Anti-Lewisite，简称BAL），降低了路易斯毒气的危险性。1942年，士兵们人手配备一个M5防毒医疗包，里面有4支用于保护皮肤的软膏，还有一小支BAL眼药膏。

亚历山大对这项工作很感兴趣，他研究了敌人可能采用的所有毒剂，以及所有已知和推测可行的中毒伤员救助措施。他做了详尽的笔记，咨询了专家，并在动物身上做实验，评估各种毒剂的毒性和治疗方法。为了测试药效，他研究了多种给药方式，包括局部给药、口服和吸入给药，甚至对既有文献中非常模糊的参考资料也进行了跟踪研究。因为研究不受任何限制，所以他尝试了所有可能的方法，目的就是改进当前的化学伤害处理方法，尽量减少人们接触毒气所受到的影响，保护士兵、平民以及食物和饮水的安全供应。他甚至对实验室的兽医部门都了如指掌，该部门的唯一职责就是保护动物，尤其是保护美国的肉类资源。所有这些保密研究项目都在同步进行，亚历山大被深深地吸引了。当然，他从未想过要从事这样一种病态的事业，但毫无疑问，这是他做过的最重要、最刺激的一项工作。如果他能够在临床方面取得一些进步，为医学做出贡献，那么所有这些付出就都是值得的。

1941年12月7日发生的珍珠港事件大大加快了他的行动。在化学战研究中心各军事部门为作战行动提供物资、支持和培训的同时，医务处的任务变得紧迫起来。实验室正在努力完成现场测试，希望尽快将新型毒气防护装备送至部队。当化学武器重整计划在1941年年底启动时，美国国会开了绿灯。随着资金源源不断地流入，化学战研究中心的预算从1940年的区区200万美元增加至1941年的6 000万美元，1942年更是飙升至惊人的10亿美元。10多个计划建造的化学武器工厂（包括珍珠港事件发生前5天在阿肯色州新建成的占地15 000英亩[①]的派恩布拉夫兵工厂，以及丹佛附近正在建设的规模更大的落基山兵工厂）掀起了一股雇工热潮。1942年，该部军职人员从5 000人增加到6万人。合格的化学战军官十分短缺，这也导致医务人员需要接受的化学战伤员处理、护理程序和洗消方法等培训项目大大增加。于是，一个大型培训中心在宾夕法尼亚的卡莱尔兵营建成。亚历山大参与了课程编排和手册编写等工作，并带头上了几堂课。

此外，作为合作项目的协调负责人，他经常与国防科研委员会、从事国防工作的大型化工企业以及有权参与军事科研机密项目的大学科研骨干接触。化学战研究中心把他们称作"由化学专家组成的最高法院"，代表人物包括哈佛大学校长、国防科研委员会主席詹姆斯·布莱恩特·科南特博士，伊利诺伊大学化学系主任罗杰·亚当斯博士（他参与研发了二苯胺氯胂，一种可用作催吐剂或催嚏毒气的砷化物），以及耶鲁大学医学院前院长、国防科研委员会战时毒气中毒伤员治疗委员会主席弥尔顿·查尔斯·温特尼茨博士。

亚历山大走遍了美国，参加各种会议，观看新型化学武器展，包括镁、汽油和铝热剂燃烧弹（飞机空投后可以烧穿坦克的钢板），以及新型烟雾弹和烟幕弹（可以模糊敌人的视野，在战斗中发挥重要作用）。1940年5月，德国人之所以能成功地击溃马其诺防线，原因之一就是他们使用烟雾弹阻挡了法国人的视线，然后派士兵将TNT炸药塞入混凝土防御工事上方炮塔的炮眼，并用火焰喷射器向其喷射，从而摧毁了炮塔内部。化学战研究中心培训学校的训练部主任E.P.根佩尔上校对烟雾发生器的巨大改进感到自豪，他说："烟雾可以减少流血，你们的血。"

实验室主任调离后，弗莱明上校提拔亚历山大任该职务。他对亚历

---

① 1英亩≈4 047平方米。——编者注

山大说:"让一名少校负责医务处,似乎更好些。"这是一次意料之外的升迁,不仅职位提升了,责任也更大了。当时,亚历山大不到27岁,还没做足准备,就成了一个由优秀的科学家和医生组成的庞大部门的负责人。此外,部门内还有20名高学历的生物学和有机化学研究人员,年龄都比他大,经验也比他丰富。随着机构的快速扩张,人人都升了职,而且都在超负荷工作。如果说亚历山大刚到埃奇伍德时对毒气的了解非常有限,那么在过去10个月里他相当于参加了一个速成班,已蜕变为一名化学战专家。他后来回忆说,那是"一段激动人心的时光"。

*

1942年秋天,参谋长联席会议将注意力转向了化学战。除了与盟国共同制定更宽泛的政策外,美国也开始制定自己的化学战政策。它呼吁美英两国一起努力,帮助盟军做好"防御准备",并积累足够的有毒弹药,"一旦敌人在世界上的任何地方发动毒气战,就可以立即予以反击"。但对最近被提升为中将并被任命为"火炬行动"(同盟国攻占法属北非的行动)指挥官的艾森豪威尔来说,这一进展丝毫不能让他放心。毒气战政策依然语焉不详、含糊不清,虽然回答了他想到的部分问题,但还有更多问题没有答案,这让他觉得在某些情况下结果似乎不会太好。

尽管第一次世界大战在全球范围内引发的愤怒和反感情绪促使1925年《日内瓦议定书》的签署,禁止使用而不是禁止拥有生化武器,但对阵双方从来都不信任对方,也不认为这份协议可以维持下去。更重要的是,议定书并没有禁止双方竞相研发可怕的新型攻击性毒剂。尽管希特勒在1939年9月重申了不发动化学战争的承诺(他声称自己还是一名学员时,曾因芥子气炮弹而一度失明,所以他对毒气非常厌恶),但盟军情报部门找到了德国国防军秘密监督各种化学制剂的生产和储存的证据。

德国柏林和鲁尔的许多实验室当时可能正在研制毒气,据说在明斯特、温斯多夫和叙尔特岛的利斯特附近还有三个实验工厂。

日本人不仅研制了毒气,还在对中国的侵略战争中主动使用了毒气。1941年10月,一直没有签署《日内瓦议定书》的日本在长江流域的湖北宜昌投放了大量毒气,据报道此举共造成600名中国士兵死亡,1 000多人受伤。众所周知,日本人一直在研发攻击性毒气。从1937年开始,不断有报道说,日本人用芥子气和路易斯毒气把中国人从洞穴和地道赶到空旷的地方,然后由等在那里的军队将他们杀掉。宜昌毒气事件发生后,英国首相丘吉尔和美国总统罗斯福立即谴责了这一暴行,并郑重宣布,如果日本不停止使用毒气,他们将对其采取行动。揭露这一暴行的照片在美国报纸上刊登后,加剧了公众对日本的野蛮手段和残忍的化学武器的担心。

虽然化学战研究中心坚称,没有任何"可信的报告"能够证明在欧洲战场上使用过毒气,但在收缴的敌方印刷资料和指导手册中,很多都与毒气战有关。军事专家认为,这些小册子更有可能是纳粹惯用的"恐怖宣传"手段。军方向公众保证,他们会对随时存在的危险保持警惕。化学战研究中心的负责人波特少将自信地宣称,在毒气战问题上,美国不可能疏忽大意,不会给轴心国留下可乘之机。他在接受《纽约时报》的采访时说:"对付毒气的最好办法就是做好准备,而我们已经这样做了。"每当接到毒气袭击的报告时,他们都会进行彻查。每一个威胁,无论多么不确定和不可能,他们都会认真对待。

对于毒气威胁,丘吉尔从来不会掉以轻心。在第一次世界大战期间,他就是毒气威胁论的坚定支持者。他把德国的毒气研究称作"走上邪路的科学",并抓住一切机会提醒他的同胞注意防范毒气的威胁。10年前,他在英国下议院的演讲中指出,"英国政府一贯对使用毒气的行为深恶痛绝",但与此同时,他呼吁毒气研发工作不能停,以免因为落后而使自己陷入绝境。从那以后，他在化学战问题上的观点就从未改变。有关轴心国使用化学武器发动攻势的情报（这些情报并未得到证实）频繁出现，这使他更加坚信自己的判断是正确的。在1942年5月10日的一次广播中，丘吉尔对纳粹在克里米亚发动毒气袭击的传闻做出回应，并进一步阐明了他的态度。他直言不讳地表示，如果敌人率先使用毒气，他将不得不用毒气还击。他警告说："现在，我明确宣布，针对我们的盟友苏联无端使用毒气，就等同于针对我们使用毒气。如果我们确认希特勒实施了这一暴行，我们就将利用在西部取得的、正在不断扩大的显著空中优势，对德国境内的军事目标发动最大规模的毒气战。"

对志在赢得这场战争的丘吉尔来说，他认定的事情不会因为有不同意见就轻易改变。而艾森豪威尔和大多数美国军事领导人一样，在使用毒气的问题上表现得不太热心，他更喜欢罗斯福的克制态度和道义上有所保留的做法。毕竟，美国没有经历过第一次世界大战中德国工业化致命武器的惨痛打击，而每个40岁以上的英国人都对这段记忆刻骨铭心。所以，两国的军事原则肯定会有所不同。作为欧洲战区指挥官，艾森豪威尔对可能发生的毒气战深感畏惧，但他知道自己必须为所有突发事件做好准备；他也知道丘吉尔的演说虽然有时会过于讲究话术（有一次，他说丘吉尔"善于引经据典，上至希腊经典，下至唐老鸭，无所不包，只要能支持他自己的立场"），但丘吉尔的逻辑性是毋庸置疑的。盟军指挥官都不会天真地认为德军还没有做好打化学战的准备。

实际上，英美两国在化学战方面的密切合作开始的时间比美国参战还要早一年。双方在1940年冬天的谈判中达成了一项秘密协议，美国每月向英国供应200吨光气，用于在紧急关头击退入侵的德国军队。历史学家罗伯特·哈里斯和杰里米·帕克斯曼说："为了维护中立的形象，这些光气都是在美国的私人工厂（由英国资助）生产的，然后用在外国注册的船只偷偷运送到欧洲。严格地说，美国政府只在一个方面与这些光气存在正式的关系，那就是发放出口许可证。"如果德国人发现了个中隐情，这种秘密安排可能就会产生适得其反的严重后果；但从中也可以看出，盟军一贯喜欢把所有与化学战剂有关的事情都隐藏起来，以免引起注意，并在事后予以否认。

尽管化学战研究中心的领导人认为轴心国不太可能在北非战场上发动毒气战，因为战术和后勤上的困难会削弱它的效果，但也不是完全不可能，盟军至少应该做好准备。1942年春天，作战处达成了一致意见，决定快速提升在北非战场上的化学战能力，所有战区立即开始实施必要的防御措施。由于时间紧迫，化学战研究中心的高级官员全部投入到这项工作中：组建化学战营，提供防护装备和探测装置，配备训练有素的人员来管理这些装备。美国军队正在非洲大陆大规模集结，进攻行动的计划也在制订中，因此艾森豪威尔不能冒任何风险。他从位于伦敦诺福克酒店的临时司令部给陆军参谋长乔治·马歇尔发了一封电报，要求马歇尔派一名精通化学战的军医来担任他的参谋。

为艾森豪威尔配备参谋人员的命令传到了化学战研究中心位于埃奇伍德的基地，弗莱明上校把它转发给亚历山大，要求亚历山大从他的学员中挑选一名送出国。但在读了几遍电报后，亚历山大一时兴起，决定把自己的名字报上去。此前，他正在从事一项关于芥子气理化性质的研究。尽管他已经完成了足够多的实验室研究，但由于对战争没有直接的好处，这个有望成功的项目被搁置起来，让他沮丧不已。他想回到战场上，去履行医生治病救人的使命。但是，弗莱明拒绝了他的申请。在对教官的需求越来越大的时候，最重要的教官反而不在了，这是弗莱明无法接受的。但亚历山大坚持认为自己是最适合的人选，而且他年轻力壮，不愿意在整个战争期间一直躲在后方。最后，他的愿望成真了。1942年8月，亚历山大接到了被派往英国的命令。

但紧接着，他又被告知命令撤销了，这让已经来到宾夕法尼亚州印第安敦盖普的他进退两难，不知道陆军接下来会把他送到哪里。就在这时，他接到了范韦上校打来的电话。范韦是他在第十六步兵团服役时的上级，也是一名非常优秀的军官，现在在美国战争部工作。他没有通过正常途径联系亚历山大，这说明他已身居要职。范韦通知亚历山大，他已被选为巴顿将军领导的西部特遣队的化学战医学顾问。西部特遣队是火炬行动的参战部队之一，他们将完成3 000英里的奔袭，向大西洋对面的摩洛哥海岸发起进攻，这是美国地面部队第一次对德国和其他轴心国的军队采取行动。范韦告诉亚历山大，化学战应该不会发生，这只是一种预防措施，但亚历山大的职责将"随形势需要发生变化"。莫里斯·巴克尔上校是美国化学战研究中心的前任负责人，也是西部特遣队新任命的化学战负责人。范韦开玩笑说，只要能保证在遥远海岸的行动中取得胜利，巴顿肯定不介意在他的突击部队中增加"一个巫师团"。

1942年10月23日下午，亚历山大和西部特遣队的第一批部队登上了船，从弗吉尼亚的汉普顿港群起航。这支部队共有3.5万名士兵，分乘100多艘船，规模如此庞大的舰队让站在运输船围栏旁边的亚历山大倒吸了一口气。几天后，他们与另一支庞大的舰队会合，后者包含战列舰、重型巡洋舰、驱逐舰、航空母舰，还有一小队远洋拖轮、猎潜艇、扫雷舰艇、布雷舰艇和修理船。巴顿不止一次告诉他们，这是有史以来规模最大的两栖作战行动。在亚历山大看来，这支庞大的美国海军舰队就像漂浮在海洋上的一座城市，看起来灰蒙蒙的，透露出一股杀气。

这次横渡大西洋的行动并不顺利。作为巴顿将军司令部的一个专家小组（这个小组还包括一名反间谍军官、几名来自陆军通信队的无线电操作员和几名军械专家）的成员，亚历山大参加了这次代号为1848D的机密任务。出发前，他们被严令禁止在任何情况下向船上的其他人员透露各自的身份和任务。尽管未做明确说明，但亚历山大心中明白，如果他们被俘，美国战争部肯定不希望他们暴露自己的专长。然而，面对典型的由官僚主义造成的混乱局面，这艘船的指挥官因为被他们排斥在外而异常愤怒。他要求他们把1848D这个代号的含义告诉他，但亚历山大等人拒绝透露他们接到的秘密命令，于是这个红脸的大个子海军军官大发雷霆，大声吼道："好吧，先生们，看我怎么修理你们。"

他们8个人被打发去做粗活：一半人打扫厕所，另一半人做饭。通常，这些工作都是由资历更低的人负责的，但他们的抗议没有效果。亚历山大对烹饪一窍不通，更不用说为船上的全体人员做饭了，于是他说："是，长官。但我对这项工作几乎一窍不通，长官。"这句话不仅没有帮他免除这项苦差事，还导致他遭到了更严厉的斥责（"别跟我顶嘴！"）。在随后的日子里，他成了一名炊事员，在甲板下像蒸笼一样的厨房里工作，每天都要为5 000人做两顿饭。

11月8日清晨，西部特遣队聚集到摩洛哥西海岸（海岸线绵延200多英里）上的三个地点——萨菲、费达拉和迈赫迪耶，准备分头登陆。三天后，当亚历山大乘坐的船抵达卡萨布兰卡时，海战已经结束。巴顿的军队占领了港口，但在这三支特遣队中，他们遭到的抵抗是最顽强的。很明显，火炬计划的策划者低估了大规模进攻可能带来的伤亡。更糟糕的是，天气变得异常恶劣。随着暴风雨的到来，狂风、巨浪和雨水在港口肆虐。许多木质登陆艇被汹涌的海浪和坚硬的岩石砸碎，人员和武器装备纷纷落水，数十人被淹死，数以百计的伤员艰难地爬起来，但根本没有医疗支援，医院船、野战医院等通通没有。

亚历山大和军营里的其他几名医生利用少得可怜的医疗物资，尽可能地帮助伤员。第一天晚上，药品和食物都极其短缺。亚历山大回忆说，他们只能勉强应对，而且他们的护理方式"非常随意"。照明全靠手电筒，废弃的建筑、肮脏的小屋和海滩赌场被仓促地改造成救助站，担架一个接一个地摆放在那里。救护车好不容易开到海滩上，却陷入了沙坑，变成了敌军打击的目标。连续几天，他们一边与混乱和疲惫抗争，一边夜以继日地工作。在空闲时，他们只能席地而卧。许多重伤员失去了生命。尽管亚历山大身体强壮，但如此严酷的考验也使他的体力达到了极限。由于过度劳累，他发起高烧。不过在这之前，第四十八外科医院已经抵达，他作为第一批病人住了进去。

他一直待在巴顿将军的司令部，从事一些比较轻松的工作，直到12月底，他被选派去执行另一项秘密任务。艾森豪威尔的盟军总司令部副参谋长阿尔弗雷德·格伦瑟准将告诉他，他们正在筹备的卡萨布兰卡会议定于1943年1月14日至24日召开。这将是盟军领导人的最高机密会议，旨在协调下一阶段战争的军事战略。出席会议的有罗斯福、丘吉尔，以及自由法国部队的代表夏尔·戴高乐和亨利·吉罗，还有一大批盟军将领，全都是大人物。亚历山大将担任此次会议的主治医师，为这些重要人物的健康负责。这也是自第二次世界大战爆发以来，美国总统第一次冒险踏上他国领土，他的健康和安全将是第一要务。

根据前期计划，亚历山大受命调查会议地点是否有任何"潜在的危险"。他其实很想指出，盟军刚刚占领的卡萨布兰卡并不是一个理想的会议地点。最近几周，该地区几次遭到空袭，他们必须不时地熄灭灯光，等待敌军轰炸机从头顶掠过。计划制订者之所以把会议地点选在这里，可能是认为苏联领导人约瑟夫·斯大林有可能出席，但据称斯大林的注意力都集中在斯大林格勒保卫战上，所以他拒绝了参会邀请。毋庸置疑，坐落在海角上、位置远高于市区的安发酒店及其周围的别墅是亚历山大见过的最美丽的景色之一。这座装饰风格散发着艺术气息的四层酒店看起来就像一艘搁浅的豪华邮轮，白色的弧形立面俯瞰着辽阔的大西洋。这里的安全措施非常严密，整个区域周围都设有铁丝网，并且不止一道，而是三道。牵着警犬的宪兵在周边巡逻着，郁郁葱葱的园子里到处是橘子树和柠檬树，还有一簇簇颜色艳丽的粉色或紫色叶子花。

亚历山大对酒店及其周围进行了巡视，希望对所有潜在的危险都能做到心中有数。他仔细检查了每个房间以及厨房,看是否有害虫,还测试了水质,不过美国总统饮用的特制瓶装水已经从华盛顿空运过来了。他征用了救护车,安排三名医务人员全天值班。作为一项额外的预防措施,他还召集了27名来自陆军医疗队的人员随时待命。由于会议在结束前是保密的,准备工作需要通过极其严密的手段加以掩饰。于是,亚历山大竭尽全力掩盖他的任务的真实目的。但是,他的这些特殊要求和精心设计的托词引起了其他人的质疑和愤怒。心有不忿的代表们纷纷跑去询问他们的上级,回来后却一个个眉头紧锁,只得勉强接受他的要求。毫无疑问,他们巴不得他早点儿从卡萨布兰卡消失。

就在亚历山大认为一切就绪的时候,他突然想到,如果敌人的潜艇浮出水面并向他们开火,他们将束手无策。格伦瑟将军听说之后大惊失色,立即安排了一队驱逐舰在附近海域巡逻。空袭随时发生的威胁仍然没有解除,这令人焦虑不安。此外,还有一个问题:现场有这么多大人物,如果发生伤亡,救治的先后次序该如何安排呢?如果他把美国将军排在后面,优先救治英国的海军上将,那肯定是不合适的。他很快就熟练掌握了辨识飞机身份的技能,只要远处出现一架飞机,他就会暗暗祈祷,希望它不是敌军的飞机。

为期10天的会议进行得很顺利。将军们个个疲惫不堪,但即使有人生病,也是些小毛病。他为准备前往印度的马歇尔将军注射了疫苗,还治好了丘吉尔的首席军事助理黑斯廷斯·伊斯梅将军的咳嗽。英国首相和美国总统都各自带了私人医生,因此在陪同这两个重要人物的时候,亚历山大感觉很轻松,心情也很愉快。亚历山大并不是罗斯福政治才能的崇拜者,从未投票给罗斯福,但他惊讶地发现罗斯福给他留下了深刻的印象。罗斯福气质不凡,尽管坐着轮椅,却给人一种气宇轩昂、精神抖擞的印象。罗斯福渴望亲自到卡萨布兰卡港口督战,但参谋长联席会议否决了有可能导致他面临不必要危险的一切提议。尽管如此,他还是坚持前往作战区域视察军队，这是自亚伯拉罕·林肯以来第一位这样做的美国总统。

到拉巴特检阅巴顿的部队可不是一件轻松的事。罗斯福被小心翼翼地抬进一辆戴姆勒轿车，另有15辆车组成车队，车队两侧是载有特勤人员的吉普车，后面还有一架战斗机负责空中护卫工作。看到这一幕，亚历山大不由得对作为国家领导人的罗斯福产生了一种从未有过的敬意。快到拉巴特时，罗斯福被转移到一辆吉普车上。克拉克将军坐在罗斯福身后，显露出令人难以置信的孩子气和傲慢，完全就是电影中典型的指挥官形象。一切进行得非常顺利。罗斯福摆出一副英勇的征服者的样子，他高贵的头顶上俏皮地歪戴着人们熟悉的那顶灰色软呢帽，美军士兵们看到他后士气大振。亚历山大也不得不承认，罗斯福此行确实鼓舞了士气，对在一个充满敌意的海岸上艰苦生活了两个月的美军士兵来说，这就是一剂"强心针"。

虽然卡萨布兰卡充满了冒险和刺激，但亚历山大兢兢业业，并没有因为任务轻松而懈怠。1943年1月24日，星期日，安发临时兵营在一次公开展示之后便结束了使命。丘吉尔、罗斯福和两位法国将军在酒店草坪上会见了50名记者，讨论了他们秘密商议的结果。令所有人震惊的是，罗斯福宣布他们将要求轴心国"无条件投降"。丘吉尔一时也显得有点儿尴尬，因为他没想到罗斯福会在北非炽热的阳光下，脱口而出结束战争的条件。

既然秘密已经公开，亚历山大就赶紧给家人写了一封短信，告诉他们自己参加了这次具有历史意义的峰会。他还未弄清楚为什么会安排像他这样的"小人物"来照顾这次战争中叱咤风云的大人物，就已经迫不及待地想早日返回前线了。他在信中写道："我不知道自己能发挥多大作用，但我还是有用武之地的。而且，我已然有些寂寞难耐，希望可以去照料伤员。"令亚历山大吃惊的是，两周后他意外收到了罗斯福表彰他在会议期间勤奋工作的嘉奖令，在同时收到的信中罗斯福赞扬他"出色地完成了各项艰巨的任务"。

在徒劳地向东绕道来到克拉克将军在乌季达的基地后（由于驻军已经撤离，基地空无一人），陆军终于把他送到了他本该去的地方。1月29日，亚历山大飞到阿尔及尔，加入艾森豪威尔的参谋部，担任化学战顾问。他没有见到他的新上司，因为这位忙碌的战区司令官只参加了一天的会议就匆匆赶回司令部，去处理混乱的北非局势。

他与艾森豪威尔的第一次会面让他永生难忘，当时艾森豪威尔刚刚被授予四星上将军衔。在热情地欢迎了亚历山大和一群新军官之后，艾森豪威尔告诉他们，他希望盟军总司令部的任何人都不要只想着自己是美国人或英国人，而要把自己看作盟军这个整体中的一员。艾森豪威尔回忆说，这两个国家的官员此前在生意场上常会争斗不休，就像"斗牛犬遇见公猫"一样。但他又说，随着时间的推移，双方已经学会了相互尊重。接着，他用严厉的语气直截了当地告诉美方人员，他在任何情况下都不会容忍任何反英言论和反英情绪，因为团队合作、协调行动和"目标完全一致"是取得成功的必备条件。如果他觉得任何人有任何不利于盟国伙伴关系的想法，他都会亲自下令将其送回美国，而且会用一艘速度不快的货船。大西洋上到处都是潜艇，所以这肯定不会是一次愉快的旅行。亚历山大记住了这个警告，一直注意与他的英国同事们和睦相处。

亚历山大被派往艾尔伯特·肯纳少将及其副手厄尔·斯坦利上校负责的战区医疗部。肯纳少将是盟军总司令部的副主任医师，也是艾森豪威尔的私人前线特使。斯坦利头脑聪明、思维缜密，亚历山大觉得可以和他成为朋友。不出所料，斯坦利告诉他，他们目前不需要化学战专家。但紧接着，斯坦利又满面春风地说："我非常欢迎你的加入，说不定什么时候我们就会需要你。"

亚历山大被告知他将身兼两职。第一，作为北非战区医疗部的化学战顾问，他需要就美英两国化学战伤员的护理与治疗事项提供意见和建议。第二，他将担任化学战研究中心负责人的技术助理。他需要解决的一个难题是，在敌人没有任何公开行动的情况下，始终做好应对毒气袭击的准备。重中之重是，指导并持续开展化学防御训练项目，使部队对毒气威胁保持警惕，并确保所有单位都配备有反毒气工具包、设备和急救设施。此外，他还需要掌握治疗化学伤害的新方法，以及毒剂研发的最新进展及其扩散特点。

亚历山大的同事都是创新意识很强的医生。他的室友佩兰·H. 朗上校是约翰斯·霍普金斯大学医学院预防医学系主任，第一次世界大战期间，朗因参加美国陆军救护部队而被授予荣誉十字勋章。此外，朗还因参与磺胺的医学应用而获得荣誉。磺胺是一种抗菌药物，也是抗生素的前身，它的发明是医学史上最伟大的进步之一。在日本偷袭珍珠港10天后，朗飞往夏威夷，就首次在军事上大规模使用磺胺类药物写了一份决定性报告。曾在地中海战区担任首席医学顾问的哈佛医学院教授爱德华·D. 丘吉尔上校同样才华横溢、受人爱戴，并一心致力于改善前线医院的伤口护理效果。来到北非战场后，丘吉尔发现医生所依赖的血浆（一种血液替代品）导致很多人丧命，而且它并不能代替全血。虽然全血输血更复杂、更麻烦（全血必须用冷藏车运输，保质期也很有限），但他坚持认为这些努力是值得的。他先给陆军医务部长写了一份报告，严厉批评了这一现象。鉴于此举没有取得效果，他又想办法引起媒体对这个问题的关注，从而成功推动了改革，使全血输血在前线成为现实，此举大大提高了伤员的存活率。

一想到可以跟这些令人尊敬的同事朝夕相处，亚历山大就激动不已。他表示愿意俯首听命，尽最大努力融入这个集体。他们有很多事情要做。佩兰·朗刚上任就发现陆军医疗队一片混乱，各项政策也"毫无头绪"。

亚历山大暂且把他的本职工作放下，全力帮助这个小型美英联合参谋团队解决若干棘手的问题，包括医生严重短缺（他们获准从进入阿尔及尔的所有盟军飞机和舰船上"挖墙脚"）、固定床位不足，以及北非战区面临的日益严重的医疗供应不足问题。

最初的几个月，亚历山大打算将伤员从美国与轴心国部队交战的突尼斯战场撤回到盟军已经站稳脚跟的北非战场。他计划将伤员通过火车源源不断地运送到阿尔及利亚的奥兰，或者更遥远的卡萨布兰卡，后者是地中海的主要支援基地，那里正在建设大型医院。但事实证明，这个计划虽然看起来比较简单，但执行起来难度非常大。关键问题在于，想出这个计划的幕后"天才"显然不知道，火车需要沿着一条破旧的窄轨铁路，先缓慢地穿过阿尔及利亚，再穿过陡峭的阿特拉斯山脉，到达奥兰后还需要颠簸行进1 000英里，才能到达卡萨布兰卡。而且，基础设施大多已被摧毁，所以他们需要征用火车头和铁路线，需要将普通火车改装成救护车，还需要在北非内陆完成繁重的维修工作。由于距离遥远，伤员需要在火车上度过一天一夜，才能到达治疗地点。机动性不足的医疗系统显然更适合第一次世界大战时的静态战线，而不是这个时代的机械化战争。对他们来说，四处蔓延的战火和崎岖不平的地形是一大挑战。

随着滞留在突尼斯和比塞大的伤员越来越多，他们必须找到一种更有效的交通工具。如无必要，飞行员和机组人员绝不愿在炮火下逗留太长时间，因此，他们费了好大劲儿才说服航空队在前线地区接收伤员。经过漫长的谈判，双方终于达成了折中方案：地面上的军医最多有20分钟的时间把伤员送上C–47运输机，时间一到飞机就会起飞。

这简直就是一场马戏表演，所有人都忙作一团，但他们成功了。为了提高运送伤员的效率，亚历山大想出了一个办法，在运输机内部安装钩子，担架被抬上运输机后，可以用这些钩子对其进行固定。后来，运输机内部又装上了金属架，一次可堆叠18副担架，同时给护理人员留出位置。这使得24小时内可疏散的伤员达到350人。这项计划实施之后，将伤员运送到医院只需要花几个小时而不是几天，这大大增加了获救人数。

1943年2月，亚历山大还在突尼斯，美军第一装甲师在凯塞林山口大败于德国陆军元帅埃尔温·隆美尔的部队。经过几个月的沙漠作战，非洲军团、第十装甲师和第二十一装甲师已经成为战斗经验丰富的部队，并被证明是一个危险性远超预期的对手。但由于情报错误，毫无准备的美军防线被突破，德军的进攻势如破竹。在一个寒冷的雪夜，一座收治了600多名伤员的疏散医院接到命令，"赶快收拾行装逃命"。英国炮兵和坦克加入了战斗，在美军的支援下，隆美尔部队前进的步伐被阻断了。在随后的几个星期里，盟军重新集结。3月，艾森豪威尔任命巴顿指挥因凯塞林战役溃败而军心动摇的第二军团。毋庸置疑，巴顿是一名斗志昂扬的指挥官，部队很快就恢复了信心，重整旗鼓。与此同时，流动医疗队做好了全部床位被占用的准备。最终，德国人耗尽了燃油和补给，5月7日，突尼斯被盟军攻克。大量德国和意大利士兵（超过25万）投降，但美国陆军没有为他们准备充足的食物和关押场地，这给盟军总司令部带来了一系列新的麻烦。

在他热爱的医疗队搬迁之前，亚历山大出了一趟门，去拍摄609号高地。盟军费了好大劲儿，才拿下这个小山头——一个"毫无遮掩、易守难攻的地方"。美军伤亡人数超过7 000人，其中包含死亡、受伤、失踪和被俘的人数。在突尼斯战役中，占领这个高地比夺取其他任何目标付出的代价都要大。"希望他们可以尽早把这个国家交还给当地人，"他在家信中写道，"我乐见于此。"

*

盟军领导人在卡萨布兰卡达成协议：在清扫了北非的敌人后，他们将继续向西西里岛挺进，并从那里攻入意大利半岛。随着对欧洲大陆展开大规模进攻，战争进入了关键阶段。德国处于守势，但轴心国不断在意大利投入兵力，不肯轻易认输。敌人似乎正在积蓄力量，准备孤注一掷，击退盟军。有情报表明，德国最高指挥部可能会在不久的将来使用毒气，这使得英国人对化学战的恐惧再次加剧，尽管这些情报的内容含糊不清。化学战研究中心的一份机密备忘录证实，德军训练有素、装备精良，"有能力在任何时候大规模使用有毒化学品"。但是，考虑到盟军的空中优势，参谋长联席会议认为化学战的威胁很小，并告诉丘吉尔化学战"虽然不像此前那样遥远，但发生的可能性仍然很小"。但他们也不能完全排除这种可能性，"面对迫在眉睫的军事灾难，不排除希特勒会下令发动化学战"。

丘吉尔确信德国会率先在东线发起攻击，于是他在1943年4月21日临近午夜时分发表了一份前所未有的公开声明，重申如果近期有关德国重新装备化学武器的报道属实，那么英国将立即采取报复行动。丘吉尔郑重宣布，任何使用毒气的行为都会引发大规模的针锋相对的行动。然后，他气势汹汹地补充说："英国大规模释放毒气的能力已大大提升了。"

第二天早上，合众社刊发报道称，首相之所以出人意料地发表那份声明，是因为他感到"日益不安"，担心希特勒使用毒气的可能性在增加。一位不愿透露姓名的英国"军方消息人士"称："德国人就像日本人一样不遵守规则，虽然在德国人的成套毒气设备的外包装上都标有'元首下令后方可启用'的字样。"《纽约时报》发表了一篇类似的报道，声称纳粹"可能会使用致命的毒气"，并引用了英国情报大臣布伦丹·布拉肯的观点。布拉肯推测希特勒会像《圣经》中的参孙一样，在穷途末路之际让"文明的支柱随他一起倒塌"。在当天的华盛顿新闻发布会上，有记者提问，如果纳粹使用毒气，美国是否会效仿英国采取报复行动。美国战争部副部长罗伯特·P. 帕特森面露难色地回答说他们还没有讨论这个问题，并请记者们参考罗斯福早些时候发表的对日声明。

6月，有报道称轴心国打算利用毒气阻止盟军在意大利登陆，并正在为此"做一些重要的准备工作"。这让罗斯福震惊不已，他再次警告德国人不要使用这些"惨无人道的武器"。他声明，美国"在任何情况下都不会使用此类武器，除非敌人率先使用"。紧接着，他简要介绍了与英国类似的毒气政策。毫无疑问，盟军会以牙还牙。随后，罗斯福提醒并威胁德国："我们会对任何犯下此类罪行的人予以全面、迅速的报复……轴心国的任何成员一旦使用毒气，我们就会立即对该国全境的弹药中心、海港和其他军事设施予以最全面的报复。"

尽管这些警告措辞强硬，但它们并没有驱散人们对毒气战的担忧。德国用相似的言辞回应了盟国三番五次的威胁，吹嘘德军的毒气战装备远胜盟军，而且"做好了最细致的准备"。随着美英两国军队艰难地击退德军、缓慢地向欧洲战场推进，艾森豪威尔越来越担心希特勒会孤注一掷，发动毒气攻击。即使是有限的攻击，也会使已经陷入僵局的攻势停滞不前。这将进一步破坏盟军的补给路线，更不用说对士气造成影响了。

8月下旬，根据来自意大利的情报，艾森豪威尔提醒马歇尔将军，德国对他们的前盟友与盟国站在一起感到愤怒，并"威胁说，如果意大利转而对抗德国，就会对意大利使用毒气，并施以最恐怖的报复"。这也是向其他软弱的轴心国发出的一个强烈的信号：一旦背叛，就会受到严厉的惩罚。形势岌岌可危。在听到手下的将军们报告纳粹正在想方设法动摇意大利抵抗的决心后，丘吉尔在给罗斯福的一份备忘录中提到了"利用毒气对德军实施报复"的可能性。9月8日，也就是盟军进入意大利的前一天，参谋长联席会议让艾森豪威尔警告德国，若德国对意大利使用毒气，盟军将会"立即全面发挥空中优势并利用毒气对德国实施报复"。

在盟军总司令部，刚晋升为中校的亚历山大把注意力转向了意大利受到的化学战威胁上。截至1943年秋天，他从多个渠道得知，有证据表明敌人正在加紧准备化学战，而且这些证据出现的频率不断加快。据第五军审讯人员报告，他们听到德国战俘私下里谈论说，"阿道夫会在走投无路时使用毒气"。一份刚被破译的密电表明，德国军队将对所有防毒面罩进行升级。一些关于威力更大的新型毒气的谣言也流传开来。

亚历山大的工作之一是审查、解读收集到的所有化学战情报。他需要向艾森豪威尔提出建议，发现可疑的事态，并确定采取防御措施的合理时间，而所有这些都必须在很短的时间内完成。但意大利过去对化学战的依赖不仅使情况更加复杂，风险评估的难度加大，还让人们对该国隐藏的化学资源产生了不安和疑问。美国军事情报部门（G–2）发布了题为"试验性经验公告"的系列报告，详细介绍了在1935—1936年阿比西尼亚战役中意大利人对埃塞俄比亚人大规模使用芥子气的情况，并提醒人们注意，整个冲突期间利比亚境内一直都储存着意大利人的化学武器。此外，福贾的大型化工厂赛罗尼奥可以生产光气和芥子气，它自1941年以来一直处于德国的严格控制之下。

在审查西西里岛登陆行动的原始情报资料时，亚历山大发现了另一个令人不安的问题。在一份写给康奈利·P. 罗兹上校（新扩充的化学战研究中心医务处处长）的备忘录中，亚历山大报告说缴获物资中有大量未知的腐蚀剂。"可能是50%芥子气和50%二氯苯基胂的混合物。"他在报告中写道。他还说他将分析、确定其成分，"这种混合物可能是意大利制造的，我们知道意大利人早先就喜欢制造这类物质。至于德国人是否在制备这类物质，我还没有收到确切的情报。毫无疑问，所有人都知道他们拥有氮芥子气，并且对这种毒气已经进行了一段时间的深入研究"。

9月底，英国人一枪未发就占领了福贾，但德国人在撤退前炸毁了化工厂，并把他们囤积的芥子气弹扔进了港口，所以盟军未能缴获这些战利品。德国船只还将芥子气弹和其他战争物资丢弃在曼弗雷多尼亚港口外，因为他们知道，弹药沉到水下会使浅水区变得不安全，而打捞需要花费大量时间，这就可以破坏一个重要的供给渠道。德国国防军严令不得留下任何化学武器，以防在撤退时被缴获，同时避免给盟军实施报复行动留下任何借口。无论如何，有一点是肯定的：在激战正酣的意大利南部的普利亚区，毒气并不短缺。

来自欧洲各地的有关化学武器的情报让人们的心情实在愉快不起来。亚历山大不仅从中看到德国和其他轴心国正在大量生产芥子气等化学制剂，还非常清楚地看到，这些化学武器有可能被用来杀害犹太人等手无寸铁的平民。他后来回忆说："这些情报清楚地表明并证实了集中营里发生的一些事情。"当时，人们认为纳粹对战俘的处决方式无外乎枪杀、电刑，以及让战俘吸入一氧化碳窒息而亡。（利用毒气室和一种名为齐克隆B的氰化氢制剂有计划地屠杀囚犯的残忍行为尚未被发现。）但是，这些情报中隐藏的相关信息令他担忧。他担心纳粹在德国境内的屠杀行动的规模会不断扩大，他更担心他在第一师的那些朋友。他们是第一道防线，如果敌人发动毒气攻击，他们可能就是"第一批暴露在毒气之中的人"。

战争刚一打响，丘吉尔和罗斯福就认为德国人会使用毒气，并为此担心不已。丘吉尔和罗斯福希望他们多次发出的严正警告可以阻止敌人发动毒气攻击，这样他们就无须采取报复行动。但他们的谨慎策略并没有阻止事态的发展，现在他们别无选择，只能做出最坏的打算。为了确保可以迅速实施报复行动，美国战争部秘密授权在地中海区域储备可使用45天的化学战弹药。1943年10月，盟军总司令部遵照命令开始行动，在接下来的3个月里在意大利完成了1/3（15天）的弹药储备，并在奥兰和北非其他地区建立了可大量储存芥子气和其他化学武器的仓库。为了不让轴心国军队发现，他们对这些仓库进行了精心伪装。每个战区都装备齐全，以防备可能发生的突然袭击。艾森豪威尔回忆说，从那时起，"我们必须随身携带（芥子气），因为我们无法确定德国是否打算使用这种武器"。

1943年秋天,盟军开始往意大利运送毒气,将它们存储在靠近前线的特殊弹药库中,做好随时投入使用的准备。经过慎重考虑,白宫批准将一大批毒气弹储藏在福贾前线的一个隐秘地点。他们深知这是危险之举,一旦被发现,敌人就会以此为借口,发动一场全面的化学战。

第 2 章

为时已晚

―――――――

1943年12月7日下午5点，斯图尔特·亚历山大乘坐的飞机降落在巴里机场。看到满脸紧张、急匆匆地穿过停机坪前来迎接他的英国官员，他立刻知道事情有些不对劲儿。他们解释说，有消息称亚历山大的飞机刚刚坠毁，机上人员全部遇难。这个消息一传到阿尔及尔的盟军总司令部，就引起了相当大的恐慌。他乘坐的战斗机虽然只晚了5分钟降落，但他的安全抵达还是让所有人都松了一口气。该地区的英国皇家陆军医疗队的高级军官约瑟夫·H.贝利上校和一众英国医院的负责人热烈欢迎亚历山大的到来，但他们的行为举止清楚地表明，他们迫切希望亚历山大尽快开始调查许多年轻的海军士兵突然死亡的原因。"很显然，他们十分焦虑。"亚历山大回忆说，"随后，我立即被送往医院。"

当他们乘坐的汽车从市区穿过时，亚历山大发现整座城市几乎空无一人。虽然只有5枚炸弹落在巴里市最古老的城区，但由于空间狭小，当地的石灰岩质地松软，这个中世纪的城区已无法承受爆炸引起的强烈回响。一些地方的破坏程度无异于世界末日：屋顶塌落，地基深陷，墙壁化成了一堆堆尘土。在港口周围7英里的范围内，几乎没有一扇窗户的玻璃是完好无损的。在一枚炸弹的落点附近，两个街区都成了废墟。那座古老的大教堂有好几次差点儿被炸弹命中，虽然千疮百孔，但还是幸存下来，而与它毗邻的房屋则全数被摧毁。数百名居民当场丧命，更加不幸的是，由于拥挤的人群堵住了出口，许多妇女和儿童被爆裂的水管喷出来的水淹死在防空洞内。一名消防员听到防空洞里的人拼命地呼喊"水！水！"后，把他手里的水龙带对准了那个狭窄的出口，却不知道那些人正想方设法从水中逃生。

袭击过后，巴里一下子倒退回中世纪的生活水平。形势十分严峻，饮用水和食物极其匮乏。水管破裂导致污水横流，却无人修复，于是老鼠肆虐，疾病也开始蔓延。一些人带着家人和几件随身物品，朝城外逃去。短短几天内，通往城外的道路上就挤满了逃荒的平民。

第九十八英国综合医院在这次袭击中奇迹般地幸存下来。该医院位于一个包含20栋砖砌建筑的尚未完工的大型建筑群中，距离港口有15分钟车程。这所医院的前身是巴里综合医院，它是一座大型医院（纳粹喜欢建造规模宏大的医院），在1943年10月被盟军征用。除了宽敞的病房外，它还有外科大楼、实验室、X射线室、小教堂、行政办公室、住宅用侧楼和其他未完工的建筑。在它的高墙之内，另有几家小型野战医院，包括第十四联合综合医院、第三新西兰综合医院和第三十印度综合医院。主建筑群呈马蹄形排列，中间是一条长长的通道。救护车可以沿着这条道路穿过外围的岗亭和警卫站，直接进入医院中心区域。

由于第九十八英国综合医院与码头相距不远，1943年12月2日晚上值班的工作人员听到了从港口传来的密集的枪声和防空火炮声。一些护士和护理人员甚至停下了手头的工作，去观看这一可怕的景象，直到一阵巨大的爆炸声吓得他们四处寻找掩体。有那么几秒钟，他们以为自己会被炸得粉身碎骨。第三新西兰综合医院的护士E. M. 萨默斯·科克斯回忆说："每一次爆炸发生后，大楼都会咯吱作响，就像暴风雨中的船一样摇摆不定。门从铰链上脱落下来，窗户被震碎，用来堵住窗户的砖头像冰雹一样滚落下来。"一声巨响之后，冲击波摧毁了供电系统，医院陷入一片黑暗。护士们纷纷跑进病房，在发现没有病人被玻璃或掉落的碎片击中后才松了一口气。他们赶紧把病床挪到房间中央，把散落在角落和走廊里的破碎家具清理干净。光秃秃的窗户即使临时遮盖上了篷布，也无法阻挡12月刺骨的寒风穿堂而入。当第一批伤员接二连三被送到医院来时，医护人员还在忙着清扫玻璃、点亮防风灯。

成百上千血迹斑斑、蓬头垢面的伤员源源不断地沿着大道被送进来，有水兵，也有商船船员，长长的队伍让人不寒而栗。获救前，他们已经在冰冷的海水中待了好几个小时，身受休克、浸泡和冻伤的折磨。有的伤员虽然不需要别人的帮助，但脚步也有些踉跄。有的伤员用简易吊腕带吊着骨折的胳膊，有些拖着受伤的脚，需要他人搀扶才能行走。他们挨在一起，瑟瑟发抖，脸上沾满了煤灰，制服破烂不堪，浑身湿透，散发着恶臭。几乎所有伤员身上都覆盖着一层厚厚的黑色原油。躺在担架上的重伤员排在队伍的最后，他们都是被救生艇从海水中救上来的，先在英国皇家海军维也纳号舰船上匆忙设立的临时伤员收容站中接受急救，再由吉普车、卡车、货车（只要是车就行）送往医院。其中许多人是从燃烧着的船上跳下来的，或者是从水面上的团团火焰中逃脱的，都有严重的烧伤。尽管现场人声嘈杂，有医生下达命令的呼喊声、人们惊恐的哭叫声和用各种口音或语言喊妈妈的声音（有的人年龄尚轻，还是个半大孩子），重伤员痛苦的求助声仍清晰可辨。

主接待处都是等待明天一早乘坐航班飞往英国的士兵，走廊里很快人满为患，过道上到处是满身油污的伤员，他们躺在担架上、行军床上、床垫上，更多的人垫着大衣席地而卧。要让所有人都得到救治，还要花很长时间。空气中弥漫着汽油燃烧的味道。由于伤员太多，医院不得不暂停正常的准入程序。护理人员把伤员运进来，见缝插针地把他们安置下来——通常是在过道上，然后匆匆跑去运送下一批伤员。后来，实在找不到地方了，护理人员只得把伤员安置在一个未完工的建筑里，尽管那里还没有通电、通水，也没有任何医疗设施。许多伤员在运送途中就死了，或者送到医院时已经不行了。通过残酷的分诊，这些已经失去存活希望的伤员被小心翼翼地送到后面的一个房间——"死亡病房"里，希望昏迷状态可以让他们人生的最后一段旅程走得安详一点儿。

需要急救的伤员太多，护理人员根本没有时间帮这些水兵脱下身上的脏衣服、擦洗后再给他们换上病号服。更何况也没有那么多病号服，护士长们只能尽量让他们感觉舒服一些。作为一所重要的前线医院，这里的医护人员有着丰富的救治经验，但就连医务部门负责人阿尔芬斯·L.达布鲁中校也不得不承认，他对"伤员几乎未受外伤却陷入严重的休克状态感到困惑不解"。他要求所有"落水"伤员都必须按规定接受急救：注射一针吗啡，裹上毯子保暖，喝下热气腾腾、甘甜可口的浓茶。之后，他会让伤员躺下好好休息。一些伤员说他们"眼睛疼"、烧伤处刺痛，这些症状应该是由大火和燃油污染造成的，暂时不做考虑。大多数伤员只是静静地躺在那里。一些伤员低声对医护人员表示感谢，并为自己"带来的麻烦"致歉。当然，需要手术的伤员会优先得到救治。

第一天晚上就有超过440人被送进医院，如此多的伤员给医护人员造成了巨大的压力，以至于他们无法密切关注每一个人。要做的事情太多了，所有处于康复期的病人，只要不是必须卧床，就都得把病床让给爆炸受害者，并尽最大的努力帮助他们。尽管疲惫不堪，条件极其困难，但医护人员仍然努力地照料这些伤员。英国护士格拉迪斯·里斯回忆说，有一次她只能借着一根火柴的光亮，找到伤员的静脉输液；负责拿着那根火柴的另一名护理人员站在屏风的前面，防止火柴被风吹灭。"我们借着昏暗的防风灯，夜以继日地工作。每时每刻都有1/3的伤员在输液，走廊里挤满了没有床位的病人。不久，我们就开始接收做完手术的病人，一些双腿截肢的病人还套着救生圈。"

医生们告诉亚历山大，第一个"不正常"的现象出现在头天晚上的复苏室里。被诊断为受到惊吓、浸泡、灼烧的伤员的症状和反应都不太正常。入院时，这些伤员面色苍白，嗜睡，脉搏微弱，血压较低，但并未出现休克的临床症状。他们没有表现出不安、焦虑或痛苦，而是反应淡漠。他们的手脚也不发凉，而是热乎乎的。他们的呼吸较浅、频率较快，而心跳频率只是中度加快。考虑到爆炸的巨大威力，医护人员本以为会接收到很多受冲击伤的病人，但那些被诊断为受到冲击伤的病人并没有出现胸痛、耳膜受伤或痰中带血等症状。当被问及感觉如何时，这些病人会从床上坐起来，回答说他们感觉"相当好"。即使在他们的脉搏几乎摸不到，收缩压降至50时，他们也是同样的反应。

更值得注意的是，他们对标准的复苏措施没有反应，血浆输注至多会促使血压短暂地小幅升高。大多数病人对血浆、外部加热、吗啡等典型疗法，以及肾上腺素、尼可刹米等刺激物都没有反应。有些人也会因此兴奋起来，但这种状态不会持续很长时间。一位医生坦承："所有治疗都没有效果。"

天亮后的几个小时，护士们注意到病人身上发生了"奇怪"的变化。先是有几个人说口渴，但推着饮水车的护理人员刚刚从他们身旁经过。接着，许多人也开始吵着要喝水。他们纷纷起身，四处寻找水龙头，整个病房都骚动起来，局面一时变得难以控制。他们一边叫嚷着太热了，一边脱掉身上的衣服。后来，他们的行为越来越疯狂，甚至会使劲扯下包扎伤口的纱布和绷带。

随着曙光初现，护士们发现大多数浸泡病人的皮肤变得红肿，他们光着身体躺在病床上，就像被严重晒伤了一样。而另一些病人的皮肤则呈黝黑色或红褐色。里斯回忆说，一夜之间，他们的身上起了水疱，"大得像气球一样，里面充满了液体"。有些病人的脸部和颈部起了聚集性水疱，但与弹药爆炸导致的热烧伤病人不同的是，他们的眉毛和头发未被烧焦。有些病人的隐蔽部位（尤其是腋下、骨盆和腹股沟等位置）有大面积损伤，据诊断属于某种"化学烧伤"。再加上几乎所有病人都存在恶心和呕吐的症状，医生们猜测这些人可能受到了有毒气体的侵害。有毒气体可能来自燃油和炸药，也有可能是某种毒性更大的东西造成的。于是，里斯开始担心医护人员也会有危险："我们意识到，大多数病人都受到了某种超乎想象的污染。"

率先报告眼睛出现问题的是在手术室里通宵达旦工作的医护人员。外科医生发现自己会流泪不止，手术室的护士们也报告说她们的眼睛红肿疼痛。袭击发生6个小时后，好不容易入睡的病人醒来后也主诉眼睛疼痛，他们感觉"好像有沙子进了眼睛"。很快，他们的眼睛开始灼痛，对光线极度敏感，还会不由自主地流泪。在袭击发生后的24小时内，病房里挤满了眼睛肿胀的人。由于肿胀的眼皮挤到了一起，他们什么也看不见。许多病人以为自己会永久性失明，因此变得焦躁不安。为了让病人安心，医生们不得不"扒开病人的眼皮，证明他们仍然有视力"。迫于形势，医院招募了更多护士，组建了24小时"眼科小组"，对140多名眼睛肿胀的病人采取紧急的治疗措施，包括用盐水清洗和定时使用阿托品滴眼液。为了应对这种情况，医生们还给病人发放了手工制作的临时墨镜（其实就是一块布），让他们在白天佩戴，帮助他们解决严重畏光的问题。

从上午开始，一整天都有严重的眼疾患者接连前来就诊。医生们发现，并不是所有伤员的角膜损伤都像他们最初推测的那样源于爆炸导致的热烧伤，因为许多伤员是在袭击发生数小时后才感到眼睛不适的。在这种情况下，第九十八综合医院的眼科医生伯纳德·格鲁克博士开始联想到某种化学刺激物，"早上听到传言说发生了芥子气泄漏，到中午时这个传言或多或少得到了证实"。他说，到12月3日星期五中午，情况似乎"非常严重"。"医院里挤满了在袭击中受伤的几百个病人，几乎所有人的眼睛都有问题。我们不知道哪种治疗方法可能有效，因为我们不知道这种有毒物质是芥子气，还是我们尚不了解其毒性的另一种糜烂性毒气。"

就在医护人员越来越不安的时候，司令部通知他们有些伤员"可能接触过糜烂性毒气"。于是，他们将数百名症状异常的烧伤病人归类为"未确诊皮炎"（Dermatitis N. Y. D.），同时等待进一步的指示。

与此同时，由于第八集团军正在实施一场进攻战，新的伤员源源不断地涌入该地区的医院。护士科克斯回忆说："伤员中有一些是被俘虏的德国人。他们似乎非常高兴，一见面就兴奋地交谈起来。他们很幸运，因为我们没有痛揍他们，但我想，反过来的话，我们也会有同样的感受。"

随着病人数量的激增，医护人员已经没有时间考虑巴里的受害者到底是因为什么中毒的了。更糟的是，许多非紧急病例也开始出现症状。这些病人第一天晚上未能入院治疗，因为当时医院已被外伤病人占据。一大群在袭击发生几小时后还算"状况良好"的病人，穿着潮湿的制服被送到了海军辅助人员之家，但第二天早上他们又被送回来了。所有人的状况都很糟糕，需要入院治疗。

伤势不严重的伤员需要等到最后才能接受治疗。他们坐在那里，穿着湿漉漉的脏衣服，上面还有烧伤治疗软膏留下的一条条紫色的印迹。护士们一有空就忙着帮他们清洗，但粘在皮肤上的黑色油垢必须先用煤油清除掉（由于病人身上有多处烧伤，这项工作的难度极大），再用温肥皂水洗净。脱下衣服后，伤员身上的棕色和红色斑块显露出来。敏感的生殖器部位的反应尤其严重，给病人造成了"极大的精神痛苦"。有的伤员的阴茎肿胀到正常大小的三四倍，阴囊变大，还出现了脓毒症。病灶需要一直保持清洁和干燥（用凡士林和无菌纱布包扎，或者简单地在伤口上撒上磺胺粉），但即使医生、护士和医护人员连轴转，也无法照料所有的烧伤病人。

医护人员仍然没有收到关于港口出现过芥子气的确切消息，但这并没有阻止谣言的传播。里斯回忆说："根据仅有的一点儿专业知识，我们的第一个想法就是芥子气烧伤。卫生部门的官员试图联系英国战争部，求取信息、建议和解毒剂，但毫无进展，这让我们十分愤怒。但是，既然战争部不能公开这些信息，就说明这一定是军事机密，也证明我们眼前的这些伤员肯定都是毒气伤者。"

由于不清楚他们面对的到底是什么，护理人员都非常担心，不知道水疱破裂后流出来的透明琥珀色液体会不会含有什么可怕的东西。他们问是否应该采取一些防护措施，比如戴手套和口罩，但没有得到任何指示。他们把这些液体送去检测，也没有人告诉他们检测结果。尽管里斯和她的同事们非常勇敢，并努力做好护理工作，但一些状况本应好转的病人却突然病情恶化，随后死亡。许多病人的处境都十分糟糕，令人同情。在发现自己的努力没有取得任何效果后，里斯也控制不住自己的情绪了。她用责备的语气说："我们尽力了，但没有任何作用。看到这些年轻的病人承受那么大的痛苦，实在太可怕了。我们甚至不能给他们注射强效镇静剂，因为我们不确定它会对有毒物质产生怎样的反应。"

可怕的是，大多数病人在承受这些痛苦时神志都是清醒的，他们对自己的伤势感到困惑不解。沃伦·布兰登斯坦是美国约翰·巴斯科姆号自由轮上的一名年轻炮手，他不明白自己的视力为什么一天比一天模糊。他回忆说："当时，谣言开始散播，说那是毒气。"在模糊的视野中，他看到一群看似官员的人走过来，收集了医院中包括他在内的所有病人的个人物品。他说："他们拿着大沥青纸袋，把我们的所有衣物都装上带走了。"随后，他用激动而颤抖的声音重复道："他们把我们的所有衣物，都塞进了那个袋子里。"所有的衣物，包括沾满油污的毯子、衬衫、裤子，还有腰带和鞋子，全被拿走了。此举让袭击的幸存者们更加恐慌，他们觉得自己肯定在劫难逃了。

随着病人们的身体越来越虚弱，他们的恐惧心理越来越严重。里斯回忆说："他们的眼睛里充满疑惑，但我们也不知道答案。"她唯一能做的就是握住他们悄然滑落的手。"我想让他们知道，我们正在尽最大努力挽救他们的生命。除此之外，我们会尽量让他们在临终前的几个小时没有痛苦。"

第一例不明原因的死亡发生在袭击发生的18个小时后。24小时后，死亡病例又增加了几个；48小时后，死亡人数增至14人。

这些病人的死亡都没有任何预兆，也无法用明显的医学原因来解释。医生们告诉亚历山大，这种"早期死亡"的悲剧让所有亲眼看见它的人都难以忘却。而且，每个病人的死亡都具有"不可预测的突发性"，这引起了人们的特别关注。据医生们描述，每个死亡病例都经历过病情急转直下的相似过程。他们说："那些病人看起来状态都很好，但仅过了几分钟，病情便急剧恶化，最终死亡。"例如，18岁的水兵菲利普·亨利·斯通在12月2日星期四入院时处于休克状态，满身油污，但没有明显伤痕。第二天他的身上起了水疱，到星期六上午9点他已经失去知觉，并"伴有发绀和呼吸困难的症状"。于是，医院给他滴注了血浆。星期六下午3点30分他苏醒过来，说想喝点儿水，但过了几秒钟他就"突然死去了"。

亚历山大发现，最让医生不安的是，这种"死亡在发生之前没有任何征兆"。一些病人的病情迅速恶化，他们感到浑身发冷，随后心脏就停止了跳动。他们从未遇到过这种情况，也无法解释病人的死因。

休克是在第一次世界大战中首次被发现的一种身体状况，当时人们对它并不了解，也不知道该如何应对。休克有失血、感染等多种形式。创伤性休克的症状包括低血压、四肢发冷、脉搏加快和焦虑，其中焦虑可能会以奇怪的形式表现出来，比如病人常会提出有可能导致其死亡的请求。一个严重休克的年轻人的代谢率可能和老人相似，如果医生不小心多次给病人使用吗啡，就有可能进一步抑制病人的呼吸。休克可能预示着病人的体内正在发生一系列破坏性的变化。北非和意大利前线医院收集的越来越多的数据表明，休克是导致伤员死亡的主要原因之一。军医们见过一些休克病人在输血后脱离险境，但随后病情恶化最终死亡的病例。不过，他们确信肯定还有其他因素在起作用，这给医学发展前景蒙上了一层阴影。

虽然一些英国医生认为芥子气可能是导致病人突然死亡的原因，但这些病人的许多物理表征与医学书籍、化学战手册中描述的第一次世界大战期间的病例并不相符，这让他们备感困惑。如果真是芥子气中毒，那么呼吸系统并发症应该更明显，并伴有明显的发绀（皮肤因缺乏氧合作用而呈浅蓝色）、痰中带血、实音（大量积液导致的杂音）和肺炎。但是，死亡病例的心脏、肺、腹部和中枢神经系统"没有或只有轻微的表征"。几天之后，一些之前没有呼吸问题的病人开始出现某些症状，包括声音沙哑、鼻塞、喉咙严重疼痛、吞咽困难等。之后，他们开始咳嗽。随着这些症状迅速加剧，病人的病情恶化，最终死亡。但导致他们死亡的不是人们以为的支气管肺炎，而是心脏循环的严重衰竭。

面对这种状况，作为医务部门的负责人和医术精湛的军医，达布鲁无法坐视不理，他决心找出这些巴里伤员的真正死因。12月5日星期天，即空袭发生后的第3天，他向第九十八综合医院的指挥官威灵顿·J. 莱尔德上校呈交了一份报告，简要描述了这场日益严重的医疗危机，并提出希望寻求外界的帮助。病人的皮炎和迅速恶化的病情"与资料中记载的芥子气中毒的症状不符"，与"官方手册"中的相关内容也不符。这些奇怪的症状使医生们感到困惑，不知道该如何处置。在报告的最后达布鲁明确指出，他不知道此次灾难的数百名受害者的病情是否以及何时能稳定到可以转移的程度。"我必须指出，此时此刻，即使对伤势极轻的病人来说，突然死亡的情况也时有发生，因此所有病人几乎都不适合医疗后送。"

随着死亡人数不断上升，越来越多的医务人员开始恐慌，担心他们面对的可能是德国人制造的一种未知的新型毒剂。从病房沿一小段楼梯走下去就是医院的地下室，那里已经变成了临时停尸房，泥地上堆放了数百具尸体。城里的棺材已经卖光了。在临时停尸房旁边的一个小房间里，一名本地的意大利木匠正以最快的速度制作粗糙的松木棺材。到了周末，又有6个年轻的病人莫名死亡。据估计，这个数字还将至少增加一倍。

达布鲁的观点一目了然。在了解到第九十八综合医院的医务人员对病人的预后"十分担心"后，贝利上校把这一信息上报至盟军总司令部，并请求他们派一名熟悉化学战的医生支援巴里。

*

斯图尔特·亚历山大一边走过满是重伤员的病房，一边评估着眼下的形势。听完医生和护士讲述"奇怪的死亡病例"、异常症状，以及很多病人都有眼睛和皮肤损伤后，他轻轻地掀开毯子查看病人的伤口，然后帮他们把毯子盖好。他还仔细检查了病人皮肤上厚厚的红色斑块。他挨个询问病人：轰炸开始时他们在哪里，身上的伤是如何造成的。他靠得很近，病人们回答时不需要提高嗓门。就这样，亚历山大慢慢地引导病人们讲述了那个悲惨夜晚的经历：当时他们在哪条船上？是如何获救的？在码头是否接受过急救？到医院后是否接受过急救？病人们逐个讲述了他们在那场袭击及随后的混乱状况中的遭遇，还讲述了他们被送到医院的过程。到达医院后，他们身上裹着毯子，等待了12个小时甚至是24个小时才得到治疗。

亚历山大掀开一名病人身上的毯子。这名病人原本身体健康，肌肉也很发达。亚历山大仔细查看了大火在他身上留下的创伤。他告诉亚历山大，当第一批德国轰炸机飞来的时候，他位于港口的一艘鱼雷艇上。

他听到附近一艘船爆炸时发出的巨响，于是朝岸上逃去。突然，他感觉到有一股油状液体喷到他的脖子上，并顺着他的胸部和背部流下去。他说自己没有得到任何急救。

亚历山大看了看这名病人的受伤部位。接触过未知油状液体的皮肤有点儿隆起，颜色发红，因为涂上了油亮的药膏，受伤部位的轮廓清晰可见，就像红色颜料溅落在他身上留下的印记。亚历山大在不同受害者身上看到的烧伤各不相同，但他还是能够区分出化学烧伤和热烧伤，而且"伤口的形状完全取决于受害者接触这些毒剂的方式"。那些被冲击波抛出船外、完全浸没在港口"油锅"里的水手，身上的烧伤面积都很大；而那些留在船上、仅被溅射到的水手，无论高温毒剂接触的是他们身体的哪个部位，大多都是表皮烧伤。几个曾经坐在毒液中（可能是在救生艇上）的病人，臀部和腹股沟被局部烧伤。所有病人的脚底和手掌都未被烧伤，大概是因为这些部位的表皮层比较厚。有几个病人运气不错，第一天晚上就把身上的油污清理掉了，所以只受了轻伤。亚历山大不知道他们是否意识到，他们爱清洁的习惯救了他们一命。

亚历山大推测有些病人的皮肤损伤确实是芥子气造成的。这些病人可分为两类：一类是直接接触芥子气的病人，他们裸露的皮肤（尤其是面部）被轻微烧伤；另一类病人的衣物上沾有少量芥子气，通过蒸发，这些化学物质浸透到病人的腋窝和腹股沟的皮肤褶皱处。

硫芥子气、路易斯毒气和氮芥子气是最常见的三种糜烂性毒剂。虽然它们通常被称为"毒气"，但这三种化学物质在室温下都是液体状态，可导致类似烧伤的痕迹，并对眼睛造成严重的伤害。一旦吸入，就会影响人的呼吸道和肺，导致肺水肿。其中，最令人担心的是德国研发的新型提纯氮芥子气。据报道，与硫芥子气相比，氮芥子气可以更快地对人体产生影响，而且它能穿透完好无损的皮肤，使人全身中毒。除了一股淡淡的鱼腥味之外，它几乎无色无味，在野外不易被发现。亚历山大收到的情报备忘录警示说，轴心国部队储备有新型糜烂性毒气，随时可以投入使用。由于路易斯毒气和氮芥子气从未在战争中使用过，亚历山大和这些英国军医很难确认它们的局部效果如何。此外，他们还知道德国人混合使用过几种糜烂性毒剂，所以这次的毒剂也有可能是这三种毒气的混合物。

另一个需要考虑的问题是，从体表烧伤病人的数量来看，散布在港口中的化学药剂的毒性似乎不太强。根据亚历山大的经验，液态芥子气和路易斯毒气造成的烧伤会更加严重。液态芥子气的重量是水的1.3倍，它会在海水表面形成一层薄膜，并很快水解成一种无害的化合物，而大部分芥子气会沉到水底，慢慢水解。但是，芥子气极易溶于汽油。根据亚历山大在埃奇伍德兵工厂的研究，他知道芥子气在汽油中的浓度可以达到20%，而且毒性极强，造成的伤害肯定远超他在病房里观察到的那些体表烧伤。

总的来说，绝大多数病人的烧伤程度都不严重：大多是一级或二级烧伤，仅伤及表层皮肤，只有少数病人的烧伤穿透真皮，直达皮下组织，属于三级烧伤。很多病人的烧伤面积非常大，并且布满小水疱。这与"教科书"上描述的液态芥子气造成的烧伤症状不同：液态芥子气造成的烧伤更严重，伤口边缘更清晰，周围是一圈标志性的深色红斑。另一个现象同样值得关注：这些病人是过了很长时间才开始出现症状的。医生们说，受害者身上的伤痕在袭击发生后的"12~14小时才显现出来"，还有些伤痕是在病人接触毒剂几天后才出现的。

亚历山大知道，从病人接触毒剂到身上出现初始症状的时间间隔是一个重要的线索。有的化学毒剂起效速度快。以芥子气为例，它先是对细胞产生刺激作用，然后对暴露组织中的所有细胞产生毒性，通常需要4~6个小时才会出现水疱。路易斯毒气是一种含砷化合物，引起病变的速度更快。由这两种毒剂制成的混合物可以迅速导致疼痛和眼部痉挛。通常，毒剂的浓度越高，从接触毒剂到出现初始症状的时间间隔就越短。时间的长短取决于人们接触毒剂的持续时间和毒剂是否被稀释等因素，但像本次事件中如此长的潜伏期并不多见。在接触过巴里袭击受害者的医生、护士和护理人员中，只有少数人受到了毒剂的轻微伤害，而且大多局限于手部或眼部，这说明毒剂的"浓度较低"。亚历山大等人因此得出一个合乎逻辑的结论：这些化学毒剂掺杂在港口油腻的海水中。

亚历山大知道影响糜烂性毒剂效果的因素有很多，因此从伤痕本身做出的推断有限。他再次注意到病人全身皮肤的"肿胀程度非常严重"：皮肤变厚了，失去了正常的纹理；色素沉着异乎寻常，肤色变深且呈青铜色，这是接触过芥子气的显著特征之一。一些浸泡病人的毒剂接触面积占身体表面的80%~90%，以至于表层皮肤完全松散，一动就会脱落，毛发也常跟着一起掉落。浓度很低的芥子气怎么会造成如此大的伤害呢？此外，受伤部位的变化过程也不同寻常，最终变得非常严重，并伴有休克综合征、低血压、情感淡漠和全身毒性作用等症状。所有这些都令亚历山大困惑不已，于是他找机会查阅了所有病历，仔细分析了病理研究结果，希望能进一步了解这些症状为什么会集中出现。

亚历山大在巡诊过程中填写了几十份病历，列出了病人的症状，包括烧伤、水疱、皮炎、呼吸困难、视力模糊、呕吐，以及生殖器象皮肿引起的剧烈疼痛。毫无疑问，这些都是跟污染有关的症状。虽然他一眼就看出大多数病人都接触过某种化学制剂，但也存在一些令人困惑的异常情况。一些烧伤纯粹是由接触毒剂蒸汽导致的，因为这些病人没有掉到水里，但在他看来，这不至于造成如此严重的伤害。这该如何解释呢？毒剂又是如何投放的呢？

如果说这是德国人发起的化学攻击，那么毒气是以气雾剂的形式通过飞机传播的，还是以液体的形式装在化学炸弹里投放的呢？为什么有些受害者的烧伤程度更严重？这与他们在港口的具体位置有关，还是因为其他人没有直接接触毒剂呢？直觉告诉他，病人症状发展的剧烈程度与他们接触毒剂的方式有关。但是，自相矛盾的信息太多了，他根本搞不清楚当时的真实情况。

现在亚历山大需要解决两个问题。第一，在开治疗处方之前，他必须先确定这种化学毒剂到底是什么，而且越快越好。距病人首次接触毒剂已经过去了5天，他担心其中一些"不幸的人"已经来不及得到救治了。他必须迅速果断地采取行动，才有可能拯救躺在巴里市其他医院里的数百名受害者，以及可能有同样症状却完全不知情的众多意大利平民。他必须立即采取洗消措施，控制进一步的伤害。他也许还来得及做些什么，去控制毒剂的某些破坏性影响，防止可能致命的二次感染，帮助病人尽早康复。第二，他必须确定毒剂是如何部署的，是由哪一方部署的。无论从军事上还是从政治上看，调查这个事件都有可能涉及一些敏感问题，甚至会产生严重的后果。德国人对意大利人使用毒气的口头威胁付诸行动了吗？现在回答这个问题为时尚早，因为到目前他"几乎可以确定的相关性"只有一个，那就是伤员直接接触港口的油腻的海水与他们随后发生的伤亡之间存在关联。他必须从这种相关性开始调查，看看会有什么发现。

在给病人做检查的同时，亚历山大也在苦苦思索他刚进医院时注意到的一些东西。几乎在迈进医院走廊的那一刻，他就闻到了一股怪味。这种气味与医院常有的混合着汗液、尿液和消毒剂的气味截然不同。他转过身问陪同他的一名英国军医："这是什么气味？"

第九十八综合医院的指挥官莱尔德上校解释说，大多数受害者入院时身上都布满了原油，在他们躺过的走廊里，墙壁和地面上都沾染了这些脏东西。医护人员忙于救治伤员，来不及打扫病房。亚历山大接受了这种说法，没有发表意见。但他在埃奇伍德的实验室里待过很长一段时间，对这种致命的气味印象深刻："大脑告诉我，这是芥子气的气味。"

芥子气是最适用于作战的毒气，具有作用持久、易于操作、蒸气压力高等特点，而且它会对人体局部和全身产生影响。它没有颜色，与人体接触时不会引起疼痛感，如果受害者没有注意到它，通常不会及时消毒。不仅如此，这种毒气还没有解药。尽管亚历山大怀疑这种毒剂是芥子气，但医学证据并不完全支持他的观点。另外，毒气的投放方式也会影响它对人体组织的作用。他不喜欢在事情尚未确定前做理论上的推测，也不愿因仓促行事而误入歧途，浪费宝贵的时间。

亚历山大决定直接问莱尔德。"我觉得这些人可能接触过芥子气，上校。"亚历山大试探性地说道，"据你所知，有这种可能性吗？"

"我不知道。"莱尔德的回答十分简洁。

亚历山大知道不仅德国人的兵工厂里有芥子气弹，盟军也在意大利秘密储存了一些化学武器，因此他尽可能委婉地询问莱尔德这种毒气是否有可能在12月2日晚上通过某种方式出现在巴里港。"你跟港口管理部门核实过吗？"他问道，"说不定有装载芥子气的船只进入巴里港了呢？"

莱尔德答道："我核实过，但他们告诉我没有这方面的信息。"

这似乎是一种典型的托词。是真的没有这方面的信息，还是在回避事实呢？当然，那天晚上港口确实挤满了船只，英国的港口管理部门确实有可能没拿到盟军船只的所有货物清单，也有可能部分货物清单在袭击后的混乱状况中丢失了，或者没人知道放在哪里了。但还有一种可能是，英国官员其实已经掌握了关于毒气来源的机密信息，却有意阻止他的调查——出于军事安全、舆论宣传或政治影响方面的考虑。作为盟军总司令部的化学战顾问，亚历山大获得了"最高级别"的许可，应该可以随时查看相关文件。但在做了一番努力之后，他发现这些英国人的口风很紧，保密简直成了他们的一种本能。他感觉到，他们在很多方面都有所隐瞒。他掌握的情况并不全面，也没有得到他们的全力配合。

亚历山大意识到，要想确定这些致命毒剂是芥子气，举证的责任完全落在了他的身上。要想鉴别巴里港的未知毒剂，他就必须搜集更多的数据。于是，他立即接管了医院的工作，下令对所有还活着的病人进行一系列检测，同时对那些身体没有受到常规伤害却莫名死亡的病人进行"仔细而全面的尸检"。虽然大部分伤员都被送到了第九十八综合医院，但亚历山大要求对送到巴里市其他盟军医院［包括第十四联合综合医院（印度）、第三新西兰综合医院、第七十综合医院（英国）和第八十四综合医院（英国）］后死亡的病人也进行尸检。尽管遭到了"强烈抗议"——很多人嘀咕说"难道他不知道还在打仗吗?!"，还有人抱怨医务人员短缺、压力巨大——但英国官员还是答应了亚历山大的这些要求。

由于港口处于英国人的控制之下，亚历山大只能依靠英国人。此外，整个亚得里亚海沿岸没有美国医院可以求助，美国新建的5家野战医院的所有设备都在这次袭击中被摧毁殆尽。打了几通电话后，亚历山大通过他的好朋友、福贾航空基地的詹姆斯·弗林少校，从这些破败不堪的医院临时借调了一些病理学家和工作人员，协助他做数据收集、人体组织样本的实验室研究和病理学报告撰写等工作。英国方面接受了亚历山大增加人手的提议，但他仍担心装备短缺会妨碍他们的工作。他遗憾地说："有些必不可少的科学调查和实验室研究根本无法完成。"

就在亚历山大到来前不久，又陆续有病人出现了问题。得知这一消息后，亚历山大仔细查看了他们的病历。他发现，尽管他们在最初的36个小时里没有表现出呼吸困难的症状，但到了第五天，他们开始出现严重的咳嗽，呼吸减弱，痰中带血。这些症状看起来很像下呼吸道感染，于是他立即要求给这些病人拍摄X射线片。他们的肺部可能受了冲击伤，但他更倾向于认为他们吸入了有毒的芥子气蒸汽或被污染的海水，导致气管、喉部和支气管被烧伤。不管这些化学物质是什么，他越来越确信海水里一定掺杂了这些物质。因此，他命人从港口采集海水样本，并尽快对其进行分析。因为病人有患肺炎的风险，他决定在分析结果出来前让所有出现发热和下呼吸道受累等症状的病人口服磺胺嘧啶。

接着,亚历山大询问医护人员和病人,在空袭的那天晚上是否听说过港口有芥子气。在他看来,"那天晚上没有发出毒气警报,这似乎有点儿不正常"。有没有可能在袭击发生后的几个小时里未检测到毒气呢?此外,爆炸和汽油燃烧产生的刺鼻浓烟可能掩盖了从码头飘来的异味。病人可能在到达医院之前就已经麻木了,根本没有注意到周围发生的事情,这并不令人意外。当亚历山大直接询问他们时,有几个幸存者回想起闻到了明显的辛辣气味。他说:"有些幸存者提到了'像大蒜一样的气味'。有人甚至开玩笑说,那天晚上的怪味是因为意大利人吃了很多大蒜。"而医生们对于这些一无所知,他们告诉亚历山大:"我们都忙于工作,没有闻到任何气味。"

亚历山大很想知道,如果医院没有接到通知,那些关于毒气的谣言最初是从哪里传出来的呢?他觉得大多数人都听说了一个或多个谣言,但由于情绪激动、场面混乱,他们已不记得谣言是谁说的了。他们只记得谣言的内容,而对于消息来源则知之不详或一无所知。据说,一名在码头帮忙的英国皇家海军军医"听说了港口内有毒气的传言",于是趁着把一大批伤员送到医院的机会,在午夜前将这一消息告诉了医院的工作人员。然而,令人费解的是,他很快又被告知那是一个谣言。

这让亚历山大吃惊不已。他认真地记录下这件事,并写进了他的初步调查报告:"一家医院的医生曾听说有这种可能性,但一位不知名的海军军官义正词严(?)地否认了它的真实性。"另一个传言(也有可能是同一传言的另一个版本)称,12月3日上午,第九十八综合医院给当地的海军司令部——海军大楼打了电话,但结果是"无法证实港口内有芥子气"。成为敌人袭击目标的海军大楼在此次轰炸中受损,里面一片混乱。谣言也无法得到证实,事情不了了之。

这个发现令人极度沮丧。如果病人可能接触过芥子气的消息在袭击发生当晚或第二天上午能够传到医院，就可以挽救更多的生命，因为很多人是在涉水、吊挂在救生筏上或将同伴拉上救生船时受到毒剂污染的。如果医护和急救人员能够收到警示信息，就有可能用清水冲洗那些生还者，帮他们换上干净的衣服，病人康复的可能性就会更大。这些医护人员治疗过成千上万名从海水中被救上来的遇袭水手，所以他们自然地认为受害者身上的液体是原油，而不是其他有毒物质。他们错误地认为病人的痛苦是由浸泡造成的，连沾上原油的制服都没给病人脱下来，就给他们裹上了毯子，以至于病人们一边喝着热茶，一边"享受"着芥子气浴。这些措施无疑会加重病人的病情，相当于给他们判了死刑。

亚历山大心中燃起一股怒火。当天深夜，他在笔记中强调："病人们没有接受任何洗消处理，就连被原油污染的衣服都没有脱下来。"怎么会发生这种事情呢？怎么会没有人知道呢？"必须重申，"他写道，"港口的救援队和医院的工作人员并不知道伤员接触过芥子气。"所有人都没有意识到这种危险。

治疗身体损伤时，时间是一个非常重要的因素。治疗化学损伤时，时间也是一个决定性因素。所有化学战手册都强调必须立即进行干预，以尽量减少毒剂的吸收。他为化学战研究中心撰写过多份备忘录、公告和通告，他给出的第一条指导意见总是："急救的速度是决定其效果的最重要因素。"化学损伤开始于最初的一两分钟，在较短的时间（可能是4~6个小时）内，就会达到十分严重的程度。等到次日，无论采取什么补救措施，基本上都无济于事了。所有化学战专家都知道，到那时"一切都来不及了，只有死路一条"。

在亚历山大的坚持下，贝利上校当晚护送他到早已乱作一团的海军大楼，与英国的有关部门面谈他了解到的情况。但这一安排没有起到任何作用，因为海军主管军官约翰·奥利弗·坎贝尔上校在袭击发生的第二天就已离任，而接替他的皇家海军中校尤斯塔斯·J.吉尼斯尚未上任。此外，负责安全事务的军官、港口司令马库斯·席耶夫中校刚从开罗参加会议回来，12月2日晚上暂代港口司令之职的人是席耶夫的副手兼军需长哈里·威尔金森少校。显然，所有相关人员都有现成的理由来拒绝回答亚历山大的问题。

在与英国官员进行了长达一天的会谈后，亚历山大在沮丧之余产生了一种不祥的预感。疲惫不堪的他又一次直截了当地提出，他只想知道巴里港到底有没有芥子气。这个问题再次"被坚决地否认了"，亚历山大点了点头。尽管不相信，但他什么也没说就离开了。亚历山大无可争辩，后面只能依靠他的医学见解了。他需要找到证据，证明自己的诊断是正确的。

尽管官方没有给出任何关于毒气的信息，但他走访的每家医院的医务人员都各自得出了结论，并猜测爆炸受害者可能受到了毒气的污染。亚历山大询问的每个医生都说："在我的病房里发生了一些古怪的事情。"每名护士也都说："你知道吗，我负责的病房里也有一些怪异的情况？"他见到的所有病人都证实了他的怀疑，让他越来越相信自己的"直觉"：罪魁祸首肯定是芥子气。但这种芥子气与他在埃奇伍德研究过的芥子气不同。这个不留痕迹的可怕恶魔摇身一变，"以一种不同于'一战'的方式释放出它的毒性"。

第 3 章

穿秋裤的天使

那天晚上回到房间后,亚历山大在入睡前匆忙地给他的未婚妻写了一封短信。他听闻那封说他当天下午在巴里机场坠机身亡的电报让司令部陷入了"巨大的悲痛",更是让与他订婚的年轻可爱的护士悲痛不已。不过,好在更正不实信息的第二封电报紧接着就到了,她的悲痛情绪没有持续多长时间。这个消息给了他些许安慰。几乎没有人能在一天之内经受这样的大悲大喜,但伯妮丝·威尔伯(昵称邦妮)是个例外。她身材高挑,穿着一套优雅的卡其制服,棕色头发光泽照人,一双深邃的蓝眼睛长得很开。她的笑容美丽动人,给人一种温暖灿烂的感觉,尽管她不常笑。她是那么引人注目,不仅幽默风趣、头脑聪颖,而且浑身散发着高贵的气质,她可以从一个窈窕淑女瞬间化身成一位威风凛凛的女王。军官们很快就发现,这位负责管理地中海战区 4 500 名护士的女中校绝不简单。

某天上午,邦妮从奥兰基地医院打来电话并提出了一长串要求,因为亚历山大是盟军总司令部的"新人",所以同事们高兴地把电话交给了他。布莱塞将军和斯坦利上校等人面带会心的笑容站在他身后,听他接电话。只听到邦妮在电话里斥责亚历山大所在的部门不称职，没有给她的野战医院手术室调拨足够数量的护士。然后，她用严厉的语气吩咐他"认真记录"她的每一个要求。亚历山大结结巴巴地向邦妮道歉，并承诺尽快下达人事调动命令，随后在同事们的哄堂大笑声中挂断了电话。同事们提醒他，这是"一个非常执着的女人"，肯定会死盯着他不放。4天后，邦妮再次打来电话说，调动命令还没有下达，而她已经等得不耐烦了。之后不久，她就搭乘飞往阿尔及尔的运输机来到了亚历山大的办公室，指责他"故意阻挠"。当他们俩开始谈恋爱时，布莱塞开玩笑说，鉴于他们俩"在电话里吵架"的样子，他觉得这两个人的恋情不可能修成正果。

在两人相识之前，邦妮就已经是北非战区的名人了。亚历山大在报纸上看过十几篇报道她的光辉事迹的文章，而且每一篇都配有她的照片。照片上的邦妮很漂亮，但给人一种波士顿人特有的咄咄逼人的感觉。她曾就读于西蒙斯学院和新英格兰女执事医院护士培训学校。1941年春天，担任手术室主管的邦妮作为美国红十字会哈佛野战医院的一员，与另外62名护士一起踏上了前往欧洲的征程。她们跟随加拿大的一支特遣队，坐上了由货船和捕鲸船组成的船队。这次危险的跨洋航行遭到了潜艇的攻击，有两艘船被鱼雷击中，6名护士不幸落水溺亡，另有19名护士爬上了救生艇，在冰冷的大西洋上漂流了21天，靠从船底上刮下来的藤壶为食，才艰难地活了下来。

邦妮乘坐的船摆脱了潜艇的追击，赶在伦敦大轰炸[①]的最后几周到达英国。随后，她被派往布里斯托尔，协助处理一场危险的伤寒疫情。在10天时间里，她和她的同事追踪了大约228例发热病例，并确定了疫情

[①] 伦敦大轰炸指在1940年9月7日至1941年5月10日间纳粹德国对英国首都伦敦实施的战略轰炸。——译者注

的源头——"伤寒玛丽"①是当地一家面包店的蛋糕装饰师。这名妇女习惯把糕点的糖霜装在纸筒里，然后咬掉纸筒的一端，再挤出里面的糖霜。这个习惯性做法把伤寒病菌传染给她的所有顾客。邦妮成功地完成调查后，英国女王亲自登门祝贺她，丘吉尔夫人也邀请她一起喝茶，她还受到了嘉奖。之后，她自愿留下来处理德国轰炸后暴发的传染病，在英国又待了18个月，其中的大部分时间是在索尔兹伯里度过的。

1942年7月，当美国陆军接管红十字会哈佛野战医院时，邦妮·威尔伯把她的白色护士服换成了军装。在亚历山大随巴顿的部队实施火炬行动的同时，她当选了艾森豪威尔先遣部队的护士长。作为该部队中唯一的女性，她与4 447名男性一起，登上了前往北非的运输船。在他们乘坐的登陆艇被敌人的炮火直接命中后，她跟随部队涉水上岸。由于子弹乱飞、巨浪扑袭，他们丢失了大部分补给。上岸后他们乘坐装甲坦克去往奥兰，但没能到达他们本来的目的地——一家法国军事医院。他们只好在一家废弃的平民医院安置下来，但这家医院已经被纳粹洗劫一空，连床都被搬走了。

邦妮和其他护士把衣服撕碎做成绷带，为病人输血，还把自己的C-口粮②分给病人吃。她穿上了美国大兵的连衫裤工作服和靴子。为了保暖，晚上睡觉时她还会穿上男式羊毛秋裤。手术的条件极其简陋，有时，她需要连续工作20个小时。在炸弹的爆炸声和机关枪的扫射声中，她费力地稳住双手，用钳子和海绵清理伤员胸部化脓的伤口。虽然医生们都很英勇，但佩兰·朗更加敬佩以邦妮为首的那些护士。他认为，护士们"夜以继日"的工作，是那些身体残破、精神崩溃的伤员渡过难关的关键因素。他在接受《纽约时报》的采访时表示："在整个战区，最能提振士

---

① "伤寒玛丽"的本名叫玛丽·梅伦（Mary Mallon），她是美国历史上被发现的第一位无症状伤寒杆菌携带者。——译者注
② C-口粮指一种罐装预制的湿式口粮。——译者注

气的就是那些护士了。"

邦妮在前线忙了几个月,帮助建设并管理帐篷式医疗后送站。1943年4月,正当她在突尼斯检查一个新建的医疗后送站时,她接到了一个电话,说陆军地面部队司令莱斯利·J. 麦克奈尔中将被德国迫击炮严重炸伤。经过手术,医生取出了麦克奈尔脑后的弹片并修复了他受伤的左肩,现在这位重要的病人被送到了医疗后送站,由邦妮负责照顾。第二天,美联社发表了一篇题为"对麦克奈尔中将发号施令的波士顿护士"的文章,说这位漂亮的护士长为了让这名顽固的军人卧床休养而"藏起了他的衣服"。但邦妮后来告诉记者,这篇报道内容不实,麦克奈尔的制服早在做手术时就被剪开了。不过,她接着说,麦克奈尔中将确实"迫切希望重返战场"。当周末运送他返回美国的航班安排好后,54岁的麦克奈尔恳请邦妮陪同他回去,并继续照顾他。她同意了,但条件是他要及时把她送回来,她不想一直待在美国而错过更重要的北非行动。她向将军讲述了北非的悲惨状况以及护士短缺、野战医院不堪重负的情况,麦克奈尔接受了她的请求,并安排她去华盛顿,就如何更有效地调配医疗资源的问题向陆军高层阐述意见和建议。

在短暂的回国假期结束前,邦妮被晋升为中校,并被任命为护士长,前往北非战区服役。这次晋升完全在她的意料之外,出发前她甚至来不及订制新的军衔徽章。在机场举行的一个临时授衔仪式上,陆军护理队负责人弗洛伦斯·布兰奇菲尔德上校从自己肩上摘下银色橡树叶徽章,别在了邦妮的制服上。

美国陆军把他们的明星护士作为战时服役榜样介绍给媒体。邦妮不仅勇敢,还是老天馈赠给陆军公关部门的一个人才。她多次现身血站,呼吁人们献血,"只有这样其他人才能活下去";她还通过电台呼吁护士自愿服兵役。当一位记者请邦妮为渴望成功的青年女性提些建议时,她毫不犹豫地说:"我想告诉她们,不要只想着拥有花容月貌,也不要只想着坐在床边用光滑白皙的手抚摸自己发烧的额头。我还想告诉她们，不要只想着获得荣誉或奖章。她们的荣耀应该是她们照顾的青年士兵们的感激之情。"《星期六晚报》刊登的关于邦妮的专题报道把这一系列宣传推向高潮，这篇题为"穿秋裤的天使"的文章高度赞扬了美国陆军的这位年轻护士和她的同事们，称赞她们"像男性一样勇敢地面对恐怖的战争"。

　　回到前线后，邦妮已经是地中海战区军衔最高的女性了。举办鸡尾酒会和晚宴有助于提升士气，增进盟国之间的关系，邦妮经常受到邀请，也不乏优秀的追求者。她深受将军们的喜爱，和艾森豪威尔的关系很好，是他在阿尔及尔别墅的常客。巴顿也很欣赏邦妮的魄力，经常就如何提高部队的效率征求她的意见，还会问她如何确保整个部队都达到她的高标准。在条件简陋的集结地，她坚持和士兵们一起过着艰苦朴素的生活，而且毫无怨言，此举深受巴顿的肯定。在部队发起大规模进攻时，她早早就起床了，整天不停地工作，全然不顾危险。她经常出差，遍访西西里岛、意大利内陆、阿尔及利亚、摩洛哥和突尼斯的战地医院。在这个过程中，她练就了一双"鹰眼"，总能发现军队中调皮捣蛋的家伙。在走访一个独立的补充兵员调度站时，她发现航空队的飞行员有个坏习惯，即当护士们在露天的防水油布棚里洗澡时，飞行员们就会从她们上方驾驶飞机飞过。新来的护士们太年轻了，完全不知道该怎么办。于是邦妮狠狠训斥了飞行中队长一顿，快刀斩乱麻地解决了这个问题。此外，她发现连续执行几周的前线任务后，"她手下的姑娘们"就会疲惫不堪，于是她发起了一个休养计划。她接管了已经解放的科西嘉岛上的一家酒店，让这些护士在那里远离战斗的噪声和压力，进行恢复性休息。在酒店开张的那天，工作人员为了向她表示敬意，将这座四层白色建筑命名为"威尔伯楼"。

　　就在漫长而艰难的夏天即将过去时，整个战区却因为巴顿将军的一次暴怒而惶恐不安。1943年8月3日，巴顿到西西里岛第十五转运医院看望伤员时，因为无法抑制心中的怒火而大发雷霆。亚历山大从一名医生那里得到了第一手资料，这位医生亲眼看见了巴顿对一名伤员进行了不可原谅的人身攻击。一开始巴顿听说有一名士兵在袭击那天表现得特别勇敢，便想当面表扬他。他走过去，跪在病床边，跟那名士兵说了一会儿话，然后把一枚奖章别在士兵身上，并对士兵说："我们一起祈祷吧。"当忙碌了一天而疲惫不堪的巴顿站起来准备离开时，他看到另一名士兵走进病房。巴顿就问他怎么了，士兵痛苦地回答："将军，可能我的神经太紧张了。"当时帐篷里挤满了浑身血迹斑斑、缺胳膊少腿的伤员，这本就让巴顿情绪激动，当他听到士兵的回答后，不由得火冒三丈，对着士兵破口大骂。

过了一会儿，又有一名二等兵查尔斯·H. 库尔说自己"神经紧张"而不是身体疼痛，这下巴顿完全失控了。他将手里握着的手套，狠狠地砸在这名蜷缩成一团的士兵脸上。"你这个胆小鬼，马上滚出这个帐篷！"他吼道。然后，巴顿一把揪住库尔的衣领，将其拖到帐篷门口并推了出去。就在余怒未消的巴顿叫嚷着他的部队不需要这种"没有勇气的混蛋"时，医生和护士们走到巴顿和库尔中间，把两人分隔开，以免库尔继续受到激烈的言语攻击。

一周后，巴顿再次怒火爆发。在视察第九十三转运医院时，他遇到一个疑似装病的人——二等兵保罗·G. 班尼特。巴顿手握左轮手枪的珍珠握柄，向着这名士兵的脸挥去。之后，他打了士兵一巴掌，还威胁要当场枪毙他。班尼特吓得浑身颤抖，哭了起来。站在旁边的医生和护士都惊呆了，不知道是否应该制止巴顿。"我实在控制不住。"巴顿后来对医院指挥官唐纳德·E. 柯里尔上校说，"一想到一个胆小鬼被这样照顾着，我就气得要死。"

"掌掴事件"很快就在战区的所有医院传开了。一份关于巴顿恶劣行为的非正式报告被送到了盟军总司令部的总医师布莱塞手上，布莱塞又把报告转呈给艾森豪威尔。随后，布莱塞和战区医疗顾问佩兰·朗接到命令，尽快查明对巴顿的指控是否属实，并调查整个事件。4名报社记者听说此事后非常担心，他们找到艾森豪威尔，要求他解雇巴顿，否则他们就会把整个事件公布于众。艾森豪威尔说服记者们先保持沉默，给他一点儿时间去处理这件事。但相关消息不可避免地传到了后方，并在新闻界引起轩然大波。一想到自己家的孩子在海外浴血奋战，还要受到如此残忍的对待，亲属们就感到十分痛心。华盛顿方面希望解除巴顿的指挥权。

这种情势让艾森豪威尔进退两难。他不想在战争的关键时刻失去一位有能力的将领，但他也必须确保巴顿的情绪得到正确的引导，停止失当的行为。最后，艾森豪威尔写了一封信，对巴顿进行了严厉的训斥，并要求他向班尼特和库尔两位士兵道歉。医生们后来证实，库尔当时患有严重的疟疾，体温高达102华氏度（38.9摄氏度）。巴顿还被命令召集他统帅的各师官兵，当面向他们保证他的冲动言行不会减损他对普通士兵的高度尊重。

这封信由布莱塞将军亲手交给了巴顿。后来，艾森豪威尔在媒体面前大声朗读了信中的内容：

> 我严重怀疑你是否拥有良好的判断力和自律精神，并因此严重怀疑你是否可以胜任未来要交付给你的工作……
> 在我的军旅生涯中，我从未写过让我在精神上如此痛苦的信，这不仅因为长期以来你我之间有着深厚的友谊，还因为我非常赞赏你的军事素质。但我必须明确地告诉你，随信报告中描述的严重失当行为，无论是谁做出的，在本战区都是不可容忍的。

当邦妮见到巴顿的时候，巴顿还在生闷气，并为自己找种种理由，而丝毫没有悔悟的意思。他知道邦妮对护理队的管理风格十分强硬，便希望她能站在他的角度看待这个问题。"你告诉我他们为什么如此大惊小怪？"他问道，"我并没有对那个年轻人做什么。当然，我不知道他病了，但我确实不喜欢他说的话，我认为我的士兵就不应该说这样的话。"邦妮知道巴顿无法忍受任何带有"逃避"性质的举动。她也知道，精神性神经病（"战斗疲劳"）并非危言耸听，它既不是懦弱的表现，也不是逃避责任的行为。她更喜欢英国第八集团军使用的"衰竭"（exhaustion）一词，这个词语很好地概括了病人的感受，也不包含精神疾病这层不好的意思。

即使在这次事件发生之前，巴顿也不太受医疗队的欢迎。这位富有侵略性的将军被称为"铁血将军"，他不太赞同医疗队在做演习计划时进行的风险评估，有时他甚至会直言不讳地指出，在战场上医生是一种阻碍而不是助力。在伤亡管理方面，他从来不吝惜发表自己的意见。例如，他在1943年1月的一次有些令人反感的演讲中说："假设有两名伤员，一名肺部受了伤，另一名缺了一只胳膊或一条腿，那么你应该抢救那个肺部受伤的家伙，而让那个缺胳膊少腿的混蛋见鬼去，因为他对我们来说已经毫无用处。"盟军总司令部的首席医学顾问爱德华·丘吉尔上校，曾经把巴顿拒绝承担照顾第七集团军伤员的责任形容为："一个疯子让机器不停地高速运转，却既不上油也不保养。"

邦妮正视着巴顿说："将军，问题在于您并不了解病人。"巴顿愤怒地予以反驳，他认为自己非常了解病人。邦妮说："举个例子吧，假设在这条路上大约1.5英里的位置有一个弹药库。"巴顿点了点头。邦妮用她悦耳的声音接着说道："我想把它搬到往西两英里的位置。"巴顿被她专横的语气吓了一跳，他看起来困惑不已："什么？威尔伯中校，你根本不知道弹药库应该建在哪里。"

"我当然不知道了。"她尖刻地说,"同样,您对医院的运作方式也是一无所知。"伤员需要休息和照顾,如果巴顿想节约人力,他最好能明白这一点。巴顿很重视威尔伯的话,他们的关系一直很好。

亚历山大回想起这件事时笑了。他觉得可以借鉴邦妮的谈判技巧,去对付那些顽固的英国军官。他认为,威尔伯即使在训斥巴顿的时候也没有丝毫犹豫,要对付港口司令的话,她肯定比自己更在行。到目前为止,他唯一能确定的就是英国人对毒气问题非常敏感。至于他提出的港口中是否可能存在化学毒剂的问题,明天上午他还得再问一次。英国人似乎没有说实话。

*

那天晚上上床后,亚历山大想起他刚到阿尔及尔加入艾森豪威尔的医疗队时,同事爱德华·丘吉尔对他说的话。"仅凭直觉来制订战争计划是不可行的,"丘吉尔对这位年轻的化学战顾问说,"还要根据经验。"接着,这位肥胖、秃顶的哈佛外科医生兴致勃勃地说起了他最喜欢的一个话题:陆军医疗队在处理战争造成的大规模伤亡方面是如何准备不足的。他着重批评了陆军在战争刚开始的几个月里"忙乱而毫无成效的保密工作"。所有关于伦敦大轰炸中英国伤员救治情况的书面文件都由陆军军医办公室悉心保管,"高度保密"的备忘录也只是选择性地被分发给少数人。这导致在大轰炸之后,人们对全城停电的伦敦面临的医疗危机几乎一无所知。美国医生虽然听到一些信息,但大都是谣言和歪曲之词。最后是耶鲁大学著名生理学家、医学史学家约翰·法夸尔·富尔顿跨越大西洋,才带回了英国医生治疗冲击伤的宝贵知识,他后来就这个问题在《新英格兰医学杂志》上发表了一篇重要文章。

据爱德华·丘吉尔说,对于战争,美国人还很外行。在如何应对全球冲突造成的大规模伤亡方面，美国陆军的拨款、计划和培训都存在"巨大的缺口"。医疗队的很多军官缺乏战场经验，他们不愿改变根深蒂固的习惯性做法，即使做出改变，也非常缓慢。1943年5月北非战役快结束时，亚历山大参与编写了一系列医学报告，总结前线医生在战区伤员管理和医疗后送方面的经验。奇怪的是，其中最令人难忘的一篇文章是关于美国历史上最可怕的夜总会火灾——椰子林夜总会火灾——的分析报告。尽管这场大火发生在波士顿，但它改变了"二战"战场上对烧伤的处理方式，并为报告"灾害管理"提供了早期范本。现场医生制定的许多救生措施后来都被军队采纳，并迅速成为前线医院的标准做法。亚历山大对这个事件记忆犹新，他反复思考着它与巴里灾难之间诡异的相似之处。

1942年11月28日星期六的晚上，波士顿最豪华的椰子林夜总会生意兴隆。因为是感恩节，又恰逢周末，大学城的这家知名夜总会热闹非凡，容纳了1 000多名学生、球迷和短暂休假的军人。晚上10点15分左右，地下休息室突然失火，火势迅速蔓延到装饰用的棕榈树上，接着蔓延到天花板上。惊慌失措的人们开始逃离现场，但仅仅几分钟，整个夜总会就陷入了一片火海。楼梯井好像一个烟囱，有毒的浓烟顺着楼梯井向上升腾，人们什么也看不见了。在混乱中，几十名顾客相互推搡、踩踏，倒在了烟雾中。俱乐部前面的旋转门因为人们一拥而上而被卡死。很快，这座容纳了两倍于法定人数的建筑物就被烧毁了。出口要么堵死了，要么是封闭的，数百人被困在熊熊大火中。不到15分钟，这场大火就夺走了492人的生命，还有166人受伤。伤亡原因主要是窒息和严重的体表烧伤。

在麻省总医院的砖砌走廊里，挤满了100多名当晚在椰子林夜总会参加派对的宾客。他们身上还穿着晚礼服，有些人在被送到医院时就已经死了，有些人多坚持了几分钟，但也没有等到医生的救治。平均每50

秒就有一个受害者被送到医院，医生们已经不堪重负。他们必须迅速处理掉死者，才能腾出手来照顾生还者。更糟糕的是，救护车把很多受害者送到了同一间拥挤不堪的急诊室，等到他们发现这个错误时，已经来不及改正了。正常生活中从未出现过这样大的医疗危机。

幸运的是，麻省总医院的医护人员自珍珠港事件以来就一直在进行轰炸灾难演习，并制定了新的应急处理模式。面对严峻的情况，他们立即启动了事先安排好的行动计划。实习医生分成几组守在门口，对受害者进行分类，并把躺在担架上仍活着的伤者直接送到急救室，安置在木架子上。护士在医院入口附近给伤者注射吗啡、输液，并用无菌毛巾覆盖住烧伤创面。当病人从急诊病房被送到隔离室后，医生根据新的程序，为他们做进一步治疗。他们用压迫包扎法，将浸润了硼酸软膏的纱布直接覆盖在病人的烧伤创面上，省去了清创和清洗等常规步骤，这样不仅节省了时间，还减少了休克的发生。他们利用血浆缓解休克，这是另一种有助于严重烧伤患者恢复清醒的新疗法。在接下来的3天里，外科主任丘吉尔博士不仅与手下的医护人员一起救治了大量的病人，还经常到急救室和走廊里监督救治程序。

在这场可怕的火灾之后，几个机构对事故进行了调查，想找到死伤如此惨重的原因。毕竟，死者当中有很多是海军、海军陆战队、海岸警卫队的军官和士兵。有人说，一名服务员在昏暗的休息室里更换灯泡时，没有彻底熄灭用过的火柴而引发了火灾。但目击者的说法不一，也有人认为火灾是由电线故障引起的。最终，大陪审团对10人提出指控，但只有一人被判有罪——这家俱乐部的老板巴尼·韦兰斯基被判犯有过失杀人罪。这场灾难后，尤其是在人们发现协调性更高的伤员转运计划可以帮助附近医院分担救治压力后，美国消防安全法规和应急响应策略都发生了巨大的变化。

椰子林夜总会火灾对医学产生了直接影响，烧伤治疗也因此实现了多项创新，包括对吸入性损伤的首次全面描述，烧伤局部治疗方法的改进，以及休克患者的复苏和感染预防措施。当时的烧伤患者，尤其是接受皮肤移植的患者，极易被葡萄球菌感染，许多人因此死亡。青霉素于1928年被发现，直到1941年才被用于治疗人类的细菌感染，而当时它还是一种实验药物，价格昂贵且很难买到。在举国震惊和哀悼的情况下，美国政府批准麻省总医院的医生用青霉素治疗椰子林夜总会火灾的部分受害者。在警方的护送下，制药公司默克集团匆忙将32升青霉素药品从新泽西总部运抵波士顿，麻省总医院的医生用它们成功地挽救了39个病人的生命。这些病人相当于参加了一项小型临床试验，结果证明这种药物是有效的。

看到抗生素和磺胺嘧啶在控制伤口感染方面取得的成效后，美国卫生部长决定在犹他州的一家军队医院开展一个青霉素治疗的试点研究项目。1943年2月，盟军在突尼斯遭遇惨败，数百名伤员被送往这家医院。在接受青霉素治疗后，伤员的病情迅速好转。媒体对这种"神奇的药物"做了广泛的报道，于是美国陆军开足马力，加大了青霉素的生产量，因为他们确信青霉素对战争来说至关重要。不到6个月，这种抗生素就在主要战场上投入使用。

丘吉尔博士当时已被美国陆军征召入伍，并担任地中海战区的首席医学顾问。1943年春天，他决定就椰子林夜总会火灾事件写篇文章，"以免这次灾难的经验教训被人们遗忘"，也为了确保烧伤治疗的先进技术能在前线得到广泛的应用。他们处理大规模伤亡事件的经验，有很多可以应用于军事行动或军事事故的处理中。一旦大量士兵和水手受伤，就可以借鉴这些经验。亚历山大不会忘记这位哈佛教授的教诲：面对灾难时，"不可有任何先入为主之见"。情况变了，教科书上的真理未必仍然是正确的。在战斗条件下，信息不全面，事实依据不充足，几乎不可能获得完整的数据。但是，作为一名医生，他必须在很短的时间内做出一连串的判断和决定。

丘吉尔建议,在战争时期,"当外部损害达到流行病的程度时,我们的想法就必须切合实际,而不宜过于复杂"。巴里袭击的影响远超亚历山大之前经历过的任何事件,面对这个巨大的挑战,他必须充分运用他学到的所有知识。

第4章

噩梦之旅

天一亮，斯图尔特·亚历山大就起床了。他希望在尽可能不受官方干预的情况下，前往港口展开调查。他来到码头后，一边在瓦砾中慢慢摸索着前行，一边仔细查看盟军船只烧毁后的奇怪的黑色和灰色残骸。这里简直就是人间地狱，很难相信有人能活着逃出来。防波堤外侧那一列船只肯定都被炸弹命中，着起了火。在此起彼伏的爆炸声中，这些倒霉的船只就像多米诺骨牌一样依次被摧毁。他听说美国的自由轮（战时承担运输任务的船只，因为外表丑陋而被称为"丑小鸭"）在这次袭击中最先遭殃。德国空军的打击非常彻底，码头上的所有设施都被摧毁了。巨大的吊车被掀翻在地，仓库和船坞一片狼藉。

值得赞扬的是，英国海军和美国陆军的工程师们已经开始清理垃圾了，这表明他们迫切想让这个港口恢复正常。在外面的防波堤上，人们像蚂蚁一样来回穿梭，清理着散落各处的混凝土块和废金属。港口关闭了5天，并排除了水雷，部分区域于当天上午重新开放。他们承受着巨大的压力，需要尽快让船队重新运转起来，把食品和战斗装备送到第八集团军士兵的手中。但港口的运营还远未达到正常水平，亚历山大认为，那些沉了一半的船只肯定会给未来几周的通航带来危险。许多烧毁的船只被拖离港口，或者被沉到海底，或者被炸得粉碎。可以靠自身动力移动的船只则被转移到附近的一个港口。在旁边的码头上，一艘煤船还在阴燃，飞灰进入鼻孔后，让亚历山大觉得很难受。

港池里漂浮着大量垃圾和碎片，油腻的海水看上去阴森森、黑漆漆的。一名水手回忆说，袭击发生后，水面上漂浮着一英尺厚的油，既有高辛烷值汽油，也有20多艘盟军船只的燃油。亚历山大猜测，芥子气或其衍生物可能是德军夹杂在燃烧弹中投放的。

盟军船只中有17艘被摧毁，有8艘受损严重。德国空军发动袭击时，它们在港口的具体位置已无从知晓。如果毒气是通过飞机投放的，那么确定哪些船只被击中以及它们被击中的先后顺序，将有助于他了解哪些船员直接接触了毒气，哪些船员位于邻近的船只上、受到的伤害程度较小。随着有毒蒸汽在港口内悄无声息地蔓延（有的沉入水下，有的燃烧起来，有的与浮在水面上的成吨燃油混合在一起，有的蒸发后混在烟雾和火焰中），即使那些不在水中的人也会大量吸入这些蒸汽。如果亚历山大没弄错，那么个体受到伤害的程度应该与其接触毒气的程度及毒气的类型（是液态芥子气还是芥子气蒸汽）直接相关，芥子气的浓度和接触时间的长短也会影响病人的伤势。这意味着他需要再次面见那位英国港口司令。他需要一份全面的德国空袭情况通报，包括敌机来自哪个方向，它们投下的炸弹类型和大小等信息。此外，让他百思不得其解的是，袭击时毒气警报为什么没有被触发？所以，查明为什么当时没有识别出这一风险并采取简单的保护措施，变得至关重要。

由于担心希特勒发动毒气战，盟军在准备发动进攻的同时，也一直在努力加强防御。一想到他们竟会被打得如此措手不及，就不由得令人沮丧。1943年的整个秋天，威胁级别稳步上升。亚历山大收到了一系列机密情报通报，警示说不仅有了新型毒气，而且投入战场的可能性越来越大。英国战争部发布了一份高度机密的备忘录提醒盟军指挥官和军医，一定要关注新型化学武器的巨大风险，"据悉，德国人拥有一种没有气味的气体，可装入高爆炸弹，从地面或空中发起突然袭击"。这种代号为"S"的物质，据说是一种新型糜烂性毒气——氮芥子气，在毒理学上类似于硫芥子气。它的主要战术优势在于，当与其他炸弹或炮弹结合使用时，可在不被人察觉的情况下造成伤亡。

这份备忘录着重指出，"'S'的主要危险在于，它的蒸汽会对人的眼睛和肺部造成损害，而我们无法察觉到它的气味"。于是，埃奇伍德兵工厂和英国波顿唐实验室的科学家开始疯狂研究这种致命气体的有效检测方法。现有的蒸汽检测器可以用来检测"S"毒气，但不能将其与其他糜烂性毒气区分开。

英国人还传来一份令人担忧的报告，介绍了一种代号为"Winterlost"的新型液态芥子气混合物。德国人用"lost"作为芥子气的代号，是分别取了"Lommel"（罗梅尔）和"Steinkopf"（施泰因科普夫）的前两个字母，正是这两位化学家首次提出芥子气可以用作武器。"Winterlost"是一种适合冬天使用的毒气，含有50%的氮芥子气和50%的路易斯毒气。它的冰点很低，是专门为抵御苏联前线的低温天气设计的。据说，它兼具氮芥子气和路易斯毒气的优点：即时生效，毒性强，持久。

在实施"喷洒空袭"行动时，德国飞机投下定时炸弹，它们在离地大约200英尺的空中爆炸，释放出液态芥子气，然后通过飞机的滑流形成液滴。当液滴落到地面时，由于蒸发作用，液滴的体积会变小。诸多因素都可能会影响落到地面部队士兵身上的芥子气的多少。比如，敌机的飞行高度会影响液滴的大小，敌机也会根据风向改变飞行路线。通常情况下，细小的液滴喷雾更像蒸汽而不是液体，若使用增稠剂，就可以形成大液滴。

1943年9月中旬，亚历山大收到了一份情报备忘录，里面介绍了一种很棘手的芥子气混合物。德国人正在研究如何把它融入合成树脂，以便控制液滴的大小。它的代号是"Zahlost"，意思是"难以对付的芥子气"。据说，这种混合物黏性更强，可以粘在衣服和皮肤上。亚历山大十分担心无法帮助部队有效抵御这种新型糜烂性毒气，于是他写信给化学战研究中心的一位负责人——罗兹上校，希望可以得到关于"增稠芥子气制剂"的更多信息，以及最新的急救程序。盟军缴获的德国化学战手册上仍然建议用刀刃等工具刮去增稠芥子气，但这个办法似乎太原始了。亚历山大想知道，是否有有效的溶剂可以对付它。

亚历山大思考良久，他知道巴里港正在饱受有毒化学制剂的折磨，但他不能确定其中是否掺混着其他化学制剂，以及病人们的异常症状是否有可能是其他化学制剂导致的。德国人拥有含磷汽油弹，其主要燃烧剂是铝热剂和镁。这类微粒进入皮肤后，只要有氧气，就会持续燃烧，并且遇水不灭，可以造成深度化学烧伤和眼部损伤。还有一种可能的情况是：一艘盟军货船装载着用于制造4.2英寸发烟弹和发烟罐的白磷，船只发生爆炸后，白磷被释放出来。此前，盟军曾在突尼斯使用白磷制造烟雾屏障，后来又在西西里战役中"大规模使用"白磷。

他见过一些受到爆炸碎片伤害的伤员，这些碎片可能会烧伤人的皮肤，需用镊子将其取出。1943年8月，一艘满载白磷弹药的船只在阿尔及尔港口爆炸，伤亡人数达100人。从伤员的伤痕看不出任何特别之处，少数死者被大面积烧伤，但身上没有磷的成分。这艘军火船也有可能装载了新型M1A1火焰喷射器，这种武器利用一种凝固汽油——环烷棕榈酸，产生非常高的温度和毒性较强的聚苯乙烯。这场让巴里港的诸多船只付诸一炬的大火很有可能就是凝固汽油引发的。但据亚历山大所知，这种物质的作用十分剧烈，这与巴里袭击受害者身上的伤势不太相符。

亚历山大需要调查的内容包括：袭击发生当晚停泊在港口的所有船只及其确切的泊位，以及秘密提货单。他只有弄清楚船上装了什么武器和炸药，才能排除磷弹爆炸的可能性，从而确定货物中是否含有毒气。他百思不得其解，盟军竟会把一批芥子气弹药运至巴里港这个繁忙的前线港口，并且没有按要求提前发电报通知港口这批货物是毒气，而是任由它在港口停放了好几天，最终成为敌军的首要攻击目标。怎么会这样呢？这不是标准做法，也没有任何道理可言。

根据化学战研究中心的规章和政策，所有装载有毒弹药的船只都应优先快速卸载。这些易挥发货物的"保姆小组"（护送这些芥子气的押运分队、官员和化学制剂维护公司，在装载和搬运方面都受过专业化训练）也必然会要求及时卸货。他们的任务是检查炸弹外壳是否有泄漏或裂缝，防止因腐蚀和振动而出现磨损的情况。众所周知，芥子气弹极不稳定，需要定期检测它们的外壳和排气口是否有压力增加的现象。船上的安全官员和港口的相关部门应该非常清楚这种气体的危险性，以及在如此拥挤的港口发生意外爆炸可能会造成的可怕后果。由此可见，出现这种情况的可能性很小。于是他摒弃了这个想法，转而考虑德国在空袭过程中投放毒气弹的可能性。

亚历山大推断，利用芥子气发起低空喷洒式袭击会导致巴里港的盟军船只和船员受到广泛的污染。如果多架德国飞机多次喷洒，在攻击范围内就可能会导致百分之百的伤亡。陆地和海上的人都将无处可逃，他们会被从天而降的毒药淋湿，引发大面积烧伤。这些芥子气会散落在相当大的区域内，污染港口的所有船只，包括那些仍浮在水面上的受损船只。根据标准程序，遭到轰炸后，码头负责人和港口防卫官员应该立即对港口进行一次彻查，确认敌军是否使用了有毒弹药。如果确认使用了，就要迅速隔离可能的污染区域，保护水手和进出港口的船只。

但是，亚历山大在检查码头区域时没有找到芥子气污染的任何证据。既没有工人到外面的防波堤投放石灰以防止更多的伤亡，也没有张贴告示提醒人们注意危险物质或烟雾，尽管芥子气可以在静止的水中存在好几个月。在海水中，芥子气的持久性甚至会成倍增加，对打捞人员造成严重的伤害。他在码头上看见的唯一警示标志是用英语和意大利语写的"禁止吸烟！"的字样。

亚历山大寻访的皇家海军人员似乎对德军在空袭过程中可能释放了毒气的说法备感吃惊。"芥子气？"一名英国军官摇着头说，"不可能！这里没有芥子气。"另一些人在否认有第一手资料的同时表示，只有管理港口的军事部门才能告诉他巴里港是否有毒气。亚历山大还找到了设在马里蒂玛码头的盟军战时航运管理办公室，由于有严格的保密要求，他们拒绝透露所有关于盟军船只运载货物的具体内容。与运送毒气至战区有关的信息都属于机密，亚历山大知道他不可能让他们破例。就这样，他的所有调查都出于相同的原因陷入了死胡同。

英国港口部门只是配合他，却没有为他提供帮助。他们礼貌地回答了亚历山大的问题，但不像前一天晚上那样主动。面对质疑，固执的官员依然"明确地表示这里没有芥子气"。显然，即使袭击发生后他们对港口进行了检查，他们也不会承认，更不用说把调查结果告知一个美国人了。尽管艾森豪威尔反复强调盟军要"目标一致"，但似乎也没什么效果。

不过这一次，亚历山大是不会轻易退却的，他觉得自己可以效仿英国人的顽固个性。他咬紧牙关，再次坚定地表示，为了正确诊治数百名受污染的伤员，他需要他们给予最大程度的合作，"必须立即向医务人员提供指导和帮助，如果不了解灾难的性质，就无法有效地救治这些伤员"。

亚历山大向港口管理部门详细描述了他在第九十八综合医院看到的可怕的烧伤，告诉他们这些伤害肯定是接触化学物质造成的，并竭力敦促他们采取行动。在12月2日袭击事件发生后被收治的534名盟军伤员中，有281人的症状与芥子气中毒的某些症状一致。根据当天的统计，共有45人死亡。而且，每天都有多人因出现感染症状而住院。如果得不到及时有效的治疗，就可能会有更多人丧生。每多耽搁一小时，都会造成不必要的痛苦和死亡。绝大多数受害者都是英国人——他们的同胞，如果他们愿意承受这些，就继续三缄其口吧。

听到亚历山大的这番发人深省的话，英国港口管理部门开始动摇了。当亚历山大继续追问时，他们含糊其词地说，如果港口里有芥子气，"那只能来自德国飞机"。

这个突然的转变让亚历山大一时间手足无措。他停顿了一会，然后开始考虑一个问题：如果指责希特勒孤注一掷，做出了发起毒气攻击的冒险举动，会有什么后果呢？但是，在人们多次坚称巴里港闻不到一丝芥子气的气味之后，他觉得用这个说法来解释巴里港发生的一切似乎过于简单了。现在，他觉得真实情况应该更复杂。他不需要多么敏锐的洞察力就意识到，英国人出于自身的原因，有意操纵他的调查。他越发觉得他们是以军事安全为幌子，试图掩盖自己的错误。虽然亚历山大不能直接指责他们隐瞒事实、妨碍他的调查，但他确信，因为他们隐瞒了有价值的情报，一些本来可以得救的人未能得救，甚至还会有更多人因此丧命。

尽管如此，亚历山大仍觉得有必要继续调查下去，弄清楚这些化学制剂到底是什么、从何而来，不管这样做会得罪谁。作为权宜之计，也为了避免一味地争吵进一步拖延了调查，他对德军可能发动毒气袭击的说法表示了赞同。接下来，他要求港口管理部门派一名潜水员潜到水底，搜寻德国芥子气炸弹的相关证据。为了进一步证实这个猜想，他还请求港口管理部门协助绘制一份靠泊计划示意图，展示出袭击当晚巴里港所有船只的停泊位置。他知道这个要求不合常理，但只有这样，他才能利用这幅示意图与伤亡报告，确定盟军船只的具体位置，从而了解芥子气是如何扩散的。不可否认，这个做法有些碰运气的成分，但值得一试。

他暗自想，如果伤亡情况示意图表明绝大多数死者都在同一艘船上或附近的地方，就能证明罪魁祸首是盟国的有毒货物而不是德国人了。他只能寄希望于靠泊计划示意图可能帮助他了解那天晚上港口发生了什么。英国官员们不情愿地接受了他的建议，答应试一试。

*

由于港口的调查工作暂时受阻，亚历山大回到了第九十八综合医院分配给他的办公室。他前一天要求做的港口水域化学分析结果已经放在了他的办公桌上，检测表明"没有发现芥子气"。他有些失望，但不太吃惊。袭击发生几天后采集的水体样本中没有检出芥子气，并不能说明他的假设一定不对。在袭击刚刚发生的关键时刻（人们被迫从船上跳下，游到安全地点，或者在水中等待救援的那段时间），水面的油层中是可能含有芥子气的。后来，大部分芥子气都在大火中消失殆尽了。据说，港口部分区域的水面油层持续燃烧了36个小时。而残存的芥子气则会从油层进入海水中，沉入海底后最终被水解。因此，检测结果并不能说明问题。

对任何调查而言，事故发生后的24小时都是获取关键信息的黄金时间，而不是几天后。到那时，大多数证据要么消失，要么面目全非。调查进展缓慢让亚历山大备感沮丧，但一味纠结于失去的宝贵时间不会有任何帮助。由于没有什么可做之事，别无选择的他决定从缺失的细节入手，还原灾难发生的全过程。他写道："只有辨明伤亡发生时呈现出的规律，才能搞清楚病人所受创伤的类型。通过评估伤员受到的物理和化学作用力的性质及大小、时间间隔、临床特征和并发症，就有可能勾勒出灾难发生早期的一般模式。"这是椰子林夜总会火灾给人们留下的主要教训。只有"找出规律"，才能确定谁应该为这些无辜死亡的受害者负责，也才能让那些还活着的伤员得到妥善的照顾。

那天以及第二天,他都在专心致志地从医学角度展开调查。他写道:"阅读这些报告,就像踏上了一次通向化学污染的可怕后果的噩梦之旅。"

尸检的初步结果似乎证实了他的想法:罪魁祸首是一种典型的糜烂性毒气,而且很有可能是芥子气。根据他所受的相关培训,他知道糜烂性毒气不仅会影响皮肤,而且如果它的液体或蒸汽进入人的眼睛、肺部或胃肠道,还会对眼睛和全身产生影响。此外,仅通过皮肤吸收也有可能产生全身性影响,皮肤是人体最大的器官之一,与人体的其他器官、功能和结构紧密相连,反之亦然。皮肤及其附属物〔毛发、指(趾)甲、汗液和皮脂腺〕是外部世界和内部器官之间的缓冲器;皮肤作为体温调节和排泄器官,还可以保护身体免受外界的攻击。因此,任何主要作用于表皮的毒性物质,临床症状都会延迟出现,没有明显的疼痛感,一段时间后才出现红肿(红斑和水肿)等血管反应,巴里港的受害者就属于这种情况。

表皮对刺激的典型反应是,细胞内和细胞间出现水肿。如果毒性作用大,细胞间隙中的积液就会越来越多、不断膨胀,我们可以在显微镜下观察到这些积液。组织吸饱了水(皮肤棘细胞间水肿),积液又不断增加,就会导致细胞间桥破裂,小水疱之间的间隙融合,形成大水疱。如果毒素穿透表皮,并一路形成水疱,到达主要由纤维结缔组织、神经和血管组成的真皮,就会引发红斑、水肿、神经损伤、硬化和感觉障碍。

在研究伤员菲利普·亨利·斯通的病历时,亚历山大不由得想起了这些症状。这名年轻的水兵在喝了些水后突然死亡,这一点特别值得关注,因为医生们都认为他的死亡实在令人费解,属于典型的"早期死亡"病例。病理学家指出:

患者前胸部、腹部和大腿可见大面积暗红色斑块。背部也有同样症状，但程度较轻。脸、耳、手臂、背和外生殖器上起了若干不规则的大水疱和大量小水疱。阴茎严重水肿……触碰后表皮容易脱落，真皮呈暗粉色，乳头充血，嘴唇乌紫。

病理学家打开斯通的胸腔后，发现他的食道上有"奇怪的黑色纵纹"，这可能是死亡的细胞和组织（坏死）以及血液变化导致的。肺部严重充血，切面有黑红色斑点，支气管充满脓液，气管因组织内异常积液而充血，这些都是化学刺激的症状。胃部同样有黑色区域，上口附近坏死，很可能是吞下了汽油和芥子气的混合稀释溶液导致的。

这种早期死亡现象还发生在水兵斯托克·麦克劳克林身上，他在空袭两天后死于芥子气烧伤引起的急性全身反应。亚历山大快速浏览了麦克劳克林的病历，发现上面写着"患者对常规复苏方法没有反应"。

1943年12月2日

入院时身上布满油污。（1）上唇肿胀。（2）（右）脚割伤，伤口脏污。（3）休克，胳膊与颈部起疱。10:30，血压90/70。

开始血浆滴注：11:45　1（单位）

13:30　2（单位）

16:30　3（单位）

列入危重患者名单。

1943年12月3日

18:00。注射吗啡，对颈部、手臂、胸部、背部和双腿的水疱进行抽液并敷磺胺，用干纱布包扎。继续滴注血浆。血压108/80。脉搏较快，110次/分钟。

1943年12月4日

　　焦躁不安。轻微发绀。脉搏弱。胸部可听到湿啰音。12:00，发绀。尝试吸氧但无法戴好面罩。神志不清，焦躁不安。注射吗啡后症状未缓解。21:00，死亡。

病理学家报告了一个惊人的尸检结果：尸体表面反常地没有出现尸斑（尸斑指人死后因血管分解而部分体表呈淡蓝色的现象）。表皮脆弱，除了脸和四肢末端，身体多个部位的表皮在触碰时易掉落。皮下呈粉色，去除表皮后，从外表看类似"活组织"。同水兵斯通一样，麦克劳克林的阴茎重度水肿，上面有小水疱。尸体被解剖时，也有类似的发现：舌头底部肿胀，气管和食道明显充血；肺切面严重充血，呈深红色，但切面比较干燥，细支气管切开后仅可见少量泡沫。至此，亚历山大比以往任何时候都更加坚信，病人一定接触过芥子气，尸体没有尸斑、全身大面积水疱和呼吸道内部损伤等现象都能证明他的诊断。

看完厚厚一摞过去三天死亡病例的尸检报告后，亚历山大认为大部分死者的死因都是全身烧伤和爆炸造成的冲击伤。他对死者肺部创伤的症状概括如下：

　　症状似乎明显地分为两个类型。其一，吸入的芥子气沿着支气管树向下散布，导致刺激性表面损伤，随后是继发性下行肺部感染。其二，肺部在爆炸当晚遭受了直接创伤。临床症状明显的冲击伤患者在受伤后不久或48小时内死亡。肺部创伤的病例很多，但不论是何种程度的创伤，一般都不会导致患者死亡。如果没有其他因素的影响，这些肺部少量出血或大面积瘀伤的人可能已经恢复过来了……芥子气蒸汽对因冲击波而部分受损或发生瘀伤的肺部造成的严重后果显而易见。

在得出结论之前，亚历山大将尸检报告中表明冲击伤是其主要死因的病例分拣出来，并称之为"冲击伤致死"。而其余的尸检报告表明死者所受的冲击伤本身不致命，但它们与芥子气蒸汽的共同作用导致了病人死亡。除非通过 X 射线或特别仔细的身体检查，否则医生们无法知道这些亚致死冲击伤（比如肺部瘀伤和组织间出血）的存在。由于病人死于其他原因，这些伤只能在病理报告中显示出来。

这些死亡病例最显著的特点是，全身受到严重的影响和发生的巨大生理变化导致了他们的死亡。最初的血压和脉搏变化是由全部或部分体表烧伤造成的，而这种程度的烧伤会导致巨大的生理变化，甚至是死亡（不论具体原因是什么）。但入院三天后收缩压短暂高于正常水平，随后下降，这表明周围血压控制出现了"严重紊乱"。"全身影响和全身性毒血症的证据更加明显，"亚历山大在他的总结报告中写道，"比芥子气中毒的预期症状还显著。"他需要做进一步研究，才能确定其原因。为了深入了解全身作用，他需要知道病人的血液浓度和骨髓测试结果。虽然肝脏和肾脏的变化可以说明问题，但他必须等显微镜检测结果出来，才能进行相关分析。

根据受害者的肺部和皮肤症状，亚历山大认为这些人肯定接触过芥子气。他根据初步报告判断出，死亡原因基本上可分为两类：一是与严重的外部化学烧伤有关，二是摄入或吸入的芥子气造成了内部损伤。液态芥子气的蒸汽压相当高，在正常温度下会释放出气态芥子气。也就是说，被从港口送到医院、裹着毯子、满身油污的幸存者在不断地吸入芥子气。他能确定的就只有这些。

第二天，亚历山大又一次检查了港口。结合他对幸存者的询问记录和他们对自己受伤情况的描述，他对英国港口管理部门的最新解释越发不满了。他依据医院的记录，开始调查受芥子气污染的伤员来自哪些船只。这项工作费时费力，一番艰苦的调查之后，他发现商船队的记录并不完备。商船不是海军舰艇，船员大多是来自不同国家的平民志愿者，在拿到一笔费用后下船走人或者被遣散的事时有发生。所以，要弄清楚他们的身份与所在船只，着实要花不少功夫。相比之下，海军舰艇的相关记录要有序得多，对武装警卫信息的调查也更容易。每艘船上的武装警卫通常有28人，主要担任炮手和信号员。

但是，他了解得越多，就越觉得"德国人利用飞机释放毒气的可能性极低"。他根本想象不出Ju–88轰炸机是如何投放如此多的毒气，并造成他看到的那些伤害的。他别无选择，只好又一次去询问英国相关管理部门。他后来写道："每个人，包括驻地司令，都否认那里出现过美国或英国制造的芥子气。"

*

鉴于官方对他的判断持反对态度，亚历山大只能自己苦思冥想下一步该怎么办。就在这时，他收到了一条令人震惊的消息。一名潜水员在海底搜寻时发现了一些破裂的毒气弹壳，现场还检测出芥子气的痕迹。第十五航空队的军械员很快就接到了电话，经确认，这些弹壳来自一枚重100磅的美国M47A2芥子气弹。德国的芥子气弹壳上通常都有明显的黄色十字标志，所以这绝对是美国的毒气弹。

亚历山大的第一个想法是，他的直觉是正确的——罪魁祸首是一艘装载了芥子气弹的盟军船只。这批货物很可能准备运往福贾附近的化学储备站，那里是第十五航空队的新基地。为了加强美国的报复能力，美国战争部批准增加前线地区的化学弹药数量，并下令将毒气弹运往意大利。一旦有需要，杜立德的士兵们就会投放这些芥子气弹。

根据他在埃奇伍德接受的培训，亚历山大知道M47炸弹是用金属薄板制成的，长约4英尺，直径约8英寸，装有白磷或液态硫芥子气。自20

世纪30年代末投入使用以来，M47A1出现了许多问题，包括外壳过薄、容易泄漏和破裂等。M47A2是专门为解决这些问题而设计的，它的内部涂上了一种特殊的油，可防止外壳被芥子气腐蚀。但这些炸弹仍然很脆弱，在德军的袭击下，它们可能被炸成了碎片，并将致命的芥子气释放到空气和港口的水域中。

亚历山大很难相信这些英国官员是第一次听说港口有化学武器。目前还不清楚港口司令及其上级是从一开始就知道这些芥子气的存在，还是直到这艘船上的船员和监督这些化学武器运输的保管员在袭击中全部丧生才了解实情。这次悲剧的具体情况还需要做进一步调查（他当前的任务）。毒气泄漏后，负有责任的海军和陆军相关部门选择隐瞒真相，而不是向医院工作人员发出毒气污染风险的警告（这导致伤员的伤势加重，死亡人数大大增加）。只有进行深入的调查，才能知道这件事到底涉及哪些人。除此以外，亚历山大还有很多疑问需要解答。

但此时此刻，他首先要考虑的是那些病人。

怀疑得到证实后，亚历山大立刻就如何正确处理接触过芥子气的病人的问题，向所有盟军医院的医务人员提出了自己的建议。他制定了更具体的治疗措施，旨在降低每天的死亡人数。但令他沮丧的是，一些英国医务人员似乎不愿意听从他的建议，他们似乎想等到他的诊断得到官方批准后再去执行。虽然亚历山大不能指责他们的这种行为，但他担心由于这些医务人员对他缺乏信心，他希望采取的一些措施会因此无法迅速推行。盟军在巴里的所有医院都安排了各自的人员并按各自的方式行事，这使得协调医护工作和制定毒气治疗标准程序变得十分困难，尤其是在现有程序的效果不理想的情况下。

由于医生和护士都不熟悉情况，治疗过程困难重重。很多时候，他们都没有办法迅速确定该采取哪些治疗措施。似乎没有哪种疗法的效果"显著优于其他疗法，值得特别倡导"，因此亚历山大认为只能将和平时期的理论和经验抛在脑后。他列出了一个内容不定并且包含不同治疗方法及组合的清单：

> 在接受局部治疗之前，不得用护架盖住敷料
> 只敷淀粉或滑石粉
> 涂抹吖啶黄（局部消毒）后敷凡士林并包扎
> 敷0.01%的吖啶黄
> 敷磺胺粉
> 涂抹炉甘石药膏
> 敷干燥无菌的药膏
> 磺胺嘧啶软膏
> 单宁酸，局部给药
> 敷凡士林后用纱布包扎
> 温盐水浴
> 敷凡士林
> 敷优锁
> 三重染色

绝大多数病人都受到了芥子气蒸汽和液态芥子气的伤害。通常情况下，伤势越重的患者，创伤面积就越大。根据记录，红斑面积占全身面积一半或一半以上的病人共有58个，有类似面积水疱的病人共有11个。第一周结束时，病人身上的红斑逐渐消退，皮肤表面形成银灰色的薄片并开始脱落，露出健康的新皮肤。几天后，病人长有水疱的皮肤开始脱落，这些部位又红又疼、非常柔嫩，随后渐渐地愈合。亚历山大很快就发现，《化学战手册》中介绍的治疗水疱的传统方法很不实用，水疱经常会因为病人的活动而破裂。针对这个问题，他命令医护人员将剩余的水

疱全部戳破，排出其中的液体，然后用无菌敷料保持水疱的外层或顶部的完整。使用干燥的爽身粉，可以减轻许多浅表开放性病变患者的不适感；使用磺胺粉，可以预防局部感染。若没有磺胺粉，使用滑石粉也能取得同样的效果。大约50名病人接受了水杨酸戊酯治疗，但这种药物的供应严重短缺，所以医护人员在使用时非常谨慎，基本上只给液态芥子气烧伤病人使用。但事实证明，使用这种药似乎并不会加快伤口的愈合速度。

相比之下，最简单的治疗方法效果反而最好：护士需要付出的精力最少，病人需要忍受的不适感也最少。经过几天的反复试验，大多数病人接受的"精心治疗"就是将水疱戳破，排出里面的液体，再将磺胺粉撒上去，最后用无菌干纱布包扎。这种治疗方法还有一个好处：敷料可以长时间保持不动。在一段时间内，创口得到了很好的保护，但随着创面变得干燥，绷带粘在了伤口上，一旦拆除绷带，就让病人疼痛难忍，于是医护人员不得不尝试其他方法。

他们试着先在伤口上敷上凡士林，再用纱布给病人包扎，这是椰子林夜总会火灾后医院在烧伤治疗方面做出的一个创新。事实证明，这样处理的效果非常好，但大面积烧伤的病人需要使用大量凡士林，而且这样的病人很难护理。当他们的皮肤发痒、过敏时，就需要使用炉甘石药膏，在某些情况下还需要使用鱼肝油。一家医院给大面积烧伤病人喷涂单宁酸溶液，使皮肤变硬，据说这可以防止微生物感染。另一家医院用三重染色方法治疗了一小部分病人。经过调查，亚历山大发现这些病例的情况"更糟糕"，于是下令停止使用这些方法。不幸的是，战地医院不是实验室，加上时间太紧，来不及做比较研究，所以亚历山大无法报告所有药物或治疗的疗效。

照顾大面积烧伤的伤员是最大的挑战。亚历山大指出："一个几乎全身烧伤的伤员需要一名医护人员的全天候照料，而这是绝对做不到的。"

即使只是帮助病人保持相对的清洁，护理工作量也是非常大的。医护人员发现，温盐水浴有助于去除包扎在伤口上的绷带，尤其有助于减轻腹股沟和生殖器区域严重烧伤患者的剧烈疼痛。于是在更换敷料时，他们用生理盐水、吖啶黄或优锁溶液为患者清洗创面。

对于上呼吸道烧伤的病人，医生给他们开具了磺胺。虽然医院尝试了各种针对局部症状的辅助治疗手段，但有些病人的病情持续恶化，亚历山大不得不承认既有的治疗"只取得了很小的成效"。滴鼻剂和漱口水只能起到些许缓解作用，吸入蒸汽和安息香酊对上呼吸道创伤、气管炎和支气管炎的"疗效甚微"。当病人出现下呼吸道感染症状时，医院会加大磺胺嘧啶的剂量，给病人强行灌入药液，再加上氧疗，但尚不清楚这些治疗会有多大帮助。很多病人被严重烧伤，给护理工作带来了很大的麻烦。当药液被强行灌入肿痛的喉咙时，病人痛苦万分。此外，如何给病人提供足够的营养，也一直是个问题。

亚历山大疲惫地说，呼吸道损伤的总体治疗效果"非常令人沮丧"。他说："换言之，从结果来看，一些病人患肺炎后不久就会死亡，这种现象还在继续。"

*

亚历山大发现芥子气来自"盟军的物资供应"，这不但没有使事情告一段落，反而使这项本就困难重重的工作变得更加复杂。一到巴里，他就敏锐地意识到，紧张的外交局势已经迅速发展为一场全面爆发的危机。这位29岁的医生洞见到毒气灾难具有"可怕的国际影响"，特别是其中一部分伤害还是己方造成的。英国相关部门试图混淆视听和掩盖证据的做法令人恼怒，他们试图将化学武器伤亡的责任转嫁给德国空军的做法更让人不齿。这种捏造事实的行为可能会带来严重的危害。"如果他们无中生有,指责德国人投放了芥子气……",他不敢想象这会造成多么"恶劣的政治影响"。

1943年春天,罗斯福总统曾发出严厉警告:任何使用化学武器的行为都将遭到"最全面的报复"。这句话至今仍萦绕在亚历山大耳边,他知道,"对巴里港芥子气的经手人与来源的任何错误解读,都会造成可怕的政治和军事危机"。如果盟国得出错误的结论,认为敌人部署了化学武器,就有可能导致大规模化学战。这也会将一心追寻真相的他置于可怕的境地,情况真的很棘手。

更令他焦虑的是,芥子气污染导致的日死亡人数虽然在第一周结束时有所下降,但在12月10日星期五再次飙升。那天晚上他离开医院时,24小时内已有9人死去。死亡曲线上出现的第二个高峰(第一个高峰出现在袭击发生后的第三天)表明肺炎对接触化学物质后变得虚弱的患者产生了继发性影响。医务人员最难以接受的事实是,尽管亚历山大已判断出有毒物质是芥子气,并安排病人接受适当的治疗,但死亡人数仍在增加。他们无法预测还会有多少人丧生,也无法预测这场灾难的最终规模。

亚历山大觉得有必要尽快通知盟军总司令部。他给阿尔及尔的布莱塞将军发了封电报,向他报告了医疗调查的初步结果。9天后,他写了一份简明扼要的备忘录:

12:15

该地区医院标为"未确诊皮炎"的烧伤是由芥子气导致的。之所以症状不同寻常,是因为大多数人的创伤是由掺杂在港口水面油层中的芥子气造成的。

在评估这些病人的死因时,需要考虑三个因素:

(1)冲击伤;

（2）浸泡在毒气中、接触毒气；

（3）芥子气中毒。

对于大多数病例，我认为芥子气中毒是最重要的致死因素。

还有很多人的病情非常严重，我肯定还会有病人死亡。

斯图尔特·F. 亚历山大

中校

化学战医学顾问

1943年12月11日

当天晚上，又有9人死亡。

亚历山大越来越迫切地意识到，他必须直接把备忘录呈交给最高领导层，让他们认可他的诊断。于是，他给美国总统和英国首相分别发了一封高优先级的电报，向他们报告了巴里港伤亡的性质，以及芥子气来自美国的一艘自由轮的调查结果。由于亚历山大曾在卡萨布兰卡会议上见过这两位领导人，因此他认为在目前的特殊情况下，这是最好的行动方案。因为这些信息的呈送需要经过一系列层级，亚历山大没有预期自己会收到回复。罗斯福似乎认可了他的发现并告知他"有消息随时通知我"，这让亚历山大吃了一惊，但也松了一口气。

不过，丘吉尔对亚历山大的医疗调查工作并不感兴趣。亚历山大被告知，英国首相做出了一个简短的回复，大意是"你的现场调查人员肯定搞错了"。丘吉尔不相信巴里有芥子气，据说他还要求重新评估当时的情况。

对此，亚历山大一言未发。但等到他平静下来后，他表达了自己的惊讶，并坚称自己有"证据"，只不过他很快发现与送信的人争论是没有意义的。面对确凿的证据，竟然还能打官腔否认既定事实，这真的让他无法理解。丘吉尔及其顾问对亚历山大来说遥不可及，所以他不可能知道他们是真的没有意识到这场灾难的严重性，还是不愿意正视这个可怕的问题。

亚历山大十分钦佩丘吉尔，视其为一位伟大的军事领袖和政治领袖。尽管亚历山大内心愤怒不已，但他知道欧洲比美国更容易受到毒气的攻击。他明白丘吉尔最担心的是，"一旦承认了战区内有盟军的毒气，德国人就会采取报复行动，向英国投放毒气"。虽然他认为丘吉尔的这个决定很明智，但他同时认为，在化学灾难中，丘吉尔也应该尊重"现场科学家"的意见。相反，由于丘吉尔的持续反对，亚历山大的信誉和工作能力都受到了动摇和冲击。只要英国政府不认同他的做法，在巴里的英国医务人员就不会信服地接受他的领导。问题是，接下来该怎么办呢？

为了澄清事实，亚历山大给丘吉尔发去了第二封电报，详细介绍了他的医学发现，并坚称这些伤亡"毫无疑问"是由芥子气造成的。没过多久，亚历山大就被告知：丘吉尔仍然认为"从症状上看不像是芥子气导致的"，肯定是亚历山大搞错了，因为丘吉尔"在第一次世界大战中看过很多芥子气造成的伤亡，而这一次的伤亡情况与前者完全不同"。所以，丘吉尔的指示没有改变："这位医生应该重新检查他的病人。"

这让亚历山大不知所措。他不知道该如何理解这种"奇怪的信息交流"，也不知道"地位低下且孤立无援的美国军医"应该如何回应这位固执的英国领袖对他的专业知识提出的质疑。当他向联络官寻求建议时，联络官淡淡地说了一句：不要和首相争论。

第 5 章

特殊亲和力

———————

在度过了一个不眠之夜后,亚历山大一早就回到了第九十八综合医院。他决心证明自己的判断是正确的,即病人伤亡的主要原因是芥子气中毒。丘吉尔的杰出能力毋庸置疑,他对于重要的事实总有一种异于常人的敏感。关于巴里港受害者,他直截了当地提出了最重要的几个问题:为什么这些人的中毒程度比以往的任何军事记录都严重得多?他们的症状不同寻常,但盟军军医和丘吉尔都没有察觉到,这是为什么呢?根据亚历山大的计算,死于芥子气中毒症状的巴里袭击受害者人数远多于"一战"战场上死于类似症状的人数。在第一次世界大战中,因毒气受伤住院的病人死亡率约为2%。而巴里袭击的病人死亡率则高出很多倍,有近13%的伤员不治身亡,且这一数字还在增加。

他认为,这次的芥子气中毒与伊普尔战役中的情况完全不同。在巴里袭击中,只吸入毒气的人数较少,所以"一战"中受害者普遍出现的严重肺充血症状这次只"在少数人身上表现出来"。此外,过去人们一直认为,只接触芥子气飞沫或蒸汽而导致全身中毒的情况并不多见。但巴里袭击受害者的一个突出特点是,他们浸泡在油腻的港口海水中,长时间地密切接触毒气，以致皮肤吸收了大量芥子气。亚历山大推测："这些病人出于这样或那样的原因，都在掺杂了芥子气的油污中浸泡过，之后又裹着毯子喝下热茶，所以长时间地吸收了毒气。"所有这些都为病人"大量接触毒气"和毒气进入人体创造了充分的条件。医生或医学研究人员从未遇到过如此严重的芥子气中毒事件，他们也是第一次见到芥子气对人的全身影响。

那天上午，亚历山大在查看英国医生提交的病历和病理报告时，不仅再次看到了这种毒气对人体的毁灭性影响，还注意到一个反复出现的检测结果——毒气对病人白细胞的影响。他快速翻阅了所有记录，了解了病人的血细胞计数。这些记录表明，病人的白细胞计数急剧下降。看到这些，他身上的汗毛都竖了起来。亚历山大以前也见过这样的结果，但不是在人类身上。

他放慢了翻阅速度，认真地查看了几十份血检报告。然后，他把那些病历浏览了一遍，并在一个便笺簿上写道："血液中的白细胞受到了极其严重的影响。"很多巴里袭击受害者入院时都有明显的血液浓缩症状（血容量减少，通常与冲击伤导致的出血有关），具体表现为进入皮肤和皮下组织的血液量减少。很多重症病人的血红蛋白检测结果为正常值的135%~140%，而红细胞的正常值为600万左右。同时，有些病人的白细胞计数为每立方毫米0.9万~1.1万。在逐渐恢复的患者中，血液浓缩症状在第二天或第三天就缓解了。但是，有些病人的白细胞计数在第三天或第四天才开始下降。

此后，病人的各项数据呈急剧下降的趋势。白细胞计数降至每立方毫米100，甚至更少。最先消失的是淋巴细胞（淋巴器官中的白细胞，对免疫系统很重要），粒细胞（白细胞中数量最多的一种，是炎症反应的重要介质）也受到了严重影响，但其数量急剧下降的时间比淋巴细胞晚一天左右。不是所有病例的白细胞计数都在下降，但白细胞计数极低的伤员全部死亡。

亚历山大被这些病例深深地吸引了。他确信，巴里袭击受害者的中毒症状与他在埃奇伍德兵工厂做实验时兔子的症状一致，那个研究项目因为对战争"没有益处"而被叫停了。他后来回忆说："所有这些症状都和我在战前的动物研究中所见的情况一样。血细胞消失了，淋巴结也消失了。"他由此发现了它们与癌症之间可能存在的联系，癌症的特征是细胞不受限制地疯狂增加。芥子气似乎可以抑制白细胞的分裂，亚历山大推断它或许还可以减缓进行性癌症的癌细胞分裂速度。他当时想的是："如果芥子气有这样的效用，那么它对白血病或淋巴肉瘤患者会有什么帮助呢？"

他闭上眼睛，回忆起他被迫放弃在埃奇伍德兵工厂进行的芥子气的潜在医学价值研究，转而去研究芥子气的军事用途时内心的那种令人绝望的挫败感。1942年3月，珍珠港事件发生的几个月后，美国被迫参战，这让实验室的压力倍增，因为他们必须为随时可能发生的毒气战做准备。当时，他们从一些情报来源获悉，德国人正在大量储备新型化学制剂。埃奇伍德兵工厂也收到了两份不知名化学战剂的样品，这些属于高度机密的样品是情报人员冒着极大的危险从德国偷运出来的。医学研究实验室的毒理学部主任霍华德·斯基珀博士立即对样本进行了检测，确定它们是糜烂性毒剂。他做了进一步分解，以确定它们的化学成分。他发现，这些化学制剂是胺（一种比较简单的化合物，含有一个或多个与氮相连的卤素原子），每个卤素原子又与一个β-氯乙基相连。其中一种样品有两个自由基，另一种有三个自由基，分别是二氯二乙基胺和三氯三乙基胺。它们的化学结构如下：

```
              H
          H   |   H
           \  |  /
        H  H  C  H  H
        |  |  |  |  |
    Cl -C -C -N -C -C -Cl
        |  |     |  |
        H  H     H  H
```

硫芥子气的化学结构如下：

```
        H  H     H  H
        |  |     |  |
    Cl -C -C -S -C -C -Cl
        |  |     |  |
        H  H     H  H
```

由图可见，两者非常相似，所以埃奇伍德兵工厂的科学家建议称它们为氮芥子气。出于安全考虑，他们给这两种德国样品随机分配了两个代号：1060和1130。之后，它们被移交给医学研究实验室的负责人亚历山大，用于研究德国制造的新型毒气对人体的影响。

亚历山大及其同事立即开展了细致的实验，来确定这些有毒物质对人体器官的作用方式。第一批实验是在兔子身上进行的，因为对人体研究而言，兔子是很好的实验替代品。他们用1130号样品烧伤兔子，或者让兔子直接吸入这种毒气，再研究它对动物皮肤、眼睛和呼吸道的影响。实验结果与硫芥子气及类似糜烂剂的预期效应基本一致。

之后，他们又做了一个实验，确定1130号样品对血液系统（血液和造血器官）的影响。他们选出20只刚出生的兔子，经过一周的正常喂食，仅留下最健康、发育得最好的几只。他们每天抽取兔子的血样，只在实验前36个小时停止抽样。之后将在对照期采集的兔子血液数据与之前从普通兔群中随机选取的兔子血液数据进行比较，并剔除白细胞总计数和白细胞分类计数不符合正态分布的兔子，以确保实验组中的兔子都是"正常"的兔子。然后，他们将实验组兔子耳朵和腹部的毛发剃掉，

让它们接触致命剂量的1130号样品。实验结果如下:

实验发现,在直接吸入毒气或被毒气烧伤后的4天内,兔子的血液系统发生了显著变化。在此期间,直接吸入毒气和被毒气烧伤兔子的白细胞计数(颗粒细胞和无颗粒细胞的绝对数量)均大幅减少……

虽然直接吸入毒气和被毒气烧伤的兔子的死亡率大致相同,但直接吸入毒气对白细胞计数的影响更迅速,而被毒气烧伤对白细胞计数的影响更严重。

令研究人员惊讶的是,兔子的白细胞计数呈现出一个奇怪的现象——降至零或非常接近零的水平。他们之前从未见过白细胞被如此迅速地击败,以及淋巴结和骨髓随之恶化的现象。他们查阅了相关文献,但没有发现提及白细胞迅速减少或类似现象的报告。当时,亚历山大的第一个想法是,肯定是"这批兔子有问题"。于是,他们换了一批兔子重新做实验,最终的结果没有任何变化。

这种情况令人震惊,于是他决定在不同的动物身上做同样的实验,排除动物选用不当或物种敏感的可能性。他们先后用豚鼠、大鼠、小鼠和山羊做了实验,并且得到了相同的显著结果:白细胞迅速且大幅减少,淋巴细胞大幅减少,网织红细胞减少,淋巴结缩小,骨髓抑制,等等。在接触这些毒剂后,实验动物的白细胞计数迅速降至零,淋巴结几乎完全消解,只剩下他们之前见过的"萎缩的小壳"。亚历山大及其同事用硫芥子气针对血液系统进行了同样的实验,但无法重现氮芥子气实验中白细胞计数的显著变化。

有人认为,芥子气会干扰人体产生血细胞(尤其是白细胞)的机制,亚历山大对这个观点非常感兴趣。当他看到实验结果非常显著且具有可重复性时，他不由地想知道是否有可能直接利用这种化学物质或将之改良，来治疗人类的血液疾病。他认为，既然氮芥子气会攻击白细胞，通过使用不同剂量的氮芥子气，摧毁部分（而不是全部）多余的细胞，或许可以在不毒死病人的前提下，帮助白细胞生长不受限制的白血病患者控制住病情。于是，雄心勃勃的亚历山大提出了一套新的实验方案，但主管告诉他这不属于埃奇伍德兵工厂实验室的职责范围。随后，他向美国国家研究委员会求助，对方给出了同样的答复。所有研究都必须有利于国防，他们没有那么多时间和资金供研究人员从事无关的工作。亚历山大被要求将这个项目搁置，专心研究芥子气中毒的处置、治疗和洗消措施。看来，寻找神奇治疗方法的工作要等到战后才能继续开展了。

亚历山大的氮芥子气实验属于最高等级的军事机密，于1942年4月13日开始，两个月后完成。他们最初的研究成果——埃奇伍德兵工厂医学部MD（EA）第59号备忘录《接触致命剂量1130号样品后兔子血液变化的初步报告》——发表于1942年6月30日。报告上的署名人是指导这项工作的亚历山大和参与研究的另外5个人，分别是报告执笔人T. W. 凯斯利和C. B. 马根德，以及O. E. 麦克尔罗伊、B. P. 麦克纳马拉和G. A. 内维尔。这份绝密报告被复印了21份，分发给美国国防研究委员会下属的主要科学家和研究人员。接下来的几个月里，一系列有关1130号物质致命性的论文被发表出来。

亚历山大建议做进一步研究，评估这种物质是否可用于治疗白血病或淋巴肉瘤。他希望得到支持，但他没有收到任何回复、评论或意见。

*

亚历山大认为，有毒物质可能也有治疗作用的观点看似荒谬，但并不是什么新鲜事儿。每个时代都有炼金术士，他们又都有抗癌的"长生不老药"。砷是医药领域的第一把双刃剑,几个世纪以来它既被用作毒药,也被用来治疗溃疡。古希腊人、古埃及人和古代中国人都曾尝试找到治疗肿瘤的药剂,他们用草药和重金属(汞、铅、铁、铜和金)盐配制出大量药物,其中许多都是无效的,甚至是有害的。在这些所谓的治疗方法中,争议性最大的一个可能是维也纳医生安东·斯托克的方法。他在1762年的一篇医学论文中称,他的毒芹提取物对乳腺癌和子宫癌有疗效。尽管人们普遍对它表示怀疑,但用毒芹调配成的各种药物仍然使用了几十年。面对众多的江湖术士和毫无根据的断言,许多医生不得不接受法国外科医生贝尔纳·佩利亚克的观点。这位最早采用根治性切除术治疗乳腺癌的医生在1776年说:一直以来,寻找治疗癌症的化学制剂的努力不仅毫无收获,而且非常荒谬;正常组织和恶性组织之间的相似性必然导致对一种组织有害的化学制剂对另一种组织同样有害。

19世纪末20世纪初,基础科学取得了迅猛的发展,化学家制造出一系列新物质。1898年,一位名叫保罗·埃尔利希的德国生化学家开始进行分离毒素的研究。注射这些毒素后可以激活"抗毒素"(抗体),从而使人体产生免疫,阻止随后致病微生物的入侵。他先用各种织物染料给动物组织染色。在注意到它们对特定器官、组织和细胞具有某种选择性之后,他开始对这些化学物质进行实验,确定它们的治疗价值。在与结核病进行了一场较量之后,他把注意力集中在细菌毒素上,研究如何从免疫动物身上提取优质血清,并逐步完善了从马的血液中提取抗白喉毒素血清的方法。

埃尔利希知道,有些疾病是没有对应的抗毒素的,血清疗法因此具有局限性。于是他开始尝试合成新的化学药物,通过"化学疗法",在不损害机体的情况下杀死寄生虫或阻止它们生长。最终,他发现了一种红宝石色的化学染料——锥虫红。研究表明,这种染料对引起锥虫病(睡眠病)的寄生虫有抑制效果。接着,他又有了一个更大的发现——一种对引起梅毒的高传染性生物具有特殊亲和性的分子。他发明的六〇六（后来被称为"洒尔佛散"）成为对抗这种折磨了欧洲人数百年的可怕疾病的"灵丹妙药"，并扬名世界。埃尔利希穷其一生，试图在他收集的大量化学药品中找出一种可以发现并定向攻击癌症的药物，但令他沮丧的是，他从未发现对恶性细胞有特殊亲和性的化学物质。

第一次世界大战后，科学家希望能发现毒气的医学用途，但这方面的成果寥寥无几。20世纪20年代初，导致数百万人丧生的西班牙大流感刚刚结束，埃奇伍德兵工厂的医学研究处负责人爱德华·B. 维德中校发现，接种了芥子气和结核杆菌浓缩液的豚鼠没有出现流感症状，而其他对照组动物则出现了流感症状。于是，他做了大量实验，测试这种浓缩液对身体有什么好处。在化学战研究中心的一个生产工厂发生意外泄漏后，接触过氯气的工人患感冒的比例低于其他工人，这让维德冒出了一个想法：氯气或许可以治疗呼吸系统疾病。基于这一假设，他对一批患支气管炎、百日咳和肺炎的病人进行了一系列实验。他向密封室内泵入非致命剂量的氯气，然后让这些病人暴露在氯气中，最终将实验结果发表在了《美国医学会杂志》上。

事实证明，氯气是一种强力抗菌剂，氯气疗法自此推广开来。化学战研究中心为了快速恢复它的战后形象，并为它寻找新的民用用途，组织了大量宣传活动去推广这一疗法。1924年5月，患病的美国总统卡尔文·柯立芝在氯气室中接受了三剂氯气的治疗后，宣称他感觉好多了，"感冒伴有的抑郁和精神不振……全部消失了"。1925年，为了让美国人相信吸入这种气雾剂对身体有益，化学战研究中心在国会山举行了一个活动。他们把一个大会议室的门窗全部关闭，让与会的23名参议员、146名众议员以及他们的1 000名员工和亲朋好友一起吸入这种气雾剂。虽然没有记录显示有多少人被治愈，但很显然，也没有人表现出筋疲力尽的样子。

在接下来的一段时间内，医生开始使用这种化学武器来对抗普通感冒。但后来的研究表明，前期研究是有缺陷的，而且这种做法带来的死亡风险超过了它带来的好处，于是人们不再使用它。明尼苏达大学对接受过氯气治疗和未接受过氯气治疗的患者进行了对照实验，结果表明两组患者的恢复速度相同。而维德则继续宣传这种疗法，并赋予其积极正面的意义。1925年，他发表了文章《从医学角度看化学战》，提供了有关芥子气的病理学和生理学价值的有用数据。但他最知名的观点是，毒气战有其相对人道的一面。他不太相信芥子气会产生长期的显著影响，而是认为这种武器没有那么罪大恶极。

尽管有关毒气药用价值的科学研究值得商榷，但亚历山大确信，他在埃奇伍德兵工厂的氮芥子气实验中的无意发现非常重要，他不能就此放弃。这种化合物可能对人体的白细胞有同样的毒性作用，这充分说明应该做进一步的实验。他怎么会允许这样一项有前景的研究与埃奇伍德秘密档案中的数百项研究一起被束之高阁，在未来几年里无人问津呢？

就像任何一位执着的研究者一样，亚历山大渴望与其他医生和科学家一起讨论他的研究，但战争部关于埃奇伍德研究项目的一纸安全指令让他寸步难行。他不敢违背实验室的严格限制，为了让这个项目继续下去，他提出申请，希望可以向耶鲁大学医学院前院长弥尔顿·查尔斯·温特尼茨博士咨询。温特尼茨是战时毒气伤员治疗委员会主席，拥有全面了解这些机密信息的权限。在第一次世界大战期间，温特尼茨创办了化学战研究中心生物学部。1940年，他发现这个部门已大不如前，于是帮忙在埃奇伍德兵工厂新建了那个重要的大型医学研究实验室。他编辑并撰写了有关军用毒气病理的定稿部分，被公认为这一领域的翘楚。在得到外部咨询的许可之后，亚历山大立刻制订了走访纽黑文的方案，希望可以争取到这个强大的盟友。

温特尼茨素来令人敬畏，他的同事和学生都叫他"温特"（意为冬天）。他拥有"拿破仑的头脑和身高"，个子矮小，脾气暴躁，教学方法专横。据说，他是一个敢于挑起争端且不接受反对意见的传奇人物，曾多次力压批评、怀疑的声音和末日预言，要求政府拨款用于研究在第一次世界大战中让人闻风丧胆的新型化学制剂。他说服耶鲁大学建立了一个军用毒气生物效应研究中心和一所陆军实验室培训学校。1935年退休后，他撰写了一系列重要的休克病理研究报告，并在耶鲁大学创立了非典型生长研究室，探索癌症的病理过程。他一直站在癌症研究的前沿，致力于寻找有效的新方法。

1942年6月，亚历山大带着一大堆文件和图表面见温特尼茨，但他完全没想到自己会受到冷遇。他先向温特尼茨介绍了他在实验动物"血液中发现的奇怪现象"，他兴奋地说道，"我们发现这种药剂会对血液和淋巴结产生异常可怕的影响"。然后，亚历山大描述了氮芥子气是如何选择性地破坏某些细胞的。其间温特尼茨虽然没有打断亚历山大的长篇大论，但他那挺直的肩膀和紧闭的嘴唇表明他对此持怀疑态度。问了几个问题后，温特尼茨告诉亚历山大，他不认同亚历山大关于全身作用的发现，并补充说，在他的实验研究中并没有发现这种奇怪的影响。他认为是亚历山大的实验观测或白细胞计数出现了错误。亚历山大试图为自己的研究辩解，但温特尼茨对亚历山大的实验结果不屑一顾，并怀疑可能是那些兔子有问题。他用刻薄而轻蔑的语气告诉亚历山大，经过深思熟虑，他认为埃奇伍德实验室的数据是"不可靠的"。尽管亚历山大据理力争，但温特尼茨坚持认为，"即使这种情况确实出现在动物身上，也不会出现在人类身上，因为他在第一次世界大战中见过成千上万的病例，无一出现过这种情况"。

亚历山大非常沮丧，他意识到自己没有选择的余地了。但他不愿意就此放弃，而是决定私下拜访他以前的一位老师——纽约市哥伦比亚大学医学院的医学教授富兰克林·麦库·汉格博士。汉格是一位杰出的血液学家，也是一位富有激情和献身精神的研究人员。1938年，他设计了检测肝功能和肝硬化的汉格检测法。亚历山大很重视汉格的意见，但因为汉格没有接触机密级军事情报的权限，所以亚历山大在谈到自己的研究时，只能使用一些代号。前一天晚上，亚历山大用黑色记号笔将资料中提到的化合物及其化学成分、研究地点全部涂黑。在查看了原始数据和一些图表后，汉格变得兴奋起来："真是这样的话，就太棒了！"他的热情让亚历山大感到十分吃惊。

汉格告诉亚历山大，他愿意不惜一切代价得到些许样品，在他的实验室里研究这种物质是否可用于治疗淋巴–血源恶性肿瘤。他请求亚历山大"给他一点儿样品"，或者至少告诉他这种物质的成分，以便他开展进一步的实验。当汉格得知这些机密物质严禁外露，至少目前普通科学家无法接触时，他深感失望。几个星期后，亚历山大接到了上前线的命令，这件事也就此打住。但汉格的热情让亚历山大相信，这种物质确实会产生全身作用。亚历山大也相信在未来的某个时候，研究人员肯定会继续这方面的调查研究。

*

现在，亚历山大身处6 000英里外的盟军医院，手里拿着确凿的证据："芥子气对血细胞和造血器官的破坏是具有选择性的。"通过一次反常的事故，他们曾在实验兔子身上验证过的数据在人类身上也得到了验证。虽然亚历山大无法挽救伤势最严重的巴里袭击受害者，但他至少可以让他们死得其所。与如此重大的损失相比，这显得有点儿微不足道，而且他也不一定能成功。他之所以自愿肩负起这项使命，还有一个更重要的原因：他是世界上少数几个知道芥子气潜在疗效的医生之一，而一个百万分之一的机会让他置身于一场有数百人受到毒气污染的灾难中，残酷的现实为他的研究提供了大量死亡案例。借助这个机会，他可以开展创新性调查，了解芥子气对人体的未知生物效应。也许，这场可怕的灾难也会带来一些好处。他站起身，跑进大厅，大声命令医护人员继续给病人做血液检测。

巴里受害者的病历现在有了全新的意义。亚历山大仔细阅读了这些诊疗记录，想看看是否有白细胞迅速减少和全身受到严重影响的迹象。他很快就有了几个发现。他拿出24岁的一等水兵西奥多·M.弗朗科的诊疗记录，这是一个完美的病例：在袭击当晚被收治，休克，呕吐，主诉眼睛灼痛。袭击发生时弗朗科正驾驶着一艘救生艇，在港口实施营救时接触了海水，身上沾了一层厚厚的黑色油污。他穿着湿衣服在医院里大概坐了两个小时，之后出现了喉咙痛、眼睛灼痛等症状，身上还起了水疱。亚历山大仔细查看了弗朗科的诊疗记录：

1943年12月6日

总体情况没有变化。喉咙仍然很痛，有黄色脓痰，血色暗红，皮肤过敏。躯干和手臂上起了大量白色水疱。皮肤发红发烫。其他情况同之前。

红细胞计数：每立方厘米459万。白细胞计数：<u>每立方厘米2 300</u>。血红蛋白计数：112%。

血色指数：1.2。

1943年12月7日

喉咙痛，胸部中心区域疼痛。咳嗽，有黄色带血浓痰。脉搏：120。胸部检查发现气管炎，肺部正常。躯体前部、胸部、腹部仍多见微小白色水疱。右臂和左大腿上起了几个新水疱。阴茎脱皮，湿软。

1943年12月9日

红细胞计数：每立方厘米453万。白细胞计数：<u>每立方厘米600</u>。血红蛋白计数：109%。

血色指数：1.2。

1943年12月10日

情况不佳。喉咙仍然很痛。咳嗽，有支气管炎。两肺上肺叶呼吸音粗。脉搏：120。声音软弱无力。发热，体温：105华氏度（40.6摄氏度）。白细胞计数：<u>每立方厘米50</u>。

1943年12月11日

总体情况没有变化。注意力不集中的现象似乎略有好转。皮肤脱落。红斑略有褪色。喉咙仍然疼痛。

红细胞计数：每立方厘米336万。白细胞计数：<u>每立方厘米100</u>。血红蛋白计数：97%。

血色指数：1.5。

随着病情的恶化，弗朗科被归为病危患者。医生给他吸氧，还注射了尼可刹米和吗啡，但他仍在12月12日下午12点45分死亡。亚历山大给病历上急剧下降的白细胞计数加了下划线，以示强调。他抽出弗朗科的尸检报告，把它放在一旁，准备写进调查报告中。

30岁的海军少尉科皮·维索尔是美国约翰·巴斯科姆号上的一名美国海军武装警卫，他的病历也表现出同样的特点。当他所在的船只遭到轰炸时，这位指挥官的右肩受伤，肱骨骨折。后来，他参与救援了那些弃船逃生的受伤水手。在他划着救生艇前往码头的途中，油腻的海水溅湿了他的衣服。12月2日晚，他因休克入院，医护人员给他注射了吗啡。

他虽然换下了湿衣服，但没有清洗身体。12月3日，他的双眼结膜发炎，身上起了水疱。在接下来的几天里，医生给他输血，还开了吗啡、生理盐水和阿托品眼药水，但他的情况仍然很糟糕。亚历山大也仔细查看了维索尔的诊疗记录中的重要信息：

1943年12月8日

　　红斑颜色加深，背部、臀部、阴茎和阴囊等部位易摩擦脱皮。生殖器区域出现脓毒症。敷料被浸透，发出异味。下午体温：103.6华氏度（39.8摄氏度）。脉搏：120。呼吸频率：24。血细胞计数：红细胞每立方厘米450万，白细胞每立方厘米20 000，血红蛋白90%。

1943年12月9日

　　尿酸和NKD蛋白。胸部和肩膀脱皮。背部和臀部疼痛、渗液。足背脱皮。发热，101~103华氏度（38.3~39.4摄氏度）。脉搏：120~130。呼吸频率：28~34。运动时气喘。胸部无活动性疾病，吸气困难。磺胺嘧啶3克，之后每小时1.5克。不得进食，但饮水量不限。

1943年12月10日

　　上午体温降至99.8华氏度（37.7摄氏度）。脉搏：120。呼吸频率：24。

　　红细胞计数：400万，血红蛋白：90%。

　　白细胞计数：<u>每立方厘米550</u>。夜里能入睡。发绀。尼可刹米每2小时2毫升。下午4∶00，8%的戊巴比妥钠10毫升。

1943年12月11日

　　0∶30，8%的戊巴比妥钠10毫升。脸色较差。呼吸浅。咳痰。夜间失去理智，扯掉胸口绷带和敷料，抓破皮肤。

　　白细胞计数：每立方厘米400。

12月12日，这位病人陷入昏迷。12月13日上午11点，病人死亡。亚历山大把维索尔的尸检报告也复制了一份，他的肝、脾和淋巴结上有明显的与中毒相关的病理变化。胸部大量的暗色出血是冲击伤的一个显著标志，但正如亚历山大写在报告底部的一句话一样，"这个病例也表明人接触芥子气后白细胞数量会减少"。

亚历山大对巴里芥子气致死事故的调查即将结束，但他对芥子气毒性作用的医学调查才刚刚开始。在他大步穿过像迷宫一样的医院大楼，走向病理检查室时，他突然有一种肾上腺素飙升的感觉。第七十综合医院和第三新西兰综合医院也在进行尸检。他需要与所有病理学家交流，并寻求他们的帮助，编写一份包含所有芥子气死亡病例的完整尸检报告。目前，大多数尸检结果都或多或少给出了肺部损伤的证据，这与冲击伤的症状一致。但是，一些死者没有受到任何冲击伤。在袭击发生后的48~72小时内死亡的病例中，有些尸检结果没有任何发现，还有一些只给出了冲击伤的证据，因此爆炸不能被视为主要的致死原因。亚历山大写道："这些病例的显著特征是，全身受到严重影响并发生了生理变化，进而导致死亡。"

他将样本小心地分类保存，送到埃奇伍德做显微镜检查。每个两盎司①的样本瓶上都标有受害者的名字，瓶内装有一个器官的两小块样本，或者几个器官的各一小块样本。用岑克尔氏溶液将组织清洗后，再把它

---

① 1盎司≈28.3克。——编者注

们浸泡在50%的酒精中运走。他希望这些样本能够经受住长途运输，并写信给埃奇伍德实验室，建议他们在样本送达后马上为其更换溶液。血液学分析结果可能不会像他期望的那样全面。盟军医院承受着巨大的压力，再加上设施有限，无法进行一些重要的实验。骨髓检测和血液化学检测都做不了，这确实令人恼火，但也没有办法。他只能要求实验室的技术人员在剩下的时间里尽量多做一些检测。亚历山大知道，他必须小心谨慎地收集所有有效数据。这一次，他希望做到万无一失，消除所有人对他的判断的质疑。

*

与此同时，医院的工作人员仍在私底下议论这些不同寻常的烧伤和不明原因的死亡病例到底是不是芥子气导致的。鲍勃·威尔斯回忆说："那时候谣言满天飞。"

没人知道确切的消息，但他们现在处理尸体时都会戴上手套。威尔斯是一名牙科技师，应征加入了皇家陆军医疗队，后被分配到巴里的第九十八综合医院。12月2日晚上，他刚卸载完一辆伤员运输列车，德国人的炸弹就毫无预兆地照亮了夜空，震动了他脚下的土地。威尔斯拼命地奔向一条长长的车道，但仍被冲击波击中了。伴随着一种"温暖而愉快的感觉"，他飞了起来，这是他昏过去之前留存在他大脑里的最后记忆。几个小时后，他在一辆卡车的后车厢里苏醒过来。两名美国士兵驾驶着卡车，把他送到医院。因为没有受伤，他很快就被征召为担架员。在接下来的几天里，他的主要工作是：把病人送到手术室，把救治无望的重伤员送到"死亡病房"，把死者送到医院地下室的临时停尸房。不知道为什么（他已经记不清了），他和他所在部队的6名士兵最终被分配到了停尸房，成为那里的全职工作人员。

他永远不会忘记在头几天里不断被送进来的尸体。他回忆说："一些死去的军人就那样躺在走廊里，因为没有人手搬走这些尸体。"救治无望的伤员太多了，人们根本不知道该怎么办。他清楚地记得一位护士对一名路过的士兵喊道："把那个人的脸盖起来！"一个病人垂死的时候，医护人员会在他的脸上盖上一层薄薄的纱布，这样就不会有人看到他挣扎着咽下最后一口气的样子了。一名士兵下意识地从一具尸体上跨过去，威尔斯想，这一定是因为疲惫而不是麻木。在看到那么多条生命消逝之后，他们对这种情况都见怪不怪了。但有些人的死状让威尔斯久久回不过神来。一个年轻的军校学员坐在床上，身姿笔挺，十分打眼。看到每个人，他都会面露微笑。"他看上去非常年轻，也很健康。"威尔斯说，"他不停地问，'你听到那该死的巨响了吗？你听到了吗？'问着问着，就突然倒在枕头上，死去了。"

他们把尸体搬到地下室，放在泥土地上。一开始有60具尸体，后来每天都有更多的尸体被搬进来。地下室形状狭长，长约75码，宽只有8英尺。由于在地下，室内又冷又黑。士兵们虽然拿着蒂利灯（陆军配发的石蜡灯，发出的光摇曳不定，同时有微弱的嘶嘶声），但在漆黑的地下室里，用处并不太大。威尔斯等人在两个小房间里工作：确认死者的身份，把尸体处理好，装入棺材，然后送往巴里南部的墓地。那些棺材并不是"真正意义上的棺材"，因为木料不足，当地的木匠只做了一些简陋的长方形木箱，而木板之间的缝隙清晰可见，看上去就像装橙子的板条箱。

收集死者个人物品的任务落在了威尔斯肩上，"我要把死者的身份牌、戒指和手表取下来，还要翻找他们的口袋（如果还有口袋是完好的），看看有没有信件或其他物品"。他把找到的所有物品都装进一个贴着死者名字的大信封里。死者来自共计12个国家和种族，有些人的身份已无法确认。一些死者半裸着身体，身上没有任何物品。一些死者的手指都被烧焦了，技术人员无法对他们进行指纹鉴定。两位驻扎在巴里的苏联空军军官前来安排两名士兵的葬礼，当看到浑身赤裸、无遮无盖地躺在木箱里的尸体时，他们惊呆了。他们坚持让这两名士兵以体面的方式离开这个世界，几个小时后，他们带回来两套制服，包括帽子。

在那漫长的一周里，威尔斯目睹了很多令人动容的温情时刻。他回忆说，当一个年轻姑娘的尸体被担架抬进来时，我们都非常吃惊。她是一名英国皇家海军士兵，当时正好在港口。她看上去年龄不大，也就20出头的样子。她身上没有爆炸伤，也没有伤痕，所以他们认为她一定是死于冲击伤。威尔斯不忍心看到她的尸体被随便地装进粗糙的松木板条箱里，于是他快步上楼，走进邻近的病房，从柜子里拿出了一条床单。他和其他人一起用干净的细麻布包裹好她的尸体，然后轻轻地把她放进棺材里。他说："有些军人虽然是大老粗，但面对死者，他们都表现出极大的尊重与崇敬。这真的很感人。"

工作人员不知道有多少人死于毒气污染，也不知道罪魁祸首究竟是不是芥子气，但当他们接到指示，禁止他们在给家人的信中提及空袭及其后果时，他们已做好了最坏的打算。美国和英国的所有军事基地都实行了全面的邮政审查制度。一次集合时，威尔斯所在的小队被命令必须对他们的工作绝对保密，一些人对此疑惑不解。威尔斯说："我们都发誓要保密，禁止谈论我们看到的任何事情。"

格拉迪斯·里斯和其他护士对她们被蒙在鼓里感到很气愤。她竭力克制自己的怒火："在与这种毒剂对抗时，我们不知道该怎么做，大多数伤员都没能抢救过来。这些小伙子就这样不明不白地被埋葬在巴里的某个地方，有些人甚至姓名不详。"她对政府隐瞒事实、不让死者家属知道真相的决定失望透顶。"我们感觉自己被出卖了。"她写道。

*

尽管在港口遭到袭击后英国人采取了严格的保密措施，但当地民众还是很快就获悉了港口有芥子气的秘密。码头上的意大利工人低声谈论着从浑浊的海水中打捞上来的烧焦的、怪异的棕褐色尸体。遇袭沉没的巴莱塔号上的意大利水手说，他们有20多名船员丧生，但大火只是致死原因之一。临时成立的巴利拉医院的意大利医生曾在阿比西尼亚战役中见过芥子气，所以他们怀疑这种不同寻常的烧伤可能是德国空军投掷的化学炸弹造成的。袭击发生的第二天早上，接到命令随船只撤离港口的意大利船员，把这一令人震惊的消息带到了邻近的奥古斯塔港、布林迪西港和塔兰托港。人们都说，希特勒曾威胁对"在背后捅刀子"、背叛了轴心国的意大利实施报复，现在他付诸行动了。数千名难民认为德国人正在准备实施第二轮报复性袭击，所以他们拒绝返回城区，而是选择继续在乡间露宿。许多人担心巴里袭击是战争新阶段的开始，是打响全面化学战的第一轮攻击。英国人变得极度恐慌，谣言四起。

"成千上万的人仓皇出城，因为他们不知道究竟发生了什么。路上的两轮车排起了长队，所有驴子都被赶上了路。"第十五航空队的机械师弗朗西斯·詹姆斯·维尔中士回忆说，在从巴里到福贾的狭窄道路上，挤满了人、动物以及载着行李、毯子和婴儿的马车。他和一个新闻摄影师朋友拍了几张大批难民逃亡的照片，却因此遭到了英国宪兵的盘问并被拘留，相机和胶卷也被没收了。宪兵司令"没做任何解释"，就把他们锁在地下室里一整夜，他们的相机也没有被归还。

当斯图尔特·亚历山大试图进一步了解空袭对巴里市的影响时，港口管理部门告诉他，这是一个"安全问题"，并劝他不要再生事端。他们说，绝大多数平民的死亡（估计为200~300人，确切数字未知，因为有些尸体还在废墟之下）都是德国的大口径炸弹造成的，这些500~1 000磅重的炸弹摧毁了巴里的老城区。一名英国军官明确地表示，芥子气蒸汽造成的"伤亡非常小"，并补充说这要感谢上帝的庇护，"强劲的离岸风把那些东西吹向了大海"。这位英国人还告诉他，整个码头都属于军事区域，严禁公众进入，所以受到影响的意大利平民很少，整个社区并不知道发生了芥子气泄漏，也没有人关注这件事。亚历山大敏锐地发现，港口管理部门提供给他的那份官方报告尽管做得很漂亮，但并没有反映出多少事实。因此，他宁愿相信自己收集的证据和对幸存者的调查。

美国海军少尉约翰·惠特利由于只受了轻伤，被从第九十八综合医院转送到位于海滨的巴里体育馆的一间没有窗户的空房间里。他亲眼看见了袭击发生后当地居民的恐慌情绪。12月11日晚上11点，空袭又一次发生，人们推搡着挤进诺曼斯瓦比亚城堡，希望坚固的城墙可以保护他们的安全。这座城堡建于12世纪，可以俯瞰整个海港。这次突袭没有炸弹落下，但人们可以听到防空火炮的轰炸声。在那段紧张的日子里，只要有德国侦察机飞过港口上空，拉响的空袭警报就会导致人们四散奔逃。萨缪尔·J. 蒂尔登号被击中时，惠特利就在这艘船上。幸运的是，一艘救生艇把他送上了岸。因此，他十分理解意大利民众心底的恐惧。他回忆说："与站在水中哭泣和祈祷的当地人进入同一个地下防空洞，是一种非常独特的经历。"

意大利人认为，在英国人眼中，意大利就是被征服的敌对国，因此他们对英国人心怀怨恨，并且认为盟军根本不会关心他们的切身利益。当巴里拉医院的医生向英国卫生官员询问导致这么多人死亡的是不是毒气时，他们没有得到任何答复。关于为什么媒体不报道平民伤亡数字的问题，人们也有各种猜测。根据占领条款接管所有意大利报纸的盟军心理战部门采取了种种措施，禁止有关德国空袭的报道见诸报端。就连巴里的主要报纸、意大利南部最重要的报纸之一——《南部日报》也被禁止就此次袭击发表任何报道。

严格的审查在一定程度上是为了维护法律和秩序，以及为把物资和人员顺利运送到前线提供便利。但巴里市民发现事态有些严重，而且他们未被告知真相。降临在他们身上的悲剧通过讣告栏上的死亡人数反映出来：第一天有10人死亡，第二天死了20人。有十几名死者来自同一条街道，这表明炸弹落在了这个街区。但市政公墓里一排排整齐的墓穴却证实了另一种东西的存在，那是一种无声的、看不见的、致命的东西。当有毒烟雾飘过市区时，根本无法计算到底有多少居民接触了毒气，并在随后几天里死去——他们没有留下任何死亡记录。一想到有那么多人可能会卧床不起，因无法解释的症状而窒息，并出现致命的并发症，就让人不由得忧心忡忡。

在港口水底发现的芥子气炸弹碎片为德军使用了毒气的报道提供了新的证据，而且谣言很快传到了美军的指挥部门。市区的通信还没有完全恢复，这进一步加剧了混乱，也使人们无法获取可靠的信息。由于人们越来越担心德国会再次发动空袭，海军作战部的负责人不得不重申，根据战争开始时达成的协定，化学武器只能用于报复行动，并强调必须秉持克制谨慎的态度，"所有美国指挥官都不得率先使用毒气"。与此同时，化学战的指导和培训工作立即启动，以确保若敌人真的使用了毒气，盟军将采取"有效"的报复行动（授权后方可实施）。防毒面具已经准备好，随时可以投入使用。此外，城郊的化学武器库也接到了保持预备状态的命令，但尚未获准向作战部队发放进攻性物资。由于士兵们的恐惧感越来越强烈，所有存放了芥子气炸弹的库房都戒备森严，以避免"在压力下率先使用毒气"。

谣言也传到了巴里当地的党卫军特工那里，但纳粹间谍们已经掌握了确切的消息。党卫军副总指挥、意大利党卫军和警察局最高领导人卡尔·弗里德里希·沃尔夫在空袭发生6小时后就拿到了证据。德国人派出的潜水员——一名忠于法西斯的意大利蛙人——找到了一块炸弹外壳碎片。他们迅速证实，M47炸弹是由美国人制造的，里面通常装有液态芥子气。沃尔夫认为，盟军的芥子气遭到泄漏的消息是可以大肆宣传的，于是他将情报转呈给德国纳粹党卫军总指挥海因里希·希姆莱。沃尔夫的间谍甚至知晓,一名美国化学战顾问已被派来调查和救治那些无法确诊的伤员。德军最高指挥部决定任由这场灾难继续发展,但他们也向意大利境内的德国装甲部队发出了警告,"盟军明天可能会发起毒气战"。赫尔曼·戈林的装甲师(曾在该地区制造过数起严重的屠杀平民事件)因此加强了化学武器防御措施。

在巴里的第二个或是第三个晚上,亚历山大从一家颇受欢迎的柏林广播电台听到了有关该事件的报道。在播放了几首平·克劳斯贝的热门歌曲之后,被称为"轴心国萨利"的当红主持人用她那迷人的声音说:"我知道你们的小伙子正在被自己人的毒气杀死!"亚历山大很清楚,这个名为《杰里的前线》的节目的宗旨是,利用每一次挫折来瓦解盟军士气。许多新闻报道的内容完全是错误的,但亚历山大有一种预感:德国人了解的信息可能比自己还多。这一次,他非常担心"轴心国萨利说的话是真的"。

第 6 章

保密共识

———————

斯图尔特·亚历山大带着巴里的地图和海图又一次来到港口。这些图清楚地展示了这个庞大港口的布局，以及那道长长的呈弯曲手指状的防波堤。盟军将这道防波堤命名为东堤（Nuovo Molo Foraneo），它从一个小码头和船坞延伸到亚得里亚海，形成了一个避风港。在另一边，从工业区伸出来的短而直的防波堤是西堤（Molo San Cataldo）。两道防波堤的前端各有一座灯塔，它们中间宽约300码的水面是港口的狭窄入口，外面设有反潜网。

在东堤旁，有4艘美国自由轮和10多艘盟军船只停靠在临时泊位上等待卸货。因为空间狭窄，船与船彼此靠得很近。尽管发现的M47炸弹碎片表明芥子气来自一艘美国船只，但英国人仍然坚决否认港口内有化学武器。亚历山大决心找到确凿的证据来证明他的判断是正确的，并找出毒气的确切来源。他打算亲自动手，绘制一份袭击发生当晚港口靠泊计划示意图，尽可能地还原那起悲剧的来龙去脉。

根据对英国港口管理部门、美国军方人员、码头工人和幸存者的寻访，他在脑海中勾勒出事发经过的"画面"。德国的Me–210侦察机连续

6天定时飞过港口,似乎在等待着什么。水手们回忆说,每当看到德军飞机飞过时,他们就会感到非常不安。12月2日,德国空军飞行员终于看见了他们要找的东西。当天上午,一支庞大的美国船队运来了补给和弹药,以支援战局不利的盟军部队。所有码头都被占用了。尽管运进来大批重要物资,但巴里港的防御措施异常薄弱。预警系统也很落后,只能通过一条不可靠的电话线与50英里以外的防御部门取得联系。在遇袭的那天晚上,这条电话线还出了故障。夜幕降临时,德军发现这个战略性港口灯火通明,并且没有战斗机掩护。英国皇家空军坚信他们已经在地中海击垮了德国空军,因此飞行部队接到了夜间停飞的指令。德国人精心策划的这次袭击尽管很突然,但就连一名英国官员也不得不承认,是他们让敌人"毫不费力"地找到了目标。

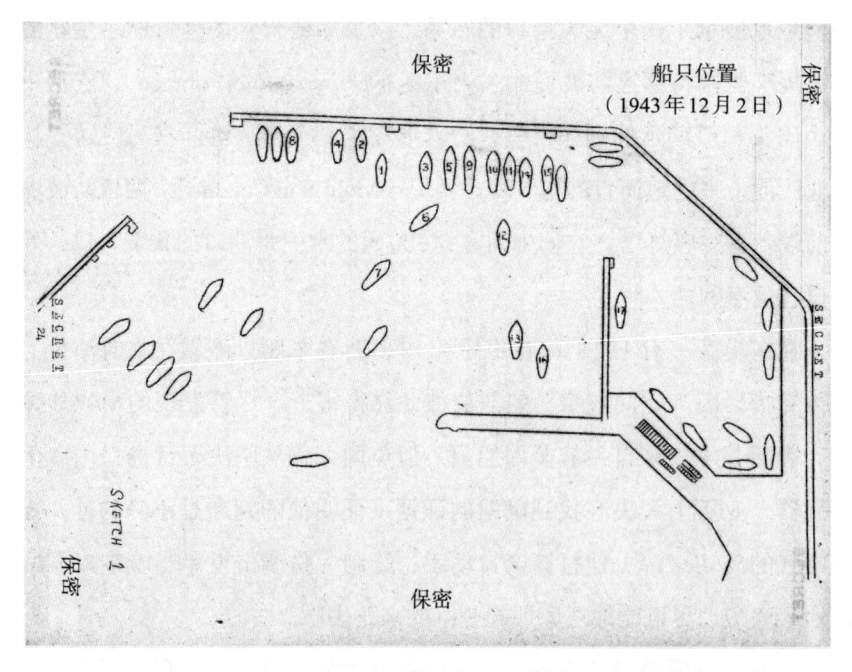

图6-1 亚历山大为德国空袭后盟军医院病人神秘死亡事件调查报告绘制的巴里港草图(来源:Stewart F. Alexander Papers)

亚历山大眯着眼望向远处。他勉强可以看到东堤的尽头，那里仍笼罩着一层薄薄的灰色烟雾，德军的炸弹刚落下时，盟军船只就停泊在那里。根据他已经收集到的资料，可以粗略地想象出挤得像沙丁鱼罐头的巴里港在德国空军飞行员的眼中是什么样子。他把自己绘制的那份靠泊计划示意图也写进了调查报告。从下图中可以看出在这次袭击中被摧毁的17艘商船的位置，它们距离芥子气泄漏地点都很近。但他担心这幅图不够精确。从英国人和意大利人绘制的港口沉船位置图可以看出，想要确定船只的原始位置是非常困难的。许多系泊缆绳在大火中被烧毁，许多船只被炸得面目全非，停泊位置也发生了变化。亚历山大只希望自己没有搞混这些船只。

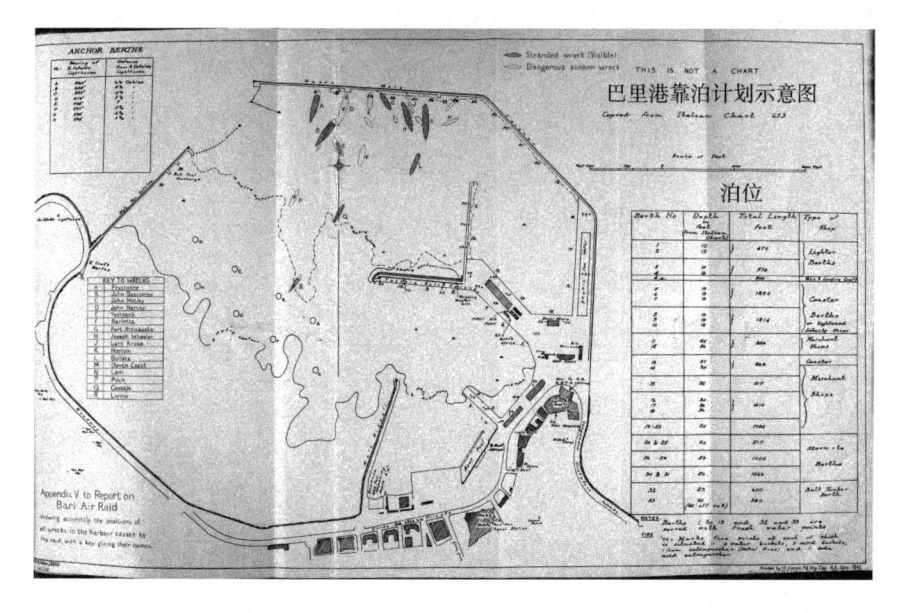

图 6-2　英国港口管理部门为巴里空袭官方调查报告（按艾森豪威尔将军的命令组织实施的调查）绘制的巴里港靠泊计划示意图。这幅图比上一幅图更详细，展示了 12 月 2 日空袭发生后受损与沉没船只的大致位置（来源：The National Archives Image Library）

亚历山大推测，12月2日下午6点，停泊在港口最远端的是荷兰的奥德修斯号和挪威的维斯特号。（亚历山大在示意图中用铅笔画出了这两艘船。但是，他不知道这两艘船上的船员命运如何，所以他没有给这两艘船编号，在统计伤亡人数时也没有把它们的船员计算在内。）第三艘是意大利的纵帆船弗罗西诺内号。接下来的三个泊位上停靠的是美国的自由轮，它们分别是：约翰·巴斯科姆号（据说船上装载了8 300吨普通军用物资，包括装在50加仑油桶内的高挥发性汽油和酸），约翰·L. 莫莉号（装载了5 231吨弹药），约翰·哈维号（装有5 037吨所谓的"军需品"）。接下来是英国海岸部队的泰斯邦号（装载了50吨高辛烷值燃料）和阿萨巴斯卡堡垒号（装载了一些普通货物和两枚缴获的1 000磅德制PC–RS500火箭弹）。接下来是美国的约瑟夫·惠勒号（装载了8 037吨弹药）和英国（之前归属丹麦）的拉尔斯·克鲁斯号（装载了1 400吨航空燃料）。接下来是挪威的两艘运煤船——诺拉姆号和劳姆号，它们的旁边是载有50吨高辛烷值燃料的英国小型油轮德文海岸号。最后一列是法国的柴油轮船德龙号，两艘英国亨特级驱逐舰——比斯特号和泽特兰号与码头平行（亚历山大没有把后三艘船统计进来）。距离防波堤大约一个船身的美国莱曼·阿博特号停泊在内港，此外还有5艘在袭击中被摧毁的盟军船只。停靠在港口入口外两英里处的萨缪尔·J. 蒂尔登号未在示意图上展示，它被炸弹击中，69名船员和209名士兵弃船逃生。其中大多数人乘坐救生艇、橡皮艇和浮舟逃上了岸，但有27人不幸遇难。

在仔细研究袭击事件的相关报告和目击者的陈述后，亚历山大了解到德军的Ju–88飞机是从东边飞来的，它们向停泊在巴里港口的那一排船只"悠然自得"地投下了炸弹。大约在12月2日晚上7点31分，第一枚炸弹击穿了约瑟夫·惠勒号的右舷，船上燃起了熊熊火焰。紧接着，一枚炸弹击中了约翰·L. 莫莉号，它也燃烧起来。随后，一枚炸弹（也可能是爆炸油轮的残骸）落在约翰·哈维号上，引发了一场小火灾。第四个遭殃的是约翰·巴斯科姆号自由轮。它因为靠得太近，从船尾往前有三个地方被击中，舰桥和甲板被炸得四分五裂，只剩下一艘救生艇。接着，约翰·L. 莫莉号上装载的弹药发生爆炸，把约翰·巴斯科姆号的左舷全炸塌了，船身随之开始下沉。

约翰·巴斯科姆号船长奥托·海特曼命令将伤势最严重的人用仅剩的一艘救生艇运走。但船上共有52人受伤，这远远超出了救生艇的承载量，救生艇快被压沉了。随后，海特曼发现他们被困在两艘燃烧的船只之间，一旦发生碰撞，随时有可能点燃船上的易燃货物，于是他命令余下的船员跳下船，抓住绑在救生艇上的浮子。他的很多船员最后都成功地到达了东堤，他们攀上5英尺半高的墙，并把同伴拉上去，然后朝着灯塔的方向逃去。还有一些人被困在距离海岸近一英里远的防波堤上，其中包括视力不好的沃伦布·兰登斯坦。这位年轻的美国军人暗自祈祷路过的船只能在港口的滚滚浓烟中发现他们，看到身后的火焰，他唯一的想法是："地狱也不过如此了。"

亚历山大听说约翰·巴斯科姆号的指挥官、海军少尉科皮·维索尔表现得十分英勇（他具有严重芥子气中毒的所有症状，因此亚历山大在他的病历上做了标记），袭击发生后，维索尔穿梭在各个炮位之间，指挥人员逃生。尽管他的手臂骨折，胸部也被炸弹碎片击中受伤，但他仍然带领着一队救援人员，在甲板下面营救伤员。他还亲自在船上搜寻被吓得神志不清的人，镇定自若地指挥救援人员将伤员安置在救生艇上。他用那只没受伤的胳膊划救生艇，不顾附近有一艘军火船，冒险把三四个无力逃生的人从水中拉上来，送到防波堤尽头的防空洞。正当他准备回去继续营救伤员时，军火船一下子爆炸了，把他抛到了30英尺外的码头上。后来，医生在他的背部发现了多块弹片。火焰开始沿着防波堤蔓延。尽管因为失血而全身软弱无力，但维索尔没有慌乱。他派人拿着手电筒，去东堤的尽头发出求救信号。最后，他因失血过多而昏倒。

第一艘爆炸并沉没的自由轮是约翰·L. 莫莉号。据说，这艘船上有64名船员失踪或死亡，只有4名海军武装警卫和7名商船船员得以幸存——这些人全部逃上了岸。① 起火燃烧的约翰·哈维号随波逐流，穿过港口，漂向美国海军的抽油井号——一艘载重量为50万加仑的油轮。据估计，在晚上8点20分左右，大火蔓延至约翰·哈维号的货舱，这艘船立刻爆炸了。巨大的冲击波将火焰和浓烟喷射至6 000~8 000英尺的高空，目击者称其场面就像"巨型罗马焰火筒"喷出的火花，光芒四射、五彩缤纷，燃烧的残骸被喷射到港口各处。爆炸的威力一举摧毁了附近的几艘船（一艘军火船几乎同时发生爆炸），其中包括泰斯邦号，这艘船连同它的大多数船员沉入了海底。

接着，约瑟夫·惠勒号爆炸，它上面的29名船员几乎全部遇难，武装警卫中有15人丧生，只剩下指挥官和另外12人逃上了岸。燃料燃烧的火焰迅速蔓延至阿萨巴斯卡堡垒号，高温引爆了它运载的两枚德制火箭弹，从而炸毁了整艘船。后面的德文海岸号被命中后沉到海底，紧接着劳姆号和诺拉姆号也遭遇了同样的命运。两艘英国驱逐舰比斯特号和泽特兰号把燃烧的德龙号拖到安全的地方后，掉转航向朝塔兰托驶去。

莱曼·阿博特号逃过一劫，船上只有两人死亡，但几乎所有武装警卫都被飞溅的碎片和弹片烧伤或划伤。爆炸导致船体左倾，斜靠在港口里。当装载芥子气的那艘船因货仓破损而发生泄漏时，莱曼·阿博特号肯定距离它很近。亚历山大记录说，烟雾非常浓，"晚上的某个时候，莱曼·阿博特号上突然有人大喊'有毒气'，许多船员都因此戴上了防毒面具，并且戴了大约半个小时。但没人能辨识出是什么毒气，后来他们就

---

① 关于船上船员人数和伤亡人数的说法不一，而且差异很大，作者采用了小罗伯特·M. 布朗宁在《二战期间美国商船伤亡数字》（*U.S. Merchant Vessel War Casualties of World War II*）、亚瑟·R. 摩尔船长在《无心之语……无谓之失》（*A Careless Word ... A Needless Sinking*）和乔治·萨瑟恩在《恶毒的地狱》（*Poisonous Inferno*）中给出的数字。

把面具摘下来了"。这是袭击当晚唯一一次提到毒气。后来，莱曼·阿博特号恢复了平衡，大部分船员也活了下来，这才有机会讲述整件事。

晚上11点，一艘挪威小型近海汽轮发现了被困在东堤上的船员用手电筒发出的求救信号，并派出一艘汽艇前去救援。经过两次冒险营救，大约60个人获救。随后挪威船长告诉海特曼，汽轮正朝附近的雷场漂去，继续待在那里会非常危险。就在海特曼和维索尔等几个落在后面的人即将被火焰包围时，一艘英国扫雷舰救走了他们。维索尔被送往第九十八综合医院，几天后因伤势过重和大面积芥子气烧伤而死亡。[①]他时而清醒，时而昏迷，临终前，他还在为他船上的那些人担心。英国医生担心受伤的美国船员的情绪会受到影响，所以隐瞒了维索尔的死讯。约翰·巴斯科姆号共损失了2名军官、2名船员和10名武装警卫。

亚历山大认为自己终于弄清楚了整个过程，也确定了调查目标，于是他回到办公室开始记录每一个"神秘死亡"的受害者（袭击发生后盟军医院将他们归类为"未确诊皮炎"患者）的行踪。他查清了这些死者所在的船只，并统计了每艘船上因芥子气污染而伤亡的人数。通过分析船只位置与芥子气中毒死亡人数的关系，他找到了一个规律：死亡人数呈圆锥形分布，处于顶点的必定是装载芥子气的那艘船。

伤亡人数分布图反映了一个可怕的事实：这场灾难的焦点是停泊在29号和30号泊位之间的美国约翰·哈维号自由轮。但他被告知，这艘船"已经不存在了"。它消失得无影无踪，它的船长埃尔温·F. 诺尔斯、78名船员和9名乘客也都消失了。据说，这艘船的8名幸存者——1名美国商船学院学员和7名海员——在事发当晚已上岸，但他们并不知道船上装载了什么货物。

[①] 1944年3月，科皮·维索尔少尉被授予海军十字勋章，以表彰他挽救了许多生命的可敬行为和自我牺牲行为。《每日时报》（*Daily Times*）在报道这位来自艾奥瓦州达文波特的英雄时并没有提及芥子气。

亚历山大把约翰·哈维号（"芥子气船"）标记为1号船，又给所有与它相邻的船只也编了号。由此可以看出，以约翰·哈维号为中心，燃烧的燃料和液态芥子气就像雨点一样，散落在与它相邻的那些船上。因此，1号船（约翰·哈维号）上的人中毒程度最深，芥子气中毒死亡的人数也最多。据他了解，2号船（约翰·L.莫莉号）上有18人死于芥子气中毒；4号船（约翰·巴斯科姆号）与3号船（泰斯邦号）分别有11人和9人死于芥子气中毒。

1号船：无人生还
2号船：18人死亡
3号船：9人死亡
4号船：11人死亡
5号船：3人死亡
6号船：10人死亡
7号船：2人死亡
8号船：0人死亡
9号船：0人死亡
10号船：11人死亡
11号船：2人死亡
12号船：4人死亡
13号船：1人死亡
14号船：1人死亡
身份不明的船只及其他船只：11人死亡

接着，他把芥子气中毒死亡病例分为两大类。第一类以肺炎或化脓性肺炎为主要特征，共计35个病例（这些人死亡时间较晚）。对于第二类的共计48个病例，冲击伤和肺部感染并不是他们的死亡原因，但可以解释为：

（1）不论具体死因是什么，本质上都是全身或局部芥子气烧伤；
（2）周围血管床因芥子气烧伤而产生全身影响；
（3）芥子气毒性对远隔器官系统产生影响；
（4）除受到上述一个或多个影响外，还受到了冲击伤产生的亚致死影响；
（5）上述第3个和第4个影响导致体质减弱后受到细菌感染，并且未被察觉。

表中的死亡数据只代表盟军医院记录的芥子气致死病例，既不代表芥子气污染造成的死亡人数，也不代表巴里袭击造成的死亡人数。亚历山大非常清楚，后两个数字每天都在增加。其中绝大多数都死在那艘军火船和约翰·哈维号造成的火海中，尸骨无存。

此外，许多伤员被送到港口内未受损船只上接受急救，随着这些船只转移到其他港口，他们也被送往附近的军队医院。亚历山大不知道附近港口的医生是否知道这些伤员曾接触过芥子气，也不知道他们是否会正确记录死亡病人的死因。考虑到英国人对安全的关注度，他认为可能性不大。其他看起来情况趋好的幸存者陆续被转移到意大利其他地方的医院以及北非、美国和英国的医院，为巴里的医院腾出床位。还有一些伤员不同程度地"吸入或吞下了掺杂在燃油里的芥子气"，他无法查明这些人之后是否出现其他症状并接受了适当的治疗，他们的病历上全部标注了"未确诊皮炎"的字样。他担心，部分病例的资料已经被官僚主义的军队医疗机构弄丢了，出院后将无法追踪到他们。他们可能会被遣送回家，而且永远不会知道自己的一身病痛到底是怎么回事。受伤的意大利水手大多被送进码头附近的当地医院，而不是英国军队医院。除了其中转院到第九十八综合医院的10名重症患者外，亚历山大对其他人的情况一无所知，也不知道他们中有多少人死于芥子气中毒。

亚历山大意识到时间不等人，于是他当即下令，要求地中海战区所有接收了巴里袭击事件受害者的医院，注意观察病人是否有芥子气中毒的症状。但他知道这个时候下达命令已经太迟了，大多数严重中毒的病人已无法挽救了。

*

亚历山大对自己被人故意误导的事感到非常愤怒，他去往海军大楼，希望他们对此做出解释。英国相关部门一直不想让他知道芥子气的存在，直到他"把证据摆在他们眼前"。他已经听了太多的谎言，所以这一次他拿着从港口找到的有力证据，直接去面见港口代理司令。至此，哈里·威尔金森少校才在亚历山大的"施压"下承认，约翰·哈维号上载有总计540吨的美制100磅芥子气炸弹，还有白磷和大量烈性炸药。[①] 而且，他从一开始就知道这批机密货物的存在。威尔金森"承认运输发票上写有芥子气字样"，但他又急忙补充说，将毒气运往战区的事属于高级军事机密，他接到命令不得向任何人透露约翰·哈维号所运载货物的秘密。因为有"否认芥子气存在"的明确指令，所以在亚历山大第一次询问时，威尔金森说他不知道有化学武器，并在随后几天里继续重复着这些谎言。

没过多久，战争部就证实了亚历山大的发现。约翰·哈维号满载着战争物资从巴尔的摩出发，横渡大西洋，前往阿尔及利亚。1943年11月1日，约翰·哈维号抵达奥兰。11月10日，盟军总司令部下达命令，要求

---

① 后来证实，约翰·哈维号上载有100吨芥子气。

这艘美国自由轮装载"5 500吨炸弹和弹药及720吨物资，前往巴里"。航空队二号军械库向奥兰的货运部门发送了一份吨位分配明细表，上面说约翰·哈维号装载了"24 430枚M47A2型100磅HS（HS是美国军方为芥子气起的危险品代号）化学炸弹"。第701维修连的霍华德·D.贝克斯特罗姆中尉负责监督这批化学武器的运送，这艘船上还配备了一名货物安全员——美国运输部队的托马斯·H.理查森少尉。11月20日，约翰·哈维号随KMS 32号船队从奥兰起航。在奥古斯塔做短暂停留后，它与另外8艘船组成AH10船队，继续驶向巴里，并于11月28日到达目的地。

官方文件表明，知道巴里港有芥子气的人比亚历山大认为的还要多，而且其中一些是美国人。按照惯例，美国负责运输任务的亚得里亚海基地给巴里发去一封发货电报，并通过航空快件将货物清单副本送到巴里。11月25日，巴里码头负责人A. J. 鲍尔弗少校签收了这些文件。此外，11月28日，约翰·哈维号上装载的炸弹和弹药明细清单被送到巴里的军械官手中。11月30日，代理港口司令威尔金森拿到了这份清单。虽然英国人一口咬定他们不知情，但在约翰·哈维号抵达巴里后，一名英国港口官员登上了这艘船，安全员告诉这名官员船上"装载的是芥子气"。

尽管港口挤满了货船，但约翰·哈维号当天还是接到了在东堤29号泊位停靠和等待卸货的命令。当诺尔斯船长看到东堤拥挤不堪的状况时，对这个停泊计划表示出担忧，但码头方面告诉他，德国"潜艇和鱼雷艇一直在活动"，所以盟军的船只不能停泊在港口外。在接下来的5天，诺尔斯（严格地说，这位经验丰富的船长应该不知道船上装有毒气，但毫无疑问他猜到了）多次前往军事航运管理局，要求尽早安排卸货。约翰·哈维号的安全员理查森少尉也试图提高该船的卸货"优先级"，但没有成功，他觉得这可能是因为他隐藏了这个要求背后的真正原因。代理港口司令、码头负责人和海上运输官员共同讨论了约翰·哈维号面临的困境，但由于卸货问题无法解决，他们一致认为该船"所在位置的安全性是最高的"。

空袭发生时，威尔金森正开着吉普车，行驶在巴里市中心。空袭于当天晚上7点50分结束，当他到达他在船坞的办公室时，港口已经成了一片废墟，整个外防波堤成了一片火海。黑烟从西堤的油轮卸货区滚滚而出，那艘正在卸载高辛烷值燃料的油轮立刻成为他关注的焦点。晚上8点左右，威尔金森以最快的速度找到负责此事的海军军官坎贝尔上校（吉尼斯中校当时也在场，第二天他接任了海军主管军官一职），并告诉坎贝尔一些船只着火了，"情况非常紧急，其中一艘还载有芥子气炸弹"。此外，威尔金森还向港务局防卫官员乔舒亚·F.博兰少校通报了芥子气可能会造成的危险。经过讨论，他们决定让着火的约翰·哈维号"沉下去"，以免它载着那些剧毒货物漂向岸边。命令下达后，一名海军军官将其传达给比斯特号，但比斯特号受损严重，无法采取行动。

港口司令马库斯·席耶夫中校刚从开罗返回到司令部，突然一枚炸弹从大楼另一端的屋顶上落了下来，把正在喝水的席耶夫吓了一跳，但好在他没有受伤。他随即冲进海军主管军官办公楼（办公楼的正面已被炸得向里凹陷），请坎贝尔"下令让所有船只驶离正在演变为大屠杀的灾难现场"。接着，席耶夫命人将所有船只的货物清单马上送到他那里。令他"惊恐"的是，他看到约翰·哈维号上装载的是芥子气炸弹。于是，他对坎贝尔说："如果不能把这艘船弄出来，就弄沉它，否则的话，一旦风向改变，谁也不知道整个城市今晚会发生什么。"

他们以不同的方式给约翰·哈维号的船长发了4条消息（两条通过陆路，两条通过水路）：如果约翰·哈维号有着火的危险，就赶快把船沉入水中。据说，至少有一条信息到达了船长那里：一名英国中尉骑着摩托车来到防波堤上距离约翰·哈维号不远的地方，在确认了那艘船就是约翰·哈维号后，他把这条消息传给了船尾楼甲板上的一名军官。

不久后，港口发生了两次巨大的爆炸。威尔金森回忆说，冲击波从港口上方席卷而过:"我就像羽毛一样被它卷起,飞过整个办公室,落在另一侧的地板上。整座大楼似乎摇摇欲坠。"威尔金森艰难地穿过烟雾和火焰的旋涡,来到卸货码头。看到油轮完好无损后,他松了一口气。但他刚回到吉普车旁,"一束耀眼的白光霎时照亮了夜空,巨大的爆炸声紧随而至——一艘船爆炸了,它装载的燃油才刚卸下了一半"。

威尔金森不确定约翰·哈维号发生了什么①。在浓重的烟雾中,那些烧焦的残骸令人困惑,但威尔金森认为,这艘自由轮肯定"是在船上的弹药发生爆炸后立刻沉没的"。船上的船员和陆军化学战小组负责监督毒气运送的10名成员,还没来得及发出毒气警报就全部遇难了。此外,弹药爆炸还把船上装载的芥子气炸弹抛到了空中,并化为碎片,约有30个破裂的芥子气炸弹外壳被抛到外堤上。人们形容爆炸后的"浪潮"把附近的人都浇成了落汤鸡,液态芥子气就像雨点一样,掉落到港口和附近的船只上。

泽特兰号上21岁的炮手乔治·萨瑟恩站在朝向约翰·哈维号的船首楼上,"目睹了这场巨变",但他随后就被一股热气吞没了。他和桥楼上的其他人被送到了驱逐舰的露天甲板上。醒过来后,他发现自己全身都湿透了——他刚开始以为自己是被雨水浇透了,后来才发现"那是一种黏稠油腻的液体,黑得像沥青一样,还散发着恶臭"。

从午夜到黎明,大大小小的爆炸声此起彼伏。幸运的是,大火烧掉了大部分泄漏的芥子气,强劲的南风又阻止了毒性最强的烟雾向城市上空飘散的势头。既然人们对在港口水面上形成的液态芥子气薄膜束手无策(英国官员也认为,大部分液态芥子气会迅速水解,或者沉到水底后分解成无害的混合物),那么他们最关注的显然是有毒蒸汽带来的持续风险。他们并不担心水里冒出的蒸汽,因为他们认为这些蒸汽是无害的,

---

① 根据马库斯·席耶夫中校的描述,他无法查明约翰·哈维号是自己沉没的,被大火吞噬的,还是被"炸弹击中"的。只知道它断成两截后,沉到了海底。

而防波堤水坑里和溅落在附近船只上的高浓度芥子气则让他们非常担心。清晨时分，他们对港口的巡查也证实了"码头区域的确有芥子气"。

几小时后，上午10点半，有关芥子气污染的第一份"明确"报告新鲜出炉。港口防务官在基地医疗官、军医约翰·科什中尉的陪同下，登上了海岸部队的一艘补给船——维也纳号。他们发现船上医务室的工作人员的眼睛出现了症状，一名医生的脚上也起了一个水疱。12月3日上午11点，驻巴里英军指挥部的几名官员已确定有些人是死于芥子气中毒，但他们都以为医院已经接到了"一般性警示"。

当天下午2点15分，港务局局长办公室匆忙召开会议，讨论芥子气污染的程度和应对措施，几名官员（包括3名英国军官和3名受杜立德将军领导的亚得里亚海基地的美国航空队军官）做出了一系列关键性的决定。驻巴里的英军司令部参谋奥利弗·N. D. 西斯梅中校向与会者通报，约翰·哈维号上载有540吨美制芥子气炸弹。紧接着，被派驻第十五航空队的美国化学战专家约瑟夫·R. 赫拉德中校解释说，这些炸弹没有引信，只在外壳破裂、毒气泄漏的情况下才会带来危险。而现在，最糟糕的情况已经过去了，炸弹碎片随约翰·哈维号沉入了海底。因此他认为，接下来这些炸弹只会对打捞行动构成真正的威胁。

作为额外的预防措施，他们决定让码头警察派两名岗哨（一名英国人和一名美国人）监测风向，以防南风变成更常见的北风。哨兵和码头警察接到的命令是，一旦风朝着海岸吹来，他们就立即封锁危险区域，并竖起危险烟雾的警告标志。随后，乔舒亚·F. 博兰少校和美国第十二航空队的化学战专家霍华德·W. 菲贝尔少校展开联合作业，彻底检测码头的芥子气污染情况，并在发现毒气侵袭的迹象时向海军大楼和6号基地分区发出警示。他们还派出了附近的第十二航空队的洗消小组，该小组装备齐全，拥有防毒面具、防毒服和大量消毒粉。

这次会议结束时，英国军官和美国军官"一致认为，码头以外的区域毒气浓度较低，不太可能造成危险，只有在码头范围内才有必要采取预防措施"。双方也一致同意，"为了保密，现在先不发出一般性警示"。

他们达成了"保密共识"，因为他们认为危机已经过去，问题都在掌控之中。许多船只仍在燃烧，但火势已得到控制。救援人员正在千方百计地将幸存者救上岸，清空港口、调整船只航线的相关措施也在实施当中。军官们认为医院的工作人员已经接到了存在毒气的警示，但事实上，这些警示似乎因为电话无人接听和信息的保密性质而未能发挥作用。在这种充满了不确定性的情况下，通信等重要服务不可避免地显露出许多不足之处。但在军官们的心目中，军事安全始终居于首位。

这些发现让亚历山大心惊胆战。所有知道存在这批毒气的军官都认为不能将这个机密透露给医务人员，原因之一可能是害怕担上违反安全条例的责任。他们达成的共识是："当晚不能直接向医院通报有关芥子气中毒可能性的任何信息。"从下午2点15分的会议开始，所有来打听巴里港是否有芥子气的人都没有得到确切的回复。难怪医生和护士一直搞不清楚他们的病人到底出了什么问题。亚历山大意识到，他面对的不仅是英国有关部门，还有不会让步的美国军官。盟军总司令部里肯定有某个级别远高于他的人预料到可能会出现"芥子气问题"，因此派他来处理，却不告诉他真相。他可以猜到，掩盖巴里芥子气灾难符合英美两国军事官僚的共同利益。"掩盖真相和设置障碍的行为"在事发之后就开始实施了，因为"他们都不想承认自己的判断有误"。

就这样，盟军试图共同掩盖在那个不幸的日子里港口发生了毒气泄漏的事实。毕竟，这类事情可指责的地方太多了。错误一个接一个（各方共同决定把这批致命货物留在挤满军火船的港口是第一个错误）地发生，在空袭发生时，所有部门都没有采取措施，未能让人们充分认识到毒气的危险，从而加剧了这个错误。关于毒气问题的慎之又慎的态度导致悲剧一发不可收拾，造成了不可估量的致命性损失。

亚历山大只能满心厌恶地摇摇头。港口当局在匆忙掩盖这些化学制剂留下的痕迹方面，也显得非常马虎。12月3日上午，港口的大火仍在熊熊燃烧，博兰和菲贝尔在检查时没有发现外堤上还有很多M47炸弹，它们有的完好无损，有的已经破裂并泄漏到防波堤上。直到12月6日盟军总司令部和第八集团军的化学战技术人员对修船厂进行第二次检查时，这些毒气才被发现，当时它们的扩散面积已经达到了200×10平方码。当局立即下令进行第二轮消毒工作，以免码头工人受到伤害。他们先在防波堤上撒了一吨干性消毒剂，次日又用水管把它们冲进海里。最大一片泄漏区域在29号泊位的正前方（这并非巧合），约翰·哈维号曾经停靠在这个泊位上，而现在它已沉入40英尺深的水底。

新的消息实际上证明了亚历山大的判断：受害者的死亡原因是芥子气，而污染源是那艘美国自由轮。根据亚历山大了解的情况，港口释放了"至少2 000~3 000磅芥子气"，他猜测外堤上发现的那些破碎的炸弹外壳可以解释这些芥子气的来源。虽然有些伤亡是芥子气蒸汽造成的，但讽刺的是，它"并非最主要"的致死原因。在12月3日的那次至关重要的会议上，6名忧心忡忡的盟军军官没有找对目标，他们错过了真正的杀手——液态芥子气和燃油的混合物。他们对自己的"敌人"一无所知，因为这种化学物质中毒事件以前从未发生。盟军医院的医生也都没有意识到这一点，因为这些化学物质造成的伤害不同于他们之前见过的任何伤害。军官们保守军事机密的行为，阻碍了芥子气污染的发现与处理。医护人员和现场急救人员没能掌握足够的信息，致使许多伤员死亡。亚历山大知道他的职责只是从医学角度调查这场灾难，而不是追究谁的责任，但他总觉得应该对这个问题进行更大规模的调查。

接下来，他准备开始撰写巴里港不明原因死亡事件的初步调查报告。他只有一个想法，那就是毫不畏惧、毫不偏袒地揭示事件的真相——事实会证明一切。他在调查报告的开头部分直截了当地指出："重伤和死亡大多是由芥子气与油的混合物（或者说溶液）造成的。在受害者中，有一小部分人只接触了芥子气蒸汽，但绝大多数人，尤其是重伤员，都曾全身沾满油污。"

然后，他简要地描述了这场悲剧的经过：

> 受害者的烧伤取决于他们皮肤所接触的油污中的芥子气含量，以及油污与皮肤的接触时间。医护人员不知道油污中含有芥子气，因此他们没有对受害者实施洗消处置。许多人穿着沾满油污的湿衣服，裹着毯子，喝着热茶，皮肤上的油污未得到清洗，又在医院的走廊里躺了一整夜。这很有可能引发了芥子气烧伤和中毒。

他很想说，是"保密共识"导致这些受害者长时间接触毒素并且最终死亡，但他忍住了。

*

亚历山大在巴里待了将近一个星期，官方却一直没有认可他做出的芥子气中毒的判断。亚历山大认为，如果任由丘吉尔首相隐瞒真相，对巴里袭击受害者和有朝一日可能会从这场悲剧中吸取教训的人来说，都是非常不公平的。他更加担心的是，这种"粉饰太平"的做法最终会把任何有关芥子气的记载都抹去，也会埋葬重要的医学发现，包括芥子气会产生全身影响，尤其是让白细胞减少的发现。

作为一个"愣头青"，他绝不会帮忙隐瞒官方的谎言，无论这样做会对他的职业生涯造成什么影响。在他的心目中，成为一名医生时宣读的希波克拉底誓词高于他参军时立下的忠诚誓言。英国首相不愿意承认一个港口因为防御不到位而遭遇了"二战"以来最严重的毒气灾难，但亚历山大不会牺牲自己作为一名医生的职业信誉来隐瞒真相。在听到"轴心国萨利"的广播后，亚历山大更加确信保密的命令绝不是因为战争的迫切需要而下达的。令人尴尬的是，这位纳粹播音员明确表示，德国人对这起可怕的事故了如指掌，她还兴致勃勃地向全世界公开了这起事故。秘密已经泄露了。继续试图隐瞒，不过是为了挽回面子。或许，如果他在揣摩英国官员的动机时宽容一些，他就有可能相信他们这样做是为了维持前线和国内民众的士气。任何一个为人父母者，都不愿意听到自己心爱的儿子出于不必要的原因，以一种可怕的方式死去。亚历山大回想起在埃奇伍德做研究员时听到的一句话：第一次世界大战结束时，英国化学战部门的负责人说过，"毒气可不那么友好，但人们总是记不住"。

亚历山大不希望巴里的受害者就像幸存者乔治·萨瑟恩说的那样，被人们"视为耻辱"而故意遗忘，因为是国家亏欠了他们。如果亚历山大的判断是正确的，那么医学也亏欠了他们。他在阿尔及尔得到了上级的全力支持，包括他的指挥官、盟军总司令部总医师布莱塞将军，还有斯坦利和佩兰·朗。他知道邦妮会一直支持他，她绝不会赞同任何妨碍她履行职责的做法。只要她认为自己的想法对病人是有利的，她就会义无反顾地说出来。亚历山大认为坚持原则很重要，维持自己在邦妮心目中的伟岸形象也很重要。

他花了好几天的时间查看受害者的病历，认真分析各项检测结果和尸检报告，急切地寻找阻止这波死亡浪潮的方法。他知道时间不等人，而这又是一项极其困难、耗费精力和令人伤心的工作。英国当局隐瞒芥子气泄漏的决定"致使临床诊断和病理研究迟迟得不到正确的结论"，他确信这造成了更多人死亡。所有官员本能且步调一致地保持沉默，甚至不惜以牺牲无辜者的生命为代价，这让他震惊不已。他不愿意成为英国相关部门的棋子，更不想成为他们粉饰太平的工具。

亚历山大给丘吉尔首相发了一封简短的电报，称他"再次研究了所有数据",并且坚信他做出的芥子气中毒的判断是正确的。他很快就收到了回复:芥子气中毒的判断并不正确,必须放弃这个想法。亚历山大拒绝做出让步,极度愤怒之下,他发出了第四封也是最后一封电报。从他进入军事学院起,礼貌和尊重就深深扎根于他的内心,但这一次他不再彬彬有礼,而是进行了粗暴的回击:"如果首相不愿意接受我的判断,他大可自行做出判断。"

丘吉尔给出了命令式的回复:不得提及巴里有芥子气的事。12月13日下午,二区医务处英军指挥官贝利上校接到一个紧急命令,该命令涉及如何记录12月2日空袭中芥子气中毒伤亡的总人数。随后,贝利以缩略形式,把这个命令转发给盟军总司令部下属的一个特勤部队(FLAMBO):

收件人:FLAMBO部队医务处军医
发件人:二区医务处
绝密
  鉴于有人死亡,建议在记录芥子气烧伤时将未确诊皮炎更改为敌军行动所致烧伤。请回复是否同意。

就这样,掩盖真相的行动进入了一个新的阶段。盟军医院的医生接到了重新填写巴里袭击受害者病历的命令。涉及芥子气的所有医疗记录一律删掉,临时性诊断结论"未确诊皮炎"则统一改为战时诊断结论"敌军行动所致烧伤"。他们还被命令将所有提到美国化学战顾问的医疗记录删除,于是亚历山大的英国同事被迫删除了他的名字和他发现的真正死因。他们告诉亚历山大,虽不愿意这样做,但他们别无选择。亚历山大拒绝伪造医疗记录,但他被告知盟军总司令部已经批准了这一做法,他必须接受命令。深受打击的他勉强同意了。

杰西·帕克·史密斯是一名护士，在第九十八综合医院负责护理巴里袭击的伤员。12月13日，医护人员收到了等待已久的回复——他们面对的确实是芥子气污染问题，他们还收到了如何对伤员进行分类的特别指示。她回忆说："那是绝密信息。一艘停泊在港口的盟军船只上装载了芥子气炸弹，一旦希特勒发动毒气战，他们就会以牙还牙。但我们只能在病人的病历上使用'敌军行动所致烧伤'的说法。"

这个命令实施后，贝利要求亚历山大不要再逼迫官方认同他的芥子气中毒诊断了。贝利说，亚历山大已经成为英国海军司令部的麻烦，继续质疑首相是不会有任何好处的。贝利显然有些不安，他警告这位坚持不懈的年轻美国医生，如果亚历山大继续一意孤行，就很有可能被"送上军事法庭"。尽管在亚历山大调查时他们有过矛盾，但亚历山大很喜欢贝利，也看得出贝利是真的在为他的"安全和利益"担心。亚历山大知道自己留在巴里的时间不会太长了。

第 7 章

最终报告

在意大利战役打响后的几个月里,战地记者厄尼·派尔发现,"离前线越近,越不了解战争态势"是一个不争的事实。亚历山大多次想过飞回阿尔及尔,去了解巴里到底发生了什么。但是,英国有关部门试图掩盖这场灾难的做法妨碍了他的调查,甚至让例行询问都变得非常困难。在与巴里港口司令谈话的几天后,他发现了一些新的芥子气受害者。英国人并没有向他报告这批病人,尽管他们就躺在离他只有两个小时路程的另一家英国军队医院里,但他对他们的情况一无所知。

他了解到,英国驱逐舰比斯特号在这次空袭中毫发无损,空袭一结束它就返回到被摧毁的港口,整夜都在救援。在救起了大约30名全身沾满油污的幸存者(其中有不少美国人,都来自那几艘沉没的自由轮)后,比斯特号奉命从港口撤离,前往附近的塔兰托港。在海上航行6小时后,全体船员开始出现眼部症状:先是异物感、灼烧感,接着是疼痛感。很快,他们的眼睛就又红又肿,快睁不开了。指挥官怀疑这是某种化学刺激物引起的,下令所有人用洗眼剂冲洗眼睛,但他们的结膜炎越来越严重。18个小时后,症状严重到几乎失明的船员费了好大劲儿才让船停泊靠岸。大部分船员随即都住进了位于塔兰托的第七十英国综合医院，治疗因接触芥子气蒸汽而造成的伤病。他们请来了一位眼科专家，有大约40人接受了眼部治疗。

亚历山大在第一时间找了一名司机送他去塔兰托，采访比斯特号的船员和船上的幸存者①。这是他第一次离开巴里，周围的乡村美景让他耳目一新，路上他多次停下车来拍照。眼前绵延起伏的田野、橄榄树林和宁静的海湾，让他很难相信这里发生过如此不幸的事情。第七十英国综合医院高居山坡之上，俯视着整个港口，他到达那里后先和医护人员讨论了所谓的未确诊病例。然后，他就去采访那些病人了。水手们告诉他，港口有关部门没有警示过港口可能有毒气。湿漉漉的伤员把毒气带到了比斯特号上，他们在甲板上坐过、躺过或走过的地方都会留下些许毒素。当这艘船于12月3日早晨从巴里起航时，它做好了必需的封舱工作。而在此之前，已经有大量的芥子气蒸汽挥发到空气中，足以影响所有照顾伤员的人以及大部分船员的眼睛和呼吸道。有几个人回忆说，那天晚上他们听到甲板上有人提到"大蒜的气味"，但他们只是一笑了之，认为这可能是本地的饮食特色。当时，没有人想到它是芥子气。

其中一名幸存者是曾在约翰·巴斯科姆号上工作的美国商船船员阿尔弗雷德·H.伯格曼，他因右手二度烧伤、右手腕三度烧伤在塔兰托的医院里住了10天，他曾告诉医生烧伤是"芥子气泄漏"造成的。他的受伤部位被涂上了一层厚厚的白色药膏，所以无法直接看到创面，但他的病历上说部分烧伤部位已经溃烂。在进行了创面清洁和重新处置之后，他的伤口愈合情况不错，但他至少要再住院三到四周，可能还要植皮。伯格曼被送往那不勒斯的一家红十字会医务所，之后又被送往奥兰的第

---

① 在他的初步调查报告中，亚历山大把这艘船的名字"比斯特"（Bicester）错写成"比斯特拉"（Bistera），这个拼写错误造成了更多的混乱，以至于许多后来的作家和历史学家认为这是另一艘受到芥子气污染的船。

七美国驻地医院，接受进一步的治疗。比斯特号船员的眼部炎症在头三四天里比较严重，然后就开始消退。到第一周结束时，大多数人都已明显好转。但对于曾泡在水里的病人来说，他们在航行期间一直用毯子包裹着，长时间的接触为皮肤吸收芥子气创造了便利条件，最终导致了死亡。

在塔兰托的102名住院病人中，已有16人死亡，这是迄今为止美军伤亡人数最多的一次。亚历山大认为，英国当局瞒报这些病例是一件非常严重的事。更严重的是，这导致伤员们无法及时得到适当的救治。他认为必须尽快将这个情况报告给盟军总司令部，所以他打算一回到巴里就发电报。

两小时后奉命离开巴里港的英国维也纳号船员收到了毒气警示，这引起了亚历山大的注意。维也纳号在空袭和连续的爆炸中没有被击沉，也没有受到重创，这艘船上的唯一受害者是一只猫，它的胸部受了轻伤。12月2日至12月3日夜里，维也纳号充当了伤员的临时收容所，挤满了接受急救和等待被送往第九十八综合医院的伤员。临近早晨的时候，有军官和船员报告眼睛疼，还有几个人呕吐，但船上的医务人员无法解释这些症状。在他们接到前往布林迪西的命令后，巴里的海军主管军官通知维也纳号指挥官在港口发现了芥子气，并建议他采取"必要的防护措施"。

迅速检查后，船上的医务人员几乎可以确定维也纳号没有受到液态芥子气炸弹的直接污染，受到污染的只有被从油污的海水中救起来的那些幸存者。洗消小组在船上喷洒了消毒剂，所有伤员的制服和毯子都被清理和扔掉了。后来有人指出，如果他们对这种毒气有更多的了解，他们肯定还会采取另一项应对措施：先用水管将受害者冲洗干净，再让他们进入甲板下不通风的房间。刚刚起航，船上的护理人员就因为芥子气中毒而无法工作。抵达布林迪西后，两名军官（其中一位是军医）、主管卫生员和6名水兵（军人）立即被送往附近的第八十四综合医院。除他们外，大多数人只受到毒气的轻微影响，无人死亡。

那天晚上运送袭击受害者的另外几艘英国船只也受到了芥子气的影响，包括泽特兰号（比斯特号的姊妹船）、伏尔甘号和几艘鱼雷艇。其中情况最严重的是伏尔甘号，由于"暂时性失明"，船员误读了收到的第一个信号，以为目的地是塔兰托，但随后收到的第二个信号指示它纠正航向，去往布林迪西。在离开巴里前，他们让所有受伤的船员下船，但他们没有意识到，这些受伤的船员反而是"幸运儿"。出发后不久，许多船员开始报告眼睛有灼烧感。在打扫完下层甲板后，所有人都用硼酸洗液清洗了眼睛。没有人怀疑船上有毒气，因此他们没有采取任何预防毒气的措施。

12月4日，伏尔甘号终于艰难地抵达了布林迪西，一艘拖船把它拖到海湾，指示它抛锚，并与其他船只保持安全距离。一等水兵伯特伦·史蒂文斯说，港口的洗消小组正在等候他们；不到5分钟，一艘摩托艇就来了，上面都是穿着防护服、戴着防毒面具的医务人员。此时，他和船上的大多数人已经36个小时没有喝到淡水，眼睛也什么都看不见了，包括史蒂文斯在内的很多人"身上都起了水疱"。水手们一走上码头，身上的衣服就被拿走销毁了。他们脱得一丝不挂，在码头上冲洗干净后，排队接受医疗检查。这艘船上的所有人都被送到了布林迪西的第八十四综合医院。

几天后，伯特伦·史蒂文斯苏醒过来，他发现自己躺在帐篷式野战医院里，眼部缠着绷带，双手裹着厚厚的纱布。为他解开眼部绷带的医生说，他的视力会逐渐好转，喉咙痛也没什么大碍，是灰尘和烟雾引起的。他的私处起了几个"旧便士大小"的水疱，医生向他表示歉意，因为治疗需要剃掉该部位的一些毛发。一周后，史蒂文斯出院了，并返回了英国，但他一直不知道是什么导致了他的那些不寻常的症状。

在第八十四综合医院收治的伤员中，约有60名来自维也纳号，约有40名来自伏尔甘号，还有一些人来自鱼雷艇。根据亚历山大的记录，48名"仅眼睛出现问题"的伤员大多在第一周结束前症状就消退了。

> 21人需要住院4天
>
> 8人需要住院5天
>
> 9人需要住院6天
>
> 5人需要住院7天
>
> 4人需要住院8天
>
> 1人需要长时间住院

有意思的是，比斯特号的军医说，他现在还不能给船上的42名空袭幸存者和全体船员受到的芥子气伤害开具受伤证明（由医生签署，证实其持有人工作期间受伤的文件）。他为这种混乱的状况致歉，并坦承许多病人已被转入其他医院，需要开具受伤证明以便申请抚恤金的情况"非常普遍"。但他解释说，这种情况很棘手，开具医疗证明的需求之所以越来越强烈，是因为大多数人都不相信他们的视力可以完全恢复，而且"他们的恐惧很难消除"。他希望大家能明白，他现在无法开具证明，是因为他还在等待"关于证明该如何措辞的指示"。显然，美国和英国军方还未就如何用委婉的言辞表达芥子气造成伤亡的问题达成一致意见。

亚历山大接到通知，他必须尽快离开巴里，否则就会被赶走。于是，他开始为离开巴里做准备。首先，他秘密收集了所有芥子气接触者的关键科学数据。其次，他将所有芥子气受害者的病历完整复制了一份，包括医生们关于不寻常烧伤和全身影响的记录。在丘吉尔开始扫除亚历山大的诊断产生的影响之前，这些记录都被附在病历上。最后，他收集了53份芥子气中毒死亡病例的尸检报告。为谨慎起见，他将所有尸检报告都复制了一份，并从40个典型病例（这些病人来自"至少12个不同的国家和种族"）中提取了两套病理样本。回到阿尔及尔后，他仔细研究收集到的这些数据，并做好记录。

在巴里的10天，亚历山大尽其所能地展开调查，但他仍然觉得还有许多工作没完成。一些重要的信息丢失了，很多问题都没有找到答案，他对将芥子气中毒的诊断从受害者的病历中删除的做法持保留态度，而且他们还删除了芥子气中毒对健康的长期影响的相关信息。他要求英国当局提供他与丘吉尔首相的全部通信复印件，但遭到了拒绝。他很难不苛责他们对危机的处理方式和不计后果的拖延行为。在适当的时间和地点，他将会批判他们混乱的反应，并"呼吁人们针对灾难医学的进一步发展或可能使用的化学制剂制订更充分的计划"。

亚历山大也承认，在收拾行李时，他的"心情有些沉重"，他希望自己能做得更好一些。他意识到，收集信息对准确地描述这场灾难来说非常重要。因此，一想到在有翻译人员帮助时却没能多采访几名意大利医生，在做独立调查时也没有多报告一些平民伤亡情况和芥子气对巴里市区的影响，他就自责不已。"但我确实太忙了。"他后来回忆说，"我单枪匹马，巴里完全处于英国军方的控制之下，而我和他们的关系又不太好。"

他乘坐的飞机从巴里机场起飞，经过港口上空时，他看到下方沉船的桅杆从水中伸出，与水面形成一个令人不适的角度。这让他想到了沉入漆黑一片的海底、曾装载在约翰·哈维号上的那些芥子气炸弹，不知道它们会在那里沉睡多久。

12月15日星期三，也就是他离开的前一天，为了防止在归途上遭遇意外的飞机故障，他向贝利上校提交了一份有关最新调查结果的摘要。随后，贝利将亚历山大的这份"简短报告"发送给盟军总司令部，并在电报中用谨慎的措辞解释说，近几天发现在空袭当晚有"一些病例"被

第 7 章 最终报告 133

SECRET

SECRET
APPENDIX # 2

SUBJECT: Intermediate Report on N.Y.D. Dermatitis Cases.

                                                Hq, Hs 2 District, CMF.
                                                Tel No. 13611.
                                                9582 H.
                                                15 Dec 43.

D.D.M.S.
AFHQ, Adv. Adm. Echelon.

      Lt. Col. Alexander, U.S.M.C., Medical Advisor in C.W., arrived by air from ALGIERS on 7 Dec 43 and comenced his investigation.

      A short report submitted by him is attached. It has been discovered that certain cases were rescued by ships leaving the port of BARI on the night of 2/3 Dec 43 and were taken to BRINDISI and TARANTO, these going to the former port were only mildly affected, and there have been no deaths, but those accepted at 70 General Hospital, TARANTO, were more serious and of the 102 admissions, 16 have died to date.

      A request has been submitted in cipher to AFHQ to diagnose these cases as burns due to enemy action. If this is authorized evacuation of certain long term cases can be carried out and liberate much needed beds.

                                        (Sgd)
                                             COLONEL
                                             D.D.M.S.

T.C.C. 1215 hrs

Copy to: SURGEON, D.M.S., AFHQ,
         G.O.C., 2 District,
         War Diary (2).
         File

D.D.M.S.
2 District.

      The burns in the hospitals in this area now labeled "Dermatitis N.Y.D." are due to Mustard Gas. They are of unusual types and varieties because most of them are due to mustard which has been mixed into the surface oil in the harbour.

      There are three factors to be considered in appraising the deaths that have occurred in this group:

SECRET
- 30 -

SECRET

图 7-1 斯图尔特·亚历山大的文件

救援船只送到了布林迪西和塔兰托的医院，亚历山大因此起草了这份报告。为了与官方颁布的审查政策保持一致，贝利还直截了当地提醒他的美国同事："已用密码向盟军总司令部提出请求，将这些病例诊断为敌军行动所致烧伤。"

亚历山大公然对抗丘吉尔下达的不得提及"芥子气"一词的命令，在临别备忘录中列出了他在巴里10天取得的调查结果，并清清楚楚地分析了整件事的来龙去脉。

关于：1943年12月2日巴里港烧伤人员的调查结果
收件人：二区医务处副处长贝利上校

1. 12月7日—12月16日，我有机会见到并询问了12月2日空袭的多名受害者，包括第九十八综合医院、第三新西兰综合医院、第十四联合综合医院、第七十综合医院和第八十四综合医院的伤员。其中，最后两家医院分别位于塔兰托和布林迪西。

2. 皮肤烧伤肯定是芥子气所致。一小部分属于芥子气蒸汽烧伤，大多数是掺混或溶解在原油中的芥子气所致。

3. 所有病例的眼部都出现不同程度的症状，但来自美国莱曼·阿博特号的两个病人例外，他们当时戴了防毒面具。眼部症状也是芥子气所致。

4. 大多数死亡病例的呼吸道都有芥子气烧伤，其中有些病例还伴有肺部冲击伤。

5. 芥子气中毒的全身影响是这组病例最显著的特征，其程度远超其他病例的芥子气烧伤。

6. 对死亡原因或死亡原因中最主要因素的最终评估，必须等到病理变化的显微镜研究结果出来。冲击伤可能是造成部分受害者死亡的原因之一，但我认为大部分死亡病例都是芥子气中毒所致。

7. 已安排第九十八综合医院准备病理样本，并于12月19日前运至波顿唐和埃奇伍德。如果可以通过航空快递将它们寄送给盟军总司令部医务部负责人，我将会安排后续的装运事宜。计划将临床与病理记录随样本一同运送。

8. 将向医务部负责人提交一份完整的报告，并将副本送到你的办公室供你参考。

9. 你的下属与各家医院都给予了非常好的合作。

斯图尔特·F. 亚历山大
中校
化学战医学顾问

读了这份最新备忘录的副本后，亚历山大在盟军总司令部的一名同事在第9条下面加了一条具有讽刺意味的注释。他用潦草的笔迹对英国医疗队给予的"非常好的合作"进行了评论："好的标准是什么？"

*

亚历山大急匆匆地赶回盟军总司令部，他期待能够见到邦妮，她已经答应乘飞机去阿尔及尔跟他共度圣诞节。之所以行色匆匆，不仅是因为他急于回到友好的环境中，还因为他的老板很可能会敦促他尽快提交初步的调查报告。虽然他已经精疲力竭，但他明白这个圣诞节假期恐怕要在工作中度过了。幸运的是，邦妮和他一样忙，所以尽管亚历山大必须埋头写报告，无法陪伴她，她也没有任何怨言。

圣诞前夜，他们坐在一起，用麦克奈尔将军送给邦妮的那台收音机收听罗斯福总统在海德公园的演讲。罗斯福宣布，美国计划发动"对德国的大规模进攻"，并任命艾森豪威尔为盟军远征军的最高指挥官。一周前，艾森豪威尔就把即将到来的这一变化通知了他的幕僚，但这份公开声明使之成为不可改变之事。他将于1月1日交出地中海战区的指挥权，并将总指挥部搬回伦敦。亚历山大知道，战争的性质决定了他必然会与军事指挥官建立起深厚的情感联系，尤其是这位指挥官本身就是他的朋友。所以，他和邦妮都很失落，他们舍不得艾森豪威尔离开。

12月27日，亚历山大提交了他的初步调查报告《巴里港灾难中的毒气烧伤》。在德国发动空袭之后，共有1 000多名盟军士兵死亡或失踪（其中包括大约50名美国海军武装警卫队的水手和至少75名美国商船船员）。据估计，入院治疗的800多名伤员中，有628人主要因接触芥子气而受伤。空袭发生后的两周之内，有69人死亡，芥子气中毒是导致他们死亡的全部或部分原因。但是，可能还有不少人的诊疗记录查询不到了。这份报告共12页，对这次化学制剂灾难进行了全面而细致的研究。亚历山大在报告的引言部分写道："以上是自空袭发生至12月17日的情况，不过，很多详细的数据，尤其是组织病理学数据，仍然缺失。本报告中的许多意见都是基于伤员或医护人员的陈述，准确的评估必须在认真分析病历及相关数据后才能做出。"

接下来，他开始按部就班地介绍他的调查，条分缕析地描述了12月2日空袭当天及随后几天里开展的各项工作。他从急救和伤害的性质说起，然后介绍了他做出伤员的伤势是"由芥子气蒸汽和长时间接触掺杂在原油中的芥子气所致"的诊断依据，包括伤员的症状、眼部损伤、临床观察和病理报告等。白细胞减少证明伤员患有全身性毒血症，这是芥子气产生全身影响的显著标志。此外，在肝脏、脾脏和淋巴结里也发现了表示中毒的大致病理变化。他断言："必须明确一点，这些人的中毒症状是芥子气而不是其他毒气导致的。芥子气并非新型毒气，但这次的毒气释放方法非常特别。"

从化学战的角度看，尽管巴里袭击事件在化学制剂防御和处理方面具有指导意义，但它不代表化学制剂可以直接构成军事威胁。如此大规模的伤亡，"在任何芥子气战术行动中都绝无仅有"。亚历山大写道："因为像这样长时间接触毒气的可能性非常小。"从灾害管理的角度看，这次的应对之法毫无疑问是一个典型的错误范例。尽管他必须谨言慎行，以免超出自己的职权范围，但他在报告中也暗示了当局的失职：港口有芥子气，但他们没有发出警示，而且没有给受害者洗消处理就匆忙地将他们送进了医院。

在报告的最后，他再次谈到了芥子气引起的"严重的全身作用"，特别是对人体白细胞的破坏，而这是付出了十分惨痛的代价获得的唯一的医学发现。报告的结论较为温和，仅指出了这种影响"比过去以为的芥子气烧伤的影响要大得多"。现在对他的观察结果做出任何评判都为时尚早，但人们忍不住想：芥子气的毒性作用说不定可以为治疗某些类型的癌症带来希望。

*

盟军总司令部的首席医学顾问爱德华·丘吉尔上校认真阅读了亚历山大的这份报告。他确定这是一起毒气泄漏事故，并同意亚历山大的调查结果——伤员全身长时间接触芥子气加剧了芥子气污染的程度。他也认为有人犯下了严重的错误。丘吉尔上校写道："芥子气泄漏预警机制的缺失，导致在将伤者送医之前未采取洗消措施，这违反了灾害管理的原则。"他指的是人们从椰子林夜总会火灾中学到的一条基本经验：为了让大量伤员得到有效救治，"除了救援和急救人员以外，还应安排专人观察伤员，确定创伤的特点和性质"。

布莱塞将军及其高级医务人员明确告知艾森豪威尔将军,亚历山大的芥子气污染诊断是正确的,因此艾森豪威尔批准了这份初步调查报告。我们不知道艾森豪威尔是否清楚亚历山大与丘吉尔之间的争执,但他还是坚持把这份报告认定为官方记录,只是它马上被归类为军事机密。布莱塞的副手斯坦利上校给沙德尔上校寄送了5份报告副本,并附信说,亚历山大"提醒要特别注意芥子气对这组伤员造成的全身影响"。随后,沙德尔把报告转交给华盛顿的化学战研究中心负责人办公室和战争部,并附上说明,请他们注意芥子气的全身影响。

亚历山大获准将报告的副本连同40个代表性病例的病理样本,寄送给有可能从他的经验中获益的化学战专家、埃奇伍德兵工厂和波顿唐。在他写的第一批信件中,有一封是给威廉·弗莱明上校的。当年正是弗莱明招募亚历山大加入化学战研究中心的,他现在是欧洲战区化学战负责人。亚历山大为没有及早向弗莱明通报相关消息致歉("这几周我实在太忙了"),并解释了自己到底在忙些什么。他在信中还附上了初步调查报告的副本。尽管他认为自己已经设法"收集到不少资料",但"我必须承认,我忙着去拯救生命而忽略了科学调查,这让我有点儿惭愧"。他接着说:

> 就目前的情况而言,我相信你能从这份报告的字里行间看出,最令人吃惊的是全身影响的严重程度,以及它们表现出来的重要性。我相信你还记得我(在埃奇伍德实验室时)是如何看待芥子气的全身作用的……必须指出的是,这一组病例与"一战"中的芥子气中毒病例有很大的不同,前者受到的影响特别大。我一开始有点儿犹豫是否应该在正式报告中说明它们有多么令人震惊,但在我拿到病理数据和临床病历之后,我认为自己一点儿也没有夸张。

亚历山大承诺，等到他"有更多的时间并且对这组病例有了更深入的整体认识"后，他一定会写一份更详细的报告。他还说："我不想在此时发表草率或不明智的言论。"

第二天，他给埃奇伍德医学研究实验室主任约翰·R. 伍德上校写了一封信：

1943年12月27日

亲爱的伍德上校：

最近，我碰巧遇到并调查了一组芥子气中毒伤员，现将初步调查报告随信寄给你。这份报告有些地方虽然粗略，但我相信它可以让你大致了解我对这个问题的看法。

我迫切希望你和温特尼茨博士的团队能够仔细考虑芥子气的全身作用，我认为病人的血液和肝脏肯定发生了变化。就像我在报告中提到的那样，血液的变化可以通过身体的局部烧伤来解释，尽管烧伤程度比较轻微。许多死亡病例都因为爆炸而有了一定程度的肺损伤，但他们并非死于呼吸道问题。我们可以认为冲击伤是后来一些病例的死亡原因，但有不少人虽然这两方面的伤势并不严重，仍然死去了。正如你猜想的那样，这组病例值得我们认真思考……

我想请你帮忙做以下几件事：

1. 让温特尼茨博士了解这组病例的特点。
2. 把你得到的显微镜检测结果寄给我。
3. 从医学角度考虑这一事件并将相关意见告诉我。

谨致问候！

斯图尔特·亚历山大

巴里和波顿唐的英国军官都不承认他们收到了亚历山大的初步调查报告。但不久之后，亚历山大收到了贝利上校的一封私人信件，其中隐晦地提到了他的"大作"。布莱塞将军和盟军总司令部医务部的其他高级军官赞许了亚历山大在艰苦的条件下出色地完成了数据收集和评估工作，但由于这场灾难需要保密，所以他们对他工作的认可只能是非正式的，而且不能大张旗鼓。他被告知，由于担心"冒犯丘吉尔首相"，对他的嘉奖被取消了。尽管如此，化学战研究中心的领导们还是对亚历山大的报告赞不绝口。医务处负责人罗兹上校对亚历山大一丝不苟的调查工作予以充分的肯定：

1944年1月15日

亲爱的亚历山大上校：

我很高兴地告诉你，你的巴里灾难调查报告得到了很高的评价。它为我们提供了非常详尽的信息，几乎是芥子气毒性研究史上的一个里程碑。

我们计划将你的报告作为案例介绍给可能发生工业事故的工厂，我相信它将发挥出巨大的价值。

康奈利·罗兹

亚历山大还收到了乔治·M. 莱昂上校的来信，他是约翰斯·霍普金斯大学的一名医生，负责为伦敦海军司令部构建化学防御体系。亚历山大写信告诉莱昂，巴里袭击引发的芥子气灾难为海军敲响了警钟，"值得他们牢记"，因为同样的事故有可能再次上演。莱昂对他寄来的初步调查报告副本表示感谢，称赞亚历山大已经得到了广泛的认可："沙德尔上校充分地赞扬了你和你所做的一切。你巧妙地记录了那起著名的事件，我不知道有谁能比你做得更好。我认为你做出了重要的贡献。"

弗莱明上校匆忙地写了一封信,表示同意亚历山大关于原油中混杂了芥子气的结论,并"对这份出色的报告感到骄傲"。他指出,盟军指挥官们在谋划下一阶段的战争时,需要考虑盟军登陆法国时德军对他们使用毒气的可能性,所以巴里报告很快就会成为他们的必读材料。"顺便说一句,最近有人向我们提议在登陆行动中使用毒气。"弗莱明隐晦地提到了诺曼底登陆的具体准备工作。这次登陆行动的代号为"霸王行动",详细的作战计划正在制订中。"目前的情况表明这种方法显然是有效的。"

一个星期后,弗莱明再次给亚历山大写信,并随信寄来了新版化学战备忘录和病情公报的副本。这些文件是根据亚历山大的调查报告中的信息制定的,被分发给所有的盟军港口指挥官。新版医疗指南强调,所有涉及燃油的化学战相关人员必须"尽早"地脱去所有衣物,清洗身上的油污。建议用温水肥皂洗浴,但鉴于糜烂性毒剂难以清除,所有港口的军医都必须"备足100加仑液化石油"。最重要的是,亚历山大的报告有助于提高人们在运输致命毒气时的危险意识。"化学品情报"变得至关重要,运输管理部门、安全部队和军医都可以得到有关港口中是否存在或可能存在化学武器及其种类的最新且全面的信息。"你的报告在这方面抢占了先机,引起了军队和医疗界的极大兴趣。"弗莱明告诉亚历山大,"所有这些都让我越发为你骄傲,你的后续报告肯定也会备受欢迎。"

至于亚历山大与巴里的英国同僚之间的摩擦,弗莱明明确地告诉他,这是意料之中的事:"总的来说,我们与这里的化学战部门之间的关系是友好的,双方都愚蠢地认为我们面对的是同一场战争。当然,这并不意味着我们之间不存在斗争——这是我做事的方式。但双方似乎都乐见于此。"

*

在亚历山大的初步调查报告被送到盟军官员手中之前,美英两国的政府高层就已经为如何处理巴里事件争吵不休了。德国空袭的细节出现在了美国的报纸上，亨利·史汀生也在新闻发布会上确认了这次空袭造成的损失，这些举动让地中海舰队司令、刚晋升为第一海军军务大臣的安德鲁·布朗·坎宁安爵士十分不满，他在1943年12月17日英国战时内阁会议上表达了他的担心。坎宁安怕大嘴巴的美国战争部长史汀生会让这件丑事大白于天下，他下令立即给美国总参谋长发电报，"明确告诉他们英国总参谋长对于披露这类信息的行为深感不安"。

在12月的最后两周里，伦敦、华盛顿和阿尔及尔盟军总司令部之间进行了频繁的电报交流，因为各方对于化学战可能造成的破坏性后果和可能出现的负面报道有着不同的应对策略。与巴里空难有关的英国各方都表达了他们的担忧，以及希望继续保密的自私想法。12月22日，艾森豪威尔的副参谋长洛厄尔·鲁克斯通知盟军总司令部的人事军官："皇家海军对英国海军部如何报告巴里空袭造成的毒气伤亡事故的相关政策很感兴趣，而英国海军部的答复是，为了掩盖芥子气烧伤造成的伤亡，病历上的相关诊疗记录不予公开。"

与之形成鲜明对比的是，鲁克斯坚称，罗耶尔·迪克准将和副参谋长J. F. M. 怀特利将军一致认为，既然美国"已公开宣称有足够的可随时调用的化学战物资"，并且在必要时会以牙还牙，那就应该"如实报告和公开这些伤亡信息"。他还说，"我们应该公开真实的情况"。他建议把这种做法提交到参谋长联席会议上批准。

在一份12月27日（星期一）的电报草稿中，鲁克斯表示艾森豪威尔倾向于全面披露相关信息：报告"真实的情况"，指出其中的教训，并在报告中"毫无隐瞒"地记录芥子气造成的伤亡人数。但这个建议很快就被否决了，12月27日的备忘录被撤回，并赶在周末之前草草制定出一套内容大相径庭的指导方针。艾森豪威尔在用电报向英国战争部通报化学品所致伤亡情况时使用了新的措辞：所有皮肤烧伤全部为"敌军行动"

所致,肺部及其他并发症全部归因于"敌军行动所致支气管炎等",所有死亡全部归因于"敌军行动所致休克、出血等"。他们认为,"这些提法可以为受伤人员今后申请伤残抚恤金提供足够的支持"。

至于美国拥有化学武器和敌人利用这次事故进行别有用心的宣传等问题,艾森豪威尔则提议重申"盟军的政策是不会(绝对不会!)使用毒气,除非敌人率先使用,而我们已经做好了实施报复的准备。我们不会否认这次事故,但我们认为它是一次值得的冒险"。经过一系列的电报交流,指导方针中又加上了英国空军部的一条建议:"眼部受伤"也全部为"敌军行动"所致。随后,这些报告巴里毒气伤亡事件的措辞得到了参谋长联席会议和英国战争部的批准。

盟军仍然担心毒气泄漏的消息随时有可能"泄密"。到目前为止,虽然报纸只报道了德军空袭的情况,但谁知道什么时候新闻记者就会开始散布有关毒气的谣言呢?空军副参谋长理查德·佩克少将因为"大群战地记者"(包括一群澳大利亚记者和以《时代生活》记者威尔·朗、乔治·罗杰为代表的美国记者)在袭击当晚出现在巴里而烦恼不已,担心他们会带来某些"影响"。在进行了一番谨慎的调查后,他发现这些记者第二天一早就离开了,似乎没有多少机会了解这一事件的更多情况。有人建议不要试图干涉记者们的报道,佩克回电说:"我同意,最好不要自找麻烦。"为以防万一,伦敦的政治作战部起草了一份声明,并将它"妥善地保管好",以便在必要时迅速拿出来,应对媒体或敌人的负面宣传。

但此时艾森豪威尔已经断定,想封锁住空袭和化学品事故的消息是不可能的,因此他放弃了秘密地对各军指挥官和军医进行一次情况通报的计划。他听说空袭中一艘载有毒气弹的船被德军击中的事在巴里已广为人知,因此他"强烈建议"英国人,除了已经实施的邮政审查外不要采取任何进一步的行动,"据说这个消息已经在巴里传开了,包括平民在内的所有人都知道了,此时进行情况通报不会(绝不可能!)有任何作用"。

在谈判过程中，英国人对美国人将芥子气炸弹运进巴里港的行为大加指责，艾森豪威尔只好下令对这次灾难进行一次全面评估。（第一海军军务大臣表示完全不知道运输毒气这件事，而空军部则要求解释清楚将毒气运进港口的原因！）艾森豪威尔的顾问、地中海盟军空军司令亚瑟·泰德上将也要求进行正式的评估，并对己方因为港口防御的问题而受到"不公正的指责"感到不满。泰德在12月23日的照会中指出："即使防御没有问题，袭击也完全有可能造成同样的灾难。"他认为，击中军火船的是一枚定位精准的炸弹，军火船爆炸又导致其他船只着火，并引爆了约翰·哈维号上装载的毒气弹。所以他指出："因为损害程度而对航空兵与高射炮兵构成的防空体系的有效性存有偏见就大错特错了。"

艾森豪威尔已经意识到亚历山大报告中列出的许多错误和误解确实存在，因此没有必要去说服他。关于这次事故，还有一些备受关注的问题需要回答。艾森豪威尔宣布，他将任命一个调查委员会，对巴里空袭中化学武器造成的伤亡情况展开调查并形成一份报告。

12月29日从开罗发来的一封电报称，抱恙两个星期、其间一反常态地对此事保持缄默的丘吉尔表示十分关注事态的发展："亚历山大（哈罗德）将军对装载了毒气的船只竟然会被派往巴里感到震惊，并将此事报告了首相。首相非常关注这件事，正在等待调查结果。"

第二天，世界各地的报纸都刊登了丘吉尔的"感谢信"。首相称，他在生病期间成了谣言和谨慎的新闻报道的主角，但同时他也收到了许多善意的信息，并对此表示感谢。为安全起见，首相的行动必须保密，所以纳粹不知道他在北非。丘吉尔告诉世人，他的身体正在好转，但他会去一个"未知目的地"度假，因为他需要"在阳光下待上几周"，以便恢复体力。

1943年年底，在数周的旅行和高级别战争会议后，丘吉尔精疲力竭，身体和精神状态都不太好。一段时间以来，他一直四处奔波。为了赶在开罗会议（11月22—26日）召开之前与罗斯福会晤，11月12日他离开英格兰前往埃及。两天后，他出席了德黑兰会议，与苏联领导人约瑟夫·斯大林进行了第一轮历史性会谈。德黑兰会议是影响最为深远的盟军战争策略会议，"三巨头"就是在这次会议上敲定了"霸王行动"计划，并决定了战后欧洲的发展前景。12月2日，丘吉尔返回开罗，与美国总统展开另一轮会谈，主要研究土耳其参战的一些重要问题。

12月11日会谈结束后，丘吉尔本打算去巴里与哈罗德·亚历山大将军一起巡视意大利前线，但他在飞往突尼斯的途中患了重感冒。在一个荒凉的机场做短暂停留时，丘吉尔坐在了行李箱上，他"太累了"。于是，他改变主意，不去意大利了，据说那里的天气"非常恶劣，部队走走停停"。丘吉尔问艾森豪威尔是否可以在后者位于迦太基的风光秀美的海边别墅里待几天，巧合的是，当地人将艾森豪威尔的别墅称为"白宫"。那天晚上，他们共进晚餐，但第二天早上丘吉尔却发起了烧。在接下来的6天里，他患上了严重的肺炎，而且心律不齐。这让他的私人医生莫兰勋爵（查尔斯·M.威尔逊博士）非常担心。威尔逊告诉英国驻盟军总司令部公使哈罗德·麦克米伦，这位69岁的政坛斗士时日无多了。

12月15日，丘吉尔给罗斯福发了一封电报："我被困在迦太基的废墟中，高烧不退，患上了肺炎。尽管你的部下想尽了一切办法，但我也不能骗你说我已经康复了。我希望可以尽快发给你一些关于新指示的建议……"两天后，罗斯福回电说："我为你的肺炎感到难过，哈里（霍普金斯）[①]和我殷切地希望你早日康复……《圣经》说你必须遵照莫兰勋爵的医嘱，但此时此刻，我无法从《圣经》上找到我需要的指示……"

12月18日星期六，丘吉尔的体温恢复正常，情况开始好转。到了圣诞节那天，他已经可以主持会议了。他身上穿着一件带有龙的图案的蓝

---

① 哈里指哈里·霍普金斯（Harry Lloyd Hopkins），美国政治家，第二次世界大战时期任总统私人顾问，参与了美国和英国、苏联之间的所有重大战略决策。——译者注

色丝绸睡衣，脚下踩着一双印有金色字母的拖鞋，欢迎客人的到来，站在他身旁的是新上任的英国地中海地区总司令亨利·梅特兰·威尔逊将军。由于对意大利的僵局感到失望，丘吉尔反复强调他希望通过欧洲的"软肋"攻击德国，并指出一定要保持在地中海地区的进攻节奏。他在开罗宣称："谁得到了罗马，谁就得到了意大利的地契。"

他们讨论的下一项重要内容是，丘吉尔提出的在意大利首都往南30英里的安齐奥登陆的计划。他相信这可以打破卡西诺的僵局，开辟出通往罗马的道路。包括亚瑟·泰德上将、亚历山大将军和威尔逊将军在内的大部分战区要员出席了这次会议，身穿睡衣的丘吉尔首相滔滔不绝地谈论着两栖侧翼作战的优势。这个代号为"鹅卵石行动"的计划已经酝酿了两个月，若非有利于诺曼底登陆，美国人反对在地中海采取任何新的军事行动。艾森豪威尔始终认为这是一件"危险的事"，这不仅意味着要将"霸王行动"的宝贵资源和登陆艇挪用到进攻意大利的行动上，而且他怀疑即便这样他们也没有足够的兵力迫使德国撤退。然而，丘吉尔对"鹅卵石行动"比较坚持。他指出，必须迅速攻占罗马，否则整个意大利战役就会以失败告终，盟军也会前途未卜。丘吉尔和他的手下都认为胜利就在眼前。艾森豪威尔重申了他的意见，但也表示支持这个计划，条件是盟军的两个师登陆时必须立刻得到登陆艇的支援。

圣诞节会议结束后，丘吉尔给罗斯福发了一封电报，恳请他对鹅卵石行动施以援手，尽管这意味着要将暂定于5月实施的诺曼底登陆计划推迟一个月。丘吉尔问罗斯福："还有什么比意大利的战局停滞不前并在未来三个月继续恶化更危险的呢？我们拖不起，更不能半途而废，留下一大堆未竟之事。"

12月26日，莫兰勋爵宣布丘吉尔的病情好转，可以离开迦太基了，不过前提是他同意在马拉喀什休养三周。据说，尽管卧病在床，丘吉尔仍不顾医生的反对，保持着"惊人的工作节奏"。此外，他还拒绝了内阁同僚提出的将他的一些职责委托给其他部长的建议。生病期间，他的大部分时间都用来制定地中海战略。麦克米伦回到了阿尔及尔，他判断首相病情好转的方法有些特别。他在日记里写道："我断定首相正在逐渐康复，因为电报多了起来，而且有的电报相当令人不安！"处于恢复期的丘吉尔脾气暴躁，比平时更爱发牢骚，要求也更高——他几乎每隔一个小时就要给盟军总司令部的麦克米伦打一个电话。

在一份公报的最后，丘吉尔首相坚定地告诉他的同胞和盟友，尽管他在非洲卧床不起，但他并没有丝毫懈怠："我从未放弃自己的指挥权，需要做决策时，我也从来没有拖延过。"这是唐宁街10号发布的最感人、最充满人性的公报之一。在巴里做调查期间，亚历山大认为丘吉尔首相"满腹牢骚"，但现在回头看他们俩针对巴里医疗危机所做的那些令人不安的交流，他认为自己可以证明丘吉尔在那个忙乱的时期确实十分勤勉（这可以说是丘吉尔的一贯风格）。

第 8 章

被遗忘的前线

对艾森豪威尔将军来说，巴里灾难是他任内最严重的挫折，是他指挥的部队在地中海遭受的最后一次"沉重打击"。德国空军在驻意大利德军总司令、陆军元帅阿尔伯特·凯塞林的指挥下击中了盟军的要害之处，中断了对盟军至关重要的人员和物资补给。空袭致使这个具有战略意义的港口彻底瘫痪了一个星期，在一个多月的时间里吞吐量减半，严重的损失甚至延缓了第十五航空队在福贾的集结和第八航空队前进的步伐。陆上战役后续乏力，连绵不断的雨水、泥泞的道路和险峻的山势使战势陷入了僵局。迟迟未到的增援可能会对攻占罗马的"迂回行动"（定于1月22日对安齐奥发动两栖攻击），甚至对计划于1944年6月发动的攻占法国海岸的行动造成严重影响。由于陆军未能按计划向前挺进，在艾森豪威尔移交战区指挥权之前占领罗马，已经变成了一个不可能实现的目标。他深切地感受到这次失败带来的苦楚，但鹅卵石行动不再是他要考虑的问题，他必须全神贯注地谋划霸王行动。

艾森豪威尔计划在元旦短暂回国一段时间，之后他将去伦敦履职。在这之前，他任命了一个调查委员会，调查在巴里发生的那个"令人不安的事件"。调查委员会由12名官员组成,包含6个美国人和6个英国人。包括斯图尔特·亚历山大在内的4名成员,都是在袭击发生后被征召到巴里的。他们的任务很明确,就是全面调查这次化学品事故。他们的个人知识和经验备受重视。艾森豪威尔做出指示,调查委员会除了报告所有相关事实外,还要就如何避免类似事故再次发生提出意见和建议。艾森豪威尔要求调查委员会对以下问题做出"具体答复":

1. 巴里港为什么会出现载有毒气的船只?
2. 毒气是谁装上船的?又是谁授权这样做的?
3. 陆海军有关部门中有多少人知道这件事?
4. 受污染程度与个体受影响程度之间存在什么关系?
5. 采取了哪些洗消措施?效果如何?

调查委员会于1944年1月的第一个星期在阿尔及尔召开会议,开始收集当时的报告,并询问有关医务人员和指挥官,包括比斯特号、泽特兰号和伏尔甘号的船长,以及海岸部队和皇家海军的舰长。在某些情况下,如果需要进一步的资料,他们会亲自询问当事人或从相关人员那里获取当事人的陈述。另外,他们还在巴里成立了一个由6名军官组成的小组,负责解答需要做现场调查的问题(这些问题是通过航空信件的方式从阿尔及尔寄送到巴里的)。尤其值得注意的是,到底是谁在巴里接收了来自奥兰的10份约翰·哈维号的货物清单,他们又把这批货物的性质告诉了相关部门中的谁(如果这些人存在的话)?

共有22个人为1943年12月2—3日在巴里发生的事情作证。调查委员会在收集港口芥子气的来龙去脉等信息时依据的时间轴,与亚历山大自己做调查时依据的时间轴十分相似。像大多数以内部审查方式展开的调查一样,这次调查也几乎没有什么新发现——一些曾经困扰亚历山大的矛盾之处被掩盖了，一些不足之处后来也做了弥补。当然，到目前为止，陆海军的相关部门有充足的时间把他们的谎言编织得天衣无缝。在调查哪些盟军官员事先知道巴里港的货物中有芥子气炸弹时，调查委员会得到了一份相同的名单。根据调查记录，名单上的那些人都说没有将毒气运输的事告诉任何人，因为"这不合常规"，而且对于像巴里港这种执行军事任务的港口来说，运输毒气并非"不正常的冒险之举"。事实证明，要找到失踪的船只货物清单，或者证明在袭击发生前有关部门已经知晓此事，都是不可能的。至于为什么在袭击发生后没有发出毒气警报，为什么应该收到紧急警示的部门却没有得到消息，他们也都语焉不详。

1944年2月6日，调查委员会完成了《关于1943年12月2—3日巴里毒气伤亡情况的报告》的初稿，并分发给有关人士征求意见。英国方面已发布了独立的官方声明，因此对这份报告提出了许多修改和补充意见。3月14日，调查报告定稿，共包含11个章节和9个附录。这份报告仍存在不少问题，但它开头的一句话起到了免责作用："一些细节，不仅是现在，将来仍有可能模糊不清。"调查委员会主席罗利·奇切斯特-康斯托布尔准将在总结调查结果时声称："我们认为，为了消除那些不确定因素而去寻找分散在各地的证人并延迟发布这份报告，是毫无意义的。"

报告认为，在袭击发生当晚，可能发出了几条毒气致人伤亡的警示信息，但它们在随后的混乱状况中都遗失了。这直接导致船上的临时伤员收容站、急救站和医院对芥子气中毒的危险一无所知，而他们实施的初步治疗方案又加剧了芥子气中毒的症状。他们证实，12月2日晚，第三十突击队的一名叫作哈里·理查德森·格雷的中尉将一些伤员送到了第九十八综合医院，并告诉军医约翰·科什中尉，他听到有人说港口的一艘船上载有毒气炸弹。但是，第二天科什说，他发出的只是一般性警示，他认为格雷送来的伤员应该没有受到污染，而且当时他没有想到毒气有可能通过原油这个媒介产生污染。

格雷说，他在当天午夜回到海军大楼后就立即去了指挥室，想进一步了解毒气的相关消息。得知谣言属实后，他让值班军官席勒中尉打电话通知医院。席勒和一名军医通了电话，告诉对方有毒气危险，后者也保证会把这一重要警示信息传递给所有相关医院。但根据官方的说法，这条消息的后续情况不得而知。格雷中尉在袭击发生后不久就返回了英国，无法提供有关的证据。

调查发现中最令人遗憾的一点是，第九十八综合医院在12月3日上午曾致电海军大楼，但对于港口是否存有芥子气一事未能得到官方确认，"不知道是因为向他们提供信息的人对事实一无所知，还是因为所谓的保密制度"。调查委员会的报告显示，总的来说，有关部门"不愿谈论"港口是否有芥子气的问题，致使毒气预防措施不到位，受害者也未能得到适当的救治。而且，如果参谋长联席会议下达了明确的指令，就可以杜绝这种"不必要地保持沉默"的做法。报告并没有指名道姓地谴责某些军官，而是详细描述了现场局面十分混乱、指挥结构严重脱节、大多数人在一定程度上都是自发行动等问题，希望能给人们以启发。针对相关部门没有发出任何正式毒气警报的问题，调查委员会指出：

> 我们的调查反映了一个值得关注的事实：对这些受芥子气烧伤的伤员来说，如果医护人员从一开始就对烧伤的性质有充分了解，很多人的伤势可能不会那么严重，甚至可以完全避免……
>
> 如果相关医疗部门知道一艘载有芥子气的船在港口发生了爆炸，他们就可能会更快地做出准确的诊断。事实上，当病人出现休克、中毒、烧伤等症状时，医护人员为他们所做的初步治疗实际上加速了芥子气的吸收。临床上这种情况并不常见，它是一种非典型性芥子气烧伤，是长时间接触掺混在原油中的芥子气导致的，一些病人因为长时间全身裹着毯子而加重了病情。

调查委员会建议，现行的毒气运输程序应该做些补充，今后在运输毒气弹时必须发出"特别通知"：发货港以电报的形式，将货物的详细信息与到港日期通知给卸货港及沿途停靠港口的港务和军械部门，而且所有通知都要得到确认。此外，应尽可能避免"货物混装"，即避免一艘船上同时装载毒气弹和炸药，这些货物也不得被运往业务繁忙的大型前方港口。委员会还建议加强化学战方面的训练，编制新的操作说明，提醒相关人员（特别是舰船、港口和装甲战斗车辆上的工作人员）注意防范掺混在原油中的有毒气体构成的危险。调查委员会的结论充斥着一种指责的意味：

> 如果港务部门有理由认为空袭或其他因素导致了船上装载的毒气发生泄漏，就应该立即向该地区的司令部、指挥官和所有船长发出警报，并尽可能提供完整的信息。相关的海军和陆军指挥官必须向医院、急救站等发送警示信息，并且事先做出明确安排，确保此类信息得到迅速且顺畅的传播。

报告还披露了一件令人震惊的事。12月3日星期五晚上，根据克拉伦斯·L.爱德考克将军的命令，盟军总司令部的化学战负责人沙德尔上校和英国技术军官K. J. B.厄尔少校应在第二天一早从阿尔及尔飞到巴里，检查港口的损坏情况。但由于天气条件极端恶劣，两人在那不勒斯滞留了一晚，于12月5日周日上午9点才抵达巴里，向新任海军主管军官吉尼斯报到。吉尼斯对港口的一艘船上装载了毒气弹一事"非常担心"，迫切想要了解港口是否受到污染。沙德尔说："通过核对约翰·哈维号的货物清单，我们了解到这艘船装载了大约20万枚100磅H炸弹（芥子气炸弹）和700箱100磅白磷烟雾弹。"他们在港口管理办公室副官的带领下立刻对港口进行了全面的检查。在这个过程中，他们掌握了所有沉没或受损船只的位置。经过此次及后续检查,他们在外堤上发现了一个受污染区域和一些破碎的芥子气炸弹外壳。沙德尔说:"显然,还有很多芥子气炸弹是在空中爆炸的,这是许多幸存者受到毒气污染的原因。"他们立即采取行动,禁止人员进入该区域,并对其进行消毒。

在一系列检查和大面积的潜水作业后,沙德尔和他带领的技术军官告知海军主管军官,"有些伤亡情况"可能是受害者接触了漂浮在水面上的混有芥子气的油膜造成的。这个危险因素已经消除,仅存的风险是在打捞作业中可能会直接接触沉到水面以下的芥子气。他们还说,水中白磷的数量不足以构成危险(吸收11.5加仑的白磷才会致命),而且它们会慢慢氧化成无害的磷酸和"红"磷,后两者是无毒的,也不会在空气中自燃。唯一可能的危险是,木头残骸充分吸收了白磷,干燥后会发生自燃。技术小组于12月6日完成了检查工作,也就是斯图尔特·亚历山大抵达巴里的前一天。但是,没有人将货物清单上列有芥子气和白磷以及在港口发现了这些物质等重要信息告诉亚历山大或医护人员。化学战研究中心的一个部门有重要发现却不告诉另一个部门,保密制度又一次占了上风。

当涉及军事安全和毒气运输的有关规章制度时,调查委员会试图澄清自身的立场:"盟军的化学战政策似乎不是什么秘密。盟军公开宣称,如果敌人发动化学战,我们就会以牙还牙。"因此,他们运输毒气及其他类似弹药是在意料之中的。调查委员会认为,之所以会达成"保密共识","(据了解)原因是他们当时认为所有应该采取行动和需要知道这些信息的人都已经收到了警报,而且作为保密的例行程序,不能将这些消息告知不相关人员"。

透过战时局面混乱、信息不畅的迷雾,巴里的悲剧给了人们一个深刻的教训。调查委员会强调,未来可能需要就此类问题做出决策的人,都必须牢记"保密原则与安全原则之间的关系":

通常，保密原则和安全原则是共同发挥作用的。但是，如果它们互相违背且涉及毒气弹，那么前者应该根据后者的需要做出让步。显然，我们应尽可能地不让敌人知道毒气弹的存在，但在发生危险时，无论涉及的是敌军的弹药还是我军的毒气弹，都必须发出警报。

报告的最后部分给出了艾森豪威尔想要的答案：

1. 这批毒气被运往巴里，是福贾航空队根据（盟军的）政策（在意大利本土储备芥子气）提出的要求。

2. 货物得到了西北非空军司令部的授权才得以在奥兰装船，依据的是盟军总司令部的相关政策。

3. 在空袭发生之前，知道港口有这批货物的巴里相关部门的负责人包括：

港口司令
码头主管
港务局长（美）
亚得里亚海基地运输局长（美）

至于海洋运输局长是否接到了相关通知，还不太确定。

4. 个体受到的影响与受污染程度直接相关。受污染程度取决于几个因素：与皮肤接触的芥子气的绝对数量，接触的类型（是芥子气蒸汽还是掺杂在原油中的芥子气），原油中芥子气的污染强度，接触芥子气蒸汽或掺杂在原油中的芥子气的时间。这个问题在附录G（亚历山大提交的医学报告）中有详细的讨论。

5. 报告正文和附录I讨论了采取的洗消措施及其效果。

调查委员会的报告谨慎地没有偏袒两个盟国中的任何一个。这次事件暴露了港口防御和安全机构的某些问题（海军主管军官指责港口司令让过多的船只停滞在港，但席耶夫中校作证说他曾两次向坎贝尔上校提出明确的请求，希望让这些船只分散开），虽然他们为了挽回局面也采取了行动。然而众所周知，在一个新占领的港口建立和协调一个能满足需要的防空系统，难度肯定非常大。由于没有有效的反制措施，敌人利用金属碎箔干扰雷达的问题无法立即得到解决。不过，只要地面和空中雷达操作员熟悉了新方法，改善防御系统的灵活性，就可以减小这一威胁。港口船只拥堵的反常状况进一步恶化了事态，但大家一致认为，那些船只都不可或缺，更何况意大利东海岸的军舰泊位十分短缺。（与此同时，为了减轻巴里港的负担，曼弗雷多尼亚逐渐变成了一个先进的军用港口。）

意大利人也受到了批评。根据几名皇家海军舰长的证词，本地的几艘拖船没有参加救援行动，而是迅速逃离了港口；在修船所干活的人（大多是意大利人，包括平民和军人）从未经历过空袭，在"空袭警报解除"后，他们被劝说了近三个小时才肯从防空洞里出来继续干活，这使得修船所的局面变得更加混乱不堪。这次事故凸显了人们普遍不了解毒气预防措施，致使一些船连续几天无法正常运作，而这种污染本来是可以避免的。"这是一次不幸的突袭。"艾森豪威尔的副参谋长约翰·怀特利将军在伦敦对战争部的一位同事说，"但任何人都不会因此被送上绞刑架。"

也许，最让人不寒而栗的证词来自指挥官吉尼斯，他当时还未接任海军主管军官一职。空袭发生时他就在现场，可以说他是空袭当晚的一位冷静且知情的目击者。考虑到火势肆虐、爆炸不断，南风也很有可能转变为更常见的北风并向陆地刮去，他认为如果约翰·哈维号及其装载的大部分毒气没有沉入水底，那么这场灾难可能会更惨烈。吉尼斯说："如果约翰·哈维号发生爆炸，整座城市、码头地区和附近的船只都会受到污染。"一旦如此，不仅港口在几天内无法使用，整座城市及其周边地区在数周内也无法居住。这位指挥官认为，巴里港侥幸逃过一劫。

艾森豪威尔根据调查委员会的建议采取了行动，但要求对调查结果保密并将报告封存。他最不希望看到的就是这种错误百出、伤情无法诊断的状况被媒体知道，进而引起国内舆论对毒气事故大加指责的不利局面。所以，就连亚历山大也没有权限调阅完整的报告。

盟军担心毒气事故会进一步降低公众对战争的支持力度，尤其是在孤注一掷的安齐奥战役未能取得成功的情况下。从拉皮多河（又称"血腥之河"）战役开始，渡河过程俨然变成了一场大屠杀，遭到重创的第三十六步兵师的幸存者要求国会对如此拙劣的作战行动展开调查。对美国来说，1944年2月是地中海战区死亡人数最多的一个月，已有1 900人死亡，而且不断增加。艾森豪威尔的海军助手哈里·布切尔上校称，随着安齐奥战役再次陷入僵局，美军在意大利的战斗打得越发艰难，加上最近披露出在西西里战场上损失的23架美国运输机是被己方的舰炮击落的，盟军总司令部与媒体的关系已达到冰点。"公关人员越发担心，由于这次事件（西西里友军炮击事故）、巴里事件和巴顿事件，公众已经不再相信军方会主动公布其行动失败的消息了。"

从前线传来的一系列令人沮丧的消息，让人们了解到盟军的作战进展既缓慢又痛苦。美国的报刊编辑们想写的是乐观向上的文章，是美国士兵（"干劲十足"的海军陆战队和魅力四射的飞行员）在战场上的英雄事迹，而不是没完没了的痛苦和无谓的死亡。严格的审查制度，信息的缺失，以及大多数巴里袭击事件的幸存者都不知道他们身上到底发生了什么，所有这些都意味着化学武器悲剧的真相被掩盖了。盟军关于空袭事件的新闻稿中对芥子气只字未提。随着地中海行动的迅速展开，更紧迫的问题占据了新闻头条，巴里事件很快就从人们的记忆中淡去了。毒气泄漏事件仍然笼罩在神秘的面纱之下，被机密和官方的谎言所掩盖。

*

尽管差点儿酿成一场大灾难，但盟军并未停止向前线运送化学武器的脚步。随着1944年6月进军法国的计划逐渐形成，艾森豪威尔和盟军远征军最高司令部的其他军事战略制定者越来越担心希特勒会在诺曼底滩头阵地使用毒气，以致引起盟军的恐慌情绪并破坏登陆行动。奥马尔·布拉德利将军在回忆录中写道："在制订诺曼底登陆计划时，我们认真考虑了敌人发动毒气攻击的可能性，这也是我们第一次考虑这种可能性。我推断，希特勒已经下定决心，会孤注一掷地使用毒气。"罗斯福和丘吉尔下令在英国的秘密仓库储备可供使用60天的化学武器。5月中旬，也就是距离诺曼底登陆还有不到一个月，战区指挥部认为德国发动毒气战的威胁已经十分紧迫，于是下令将准备好的毒气弹送到作战空军基地，"保证最多24小时即可实施报复性打击"。

还有一些人十分担心德国可能会发动"生物战"，即利用细菌或有毒物质致人生病或死亡，制造大面积的不安全区域。纳粹曾经对生物战表现出兴趣，有传言称他们做过生化实验，为在进攻行动中使用生化武器做准备。从现有的情报看，似乎有"两大类生物攻击手段"：第一类是大规模的战术或外部攻击，比如日本在中国使用的生物攻击手段；第二类是在后方展开的蓄意破坏或内部攻击，比如第一次世界大战中德国试图在西线的马匹中传播马鼻疽、炭疽热等传染性疾病。整个冬天，亚历山大收到了许多情报简报，提醒他们提防新的严重的危险。"由于形势不断恶化，敌人可能在绝望之余发动生物战。"一份绝密的备忘录警示道，"所有情报人员、医务人员和其他有关人员都必须对敌人可能采取的生物攻击方法保持高度警惕，并注意识别任何有计划地使用或试图使用这种攻击方法的推定证据。"

1944年1月7日，亚历山大给战争研究服务中心的约翰·P. 马昆德写了一封便函，说他们收到了一个关于德国活动的情报（已被转送到华盛顿和伦敦）。尽管它"不是最高等级的情报"（情报是从西班牙传来的，但据说最初来自法国），但亚历山大认为这是一个"内容明确的情报"：

可能是因为遭到了轰炸，德国人目前正在积极准备细菌战。其中一家非常重要的工厂位于路德维希港，此外，德国境内还有40家这样的工厂。

化学战似乎在向不好的方向转变。为了"扼杀此类行为"，亚历山大被派去调查轴心国部队是否准备使用生物武器。为了寻找线索，了解敌人的意图，他必须尽全力获取医疗文件和物资，特别是德国和意大利的生物制品、疫苗和血清，并将它们立即送往盟军总司令部情报部门。亚历山大等人被告知要保持警惕，密切关注德国是否有受过专门训练、做好生物战准备的化学战部队。

亚历山大奉命从安齐奥等地的德国战俘身上采集血样，检测他们是否接种过不同寻常的疫苗；查看他们的包、工资单和文件，寻找是否有最近接种过疫苗的线索。他还收集了近期驻扎在法国和意大利的盟军士兵的血样，将它们送到华盛顿的陆军医疗中心进行分析。一旦暴发无法解释或原因不明的疾病，都必须立即报告。敌方化学战部队、野外实验室、洗消设备、新型或重新发放的防护装备留下的蛛丝马迹，都被视为可疑线索。亚历山大明确地告诉马昆德："这样做是为了让你们知道，我们一直密切关注这个问题。不过，缴获的生物制品非常少，也没有异常之处。没有缴获，调查也就无从谈起！"

与此同时，制订诺曼底登陆计划的军官们正在建立充实的化学储备，还要为盟军远征军积累足够的防毒装备。登陆计划要求每个士兵都身穿防护服，并随身携带防毒面具、玻璃纸护面、眼罩、眼药膏、一罐鞋防护剂和一支防护药膏。大多数士兵还配备了袖状探测器（利用从英国采购的有毒气体检测试纸制成的臂带），以及详细描述毒气中毒迹象和症状的资料卡。作为额外的防护措施，化学战研究中心的洗消小组会紧随步兵登上滩头，做好清理海岸线的准备，以免德军利用化学武器发动反击。

防毒面具作为最重要的装备之一，在战争开始后得到了改进。收到新型防毒面具后，化学战军官帮助上至最高指挥官下至普通士兵的所有人进行了调整。但是，新面具仍然不适用于戴眼镜的人——有些事情似乎永远不会改变。为此，亚历山大立即联系了北非战区的总医师："建议采取措施，为战区里有同样需求的人配备防毒面具眼镜。"他指的是自己的发明，目前已进入早期生产阶段。"一旦敌人发动化学武器攻击，对那些戴高度近视眼镜的人来说，没有防毒面具眼镜将会严重降低他们的效率，甚至有可能危及他们的生命安全。"

在化学战备忘录的文件夹中，亚历山大插入了一幅比尔·莫尔丁的漫画，它描绘了现代工业战争和持续的技术竞赛造成的残酷现实。在这幅漫画中，一个面容憔悴的士兵对另一个士兵说："乔，我看到E连配备了新型防毒面具。"在他们身后是一片燃烧的战场，到处是过时的防毒装备。[①]

1944年4月，从埃奇伍德传来了令人振奋的消息。亚历山大的巴里事故调查报告引起了科学家和实验室研究人员的极大兴趣，他们的反应"十分强烈"。化学战研究中心的医务处负责人罗兹上校在华盛顿写信给亚历山大，让他多提供一些巴里伤员病理样本，以便与具体病例配合使用。罗兹接着说："非常感谢你之前提供的报告和样本，我认为这些资料为毒气中毒病例的治疗做出了突出的贡献。"

就像两年前他第一次在埃奇伍德兵工厂偶然发现的那些奇异的血液

---

① 直到战争结束，亚历山大才知道德国科学家发明了两种快速有效的新型神经毒剂——塔崩和沙林，而盟军对此毫无准备。

效应一样，亚历山大再次产生了一种被电流击中的感觉。这表明，化学战研究中心已经认识到全身作用对人类的重要性，并试图找出芥子气的潜在医学用途。这是前所未有的事。能参与规模更大的项目，研究巴里病例的数据是否指出了癌症治疗的可能方向，这让亚历山大十分振奋。他立刻把40名巴里受害者的病历寄给罗兹，之前的样本就是来自这些病人。

1944年4月17日，亚历山大给罗兹发送了一份篇幅更长的备忘录，介绍了必需的背景信息，以帮助罗兹了解这些病历和就诊轨迹报告上的误导性诊断是如何做出的。"有必要指出的是，所有病历都没有提及糜烂性毒剂，这是因为'保密共识'当时已经生效。使用'未确诊皮炎'的诊断结论是盟军总司令部的决定。"他接着解释说，相关医院承受了巨大的压力，以至于他要求的许多实验室检测都无法完成，所以有些诊疗记录中的观察数据"很少"。出于同样的原因，他无法为罗兹提供更多的样本，因为仅有的组织样本已经被送去埃奇伍德和波顿唐，而忙碌的前线医院里一点儿也没有留存。

亚历山大记录说，由于时间充裕，在仔细研究了临床资料后，他修改了初步调查报告中的一些观点和意见。在那几个月里，死亡人数有所上升。有记录的芥子气中毒病例共有617例，其中83例（占13.5%）死亡，治疗效果令人失望。他准备写一份更详细的最终调查报告，等到埃奇伍德的显微镜检测结果出来就动笔，因为肝脏、肾脏和造血系统的变化尚未得到解释。他说："全身作用仍然是其中最值得注意也最值得深思的一个方面。我们欢迎任何意见、建议和帮助，以期更好地利用从这次事件中收集到的信息。"

5月18日，埃奇伍德的两位研究人员——阿诺德·R. 里奇和亚瑟·M. 金兹勒完成了"巴里事件受害者组织病理变化"的研究。尽管"可供研究的材料不足"（因为尸体发生变化、样本未妥善固定以及缺乏骨髓和小肠样本等）阻碍了研究，但他们对芥子气产生的全身作用很感兴趣。关于这些病例，他们写道："总的来说，与亚历山大报告中描述的一样，这些受害者的伤势发展过程在相当程度上证实了当前我们对芥子气作用的猜想。"此外，他们还列举了大量肺部、肾脏和皮肤损伤的显微镜检测结果，"这份报告提出了一个值得关注的问题：巴里病例的休克与普通创伤性休克明显不同，这是否可以说明巴里受害者长时间浸泡在掺杂了芥子气的原油中，导致芥子气透过皮肤进入身体后产生了全身作用？亚历山大认为芥子气可能对周围血管床产生了直接的毒性作用"。

虽然休克综合征是否一定由芥子气中毒引起仍有待确认，但里奇和金兹勒认为，某些病例的白细胞急剧减少，这清楚地表明"系统性芥子气中毒确实发生了"。因为已有的材料无法充分解释这个问题，他们建议"应该研究芥子气或掺杂在原油中的芥子气在动物身上造成的大面积烧伤，具体来说，就是研究与巴里受害者类似的临床表现的可能产生过程"。

亚历山大读到最后一句话时情不自禁地笑了。"应该研究"！这句话意味着巴里灾难给予毒性研究的馈赠将继续为人类所用。这也许只是一个小胜利，但他享受其中。他又看了看文末的机密文件传阅名单，发现埃奇伍德的组织样本研究报告和他的巴里调查报告被发送给美国国防研究委员会的十几位科学家和一些实验室，供他们做进一步评估。最令他感到满意的是，那位拒绝接受他的早期研究成果的美国毒气专家——弥尔顿·温特尼茨博士的名字也位列其中。

*

亚历山大计划利用1944年春天的时间，在邦妮的职级超过自己之前跟她结婚。邦妮将会和一些护士一起，随进攻部队进入法国，所以他

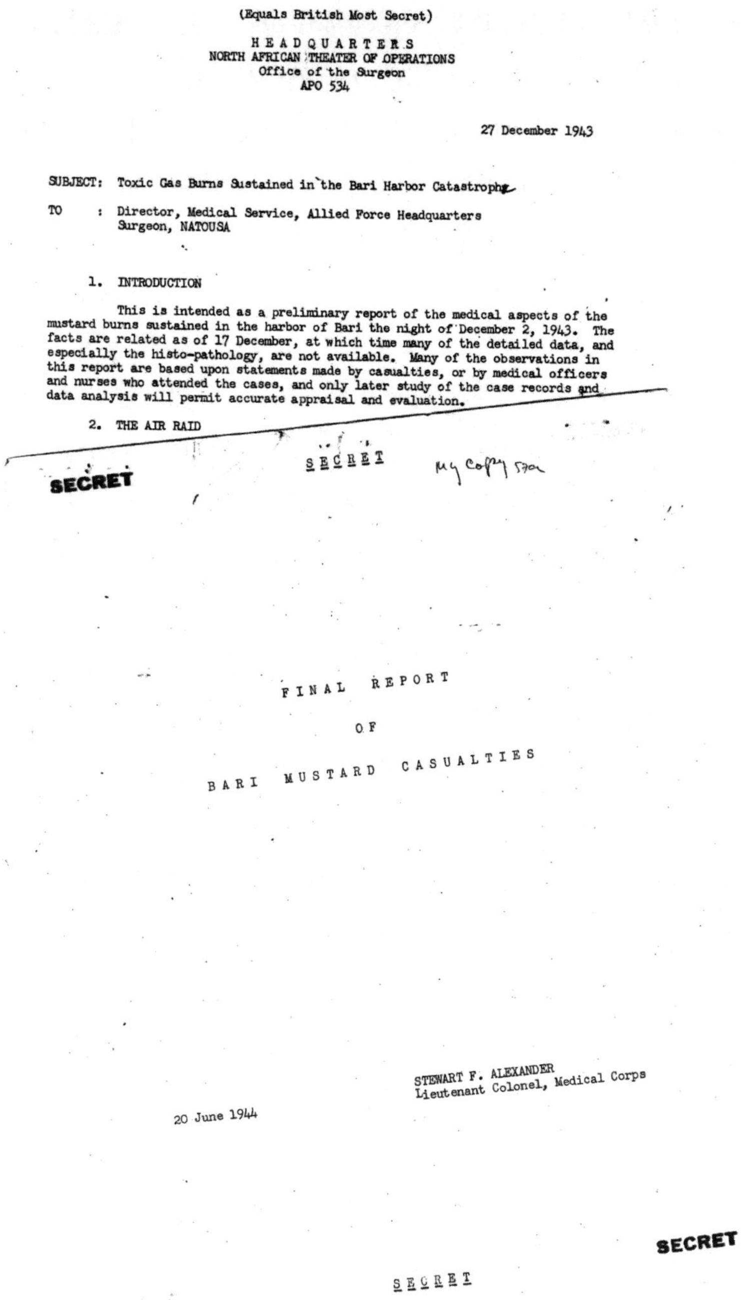

第 8 章 被遗忘的前线

```
                    (Equals British Most Secret)
                         HEADQUARTERS
                 NORTH AFRICAN THEATER OF OPERATIONS
                         Office of the Surgeon
                              APO 534

                                          27 December 1943

SUBJECT: Toxic Gas Burns Sustained in the Bari Harbor Catastrophe

TO     : Director, Medical Service, Allied Force Headquarters
         Surgeon, NATOUSA

    1. INTRODUCTION
         This is intended as a preliminary report of the medical aspects of the
    mustard burns sustained in the harbor of Bari the night of December 2, 1943. The
    facts are related as of 17 December, at which time many of the detailed data, and
    especially the histo-pathology, are not available. Many of the observations in
    this report are based upon statements made by casualties, or by medical officers
    and nurses who attended the cases, and only later study of the case records and
    data analysis will permit accurate appraisal and evaluation.

    2. THE AIR RAID
```

SECRET　　　**SECRET**　 My copy 57a


```
                         FINAL  REPORT

                               OF

                   BARI  MUSTARD  CASUALTIES




                                    STEWART F. ALEXANDER
                                    Lieutenant Colonel, Medical Corps
         20 June 1944
```

SECRET

S E C R E T

图 8-1　斯图尔特·亚历山大的文件

们很快就会分开。时间很宝贵。1944年4月29日星期三，他们举行了婚礼，成为美国陆军历史上第一对结为夫妇的中校。深受听众欢迎的电台评论员沃特·温切尔在周日的晚间广播中提及了这一前所未有的"银叶之合"[①]。他们先在阿尔及尔市政厅举行了隆重的民间婚典，由法国地方法官担任主持，还加入了法国和美国的民间及宗教仪式。随后，在军方牧师的见证下，他们在医院招待所举行了军婚仪式，由这对新人的指挥官布莱塞将军把新娘交到新郎手中。艾森豪威尔把自己的别墅借给他们度蜜月，但他们都太忙了，没有时间接受这份好意，只在奥兰度了一周婚假。

在婚礼前一天晚上为亚历山大举行的单身派对上，伴郎佩里·朗半开玩笑地提议为这位敢于调查巴里灾难的勇士干杯。他大声说道："这位军官系统地确定了全市的所有酒吧、餐馆和酒店的位置，然后把它们一一标到地图上。而且，他是单枪匹马完成这些工作的。他把每家店里的酒都尝了一遍，完全不担心患上胃溃疡，也不害怕伤及肝脏。"他举起酒杯，用盖过喧闹的声音继续说道："整个战区没有人像他这样表现出如此不屈不挠的热情，即使在值完夜班精疲力竭的时候他也没有退缩。有一次，在只有三名援军的情况下，他喝光了70瓶酒。即使已经无力再战，他也毫不气馁，而是勇敢地敦促同伴继续努力。最后，他手里挥舞着一只空白兰地酒瓶，被人用担架抬了出去。"不用说，他们都喝得烂醉如泥。

*

在为霸王行动构建化学防御系统的同时，亚历山大继续利用他的所有空闲时间，分析巴里的芥子气伤亡情况。他结合埃奇伍德的显微镜检

[①] 银叶是美军中校军衔的标识。——译者注

测结果，重新考虑了芥子气对肝脏的影响，并强调了芥子气对造血系统和淋巴系统的抑制作用。1944年6月20日，他提交了《关于巴里港芥子气伤亡情况的最终调查报告》。但此时，巴里灾难已经变成"旧闻"了。两周前，也就是6月6日，一支规模庞大的盟军部队在诺曼底滩头登陆，而意大利境内的盟军部队在经历了诸多磨难后，已经沦为"被遗忘的前线"。

第 9 章

谜中谜

———————

巴里的毒气灾难可能是一场意外，但罗兹上校知道，芥子气具有治疗潜力的惊人发现并非意外。斯图尔特·亚历山大对这次可怕的伤亡事件的调查系统而详细，简直就是一篇"经典的医学论文"，它凸显了一种可能被用作抗癌武器的化学物质。尽管盟军试图封存这一尴尬事件的记录，但亚历山大还是成功地从人们的苦难和官方保密措施的泥沼中捞出宝贵的数据，并将他的发现公布于众。这位充满好奇心的年轻医生在合适的地点和时机登上了历史的舞台，罗兹心想一定不能让亚历山大的努力白白浪费掉。

作为化学战研究中心的医务处处长，罗兹负责协调军用毒气及其对士兵影响的相关研究，他的职位和权力足以保证巴里报告不被遗忘，并被送到"军方秘密保护"的一流实验室。他希望在受控环境下研究巴里港的芥子气，检测它是否具有亚历山大观察到的大量杀死白细胞的能力，并确定这种有害物质（精心计算的微小剂量）能否用作治疗手段。

康奈利·P.罗兹（外号"灰尘"）是美国一位举足轻重的癌症医生，长期以来一直在寻找治疗癌症的方法。作为一名病理学家、科学家和著名的临床研究者，他的大部分职业生涯都奉献给了寻找抗癌药物这项进展缓慢又令人沮丧的工作，这种致命疾病的起源和性质始终难以捉摸。他经常郁闷地开玩笑说，丘吉尔首相称苏联是"一个谜中谜"，但这个形容其实更适用于癌症。研究人员甚至无法确定癌症是一种病还是多种疾病的综合体，他们坚持认为这种疾病可能超出了人类的认知范围，是"科学无法理解的"。但是，罗兹拒绝接受这种失败主义的观点。癌症是他最大的敌人，如果不征服它，它就会继续摧毁人类，不分男女老少。45岁的罗兹有了一种紧迫感，很显然他认为这场战争给他的研究工作带来了不便。他迫切希望战争早点儿结束，好回去继续从事他的老本行——与每年夺去无数生命的疾病做斗争。仅在美国，死于癌症的人就占了1/7。

在巴里灾难发生之前，罗兹曾与死神擦肩而过，此后他就对化学疗法深信不疑，他的职业生涯也因此受到了影响。罗兹出生于美国马萨诸塞州的斯普林菲尔德，父亲是一名眼科医生。1924年，罗兹毕业于鲍登学院和哈佛医学院，之后师从著名神经外科医生哈维·库欣博士。做外科实习医生期间，他在拉布拉多的格伦费尔教会医院花了一个夏天的时间研究结核病。结核病具有高度传染性，在这名年轻的医科学生回到波士顿后，他开始咳血。罗兹在纽约州萨拉纳克湖的特鲁多疗养院休养了一年，在那里他遇到了知名的"特鲁多小组"成员斯特拉契默尔·彼得洛夫，后者在结核病方面的开创性研究举世闻名。受彼得洛夫的启发，罗兹开始动手做实验，并对实验室医学产生了兴趣和热情。病好之后，他的兴趣从外科转向了病理学（一门研究疾病原因和后果的科学）。1928年，他加入了位于曼哈顿的洛克菲勒医学研究所，在著名病理学家西蒙·弗莱克斯纳博士的带领下从事研究工作。短短两年时间后，罗兹就成了洛克菲勒血液病特别服务中心的负责人，并选择白血病这种由血细胞引发的常见癌症开始了潜心研究。1932年在热带地区开展的一项研究中，他和一些医生在治疗曾经是致命疾病的恶性贫血方面取得了重大进展。自此，他更加坚定了寻找癌症疗法的决心。

讽刺的是，1936年，罗兹感染了暴发性链球菌，并成为自己的研究对象。当时，普通细菌感染就像杀手一样可怕，即使是轻微的割伤和擦伤，也有可能致命。洛克菲勒医院的医生用一种实验性的抗菌药物给他治疗，这种药物已经在欧洲投入使用，但在美国仍受到质疑。就这样，罗兹成为最早被磺胺这种神奇的新药拯救的美国人之一。他后来说，他很幸运，只是失去了一根手指，而不是生命。这段经历让他对未来医学进步的可能性充满信心，也让他对怀疑论者的"忧郁论调"不屑一顾。

虽然很多人认为罗兹傲慢、过分执着，不太招人喜欢，但罗兹仍不失为一位天赋异禀的带头人。1940年，他成为康奈尔大学医学院的病理学教授。因为才华横溢、富有感召力，而且干劲儿十足，他还担任了纽约专注于癌症及相关疾病治疗的纪念医院的院长。这座年代久远、水平高超的肿瘤医院位于第68大街和纽约大道上的一座大型建筑内，这块土地由小约翰·D.洛克菲勒捐赠。罗兹发誓要利用洛克菲勒的捐赠加倍努力地做实验室研究，还宣布了开发新的实验方法和战胜癌症的工具的计划。

罗兹知道前路障碍重重。几千年前，希波克拉底首次给癌症命名并开出了著名的处方："药物治不好的，可以用手术来治。"多年来，手术成为治疗癌症的唯一方法。医生们通过简单而残酷的手术切除恶性肿瘤，希望它们不会复发。1902年，玛丽·居里和皮埃尔·居里发现了镭，首次找到了可以缓解部分癌症病人痛苦的疗法。虽然这些不可见的射线能缩小肿瘤，消灭淋巴瘤，但它们具有像霰弹枪一样的无差别杀伤效果，既消灭了有问题的组织，也破坏了健康的组织。而且，很快人们就发现，射线也会导致一些肿瘤迅速生长，玛丽·居里和许多早期的放疗先驱因此离开了人世。虽然放射疗法标志着放射肿瘤学的诞生，但这种治疗方法也有其局限性：腐蚀性极强，并且被证明对已经转移的进行性癌症基本无效。40多年过去了，放射治疗和外科手术仍然是对抗癌症仅有的两种手段。

就在罗兹开始在纪念医院实施他的研究计划不久，战争就打响了。对他来说，巴里报告与他想找到癌症治疗方法的强烈愿望融合成一系列任务——利用军用毒气开展研究，寻找像磺胺类药物消灭链球菌一样选择性地破坏或杀死癌细胞的化学物质。虽然科学已经确定癌症源于细胞而非细菌感染，但罗兹仍然相信清除细菌的模式可以奏效：像细菌一样，癌细胞也是外来物，必须不惜一切代价消灭它们。他将肆虐的癌细胞想象成侵入人体内的细菌，并发现"癌症可能并没有那么难以攻克，在适当的技术面前它们可能不堪一击"。

如果斯图尔特·亚历山大是对的，那么芥子气可能成为一个突破口。巴里死亡病例的尸检结果表明，芥子气的毒性作用是专门针对白细胞的，导致白细胞几乎全部消失，淋巴组织也"溶解了"。罗兹认为这个证据令人信服，它证明芥子气的医学研究前景是光明的。罗兹被亚历山大的建议深深地吸引了，后者认为芥子气可用于抑制那些在人体内快速生长以致失去控制并入侵健康组织的细胞。罗兹指出："既然芥子气能破坏正常的造血细胞，那么从理论上讲，它也能破坏癌细胞。"

但这里还有一个非常重要的问题：芥子气的毒性作用能否在不对病人其他身体部位造成太大损害的前提下，只攻击异常或癌变的白细胞呢？

在第一次世界大战结束后，也有关于芥子气作用的类似报道，但公众对化学武器的强烈反对使得毒气研究不了了之。1919年，美国宾夕法尼亚大学的两名病理学家爱德华·克伦巴尔和海伦·克伦巴尔分析了德国人在伊普尔使用的"黄十字"毒气的物理作用，发现它使受害者的血液和骨髓产生了显著的变化。中毒死亡的士兵血液中的白细胞数量低于正常水平；他们还观察到"骨髓功能紊乱"的迹象，毒气导致骨髓功能衰竭，血细胞的产生数量急剧减少。克伦巴尔夫妇断定，这些变化都是由严重的芥子气中毒造成的，但他们仅指出白细胞数量减少致使患者容易发生继发性感染（这些患者大多感染了肺炎，最终死亡），没能有更重要的发现。众所周知，在第一次世界大战中，有120万士兵接触了芥子气，其中91 198人死亡。他们对这种气体的"直接毒性作用"的观察结果，似乎只是从学术角度对这个问题做出了些许贡献。他们的论文被扔进了档案柜，很快就被遗忘了，连温特尼茨对军用毒气病理的权威论述也没有提及。

在两次世界大战之间，有人零星地发表了毒气可用于癌症治疗的研究成果，同样没有得到多少关注。1931年，两位年轻的研究人员——弗兰克·阿代尔和哈尔西·巴格发现，芥子气虽然会造成令人讨厌的水疱，但若局部使用，可用于治疗浅表皮肤癌。在治愈了动物的诱发性皮肤癌后，他们在13名人类患者身上用稀释的芥子气溶液做实验，经过4个月的治疗，已经找不到癌症的任何症状了。实验的成功令他们备受鼓舞："我们充分认识到，在本次研究中这些毒气的使用时间太短，还不能报告癌症治疗的效果。但由于报告治疗效果需要花费多年的时间，我们希望这份初步报告可以给其他研究者提供一些可能性。"

下一项研究成果来自一位名叫艾萨克·贝伦布卢姆的英国病理学家。通过一系列关于芥子气对肿瘤作用的研究，他提出芥子气应该可用于抑制恶性肿瘤的生长。芥子气可能的"抗癌作用"本应引起人们的兴趣，但贝伦布卢姆本人认为，他的研究结果不足以令人信服，只有进行更大规模的实验，才有可能解释那些病理变化。

10年后，在第二次世界大战即将结束的时候，因为亚历山大的巴里伤亡情况报告，芥子气的抗癌作用重新引起了医学界的关注。罗兹认为这是一次千载难逢的机会，可能会发现一种"治疗癌症的盘尼西林"。这个想法其实没有那么夸张，在医学史上，从可怕的战场伤亡中获得灵感的重大创新案例比比皆是。在1537年的都灵战争中，一位名叫安布鲁瓦兹·巴累（Ambroise Paré）的法国理发师在面对数百条残肢断臂的情况下，改进了包扎方式。麻醉药早已有之，但直到19世纪美国内战造成了大量人员伤亡，才得以普及开来。此后，技术而不是速度成为彰显外科手术水平的标志。巴里灾难通过一群不幸的人类受试者，为罗兹提供了大量数据，这是肿瘤医生不敢奢望的战争红利。面对大量的新信息，他意识到它们可能会帮他解开攻克癌症之谜。

对亚历山大来说，高瞻远瞩的罗兹拥有充沛的精力和乐观的精神，是"重新开启和寻找芥子气医学应用的力量之塔"。罗兹的坚韧品格和个人魅力让人无法抗拒，他凭直觉就知道哪些人能帮助他完成研究，同样，他对其他人也有催化作用。尽管一些同行认为，他作为纪念医院院长，却像保罗·埃尔利希一样去寻找癌症治疗药物的行为是徒劳和愚蠢的，但罗兹仍义无反顾地一头扎进这项工作中。他在这个过程中树敌不断，且贻人口实，但是亚历山大始终认为罗兹没有做错。"据我了解，罗兹是一个非常了不起的人。"亚历山大回忆说，"他身上既有非凡的科学和研究天赋，又有卓越的管理和领导能力。从一开始，他就看到了芥子气的巨大潜在价值和可能的改良用法。"

*

亚历山大不知道的是，在看到他的巴里报告后，罗兹完全有理由感到兴奋。耶鲁大学的一项绝密研究强调，巴里的发现非常重要，因为它以无可辩驳的证据证明了芥子气是一种对人类有强大影响的细胞毒素。罗兹是化学战研究中心的高层领导，所以他对这项研究是知情的。自1941年以来，罗兹一直是毒气伤亡处理委员会的成员，他知道在珍珠港事件发生后不久，科学研究与发展局就与全美各地的实验室签订了20多份合同，要求他们评估化学战剂的效果并尝试开发解毒剂。他还知道，委员会主席温特尼茨热衷于癌症的前沿研究，他给耶鲁大学安排了一项任务，要求他们研究新型进攻性毒剂——氮芥子气。这种新型化合物是硫芥子气［氮类似物甲基二（2–氯乙基）胺和甲基三（2–氯乙基）胺］的"近亲"，属于烷化剂家族。

1942年年初，温特尼茨指派两位药理学家——路易斯·S.古德曼和老艾尔弗雷德·吉尔曼在动物身上进行氮芥子气研究，它与亚历山大在埃奇伍德兵工厂的实验是同时进行的。耶鲁大学在研究这些涉密化合物时同样十分谨慎，在记录中称之为"X物质"。

尽管一些同事嘲笑说"敌人可不会用注射器针头向我们发起攻击"，但古德曼和吉尔曼未予理会，并用"注射器和一群兔子"做了一系列实验，测试这种剧毒气体和各种解毒剂的效果。和亚历山大一样，他们立刻注意到这种毒气的严重毒性，并观察到自行修复速度最快的组织也是最容易受到破坏的组织，主要是淋巴组织和骨髓。此外，他们也意识到这与癌症及氮芥子气的治疗潜力之间存在某种联系。但与亚历山大不同的是，耶鲁大学的科学家获准可以转换他们的研究方向，于是他们开始探索如何将化学战剂用于治疗恶性淋巴肿瘤。

1942年春天，亚历山大请温特尼茨给他一些建议，但温特尼茨拒绝向这位年轻的化学战研究中心军医透露他们的氮芥子气研究成果。毫无疑问，这是因为温特尼茨受到了严格的军事保密措施的约束，而不是因为他想独占数据。后来，在亚历山大不知情的情况下，他通过一些渠道获得了亚历山大的埃奇伍德研究报告的副本，并立即把这份保密资料提供给他的耶鲁大学团队。对于亚历山大利用芥子气使兔子白细胞减少的研究，温特尼茨表现得不屑一顾。然而，这种极不真诚的行为既没有给他自己带来什么好处，也不符合真正的科学探索精神。当吉尔曼在20年后讲述他们的临床故事时，他没有受到这些强制性保密要求的影响，而是竭力说明他们分别为这种快速的医学进步做出了多大的贡献。包括埃奇伍德医学研究实验室在内的许多军事研究中心同时都在研究这种化合物，并通过分发报告和频繁咨询的方式保持"密切接触"。他写道："需要强调的是，促成临床试验的氮芥子气基础研究是由多方合作完成的。"

古德曼和吉尔曼对这种化合物的"独特性"很感兴趣，他们发现它对细胞的作用不同于任何已知的化学物质。在某些方面，它类似于射线，可以在不烧伤病人内脏的情况下产生姑息治疗效果。相比之下，硫芥子气由于具有极端的化学反应性，并不适用于医学用途。正常淋巴组织对氮芥子气的细胞毒性或细胞杀伤作用表现出非常特别的"敏感性"，这让他们十分吃惊。他们想知道这些药剂会如何影响基本的细胞过程，特别是在控制生长的机制发生错误时癌细胞快速扩散的过程。吉尔曼后来解释说："这个问题很重要却也很简单，即这些药物能在不毒死宿主的情况下消灭肿瘤吗？"

他们迫切希望自己的理论能够得到应用，但也不想浪费时间去寻找患有天然或诱发癌症的实验动物，于是他们向耶鲁大学解剖系的同事托马斯·多尔蒂博士寻求帮助。多尔蒂正在对移植了淋巴瘤的小鼠做研究，他为他们提供了一只患有晚期癌症的"孤独小鼠"。仅用了两剂药物，小鼠的肿瘤就开始软化和退化，并很快就萎缩到察觉不到的程度。"真是令人惊叹！"吉尔曼说，他选择用这个词来形容团队观察到芥子气治疗效果后的反应。在提到实验的初步结果和接下来激动人心的两周时，多尔蒂写道："这实在太令人吃惊了！"

在一个多月的时间里，小鼠的症状持续缓解。但随后，肿瘤部位开始略微长大。第二次用氮芥子气进行治疗后，肿瘤再次退化，但不像之前那样完全消退。大约三个月后，肿瘤再次生长，第三次治疗没有起到任何效果。84天后，小鼠死亡，医生们的希望也随之破灭。不过，好消息是，它比未接受治疗的患有相同肿瘤的小鼠多存活了9周，而后者只存活了21天。多尔蒂将这种差异描述为"生存时间显著延长",任何药物都未曾取得这样的疗效。

接下来,他们针对不同种类的淋巴瘤进行了大量动物实验。他们不断改变氮芥子气的剂量和用药次数,试图找到一种合适的治疗方法,却发现后续的实验结果远比不上他们在第一只小鼠身上取得的实验结果。随着实验的进行,他们推测可能没有哪种疗法对所有肿瘤都有效。但他们认为,如果发现一种药物对某种肿瘤有效,就应该对所有肿瘤都进行实验。在此之前,传统的研究方法是考虑所有类型的癌症,或者至少是某一种癌症的一般治疗方法。多尔蒂表示,正是因为他们一开始认为可能无法利用某一种化合物去抑制所有癌细胞的生长,"所以我们研制了一种至少对某些癌症有效果的化合物"。

吉尔曼后来承认,给癌症患者注射毒药——更不用说上面还有"X物质"的标记——尽管会被当时的大多数医生视为"江湖骗子的行为",但他们也不能坐视这些保密数据的重要性不理。他们对氮芥子气的研究发生在医学史上一个非常独特的时刻,当时无论临床医生想做什么尝试,几乎都会得到科学研究与发展局的许可。"在未得到美国食品药品监督管理局批准,未咨询任何人,也未经同行评议的情况下,我们就直接决定将这种药物用在癌症患者身上。"他在1983年回忆道,"如果当时有现在的这些限制措施,这些药物就不会被允许投入使用。"

1942年12月初,古德曼、吉尔曼和多尔蒂找到胸外科医生古斯塔夫·林斯科格,并向他提出了一个问题:如果林斯科格认同他们在小鼠身上取得的实验结果"令人鼓舞",那么他愿意考虑在人身上进行氮芥子气实验吗?在详细了解了古德曼等人的研究后,林斯科格认为这项实验是有价值的,于是主动参与进来,并在几天后为他们找到了一个合适的肿瘤患者。"在我看来,任何有希望控制恶性肿瘤的药物都值得尝试。"他回忆说,"那位病人也欣然同意接受这个治疗机会。"

在一周时间内，这个团队就做好了治疗第一位患者的准备。他是一位47岁的纽约工人，患有淋巴肉瘤（一种淋巴瘤），生命垂危，此前已尝试过所有其他治疗方案。在耶鲁大学的病历上，他被称为"JD"。JD是一位波兰移民，未婚，1940年生病之前一直在康涅狄格州的一家滚珠轴承工厂工作。[1]他的颈部和扁桃体上长着一个巨大的肿瘤，颈部还有一些小肿块，1941年2月24日第一次被送到纽黑文医院之前，他已经忍受了几个月的疼痛折磨。多种放射治疗刚开始很有效，但到了年底就没有效果了。1942年5月，他的肿瘤长大并扩散，随后的放射治疗已无法控制肿瘤的生长。由于咀嚼和吞咽困难，被认定为耐辐射的JD体重不断下降，非常痛苦。手术已经不可能了，唯一的结果就是死亡。

8月25日，这个病例被提交到肿瘤研讨会上，会议决定JD将成为接受化疗的第一个癌症患者，病例备注记录下了这个历史性时刻：

> 从目前的治疗情况看，该患者根本没有康复的希望。因为死期将至，他只能住在医院。林斯科格博士将研究是否有可能找到一种可以摧毁淋巴癌的新型化学物质。入院手续很快就安排好了。

8月27日上午10点，为期10天的治疗开始了，患者每日接受氮芥子气静脉注射。确定高毒性药物的合适剂量是很困难的，因为还没有将毒气用作药物的先例。医生们不得不根据兔子实验的结果进行推断，他们决定每千克体重注射0.1毫克的亚致死剂量。他们的计划是，在白细胞计数降到5 000之前尽量多注射几次，正常的白细胞计数为7 000~8 000。吉

---

[1] 1946年以后的所有科学出版物都以JD代称该患者。在长达64年的时间里，人们一直不了解他的个人情况和病史。这位率先接受氮芥子气治疗的病人的病历早已丢失，直到2011年才被两名耶鲁大学的外科医生约翰·芬恩博士和罗伯特·伍德尔斯曼博士发现并公开，从而揭开了与化疗起源和耶鲁大学在"二战"期间首次使用化疗有关的一些谜团。

尔曼后来承认,他们怀着"毫无根据的信心",因为他们听说药理学系已经研制出一种解药——硫代硫酸盐,可以用于治疗氮芥子气的全身作用。此外,氮芥子气的致命剂量和影响淋巴组织的必需剂量相差很大。在这种情况下,他们认为实验是可控的,因为骨髓功能的抑制是完全可逆的。

第一次注射后不到48小时,医生们就发现JD的肿瘤"软化"了。4天后,JD说感觉好些了。他能够轻松地吞咽和做头部活动,连续两个晚上他可以在床上睡4个小时——他已经好几个星期没有睡这么长时间了。到治疗的第10天,也就是最后一天,他的病情明显好转,肿块已触摸不到了。9月27日,JD"颈部和腋窝的淋巴结全部消失"——癌症的所有迹象和症状都消失了。吉尔曼说:"那段时间患者非常高兴,但这样的日子太短了。"很快,JD的白细胞和淋巴细胞计数又开始下降。

10月中旬,也就是最后一次注射的一个月后,JD的白细胞计数骤降至200。氮芥子气不仅攻击了不断增生的癌细胞,也攻击了正常情况下产生身体所需新细胞的骨髓。他的牙龈开始出血,需要靠输血来提高不断下降的白细胞计数。同时,他的体内出现了和小鼠体内一样的情况,当骨髓恢复功能时,肿瘤再次出现。第49天,JD的淋巴肉瘤卷土重来。而周期较短的第二轮芥子气静脉注射只产生了短暂的效果,这表明癌细胞产生了耐药性。第三个也是最后一个为期6天的疗程从11月6日开始,但此时医生们知道病人已时日无多。住院治疗了96天后,JD于1942年12月1日去世。静脉化疗的研究尚不足以挽救这位勇敢患者的生命,这着实令人遗憾。这种实验性药物延长了JD的生命,尽管它的毒性和恶心、呕吐等副作用引起了人们的担忧。最重要的是,它被证明在一个对放射治疗不再有反应且既有疗法全部无效的病人身上,起到了一定的效果。

JD的临床试验结果令医生们深受鼓舞,但也因此变得过于自信,犯下了吉尔曼后来承认的"严重的判断错误"。在JD的第一个注射疗程完成之前,他们就急于为另一位患者开启了为期10天的注射疗程。等到他们确定了JD的骨髓抑制程度时，第二个患者的治疗也结束了，想要改变治疗方法为时已晚。回过头看，他们的剂量计算结果不过是侥幸罢了。吉尔曼写道："我们对于治疗时长的把握远未达到预期的敏感程度。"

尽管如此，耶鲁大学的研究团队仍然很乐观。1943年的头几个月，纽黑文医院继续对"X物质"进行临床试验。5名患有不同晚期癌症的病人接受了更为保守的芥子气静脉注射，并且病情暂时得到缓解。尽管这些病例的治疗效果不如JD，但都证明了静脉注射治疗可以让肿瘤消退。研究团队还发现，这种治疗方法可能导致严重的骨髓抑制、免疫抑制甚至是死亡。有毒化学物质的安全使用范围"非常小"。剂量越大，治愈癌症的概率就越大，但也会增加这些攻击性化学物质杀死患者的可能性。想要达到完美的平衡，还有很长的路要走。难点在于，他们需要确定一种方案，既能彻底消灭癌细胞，又能保留足够的骨髓以产生身体所需的健康细胞。

1943年6月，这项研究终止了，耶鲁大学的研究小组随之解散。林斯科格博士和吉尔曼博士开始服兵役，后者去了埃奇伍德化学战研究中心。古德曼加入佛蒙特大学，开启了一项规模更大的研究。在军事保密措施的限制下，耶鲁大学团队取得的激动人心的研究结果无法发表，但1943年春天，也就是在巴里灾难发生的6个月前，罗兹收到了一份摘要。尽管最终的结果令人失望，但耶鲁大学的临床试验在历史上第一次证明了药物可以控制癌症。7个病例的临床试验结果不足为信，但它们至少提供了化学战剂可以让肿瘤"消失"的证据，这和1942年亚历山大在兔子身上测试氮芥子气时的观察结果相符，为治疗一种无法治愈的疾病带来了一线希望。放射治疗和根治性手术不再是癌症患者仅有的选择。

对罗兹来说，巴里报告不仅使耶鲁大学的发现成为人们关注的焦点，也让他确信正在进行的有关这些化合物治疗价值的重要研究不能停止。他们必须进一步了解氮芥子气在人体代谢过程中表现出的有毒特性，它们对人体基本组成的影响，以及它们的药理作用。他立即着手在纪念医院开展临床试验，但唯一的问题是，最好的氮芥子气——甲基二胺化合物（简称HN2）仍在美国陆军的严格控制之下。在癌症研究进入下一阶段之前，必须先清除官僚主义的障碍。他需要想办法摆脱军方的烦琐手续，让医生和科学家能够使用这些化合物。

1944年6月，通过他的游说，国家研究委员会获得科学研究与发展局的批准成立了非典型增长委员会，罗兹任主席，就氮芥子气的分配与研究问题向陆军提出建议。很快，非典型增长委员会选择了三家机构对HN2进行研究：纪念医院、芝加哥大学医学院和犹他大学医学院。此外，其他符合条件的医学院也可以申请参加这项研究。默克集团获得了氮芥子气（注册商标名称是"Mustargen"）的运输授权，向获批研究机构分发包含4瓶10毫克HN2的治疗套装。同年8月，在罗兹的帮助下，纪念医院获得了科学研究与发展局的许可，开始对癌症患者进行一系列开创性的氮芥子气临床试验，"以获取该化合物对不同类型肿瘤的治疗效果的数据"。

有了巴里伤亡情况报告和耶鲁大学的研究报告，罗兹确信氮芥子气为医生指明了一个新的方向——癌症的化学疗法。尽管尚未取得成功，但他认为已有的信息足以证明有效的癌症治疗方法指日可待。他指出，这是重新激励癌症化学疗法快速发展的良机，它也许比不上埃尔利希的"魔术子弹"，但通过进一步了解癌症，它将引领他们朝着控制或者抑制癌症的方向走得更远些。这些新型化合物质为细胞动力学、化学遗传学、药理学和癌症患者的临床护理等领域的发展提供了巨大的机会。当时，相关人员只对两种氮芥子气进行了临床研究，它们是化学战剂筛选程序的产物，而不是出于治疗目的开发的化疗药物。罗兹知道，任何一个略有想象力的化学家都能够利用原始的氮芥子气合成上千种衍生物并进行测试。为了寻找最有效的化合物和其他类型的烷化剂，需要进行密集的实验研究。鉴于这项任务的工作量极大，纪念医院必须招募大量经验丰富的临床研究人员。罗兹现在的主要任务是加快研究的进度。

随着诺曼底登陆的成功，以及盟军向法国全境挺进，人们纷纷谈论这场战争或许很快就结束了。罗兹把目光投向了远方，他希望尽快回到纪念医院，在医学上取得与战场类似的成功。因为调动了大量人员和物资，即使面对世界上最强大的敌人，他们仍然取得了决定性胜利。他们把纳粹逼得狗急跳墙，若不攻克纳粹在德国的最后防线，他们绝不会善罢甘休。这次参战经历给罗兹留下了深刻的印象。在化学战研究中心工作期间，他目睹了战时的高压迫使科研机构在短短几年内完成了在悠闲的和平时期需要花几十年才能完成的工作。当科学家这个出了名的以自我为中心的群体抛开平常的嫉妒和竞争，放下他们的架子去为一个共同的目标而努力时，他们取得的成就将让世人刮目相看。

1945年1月5日，罗兹在参议院战时健康小组委员会发言说，化学战研究中心已经针对毒气袭击制定了高效的保护和补救措施，因此"敌人绝不敢动用毒气"。他坚定地指出，凭借"同样的战时制度"，他们在美国民众的健康问题方面也取得了类似的进展。他还提到了科学研究与发展局如何组织科学家和医生为战场问题寻找解决办法（比如，抗疟药物的成功研发挽救了许多在远东地区作战的盟军士兵的性命），他认为以相似的方式调动人员研究某些疾病，可能会把战后的医学研究推上一个新高度。

罗兹认为，制订一个紧急而广泛的癌症攻坚计划，通过医院、研究实验室和制药公司的共同努力，将会在化疗这个新领域快速取得进展。约瑟夫·伯奇纳尔是一名年轻的肿瘤学家，从美国陆军退伍后成为纪念医院的一名医务工作者。他记得罗兹曾谈到成立一个专注于攻克癌症的机构的想法：

他希望通过某个方法，找出癌变细胞和正常细胞之间的根本差异，以及不同的癌症患者在内分泌代谢方面的差异，尝试凭借经验寻找在不损害正常细胞的前提下选择性地破坏癌细胞的药物，将生物化学和动物研究成果及时应用于患者的实际治疗，最终攻克癌症问题。

罗兹的理想是通过"从实验室到临床的研究"，使纪念医院的内科医生能够持续利用最新的临床研究成果，获得新想法、新工具和新方法，去更有效地治疗疾病。相反，临床医生的注意力通常集中在科学方法上，他们可以从内科医生诊治患者的实践经验中学到一些东西，内科医生提出的建议有可能带来重要而独到的见解。

罗兹给仍在阿尔及尔的斯图尔特·亚历山大写信，告诉亚历山大氮芥子气研究的最新发展，以及他的雄心勃勃的纪念医院计划。亚历山大回忆说："罗兹设想通过一个多学科结合的新方法来治疗癌症。"罗兹提议建造现代癌症中心，把内科医生、临床研究人员和研究型科学家召集到一起，通力合作，从各个可能的角度向癌症发起攻击。这个想法深深地吸引了亚历山大。听到巴里悲剧事件可能会带来一些积极的消息，他感到非常高兴，并为罗兹等人公认他的报告在其中起到了重要的推动作用而感到自豪。他回信告诉罗兹："这可能正是我们要找的那把钥匙，打开那扇门，我们就会知道芥子气衍生物在治疗癌症方面可以发挥哪些作用，有多大的潜在价值。"

多年后，当回想起那段不平凡的日子时，亚历山大说："巴里事件引发了这一系列研究，我对此感到十分安慰。"

第 10 章

正面攻击

―――――――

　　1945年8月7日，一个闷热的星期二下午，一群愁眉苦脸的记者聚集在曼哈顿中城区通用汽车大楼顶层清凉的大会议室里，不耐烦地等待着一条所谓的重大消息的发布。尽管可以暂时摆脱外面的闷热，但罗兹知道谁也不愿待在那里。至少有一半受邀的科学记者没有现身，但他对此没有任何不满，因为他心中记挂的那件事可能会成为战争期间最重要的一则新闻。《纽约时报》当天早晨的头条标题是"第一颗原子弹落在了日本"，每家美国报纸的头版都刊登了类似的报道：在美国陆军的指导下，参与曼哈顿计划的盟军科学家制造出有史以来威力最大的炸弹——一种"利用宇宙基本力"的强大武器。一架美国飞机向日本广岛投下了一枚2万吨TNT（三硝基甲苯）当量的炸弹，如果日本不尽快投降，这样的轰炸还会继续。用哈里·杜鲁门总统的话说，这种技术上的胜利是"一个奇迹"，有望终结这场战争。

　　罗兹本不打算在这样一个重要的日子里发布他的宏伟计划——把纪念医院建成世界上最大、最先进的癌症中心，但从某种意义上说，这个日子又非常合适。杜鲁门总统认为"有组织的科学研究"赢得了这场竞赛，不仅在研发炸弹方面占得先机，而且是在极短的时间内顶住压力取得了这个伟大的成就。在启动他的紧急研究计划时，罗兹也是这样想的。这项计划旨在研发抗癌药剂，最终为医疗武器库增添一种强有力的化学武器。专栏作家和社会评论人士坚称，"人类历史翻开了新的一页，人类的生活将被彻底改变"。在原子时代，人类面对的下一个巨大挑战就是征服癌症。

会议室里蠢蠢欲动的气氛令罗兹精神振奋。他在通用汽车总裁小阿尔弗雷德·P. 斯隆及副总裁、研发部负责人、天才工程师查尔斯·F. 凯特林的陪同下来到会议室前方。罗兹理了一个军队中常见的平头，他身材瘦削，精力充沛。斯隆个子高挑，一脸严肃；凯特林个子更高，儒雅睿智，和蔼可亲。这两位身型瘦长的大亨被称为汽车行业的"梦之队"，他们站在艺术家为富丽堂皇的新医院大楼创作的一幅画作前面，显得有点儿不自在。这里是他们捐助400万美元建造的斯隆–凯特林研究所，这个新机构将和他们领导的那家成功的公司一样，瞄准"美国工业研究技术"，并致力于将其应用于癌症的攻克。

在斯隆长达25年的总裁任期内，他的管理天才让通用汽车成长为一个行业"巨无霸"。他先强调了"在规模庞大的综合性组织里开展研究带来的惊人可能性"，接着说原子弹是美国一流物理学家的智慧结晶，也是一个投入了20亿美元才取得的重大成果，它在给我们带来震撼的同时，也生动地说明了只要全力以赴，医学研究就能取得卓越的成就。"如果像研制原子弹那样，在对抗癌症这个神秘的魔鬼时投入同样多的资金、智慧和力量，就有可能快速取得进展。"

"老板"凯特林说得最多，他是美国最知名的发明家之一，说起话来妙语连珠。他解释说，他和斯隆多年来在许多"显然毫无希望"的工业问题上集思广益，最终都找到了简单的解决办法，因此他认为可以"将一些纯熟的技术用来解决这个古老的问题"。凯特林对"从零开始"打造出欣欣向荣的汽车工业的创业精神充满信心，他说他制定的一些已被证明具有普适性的研究程序，在汽车电启动系统、二冲程柴油发动机、收银机和自动库存控制系统等多个领域都实现了重大创新。他就像一位老派的大学教授一样戴着一副厚厚的金丝边眼镜，以一种独特而随和的方式说道："我觉得我们对难题的定义总是过于简单，只要不知道如何解决，就称其为难题。"

两人明确表示，这是一家严格意义上的私人企业，所得资助全部来自阿尔弗雷德·P. 斯隆基金会，而不是通用汽车公司。斯隆基金会将提供200万美元用于建造新大楼，接下来10年每年提供20万美元作为运营成本。有了这些资助，癌症研究所就可以吸引相关领域内最优秀的人才，制订可行的研究计划。与此同时，他们还敦促国家在这场抗癌斗争中投入更多的努力，纪念医院也将启动一项公共活动，再筹款400万美元。令罗兹吃惊的是，凯特林宣布他将亲自"指导"这项研究，负责将工业技术应用于医学领域，并设法利用这些技术取得新发现，"帮助征服所谓的'不治之症'"。

罗兹认为，从各个方面看，这次新闻发布会都堪称完美。尽管被原子弹爆炸的新闻抢了风头，但第二天早上看报纸时，他高兴地看到癌症研究所登上了《纽约时报》的头版。具有讽刺意味的是，《纽约先驱论坛报》的一篇社论称赞了该项目的及时性："阿尔弗雷德·P. 斯隆基金会将资助为期10年的癌症防治研究，这一消息既让人安心，又让人振奋。我们确信，即使人类学会了如何以惊人的效率毁灭生命，他们也会关心如何拯救生命。"

*

说服这两位通用汽车高管赞助新机构并非易事。1939年，标准石油公司副总裁弗兰克·霍华德加入了纪念医院的管理委员会。他找到亲密好友兼商业合作伙伴斯隆，请斯隆帮助创立一个癌症研究中心。6年过去了，斯隆只是象征性地帮助了这个在战争年代就已存在的小项目，但他迟迟没有下定决心。1945年4月，罗兹刚回到纪念医院工作，霍华德就安排了一次见面，希望罗兹能说服斯隆来资助这个新项目。尽管罗兹如一位同事形容的那样巧舌如簧，并且具有从有钱人那里拉赞助的杰出天赋，但霍华德还是善意地提醒他，这位精明的实业家是不会轻易答应的。斯隆以严格高效的管理闻名，他认为没必要通过频繁参加纽约的慈善活动来提高他作为全美商业巨头的声誉。一个朋友说："他虽不是吝啬鬼，但他也非常清楚每一美元的价值。"

事实上，最终是丑闻及随之而来的弥补损失的欲望撬开了斯隆的钱包。他第一次大规模从事慈善事业是在1937年，当时他因被指控逃税而尴尬地向阿尔弗雷德·P.斯隆基金会捐赠了1 000万美元。当年6月，美国财政部指控斯隆和他的妻子犯有道德欺诈罪，并向国会委员会报告，3年间斯隆夫妇通过一家个人控股公司购买私人游艇，少缴了1 921 587美元的所得税。尽管这种行为并不违法，也没有受到政府的指控或处罚，但媒体头条可没有给他们留面子。在罗斯福政府攻击反对新政的"经济保皇派"的高潮时期，斯隆被媒体痛斥为贪婪的阔佬。罗斯福致电国会，严厉斥责法律漏洞让美国富人钻了空子，逃避缴纳税款："要么将税收负担转嫁给其他无力承担的人，要么漏缴财政部的应收税款，这两种逃税行为没有任何区别。"

这位平时内向的大亨被激怒了，他发表了一份公开声明为自己辩护，否认有逃税行为。为了平息罗斯福新政对他的抨击，他成立了以他的名字命名的基金会，并宣称捐出巨额财富的部分收益是"非常恰当"的做法。他打算用这笔钱来宣传他的自由企业信念，正如他在新闻稿中所说，"让人们更好地理解美国的经济原则和政策"。经历过这种屈辱和磨难，他终于明白若忽视了公司的公共关系，由此产生的风险只能由他自己承担。他擅长推销汽车，但他也必须学会如何更好地推销通用汽车的企业形象。他在给凯特林的信中写道，"我们的注意力一直集中在扩大业务上，却没有认真考虑如何经营我们的公共关系"。

斯隆管理基金会的方式和他管理公司的方式差不多，他会亲自选择每一个项目，批准每一笔资金。正是出于这个原因，5月下旬，罗兹应邀来到通用汽车的那幢灰色高楼。出席正式午餐会时，他谈论了如果用美国的科学技术向癌症问题发起"正面攻击"（指组织有序的军事化行动，而不是和平时期常见的各自为战的做事方式）会取得什么效果。罗兹发现，这位70岁高龄的通用汽车总裁与他志趣相投。斯隆将他的一生都投入到工业中，所以他喜欢敢于创新的思想家。他明白扩张并进入新的、未被证实的领域需要付出高昂的成本，但他也知道这样做会有高额的回报。罗兹通过技术和组织使效果最大化的做法也引起了斯隆的共鸣，毕竟，斯隆正是利用这种模式引领通用汽车达到新高度的。美国的繁荣正在改变人们的日常生活，在斯隆看来，利用技术和科学征服癌症这个古老的杀手是可行的。

斯隆问了一连串关于这座拟建研究所的规模和经营预算的问题，罗兹的回答让他很满意。令罗兹吃惊的是，午餐会快结束时，他们已经在深入讨论"框架计划"了。最后，斯隆又提出了两个问题："我们探讨的这些安排能否在防治人类癌症方面取得实质性进展？能否取得一些突破？"对于这两个问题，罗兹都给出了肯定的回答。

与斯隆不同的是，凯特林与癌症的关系更加密切，他的妹妹艾玛在1944年冬天因颈部肿瘤去世。他说，妹妹的死让他极其痛苦，因为他被暴风雪困住了，没能参加她的葬礼。他对科学的基本原理了如指掌，并捐资成立了基金会，主要资助一些医学研究项目。据说，他特别喜欢指导受资助的医生该如何开展工作。虽然他是愿景研究（他称之为"未来学"）的忠实信徒，但他也非常务实，喜欢制订具体的行动计划。他称自己是"螺丝刀和钳子"型发明者，对理论研究不感兴趣。他知道罗兹在寻找盟友，但他长期担任通用汽车研究实验室的负责人，在项目选择方面一直发挥着关键作用，当罗兹提议他资助一个为期10年且似乎没有"明确的可实现目标"的研究项目时，他感到十分为难。他担心"时间太长"，投资可能会付诸东流。

罗兹解释说，之所以需要10年，是因为寻找新的化疗药物是一个漫长而令人沮丧的过程——"没完没了的工作，没完没了的失望，大量错误线索在一段时间后被迫舍弃"。罗兹希望谨慎行事，而不想"保证甚至是讨论在项目启动后的第一个10年就找到癌症治疗方法的可能性"。他无法保证成功，也不能做出任何承诺。凯特林没有被罗兹说服，转身走掉了。

最后，斯隆说服凯特林成为他的合作伙伴，并告诉凯特林他们想要的是他的智慧，而不是他的金钱。在研究所内部，大家都认为这里是斯隆研究所，凯特林只是偶尔参与。弗兰克·霍华德当选理事会主席和科学政策委员会主席，该委员会的早期成员还包括曼哈顿计划的两位带头人卡尔·康普顿和詹姆斯·B.科南特，他们分别是麻省理工学院和哈佛大学的校长，也都是美国颇有影响力的科学家。此后，行政和法律事务及新大楼的设计工作，都以闪电般的速度完成了。到1945年7月底，他们已就所有基本细节达成了协议，并开始起草新闻稿。在短短两个月的时间里，罗兹就实现了他建造世界上最大的癌症研究中心的梦想。

如果不是被通用汽车的大笔资助冲昏了头脑，如果不是一心想让新研究所的建设取得进展，罗兹可能会停下来想一想，为什么突然之间斯隆会如此热心地帮助他呢？斯隆本人从未患上癌症，他的直系亲属也没有患癌症的经历，而且在此之前，他的捐款大多都流向了他的母校麻省理工学院。他多次拨付大笔资金，在麻省理工学院建立了一个研究引擎的实验室，还启动了一个着眼于为未来的通用汽车培养优秀管理人才的工业领导力项目。他对纪念医院的捐助是一种非常慷慨（虽然在他身上不常见）的出于人道主义的馈赠。

如果罗兹向弗兰克·霍华德提出这个问题，霍华德可能会告诉他，斯隆的公司正遭遇形象危机，这项新的公关计划对他们来说非常重要。20世纪30年代，标准石油和通用汽车在德国发展了广泛的业务，它们与德国法本化工公司合作建厂，为德国空军生产重要的石油燃料添加剂——四乙铅。因此，它们和许多美国大公司一起，都面临着为纳粹的侵略行为推波助澜的指控。现在，随着德国战败，斯隆也即将卸任公司总裁，他想借此掩盖公司的那段不光彩的历史，并彰显其企业公民的身份。

在通用汽车将其工厂改造为为盟军制造飞机、坦克和卡车的"民主兵工厂"之前，它是纳粹德国最大的企业之一。批评者认为，无论是有意还是无意，通用汽车都曾是希特勒的"法西斯兵工厂"。到1933年希特勒当选德国总理时，通用汽车已经成为德国最大的汽车制造商（实际上也是欧洲最大的汽车制造商），而且它还在积极扩充其海外销售渠道、商业经营规模和组装工厂数量。4年前，通用汽车收购了德国老牌汽车公司——欧宝，后者当时在德国汽车市场上占据着支配地位。在纳粹政权的一些措施的刺激下，德国经济开始复苏，卡车和轿车的订单猛增。在接下来的两年里，欧宝接受了通用汽车的注资和管理，这使它不仅超越了德国的竞争对手，也超越了通用汽车在大萧条时期美国市场的表现。

尽管国际形势恶化，通用汽车仍在全力发展欧宝的汽车业务。到1937年年底，欧宝的市场规模几乎是德国第二大汽车公司戴姆勒-奔驰的3倍，是福特汽车的德国分公司（福特德国）的4倍。1940年通用汽车的内部评估显示，欧宝的市值已经飙升至8 670万美元，是初始投资的两倍多。不幸的是，纳粹政权实施的货币管制导致通用汽车无法提取利润，只能用这笔钱购买其他德国工业公司的股份。斯隆预测像德国这样"一个充满活力的强国"必定能"力挽狂澜",因此他确信通用汽车"将凭借辛勤的付出和过去七八年取得的利益(可以转移到美国的利润)这两个有利条件"很快获得回报。

尽管受到了股东们的批评和罗斯福政府的压力(要求他配合备战工作),但斯隆仍然认为与强大的德国保持良好关系是一件好事。由于利益巨大,他很难抵制住诱惑。1939年4月,他在写给一位股东的私人信件中固执地说,对通用汽车海外活动的评估只能依据其对盈亏底线的影响。

> 我现在认为,作为一家国际企业,只要通用汽车在任何国家从事商业活动时是以赢利为目的的……它对那个国家就负有义务——不仅是经济义务,也许还有社会义务。它应该努力适应当地社会并融入其中,经营时要考虑当地的风俗习惯,设计产品时要尽可能地满足大众的需求和想法。我还认为,企业应该坚持这样的立场,即使管理人员可能不完全认同某些国家的做法。这种情况很可能会出现,并且在过去几年里已经出现了。

斯隆补充说,通用汽车没有理由质疑德国的政治信仰,因为一旦冒犯他们,就有可能影响商业计划的利润。"坦率地说,"他写道,"这不应该是通用汽车管理层的职责。"

1939年秋天,斯隆目睹了纳粹占领欧洲。他非常清楚,纳粹正在利用通用汽车德国子公司生产的三吨载重的卡车运送士兵,发动闪电战,侵占了挪威、卢森堡、荷兰、比利时和法国。但当时美国和德国并未交战,而且为希特勒军队提供物资可以大幅提升通用汽车公司的销售额。后来,从事政府工作的通用汽车前高管约翰·普拉特写信给斯隆,请他暂缓实施1941年的美国工厂型号革新计划,以满足华盛顿国防动员行动的可能需要。但斯隆拒绝了普拉特,并在回信中说,盟军的"机械装备非常落后"，"在这样的时期谈论军队现代化是愚蠢的"。和许多其他美国商人一样，斯隆认为德国及其当时的盟友苏联的力量已远超英国和欧洲其他民主国家的力量。他们认为，战争很快就会结束，和胜利者搞好关系才是明智之举。就像标准石油公司和其他在德国开展业务的美国公司一样，通用汽车希望这场战争尽快结束，以便在形势转好时收回投资。毋庸置疑，耐久型的"闪电卡车"将成为战后市场的支柱。

随着纳粹将民族主义意识形态强加在欧宝公司及其员工身上，当地的通用汽车经理只好通过"伪装"的办法（以当地人管理的假象掩盖美国人对该公司的控制权）来应对日益压抑和排外的气氛。尽管通用汽车坚称，他们在1939年9月失去了对德国工厂的日常控制权，而且"在第二次世界大战期间没有帮助过纳粹"，但同时期的德国文件和美国陆军在战后进行的调查都表明事实并非如此。德国入侵波兰两周后，通用汽车海外业务主管詹姆斯·D.穆尼拜会了纳粹领袖赫尔曼·戈林，提出打算在华盛顿为德国的绥靖经济政策做游说。1940年3月4日，穆尼不明智地成为调停人，与希特勒在柏林进行了会谈，却不知道德国已制订了一个月后入侵丹麦和挪威的计划。

穆尼的记录表明，在斯隆的指示下，他继续努力地安抚纳粹官员，尽可能地保护通用汽车不被直接卷入战争。为了避免通用汽车在吕塞尔斯海姆的大型工厂被纳粹征作军用，穆尼与纳粹达成了一项折中协议：工厂拿出一部分产能为德国容克飞机公司及其多功能轰炸机Ju-88生产发动机和零部件。

穆尼想通过拿出部分产能从事军用物资生产的方法，将欧宝的其余产能从军火制造中摆脱出来。但是，正如耶鲁大学历史学家小亨利·阿什比·特纳在研究该公司的内部记录时发现的那样，事实证明，在战争的压力下通用汽车是不可能坚守立场的。由于受到被容克公司收购的威胁，通用汽车的美国经理同意为Ju-88制造零部件，条件是在将欧宝的控制权完全转让给由商人和纳粹官员组成的德国董事会之后，母公司不会受到牵连。在一份关于通用汽车海外业务的正式报告中，穆尼竭力掩饰欧宝对德国军事机器日益强大所做的贡献，他轻描淡写地说，"根据一项既定的计划，欧宝的吕塞尔斯海姆工厂生产了一些非汽车用零部件（主要是各种飞机零部件）"。

事实上，通用汽车已失去了对欧宝的控制权，后者已经成为希特勒政权的"人质"。根据特纳教授在战时档案中找到的证据，截至1940年年底，"欧宝的吕塞尔斯海姆工厂有1万多名员工在生产Ju–88轰炸机的零部件，而不列颠之战中德国大量使用了这种轰炸机，给伦敦及英国其他城市造成了巨大的伤亡和破坏"。后来对巴里造成巨大破坏的也是这种轰炸机。

穆尼极力讨好纳粹政权，希特勒因此授予他一等德意志雄鹰勋章，以表彰他"对帝国做出的杰出贡献"。英雄飞行员、"美国优先"倡导者查尔斯·林德伯格也获得了同样的荣誉。此外，还有狂热的孤立主义者亨利·福特，希特勒在接受《底特律新闻》记者的采访时称福特是他的"灵感源泉"。但在美国国内，作为备受瞩目的通用汽车高管，穆尼试图促成与纳粹政权和平相处的努力却不被认可。1940年8月，《星期六晚报》发文阐述了穆尼的一个不切实际的观点：如果停止敌对行动，政治和经济秩序很快就能恢复。随后，穆尼陷入了争议的旋涡。纽约的一家左派报纸指责穆尼和林德伯格是"本尼迪克特·阿诺德联盟"的帮凶，发动了一场"秘而不宣的背叛美国的战争"。随着其他出版物也开始攻击希特勒的汽车制造商，穆尼（以及通用汽车）名誉扫地。

斯隆理解穆尼提出的向纳粹示好的建议。尽管斯隆认为穆尼的干预行为不会有什么效果，但除了告诉他"和那群人打交道纯属浪费时间"以外，斯隆并没有限制穆尼的活动。作为通用汽车的总裁，斯隆并没有考虑到，由于穆尼是公司的国际代表，他公开发表的观点可能会对公司不利，甚至会被理解为通用汽车支持或同情纳粹。而且，通用汽车之所以在战争初期被视为德国的支持者,就是因为穆尼的言论过于天真和欠考虑,以及他那让人误解的绥靖策略。1940年,斯隆终于意识到希特勒是个"亡命之徒","只有武力"才能让他有所醒悟。欧宝现在是德国人在经营,因此斯隆调整了穆尼的工作,将他调回美国本土担任国防项目联络员的职务。一个名为"非宗派主义反纳粹联盟"的监督组织立即对此提出了反对意见,并写信提醒罗斯福总统,不要把"一个纳粹同情者和希特勒的仆人安置在美国国防计划的咽喉部门"。

斯隆虽然对消费者关注的问题非常敏感,却无视他们有可能站在爱国和公共关系的立场上解读通用汽车的种种行为。1941年4月,斯隆在写给杜邦公司总裁沃尔特·卡彭特的信中,就美国国务院要求通用汽车同亲纳粹的拉丁美洲汽车经销商终止合作的事情发了一通牢骚。卡彭特提醒斯隆,如果他不服从命令,"肯定会遭到华盛顿的严厉斥责,其后果是通用汽车会被归到与美国利益对立的纳粹和法西斯阵营"。卡彭特是通用汽车公司的董事会成员,他预言"这对通用汽车公司的影响将会非常严重,而且有可能持续数年"。但斯隆固执地拒绝了卡彭特的建议。他极不喜欢罗斯福,面对要求通用汽车在国家安全事务方面听从指挥的罗斯福政府,他继续采取抗拒的态度。

就在斯隆竭力避免让通用汽车卷入战争的时候,"老板"凯特林却全身心地投入到战备项目中。纳粹刚刚挑起战争,他就主动将自己拥有的专业技术提供给美国军方。自第一次世界大战以来,他参加了多个空军和海军委员会,一直与美国军方保持着密切的联系。其间,他还完成了大量价值不等的创新。1939年,凯特林写信告诉"快乐的阿诺德"——陆军航空兵司令亨利·阿诺德将军,他1917年在美国陆军赞助下研制的飞弹对盟军而言可能是一个重要的军备补充。凯特林"飞虫"是一种无人驾驶双翼飞机,可以向敌后方投放300磅的炸弹,不过它的控制精度存在问题。但问题还没解决,休战协议就达成了。凯特林立即着手改进这种武器,为其增加了无线电控制装置。他还获得了美国陆军航空兵部队25万美元的拨款，用于设计和制造新型的具备500磅有效载荷能力的流线型单翼机。

1941年12月下旬，阿诺德将军（在最早的型号进行飞行试验时，他还是一名年轻的上校）召开了一次会议，讨论这种新型武器的可行性，但最终他们认为这种武器的作战范围太有限了。即使从英国的基地发射，这些"飞虫"也无法打击到德国境内的敌人，因此"飞虫"计划被取消了。就在艾森豪威尔的军队登陆诺曼底的一周后，德军在伦敦上空发射了可怕的嗡嗡炸弹实施报复。那年圣诞节，阿诺德在写给凯特林的信中说他的"飞虫"领先于V-1飞行炸弹，并称赞他一如既往地"走在正确的道路上"。

第一次世界大战期间，坚信在战争中"马力就是战斗力"的凯特林在航空燃料的研究方面取得了重大进展，开始试验一种名叫三甲基丁烷的新型"超级燃料"。通用汽车公司和乙基公司（由通用汽车公司与标准石油公司联合创建）的化学家发现，三甲基丁烷和四乙铅的混合物可以大大提高燃料的性能和抗爆震性，并能经受高压缩比发动机的压缩。最重要的是，压力增加有助于重型军用飞机的起飞。凯特林还预见到，在燃料短缺的情况下，三甲基丁烷也可用作汽油添加剂。斯隆投资50万美元建立了一座试验工厂，但由于三甲基丁烷的生产成本较高，这家工厂无利可图，因此一直没有全面投产。

1938年，凯特林参观了通用汽车在德国的四乙铅工厂，但没有人知道他是否关心危险的政治局势，以及纳粹利用这种高辛烷值航空燃料驱动战斗机的可能性。[1]由于厌恶行政事务，他很少参加董事会会议，对公司战略也不太关心。斯隆对一位反对凯特林进入战后决策委员会的董事

---

[1] 后来，美国政府对标准石油公司提起反垄断诉讼，指控其与法本公司的合谋行为。通用汽车在1939年之前一直被动地与法本公司合作，后来又出售了在四乙铅工厂的股份，因此不在诉讼范围内。

会成员说："他过于痴迷技术问题……开会时我们只能听到他东拉西扯，而不是谈正事。"斯隆担心凯特林一谈起他的最新发明就会刹不住车，以至于他们根本没时间讨论公司的规划。"这可能会对我们有好处，也可能会让我们赢利，但做生意必须有持续性。"

1941年12月7日，珍珠港遭到空袭，美国宣布参战。通用汽车别无选择，只能断绝与欧宝的关系，并同福特及其他汽车公司一起，服从华盛顿的全面动员要求。根据紧急军事化计划，通用汽车在美国的工厂转而去生产战争物资，并成为美国最大的国防承包商，负责运营政府出资修建的价值约9亿美元（相当于今天的1 200亿美元）的生产设施。通用汽车的许多工人都自豪地参与了这场战争。但是，当谈到美国工业为什么会参与进来时，战争部长亨利·史汀生在他的日记里一针见血地指出："如果资本主义国家要发动战争或为战争做准备，就必须让它的企业从中赚钱，否则企业将无法运转。"从1942年2月到1945年9月，通用汽车没有生产一辆客用车。同一时期，该公司在广告宣传上花费了数百万美元，向美国公众表明其积极进取的态度。新广告宣称，通用汽车的工厂正在生产包括坦克、机枪、飞机螺旋桨在内的各种军用产品，最后还加上一句乐观的口号："我们的职责就是获取胜利。"

1942年，欧宝的所有生产设施都被德意志帝国接管，公司中的美国员工被禁止入境。但是，通用汽车并没有停止从这家德国子公司获取巨额利润。不仅如此，它还充分利用国会颁布的一项特殊税法，宣称欧宝战时处于亏损状态。欧宝的一份内部文件显示，在勾销近3 500万美元的投资后，它的应缴税款减少了"大约2 270万美元"。尽管通用汽车和欧宝表面上已经切断了所有联系，但德意志帝国仍然保留了通用汽车对欧宝的100%控股权，并为这家美国公司的股权安全保驾护航，直到战争结束。此外，由于盟军轰炸了欧宝工厂，通用汽车还额外获得了3 300万美元的"战争赔偿"。

通用汽车可能并不像一些最严厉的批评者所说的那样有意与希特勒政权勾结，但斯隆和通用汽车的高管们确实通过这场战争谋取了私利，并在美国宣战前和宣战后犯下了一系列判断上的错误。针对他们的这些行为，有人提出了一个非常严肃的问题：通用汽车使欧宝成为希特勒的一个重要的战争物资来源，这对希特勒重整军备起到了多大作用？正如杜邦公司的卡彭特曾对斯隆发出的警告那样，通用汽车不爱国和肆无忌惮地追求利润的行为将被人们牢记，并对公司的声誉造成持久性损害。

1998年，一起关于前战犯的集体诉讼牵出一些通用汽车与德国企业的纠葛。针对此事，《纽约时报》的一篇专栏文章指出："公司管理者不仅是商人，还是世界公民。有些政权非常可憎，若在他们的统治下持续牟利，就应该受到谴责。纳粹德国就是这样一个政权。"

可以想象，当美国军队于1944年春天登陆法国挺进德国，发现纳粹开着欧宝卡车和装配了欧宝发动机的轰炸机，并且所有这些都源于美国通用汽车公司时，他们会有多么震惊。无数盟军舰船在大西洋被装有欧宝雷管的德军鱼雷击中，在最后几个月的战斗里，盟军地面部队中的许多人因为欧宝制造的地雷而丧生或致残。1944年8月27日，《纽约时报》报道说，欧宝是英国皇家空军的1 450架飞机执行轰炸任务时的"主要打击目标"，因为吕塞尔斯海姆的这家工厂拥有35 000名工人，他们正在为德军生产飞机和重要的运输工具，"盟军还获悉他们一直在研发火箭推进式导弹"。

难怪1945年5月盟军在欧洲战场取得胜利后，阿尔弗雷德·斯隆因为自己心甘情愿地与纳粹合作的行为而受到了良心的谴责。他希望通过参与罗兹的"抗癌之战"，让通用汽车公司与邪恶政权交易的事被人们淡忘。为了再次平息人们对他的抨击，他愿意不惜一切代价去战胜他所谓的"大自然对人类最大的诅咒"。如果他的工业组织方法能帮助找到癌症的治疗方法，就可以进一步证实他耗费大量心血创建并发展起来的公司体系是行之有效的。但是，颇具讽刺意味的是，他将自己慈善事业的种子撒在了巴里受害者的骨灰上。

*

关于癌症研究所成立的新闻在《纽约时报》上发表没多久，罗兹就开始处理各种负面影响了。全美各地的报纸都报道了这个新闻，也都强调了通用汽车的方法具有很多优势，但这给人留下了一个不好的印象：斯隆和凯特林可能会用死板的、分类过细的工业研发实验室的管理方式，去经营斯隆-凯特林研究所。一份阅读量颇高的报纸刊登的题为"凯特林将担任负责人"的文章，让情况变得更加复杂了。罗兹在面试新员工的过程中发现，"科学界对这个新机构持怀疑态度"。谣言很快就传开了，说那些在斯隆-凯特林研究所工作的人不允许以自己的名义发表研究论文。一些人经过调查，担心研究所会在获得专利权之前对一些重要的资料保密，这不可避免地激起了许多反对意见。此外，由"专业的业余爱好者"（凯特林很喜欢这个称呼）领导世界上最先进的癌症研究中心的做法，也遭到了诸多质疑。在1945年10月5日的一次会议上，鉴于不必要的混乱和争议太多，董事会决定澄清这一情况，正式任命罗兹为斯隆-凯特林研究所所长。

1945年秋天，随着纪念医院的大型筹款活动的启动，罗兹很快以抗击癌症的领军人物身份享誉全美。他在全美各地做巡回演讲，在地方电台节目中频频发声，还接受了多家报纸的采访。罗兹意识到癌症的早期发现是治疗成功的一半，于是他竭力向公众宣讲有关癌症预防和治疗的知识。他呼吁进行更多的研究，包括基础研究和临床研究。他总是用军事术语来描述他的使命，形象地展示出一场生死较量。他告诉听众一个触目惊心的统计数字：从珍珠港事件到"二战"胜利日，死于癌症的美国人比死在德国和日本枪炮下的美国人还要多。如果不采取措施，现在活着的美国人中将会有1 200万人死于这种疾病。在演讲的最后，他以一种颇具代表性的夸张语气说道："因此，它现在是我们的头号敌人。"

罗兹将癌症定义为一场人体与叛变细胞之间的战争。更糟糕的是，这是一场极其严峻的内战，因为人体的防御能力特别差。"纳粹就像癌症一样。"他对一名记者说，他的那双蓝眼睛在框架眼镜后面熠熠生辉，"从希特勒这一个变异细胞开始，纳粹在整个德意志民族中迅速繁殖，直至将其毁灭。我们需要借助外部力量才能消灭纳粹。"对战胜癌症来说，外部力量是指由数百名优秀的生物学家、细菌学家、化学家、统计学家和实验室技术人员组成的团队。他说："我能做的就是挑选适合的人员，给他们机会，帮助他们瞄准目标。"他还招募了一些有才华的女性，比如玛格丽特·赛克斯，她成为首批优秀的女性化疗师之一。

1945年8月，在美国科学促进会夏季年会期间，罗兹和100多名癌症研究人员参加了一次肿瘤化疗研讨会。康奈尔大学医学院的雅各布·富尔特博士对战争时代临床医生的勇气表示了肯定，他说："从事学术研究的人往往对试验性癌症疗法完全不感兴趣，并且认为它们毫无希望。"相比之下，临床医生则勇往直前，愿意尝试任何事情，因为他们面临着"患者的压力，促使他们去做些什么"。他对癌症研究的新方法大为赞赏，并敦促化疗专家去寻找关于疗效的科学证据。

这是对罗兹方法的一种认可，也成为他的战斗口号。在那年秋天的一次演讲中，罗兹指出，在"科学与疾病的战争"中持续取得进步的唯一途径是，由国家牵头组织科研项目，以便延续军队在医学方面所做的工作。他说："协同研究解决了战争中的科研问题，原子弹的诞生就证明了这一点。"但他也警告说，虽然我们有理由认为用类似的方法解决疾病问题会产生类似的结果，但癌症带来的挑战要大得多，因为研究人员的"基础知识"参差不齐。只有在生物学、化学和物理学等相关领域做更多的基础研究，才有可能征服癌症。罗兹宣布，美国癌症协会承诺为癌症研究筹款50万美元，但实际的金额接近100万美元，两年内资金总额上升到了1 450万美元。肿瘤委员会负责管理这些资金的用途，其中至少有5万美元被用作学术奖金，分发给那些来自军队的有相关研究经验的科学家。

在等待研究所大楼竣工的同时，罗兹也逐步组建起他的化学战团队，准备开展关于化学疗法的科学研究。这些专家曾签订军事合同，花费数年时间研究若干化学战剂的作用。有这些人作为癌症研究所"智囊团"的核心成员，等到新设备就位后，他们的研究项目就可以迅速启动了。在罗兹完成招募工作之前，化学战研究中心医学研究处的所有核心人员几乎全数加入了斯隆–凯特林研究所。罗兹还邀请刚晋升为上校的亚历山大加入研究所，担任他的助手。通过合作，他们可以把亚历山大对氮芥子气全身作用的研究推进到下一阶段，甚至有可能进入癌症治疗阶段。罗兹预期他们的第一个攻击目标是白血病，即解决骨髓产生过多白细胞的问题。

亚历山大对这个提议非常感兴趣，他也很想知道跻身美国一流癌症研究人员的行列，致力于开发一种可能"治愈癌症或大大缓解癌症发展进程"的新型化疗药物，会是一种什么样的感觉。虽然这个前景非常诱人，但这个念头在他的脑海里只是一闪而过，因为他曾向父亲承诺战后会回去经营家里的诊所。5年来，父亲一直盼望着他回家，他不想让父亲失望。

亚历山大遗憾地告诉罗兹，他不能接受斯隆–凯特林研究所的工作。他的好友兼同事迈克尔·内文斯博士回忆说："斯图尔特的面前摆着很多好机会，但他仍然选择回到帕克里奇，帮助父亲经营家里的诊所。"内文斯是博根郡的一名心脏病专家，他认为亚历山大从不质疑自己的能力，对他的父亲也非常忠诚，因此他乐于继承家族事业，而不是厌恶。内文斯说："也许这比任何其他行为都更能体现出他的特质。他对家庭和社区有着强烈的归属感和责任感，这些品质取代了他在这个大时代追求辉煌事业的雄心。"

亚历山大还需要考虑邦妮。他们俩跟随艾森豪威尔的军队进入法国，但邦妮需要照顾成千上万受伤的盟军士兵，所以两人几乎没见过面。1944年6月诺曼底登陆行动开始三天后，邦妮又一次成为新闻人物，当时她带领一群美国战地记者奔赴前线，结果遭到了德国人的火力攻击。一些士兵伤势严重，需要立即输血，她强势地要求不情愿的记者们当场献血。当看到美联社报道说邦妮"主动"为战地记者挽起衣袖时，亚历山大不由得笑了，但随后他坐下来给她写了一封信，叮嘱她要注意安全。几周后，一架敌机扫射了她乘坐的吉普车，她和司机躲到车底下才幸免于难。1944年10月，美国陆军把怀有身孕的邦妮送回美国，并把她安排到位于华盛顿的军医局长办公室，这让亚历山大松了一口气。在服兵役的最后一个月里，她佩戴着有六道金色条纹的肩章和一排勋章（其中包括因为表现英勇和在地中海地区为陆军护士队做出了杰出贡献而被授予的功绩勋章），成为一个招募护士赴海外服役的公关活动的发言人。

1945年6月，退役后的亚历山大匆匆赶回帕克里奇的家中，见到了他的妻子和6个月大的女儿黛安。当他第一次把女儿抱在怀里时，他就决定再也不离开家了。夏天还没过完，邦妮又怀上了他们的第二个孩子。1946年春天，二女儿朱迪斯出生了。尽管罗兹的提议让亚历山大受宠若惊，但他知道仅靠癌症研究所支付的3 000美元的微薄年薪，在纽约是不可能养活一个家庭的。所以，他想安定下来，扩大家里的诊所，把孩子们抚养长大。

就这样，亚历山大把巴里灾难和化学武器都抛到了脑后。他拿起黑色医疗包，重拾以前的工作——做一名内科和心脏病医生。他每天早上出门诊，下午在自己家的小诊所里给病人看病，晚上8点前查房。这是一种忙碌的生活，他几乎没有时间去想可能会发生什么。"我还年轻，并且活在人世间。"他回忆说，"那些事我真的都忘记了。"

第 11 章

考验和磨难

───────────

抗癌运动让罗兹名声大噪，而让他在医学界声名鹊起的则是他的热情和雄心。有人抱怨说，作为纪念医院和斯隆–凯特林研究所的负责人，他除了在本地、州和国家身居要职外，还像《时代周刊》说的那样，"经常在癌症研究方面指手画脚"。有人指责他"独断专行"，对骨干研究人员及助理的管理过于严格，还要求所有人直接向他汇报。更不可原谅的是，他认为只有让公众了解癌症研究才能得到他们的支持，于是他积极地讨好媒体，在同行中获得了"爱出风头"的名声。罗兹承认，在管理他一手创建的这个庞大帝国时，他有时确实会采取一些严厉的措施，但他认为这情有可原，因为任务的紧迫性和患者病情的严重程度丝毫不亚于"战时紧急状况"。

罗兹不计较个人得失，忘我地投入工作，没有人怀疑这一点。他每天在医院工作10个小时，很多个晚上还要花上两三个小时设法向董事和财力雄厚的赞助人要钱。他把那幢新建的14层斯隆–凯特林大楼称作"希望之塔"，他和妻子凯瑟琳就住在大楼顶层的一套公寓里，他们没有孩子。因为日程安排得十分紧凑，罗兹的朋友并不多，他也很少参加娱乐活动。有传言说，就算是在周末驾车去他们位于康涅狄格州斯托宁顿的乡间别墅的路上，罗兹也在安排工作。虽然罗兹迫于行政职责放弃了他当初热爱的实验室工作，但他对实验的热情不减反增。有一次，一位同事想通过实验研究将烟草焦油涂抹到皮肤上是否会促使癌细胞生长，罗兹主动提出把焦油涂抹到自己背上。恩斯特·温德博士回忆说，罗兹还当过几周"小白鼠"。而且，罗兹让温德发誓，不要把他为医疗事业所做的牺牲说出去。

罗兹一心想找到癌症的治疗方法，他毫不掩饰自己对那些只做"纯研究"的科学家的蔑视，他认为纯研究"不会给任何人带来必然和直接的好处"，并经常贬斥纯研究是"非常不负责任乃至自私自利的"。他聘请的纪念医院和斯隆–凯特林研究所的那些"目标明确"的医生和临床研究人员，都对罗兹十分忠诚。不过，也有一些年长的同事不愿意把罗兹的使命感强加在自己身上。《纽约时报》称，在罗兹"鹰一般锐利的眼睛"的注视下，他们退缩了，他那"坦率且经常直言不讳的评价"也让他们受到了伤害。文章还说："他得罪了很多人。"罗兹直来直去的说话方式有时显得唐突无礼，甚至到了侮辱人的地步。越来越大的工作压力，让他变得越发不耐烦。他努力控制自己内心的恶魔，但一件往事一直困扰着他，时刻潜伏在他身后，威胁着他的声誉和他苦心经营的一切。

1931年，罗兹得到了在波多黎各进行为期6个月的恶性贫血研究的机会。这不仅能让他远离大多数病理学家日常从事的尸检工作，如果一切顺利，他还能发表一篇重要的论文，变成一名研究科学家。罗兹当时33岁，是洛克菲勒研究所的一名副教授。当哈佛大学血液学家威廉·卡斯尔博士说他获得了洛克菲勒基金会的一笔大额资金，并邀请罗兹参与这项研究，让西医惠及岛上的穷人和病人时，罗兹欣然接受了卡斯尔的邀请。

标准石油公司的联合创始人约翰·洛克菲勒可以说是世界上最富有

的人。1901年，他因为不道德的商业行为而陷入困境，于是他决定向医疗慈善机构捐赠大笔资金，以改善自己的形象。他先创立了洛克菲勒医学研究所，唯一的目的就是开展实验医学研究，其中包括人体实验研究。1909年，他又成立了洛克菲勒卫生委员会，致力于根除美国南方的钩虫病。4年后，他向洛克菲勒基金会注资，继续支持这项工作并扩大其在国外的公共卫生研究范围。那些渴望探索微生物学、营养学等新兴领域的内科医生和科学家在美国的新殖民地（古巴、波多黎各、关岛和菲律宾）上，以慈善的名义展开了他们的研究。

新成立的洛克菲勒贫血委员会（负责人是卡斯尔博士）规定，研究人员应专注于研究钩虫引起的两种常见且往往致命的热带病——贫血和口炎性腹泻，寻找最有效的预防方法和可能的治疗方法。卡斯尔回忆说，罗兹很快就想到了"一些好主意"。他并没有告诉卡斯尔，而是迅速联系了当地的长老会医院，要求他们增加临床试验床位。他甚至要求波多黎各圣多塞的市立医院增加更多的临床试验床位。这两家医院收治的病人数量远超他的想象，以至于有一段时间他们必须雇用8名女性技术人员，帮助处理所有的验血工作。为了研究不同药物的效果，他们需要从病人的耳朵或手臂的静脉中抽取大量血液样本。此外，向肌肉中注射特殊的肝提取物制剂的工作量也非常大。许多病人都来自农村地区，从未进过诊所，也付不起医药费，说服他们参与临床试验的唯一办法就是告诉他们所有费用都由洛克菲勒基金会支付。

研究团队制定了一个非常详细的受试者筛选程序，只有红细胞数量或血红蛋白值为正常值一半的病人才适合作为临床研究对象或具有"科学价值"。那些健康状况相对良好的人则被转送到另一家诊所。不可避免的是，许多患者的身体状况非常差，体虚乏力、瘦骨嶙峋，但委员会不接收同时患有慢性感染、癌症等其他疾病的病人。卡斯尔说，在257名受试者中，大多数病人的"临床症状迅速得到改善"，"多年来第一次产生了身体健康的感觉，血液检测值也升高了"。一共有13名患者死亡，但死因都与贫血无关，而是"意想不到的并发症导致救治无望"。卡斯尔总结说，这项研究取得了"令人满意的结果"，证明了哈佛大学医疗团队提出的用肝和铁治疗贫血的方法确实有效。

1931年9月，罗兹写信给他的老板——洛克菲勒研究所所长西蒙·弗莱克斯纳博士，谈到了一个"令人兴奋的实验"，即"在人类身上做口炎性腹泻的临床试验"。热带口炎性腹泻和贫血一样，会导致人体虚弱，而且人类对这种疾病尚不了解，所以任何相关的研究进展都值得关注。罗兹说："我们现在只有两个'实验动物'，在一周左右的时间里，这个数字将会增加到10个。"罗兹通过给他在波多黎各的"实验动物"喂食"典型的本土饮食"[主要成分是碳水化合物和脂肪，有少量蛋白质（每天只有30克），维生素含量几乎为0]，在他们身上诱发口炎性腹泻。他告诉弗莱克斯纳："除非他们的体质像牛一样，否则肯定会生病。"研究人员对92名受试者进行了临床研究，其中大多数人已经患上了口炎性腹泻，但他们仍无法得出确切的结论。

就在罗兹的波多黎各研究项目即将结束时，一件非常糟糕的事情发生了。那年秋天，他开始对工作环境感到厌倦，并发现自己很难适应热带地区的生活。11月10日，在与病人共处了漫长而疲惫的一周后，罗兹前往距离圣胡安30英里的小镇锡德拉，参加那里的一个聚会。当他醉醺醺地准备离开时，却发现他的福特敞篷汽车遭窃了，盗贼偷走了能拿走的所有东西，车的轮胎也瘪了。回去后，因蒙受损失而怒气难平的罗兹给他在美国的病理学同行弗雷德·斯图尔特写了一封信，控诉当地人的无耻行径。写完信他感觉好多了，随即把这件事忘得一干二净。第二天，委员会的波多黎各速记员发现了这封谴责其同胞的手写信件，并把它分享给自己的朋友们，其中包括一个名叫路易斯·巴尔多尼的20岁的实验室技术员。巴尔多尼看了这封署名"灰尘"的信后深感不安，立即将其复印并分发给其他员工。

　　三天后，长老会医院院长威廉·加尔布雷斯博士拿到了这封信的复印件，他立即打电话给罗兹，要求罗兹说明情况。加尔布雷斯称，罗兹似乎对这封信引起的骚动感到"非常惊讶"，他以为自己早就把那封信扔掉了。

　　随后，罗兹把实验室的工作人员召集到一起，简单地向他们表达了歉意。他承认这封信是他在一怒之下写的，不过没有寄出去，他说希望没有因此冒犯到任何人。他坚称自己"非常尊重"波多黎各人，只要了解他在医院里为贫困病人所做的事，就不会有人相信信里说的话是真的，"那只是一个玩笑"。11月16日，星期一，罗兹当面向巴尔多尼道歉，因为后者一直留存着那封信的原件，希望这位美国医生因此受到惩罚。两个人握了握手，罗兹说他希望巴尔多尼对他没有恶意。可以想象，巴尔多尼的内心一定充满了"恐惧"和"不信任"，为了安抚罗兹和委员会的高级成员，他告诉他们那封信已经被销毁了。

　　如果罗兹认为这件事到此为止，那他就大错特错了。几周后，他得知那封信已被寄给波多黎各医学协会，而且该协会正在讨论是否要对他采取措施。罗兹意识到情况已经失控了，听说岛上一些有偏见的人情绪激动，他觉得自己最好赶紧离开，于是在12月10日乘船前往纽约。回到洛克菲勒研究所后，罗兹轻描淡写地向上级报告了这件事，他可能"认为事情就这样结束了"。

　　1932年1月29日下午，罗兹接到一名小报记者打来的电话。这位记者告诉他，从他离开那天起，这场争议就在波多黎各持续发酵，并登上了当地所有报纸的头版。他的那封信已成为众矢之的，还被翻译成英文和西班牙文，所有人都能看懂。其中最糟糕的是第二段文字，罗兹说他也许会在圣胡安长老会医院一直工作下去，还说"如果没有那些波多黎各人，这份工作就是最完美的"。他接着写道：

他们无疑是这个世界上有史以来最肮脏、最懒惰、最堕落且偷窃成性的种族，和他们住在同一个岛上会让你觉得恶心。他们甚至比意大利人还要卑劣。这个岛最需要的不是改善公共卫生条件，而是一场海啸或其他灾难，好让这个种族灭绝。只有这样，这个岛才更适合居住。为了推动灭绝进程，我已经尽了自己最大的努力，杀死了8个人，并把癌细胞移植到另外几个人的体内。截至目前，移植尚未造成任何人死亡……为病人的健康着想的医生在这里是不存在的，事实上，所有医生都以虐待和折磨这些不幸的实验对象为乐。

在罗兹离开后，巴尔多尼把那封信的原件交给了波多黎各民族党领袖佩德罗·阿尔比祖·坎波斯，该党以帮助波多黎各摆脱美国、实现独立为宗旨。作为一个精明的政治人物，坎波斯抓住了这个机会，利用美国人罗兹的歧视性言论，在民族党年度大会召开前夕激化了当地民众对美国政府的敌对情绪。为了让罗兹的这番话得到更广泛的传播，坎波斯把这封信的复印件寄给了美国和欧洲各地的报纸，以及国际联盟、泛美联盟和美国公民自由联盟，就连梵蒂冈也收到了一份。坎波斯还附上了一封信，说罗兹的言论证明了美国占领波多黎各的行动具有种族灭绝的性质，还将罗兹给岛民"移植"癌症的行为与让美国的印第安人和夏威夷本地人感染"结核病和其他破坏性疾病"的行为做比较，称其目的就是把他们"系统性灭绝"。波多黎各总督詹姆斯·贝弗利宣称，罗兹的信就是"谋杀供认状"和"对波多黎各人的诽谤"，并下令调查此事。

紧张不安的罗兹在电话中向上级报告说，记者希望他就这封信发表声明。上级让他不要妄动，也不要说任何话。弗莱克斯纳安排罗兹与艾维·莱德贝特·李见面，李为人精明，曾是新闻工作者，后来成为公关专家，为洛克菲勒家族处理公关事务已有20年之久。李是在1914年拉德洛大屠杀期间入行的，当时洛克菲勒公司旗下的科罗拉多矿场发生劳工暴动，造成24人死亡，其中包括妇女和儿童。最后，李不仅阻止了负面新闻的传播，还成功地将洛克菲勒的形象从冷酷无情、高高在上的暴君转变为仁慈的雇主、慈善家。批评者称李为"毒葛"，认为他就是一个拿着高薪的骗子。但是，作为现代"舆论导向专家"的先驱，李显然是处理罗兹危机的第一人选。

在弗莱克斯纳的帮助下，李精心写了一份致歉电文，并让罗兹发给波多黎各总督：

> 那封荒诞不经的信纯粹是为了消遣而写，本意是滑稽地模仿波多黎各人揣摩美国人的想法。令人遗憾的是，它竟然被公之于众，而且所有人都揪着它的字面意思不放。当然，那封信从头到尾表达的都是与字面相反的意思。

接着，罗兹明确地告诉总督，如果这个问题在任何方面产生了"哪怕最轻微的负面影响"，他都愿意立即返回波多黎各，去澄清误会。

第二天，《纽约时报》刊登了一篇轰动性的报道，称波多黎各总督下令调查罗兹的那封涉嫌谋杀的信件。这篇文章的副标题也十分醒目——它讲述了8起谋杀事件。艾维·李设法做进一步的危机公关：《纽约时报》的报道引述了一位同情罗兹的"朋友"的话，他讲述了罗兹和洛克菲勒委员会其他成员在为期6个月的岛上生活中遭遇的敌意，声称民族主义媒体一再诽谤他们"傲慢自大"，"看不起"波多黎各人。这位朋友对罗兹的那封信进行了不同的解读：它是罗兹在医护人员竭力抢救一位病人未果，在极度绝望之下写的，本意是"滑稽地模仿满脑子反美信念的民族主义者会如何猜测他的主治医生的想法"。

不过，这种滑稽模仿的辩解并没有被波多黎各人接受。洛克菲勒基金会的常驻代表乔治·佩恩博士告诉纽约的官员，岛上的居民都不相信罗兹的解释。但鉴于当时美国人的种族歧视观念盛行，罗兹的大多数美国同事都倾向于对这一事件不予理会，他们认为这不过是私下里一时冒出来的愚蠢念头，不应该被公开。弗莱克斯纳和洛克菲勒的其他管理者都选择站在罗兹一边，他们认为罗兹前途无量，不会因为一群民族主义者的政治煽动就偏离轨道。

罗兹不是第一个也不会是最后一个与其他国家的人发生冲突的洛克菲勒基金会的科学家。威斯康星大学的医学历史学家和生物伦理学家苏珊·莱德勒称："在波多黎各事件发生的几年前，洛克菲勒西非黄热病委员会的成员野口英世（Hideyo Noguchi）在与'本地'技术人员合作时也曾遇到过类似问题。"1928年，野口感染了黄热病并神秘死亡，非洲技术人员被视为导致项目负责人死亡的因素之一。罗兹的上级非常清楚研究人员在这些原始环境中面临的困难和潜在陷阱，所以在没有确凿证据的情况下不会轻易相信对罗兹的指控，而选择相信了他对那封信的解释。

《时代周刊》杂志的发行人亨利·卢斯在一封电报中告诉洛克菲勒基金会的公关人员无须担心，字里行间透露出一种高人一等的姿态：

> 这件事除了反映出与生俱来的无知以外，不会影响到任何人或任何事。我们不能说谁愚蠢，只能说人大多如此。

既然这是"新闻"，那么卢斯肯定会予以报道，但他向李保证不会影响基金会的研究工作（为了帮助他们，杂志社同意删除罗兹书信原件中几个令人反感的句子）。他希望"两三个月后"，所有人"都认为没有人受到伤害"。

事实上，1932年2月15日《时代周刊》在报道这一事件时使用的标题是"波多黎各回弹（Porto Ricochet）[①]"，这个文字游戏暗示了当地人忘恩负义的行为，罗兹把先进的医疗技术引进到岛上，却因此惹祸上身。文章强调："他和卡斯尔博士研发了一种价格低廉却能彻底治愈恶性贫血的药物。"文章还说这将对热带疾病的治疗产生巨大的影响，并且"有望成为有史以来最能惠及当地民众的事情之一"。这篇报道附上了一张罗兹的照片，照片上的他神情严肃，配图文字是："他的滑稽模仿被当真了"。

卡斯尔公开为罗兹辩护并一直留在波多黎各协助调查。在一份极其详细的声明中，卡斯尔逐一分析了相关研究中的13个死亡病例。他见过这些人，罗兹"根据我的指示"，也检查过其中9个人。治疗开始后不久，我们发现有3个人已经患上癌症（其中一个罗兹从未见过）：一个是在尸检过程中发现了"此前未知的肾脏肿瘤"，另外两个有"乳腺和膀胱肿瘤"，后两名患者被转介给其他医生救治。卡斯尔强调，采血、药物管理和针头消毒都是按照标准流程法进行的，与波士顿医院多年来使用的操作规程完全相同。最后他说，在缺乏献血者时，委员会的医生们挺身而出，"尤其是罗兹博士，他为好几个病人献了血"。卡斯尔坚称罗兹的表现是无可挑剔的："我绝不相信他有任何危及病人健康的意图，他也没有这样做的机会。"

调查在两周内就结束了，反映了洛克菲勒基金会的影响力。控方律师何塞·拉蒙·昆尼奥斯没有发现能证明罗兹"通过直接或间接的行动"故意让患者罹患癌症，或造成任何人非法死亡的确凿证据。但他也无法为这位美国医生在书信中发表有关波多黎各人的"不真实和有害言论"的不当做法开脱，他只能推定罗兹"精神有问题或者道德败坏"，因为罗兹并没有寄出这封信。根据法律，罗兹未犯任何罪行。《纽约时报》称"罗兹博士已洗清了嫌疑"，并解释说，波多黎各的民族主义者试图将失

---

① 波多黎各回弹由Porto Rico（波多黎各）与ricochet（球或子弹击中物体表面后跳飞、反弹）两个词合成。——译者注

窃的信件变成种族灭绝阴谋的计划失败了。

2月17日，贝弗利总督对洛克菲勒基金会的官员说，他"为事件的调查结果感到高兴"。然后，秉持着利他主义的精神，贝弗利还告诉他们："我们在调查过程中发现了罗兹博士写的另一封信，但波多黎各政府并没有将它公之于众。在我看来，第二封信比第一封信的内容更糟糕。"洛克菲勒基金会的内部调查也无法证实罗兹像他在信中说的那样给病人注射了癌细胞，最后管理层决定将罗兹的不当言论归咎于压力。2月25日，佩恩表示："我认为，即便没有做深入调查，我们也有足够的证据表明他的不当言论是由情绪低落导致的。"所以，他不打算进一步追究此事。

在调查过程中，目击证人对罗兹大加赞扬，并作证说他挽救了许多人的生命。一位对罗兹心怀感激的患者拉斐尔·阿罗约·泽彭菲尔特，在写给《波多黎各通信报》编辑的信中表示，民族主义者对罗兹的指控与他认识的那个人根本不相符。他坚称："我欠罗兹及其同事卡斯尔博士一条命。"他还说罗兹完全不像巴尔多尼描述的那样对患者冷漠无情，至少在他面前"罗兹从来没有粗暴或粗鲁地对待过任何人"。他也对巴尔多尼关于罗兹等人给波多黎各病人使用不清洁针头的证词提出了质疑，称他们随时会用"触手可及的溶液"清洗针头。总之，泽彭菲尔特被罗兹在治疗过程中表现出来的"真正的医学研究兴趣"感动，"所以他在听说我的身体对治疗有反应后感到非常开心"。

此外，泽彭菲尔特表示，正因为这位美国医生心无旁骛，对岛上的经济和政治紧张局势充耳不闻，他才给自己招来了一些麻烦。泽彭菲尔特在信中写道："任何病人都不可避免地会对他的主治医生产生某种印象。在我眼中，罗兹博士始终对他的职业充满热情和热爱，这样的人不可能别有用心。"

就这样，罗兹平安地躲过了这场风暴。尽管他的信搞得满城风雨，但他的声誉未受任何影响，在医学界的关系网也丝毫未被撼动。几年后，波士顿的几家著名机构试图将他挖走,弗莱克斯纳和洛克菲勒研究所的管理人员不得不给他加薪,并采取其他激励措施挽留他。波士顿城市医院托恩代克纪念实验室主任乔治·米诺特博士写道:"他和卡斯尔博士在波多黎各所做的开创性研究,在过去几年里结出了丰硕的成果。"米诺特博士因为在恶性贫血方面取得的研究成果,与其他人共同获得了1934年的诺贝尔奖,他已经聘请了卡斯尔博士,现在又把目光投向了罗兹。他预言罗兹的前途一片光明:"他的研究将会让整个世界受益,也会给研究机构带来荣誉。"不过,罗兹选择留在纽约,在1939年转投纪念医院,接替备受尊敬的病理学家詹姆斯·尤因博士,成为世界上最著名的私立癌症医院的院长。根据洛克菲勒研究所的资料记载,罗兹对病人的奉献精神众所周知,"作为一名医生,他的医术和仁心得到了人们的赞赏"。

但是,罗兹的丑闻并未销声匿迹。多年来,它一次又一次地出现,而他并不知道它何时会再次被提起。1942年3月,在他即将服兵役之前,他联系了洛克菲勒研究所,请他们把"波多黎各事件"的机密文件寄给他。他可能是担心那件事会牵连他,致使他无法获得化学战研究中心的认可。但他根本没必要担心,艾维·李很好地维护了他的形象,所以对他的安全审查没有发现任何问题。罗兹的军旅生涯堪称典范,1945年,他因为在化学战研究中心的杰出表现而被授予功绩勋章。他主张利用氮芥子气来治疗癌症,开了现代化疗的先河。但是,波多黎各事件带给他的考验和磨难让他深感羞愧。罗兹是一个寻求救赎的人,他犯下的那个错误敦促他致力于减轻恶性疾病给人们造成的痛苦,并努力寻找有效的治疗方法。

第12章

真相大白

1946年10月2日,也就是巴里袭击事件发生的近3年后,罗兹给纽约西奈山医院的内科医生做了一场激动人心的演讲,首次公开讨论了战时针对毒气的秘密研究,以及在和平时期毒气研究对于癌症治疗的益处。科学研究与发展局近来解除了对毒性药物临床研究的安全限制,并允许发表研究结果。但是,当罗兹决定公布化学武器事故的真相和斯图尔特·亚历山大的调查故事,以强调军事研究和化疗之间的联系时,他发现关于巴里灾难的细节仍处于保密状态。

在演讲的开头罗兹说:"现在,我想带你们回顾一下1943年冬天那段黑暗的日子。"他顿了顿,确定所有人都在认真倾听。接着,他用生动的语言告诉他们,德国人的那次空袭导致17艘盟军船只(其中包括约翰·哈维号及其装载的芥子气炸弹)沉入海底,1 000多人掉落到表面覆盖着一层原油且在熊熊燃烧的海水中。他说,失事船员"按照惯例,尚未清理身上的油污就裹上了毯子"。他的叙述简单明了,没有谈及各方应负的责任。在描述了受害者的奇怪症状(虚弱、麻木、对浸泡所致休克的常见治疗措施毫无反应、重度结膜炎、全身皮肤和皮下组织的肌肉硬性水肿等）之后，他描述了导致受害者死亡的典型综合征——白细胞计数显著下降。宽敞的礼堂里静悄悄的，所有人都身体前倾，像被施了魔法一样。

罗兹提高声调接着说："一名在化学战研究中心受过训练的军医发现了事情的真相：伤员之所以休克，既不是因为浸泡，也不是因为冲击波，而是受到芥子气中毒的严重影响，导致生命垂危。亚历山大上校写了一份非常详细甚至堪称经典的报告，此外，他还收集了一些受害者的组织样本，将它们连同一封私人信件送到了美国化学战研究中心的医学实验室。在做这些事的时候，他已经预料到会出现后面的那些研究报告了……"对40个病例的临床观察结果，"充分说明了芥子气对人类血液造成的影响"。罗兹强调了亚历山大报告的重要性，因为它"第一次证实"了这种物质对淋巴组织具有独一无二的影响，这为他们利用氮芥子气治疗癌症的研究注入了动力。

接下来，罗兹向听众们坦承，目前氮芥子气治疗的前景并不如预期的那样理想，他之所以采用这种戏剧性的开场白，就是为了避免他们受到的打击过大。罗兹总结了纪念医院、芝加哥大学和犹他大学在过去两年里的初步实验结果，这三个研究团队共研究了160名患各种癌症的患者，对他们采取了静脉注射氮芥子气的疗法。罗兹的纪念医院团队给60名病人（包括男性和女性）做了氮芥子气静脉注射，其中大多数人患有白血病和淋巴瘤等血液病。他们希望取得的治疗效果是，"芥子气会对肿瘤造成比对病人本身更严重的伤害"。他们发现，这些化合物会损伤多种组织，而且，它们对增长最快的细胞——无论是正常细胞还是癌细胞——破坏效果最为显著。它们使一些病人的肿瘤发生了"惊人"的减退，在另一些病人身上也起到了令人满意的缓解作用。然而，即使是很小且受到严格控制的剂量，也会引起恶心、呕吐、疲劳和体重下降等副作用。毒性是一种明显的不利因素，摧毁肿瘤所需的剂量往往超出病人身体的承受能力，而且癌症会不可避免地卷土重来。芥子气的抑制作用没有持续性，很少能维持几个月。

罗兹宣布，癌症医学只是取得了渐进式进步。氮芥子气已经成为治疗霍奇金病及一些淋巴肉瘤和白血病的"化学工具"，其治疗效果和标准的X射线治疗"差不多，比后者好不了多少"。在某些方面，放射治疗仍然具有优势，因为它可以应用于局部，不会影响全身。对极少数病例而言，放疗完全不起作用，但氮芥子气具有一定的效果。氮芥子气治疗和放射治疗一样，都只是一种治疗手段，无法治愈疾病。研究人员对这些"独特的化学物质"的研究才刚开始。

尽管罗兹对氮芥子气治疗的价值评估偏于保守，但他坚持认为氮芥子气是医学研究的一片沃土。它们对某些类型细胞的选择性毒性作用，促使人们去寻找抗癌效果更好的化疗药物。他说："老鼠确实很小，而山确实庞大。"这句话引自一则伊索寓言：一座大山颤抖着，震动着，好像正在分娩，这让地上的所有动物都充满期待，结果它们发现大山生出来的是一种体型很小的生物。"但更重要的是，这只老鼠未来能长到多大。氮芥子气就是刚刚出生的第一只老鼠，在它之后，很可能会出现很多新的化合物。"听完罗兹的这番话，在场的医生都被他坚定的信念征服了。掌声充斥着房间的每个角落，这种新的化学疗法让他们兴奋不已，也让他们无比乐观。他们觉得，在资金充足的情况下，只要继续潜心研究，这场癌症攻坚战就一定会取得成功。

接下来，罗兹讲述了一个年轻医生如何通过福尔摩斯式的调查揭开巴里灾难的惊人真相的故事。尽管这个故事让听众听得如痴如醉，但它并没有在医学界传播开来。战争期间的悲惨故事比比皆是，而且战争已经成为过去。人们更加关注的是未来，并渴望科学突破可以改善他们的生活。如果说物理学家已经知道如何利用原子的力量，并挖掘出放射性同位素的无穷潜力，那么化学战研究中心的医生无疑打开了一个医学宝库，里面的灵丹妙药可以治疗目前让人束手无策的疾病，减缓人类的痛苦和死亡。战后，人们相信军事发展将给医药革命带来光明的前景，促使公众接受这些天然的化学物质，消除他们内心深处对其危险副作用的怀疑。乐观主义者罗兹告诉记者，战争带来的这些好处为科学研究提供了机会，而这在几年前是"做梦也想不到的"。

媒体大肆报道了战时癌症临床试验取得的明确成果，随后的宣传则聚焦于两位新的白衣斗士——路易斯·S.古德曼和老艾尔弗雷德·吉尔曼。他们被誉为化学疗法的先驱，因为他们是在美国最早开展化疗临床试验的人，并且取得了显著的康复效果（尽管只是暂时性康复）。他们的开创性氮芥子气研究成果的发表，奠定了他们的地位。吉尔曼与弗雷德里克·菲利普在《科学》杂志上共同发表了一篇长论文，吉尔曼和古德曼及几名研究科学家在《美国医学会杂志》上共同发表了另一项综合性研究成果。《纽约时报》指出，巴里灾难促使耶鲁大学研究团队着手研究氮芥子气对人体的影响，这让很多人误以为巴里灾难是在第一次临床试验之前发生的，但事实恰恰相反（《纽约时报》的这篇报道澄清了真实时间线，但误解仍延续至今）。不过，巴里受害者提供的大量信息进一步证明了他们的研究方向是正确的。

读完这些文章，亚历山大在12月写信给美国战争部，请求对方允许他公开发表巴里报告。6个月后他获得了批准，但《美国医学会杂志》觉得耶鲁大学的研究已涵盖了他的那些发现，未予发表。最终，亚历山大的《关于巴里港芥子气伤亡情况的最终调查报告》刊登在1947年7月的《军医》杂志上。

在罗兹透露出美国陆军的化学战专家从他们的"致命炮弹"中发现了一种可以杀死癌细胞的武器后，数十份报纸和杂志纷纷报道了这一消息，并且对这种新的化学"疗法"持乐观态度。罗兹发表演讲的4天后，《纽约时报》做了题为"军用毒气试用于癌症治疗"的报道，称耶鲁大学、芝加哥大学、犹他大学和二十几家医院对首批67个癌症病例的氮芥子气治疗结果表明，这种化学物质确实可以"在多种情况下延长患者的生命"。吉尔曼现在是化学战研究中心的一名少校，他说这种疗法能帮助霍奇金病患者延长"15~20年"的寿命。

《时代周刊》在题为"医学：芥子气抗癌"的文章中，对这个"可能成功的新疗法"和氮芥子气从剧毒到强效药物的惊人转变赞不绝口。这篇文章重点关注了里昂·雅各布森博士领导的芝加哥大学团队的研究结果，他们给59名癌症晚期患者进行了较长时间的甲基二氮芥子气静脉注射（古德曼和吉尔曼使用的是甲基三氮芥子气）。其中大多数患者的病情都有所缓解，发烧和不适感消失，肿瘤消减，体重增加，有些人甚至重新回到工作岗位上。从诊疗记录看，这种方法对致命的霍奇金病的疗效最好。研究人员发现，一些霍奇金病患者的病情有了"显著缓解"，其中包括某些对放射治疗已没有反应的病例。有一位患此病的37岁的商业艺术家，"通过定期注射芥子气，连续33个月都保持着健康状态"。

研究结果鼓舞人心，但芝加哥大学团队在报告中也给出警告，这仍然是一种"具有潜在危险的药物"，可能会严重损害患者的造血器官。他们断言，"化疗药物控制疾病的效果不能仅根据病情缓解的时长来评估，因为我们不能让毒性反应危及患者的生命"。简言之，这种药物的危险性尚未完全排除，短期内不宜广泛应用。

随着人们发现科学家在化疗这一新领域尚未取得进展，他们将芥子气视为又一个医学奇迹的兴奋感很快就消失了。可以预见，它在短时间内不会带来任何实际的好处。在因循守旧的医学界，主流的态度是静观其变。这些化学物质是不是弊大于利，成为会议上讨论和争辩的主要议题。

许多医生认为这种疗法不可能奏效，并对短期缓解症状的疗效和残酷的治疗过程提出了质疑。罗兹向癌症宣战是件好事，但问题在于癌症并非一种单一的疾病。众所周知，癌症是没有单一的病因或病原体的。面对一个全然陌生的敌人，如何能打赢这一仗呢？他们认为，罗兹此举将会导致资源从已被证明对癌症有疗效的外科手术和放射疗法这两个领域转移出去。最激烈的批评者认为罗兹误导了他们，宣扬了一种就连他自己也无法提供的治疗方法。他们认为，用药物治疗癌症不过是埃尔利希的一个梦想，没有事实依据，也不具有可行性。哥伦比亚大学医学院的癌症研究人员艾尔弗雷德·盖尔霍恩博士回忆说，杰出的临床医生、哥伦比亚大学医学系主任罗伯特·勒布博士强烈反对开展化疗药物的早期临床试验，他经常对自己说："艾尔弗雷德，你是个极端主义者。"

以条理清晰地分析当代科学问题而闻名的癌症研究所主任威廉·沃格卢姆博士指出，化疗专家面对的是一项几乎不可能完成的任务。他说："那些未接受过化学或医学训练的人，可能并没有意识到癌症治疗到底有多困难。它的难度不亚于找到一种能清除左耳却不损害右耳的药剂，因为癌细胞和正常细胞之间的差别微乎其微。"

站在罗兹一边的人驳斥了这些指责，认为这是嫉妒心作祟。他们指出，纪念医院的科学家已经找到了线索，并正在利用这些线索研究有效的治疗方法。约瑟夫·伯奇纳尔认为，既然传染病能被征服，那么癌症也能被征服。在普林斯顿大学读本科时，他的继母死于骨癌，他一直坚定地认为可以研制出清除癌细胞的新药。罗兹勇敢地挑战被公认为不治之症的癌症，置自己的声望于不顾，早在化疗、病毒学、免疫学被主流医学接受之前，就努力地拓展这些有争议的新领域，伯奇纳尔对此钦佩不已。

伯奇纳尔和从化学战研究中心招募来的其他年轻成员（包括戴维·卡尔诺夫斯基博士、C.切斯特·斯托克博士、弗雷德·菲利普斯博士、约翰·比斯利博士和奥斯卡·博东斯基博士）都在美国陆军服役过，他们现在是斯隆-凯特林研究所新成立的试验性化疗部门的核心成员。伯奇纳尔回忆说，20世纪40年代时，肿瘤学还不是一个公认的临床专业，所以那些年里，他们被称为"新化疗医生"，是不受待见的少数派。这个羽翼未丰的群体每次召开科学会议，出席人数都不超过40人。

罗兹意识到氮芥子气引起了普遍的怀疑，因此在公开演讲和书面报告中他的热情都有所收敛，但在实践中，他比以往任何时候都更加努力地寻找有效的治疗方法。他坚信，既然癌细胞不同于正常组织，人类就可以像对付细菌一样选择性地破坏它们，最终用药物征服它们。他认为不断改进氮芥子气化合物，并结合放疗和其他药物，就能以特定的剂量向特定的癌细胞发起攻击。他为纪念医院和新成立的斯隆-凯特林研究所制定的策略是：组建一支精干的队伍，推动研究不断取得进展，集中精力"从事基础研究——寻找控制与治疗癌症的方法"。

战争时期，罗兹从化学战研究中心挑选出才华横溢的年轻病理学家卡尔诺夫斯基，将他临时派往纪念医院，负责将巴里报告和其他战时氮芥子气研究报告中的大量数据转化为可以在病人身上应用的实践技术。卡尔诺夫斯基在佛罗里达州的布什内尔营花了几个月的时间研究芥子气对山羊的生物学影响，他十分愿意做罗兹想要的那些研究。退役后，卡尔诺夫斯基就从埃奇伍德兵工厂直接去了纪念医院，成为一系列氮芥子气临床试验的首席研究员。

卡尔诺夫斯基的研究取得了很多鼓舞人心的发现。纪念医院研究团队报告说，在他们首次尝试用氮芥子气治疗已无法手术的35名肺癌患者后，有74%的人的临床表现有了一定程度的改善，这些良好的效果通常会持续两周到两个月。研究人员发现，氮芥子气似乎"在短期内中断"了疾病的发展进程，导致肿瘤缩小，患者的咳嗽、吐血、呼吸短促、疼痛和虚弱等症状也有所缓解。对于肺癌的治疗，氮芥子气疗法似乎比放射疗法更有效，而且危害更小。

纪念医院研究团队在治疗急性白血病方面也取得了一些进展，而之前的治疗表明这些患者对药物已没有反应。他们发现，一些氮芥子气衍生物会导致白细胞计数下降，以及脾脏和淋巴结体积减小。但是，病情有所缓解的病例很少，很可能只是巧合。不过，在治疗慢性粒细胞性白血病患者的过程中，一些病人的病情确实有所缓解（尽管时间较短），而且这种情况并不少见。在早期阶段，这些药物似乎可以有效控制病情的发展，使患者在接下来的时间里能生活得更舒适，也更有意义。

为了与罗兹的医学研究模式保持一致，卡尔诺夫斯基强调要认真评估新药的临床效果，并提议将试验性化疗的结果报告从叙述格式转变为较为客观的标准格式。他创建了著名的卡尔诺夫斯基功能状态量表（KPS），以百分比的形式较为准确地量化毒性对患者身体的影响，而这比存活时间的测量难度大得多。这份量表可以测量患者在病程晚期（现在这个阶段已被大幅延长）的健康状况，分值从100分（正常）到0分（死亡）不等，包括"可以进行正常活动""丧失能力""严重丧失能力或有住院需要"等不同等级。卡尔诺夫斯基很早就注意到攻击性治疗的后果，也意识到需要有一种标准来衡量患者对这种极具破坏性的毒素的耐受性。直到30年后，"生活质量"问题才成为医学讨论的一个话题。

1948年4月16日，随着新的斯隆-凯特林研究所正式成立，罗兹与卡尔诺夫斯基、伯奇纳尔一道，着手开展了第一个有组织的临床癌症化疗项目。纪念医院从一个拥有242张病床的单体大楼扩建成一个庞大的癌症中心，各种建筑混在一起构成了一个完整的曼哈顿街区。《纽约时报》在对这个现代建筑群的报道中盛赞"抗癌战争的C日登陆取得了胜利"，让人们不由地将它与诺曼底登陆的历史意义相提并论。这篇扣人心弦的文章继续写道："从今天开始，纪念医院癌症中心将成为有史以来最激烈的癌症攻坚战的总司令部。"

罗兹在他经常发布消息的一份前沿公报中宣告，第一种可以安全地用于临床的氮芥子气是双氯乙基甲胺，又名氮芥。斯隆-凯特林研究所立即将氮芥投入使用，并于1949年获得了美国食品药品监督管理局的批准。这种新药通过烷化过程破坏细胞的DNA（脱氧核糖核酸），阻止细胞分裂，导致细胞死亡，从而起到抗癌作用。由于它对恶性增生细胞的影响大于对健康细胞的影响，因此它可以减缓或阻止癌症的发展过程。不过，医生不会告诉病人他们使用的药物是氮芥或芥子气的衍生物。

罗兹迫切希望研发出更好的治疗方法。为了找到可以长时间抑制病情发展的药物，他进行了密集的临床试验。虽然只有几种氮芥被用于临床研究，但商业实验室已经制备了数百种，还有数千种正在研发中。筛选过程十分缓慢，而且成本很高。每一种具有治疗潜力的化合物都必须在组织、小鼠和病人身上进行实验。擅长宣传的罗兹在带领记者参观斯隆-凯特林研究所试验性化疗部门一尘不染的实验室时说，研究进展的快慢取决于美国民众的慷慨程度。

在恒温的房间里，天花板高的金属笼子里关着一大群小白鼠。在等待下一次抗癌药物实验期间，它们只被喂食葵花籽和维生素。研究人员每周都要给这500只小鼠接种组织培养的癌细胞，平均每只小鼠的成本是36美分。在"患"肿瘤一段时间后，研究人员会给它们注射低于致死剂量的某种芥子气衍生物。大约10天后，如果小鼠的尸检结果显示拇指指甲大小的浅灰色肿块缩小甚至消失了，研究人员就会认为这种化合物是有前景的，并安排进一步的测试。"在这场抗癌斗争中，"一位记者说，"某只小鼠可能会成为人类最好的朋友。"

斯隆-凯特林研究所试验性化疗部门成立一年后，建档的化学制剂已经多达2 300种，其中1 500种做过测试。最终，只有6种化学制剂被证明具有"差异效应"，也就是说，它们只对癌细胞起作用，而不会伤害健康组织。差异效应不太显著的有几十种，但罗兹并没有因此气馁。即使下一种化合物的效果也不显著，对他们迅速积累知识和经验也是有帮助的，这意味着他们朝着找到有效化疗药物的目标又迈进了一步。每当有人批评他们的筛选过程成本高、效率低、产出低时，他就会引用凯特林经常讲的那个关于爱迪生的故事予以回应。爱迪生测试了600多种白炽灯灯丝都失败了，有人问他是否感到沮丧，爱迪生回答说，他非但不沮丧，反而觉得有所收获，因为他已经排除了600多种材料，这意味着他再也不需要测试这些材料了。

1946年4月，凯特林的妻子奥利弗因胰腺癌去世，终年68岁。从那以后，已从通用汽车退休的凯特林就全身心地投入到研究所的工作中。那年1月，在凯特林的妻子做完探查手术后，医生告诉他已经无能为力了，不到三个月她就离开了人世。凯特林并没有把预后情况告知妻子（在那时，亲人得了癌症，家人都会闭口不谈），但他尽可能地陪伴在她身边，让她心情愉快地度过了人生的最后一段时光。对这位悲痛的发明家来说，癌症从一个学术难题变成了一个与他密切相关的问题。出人意料的是，就在他对新的试验性治疗方法产生了更积极的兴趣时，这个家庭又一次遭到了病魔的打击。1948年10月，凯特林给罗兹去电说，他的妹妹黛西被诊断出患有恶性肿瘤。他问罗兹是否愿意陪他去俄亥俄州的曼斯菲尔德，和当地的医生一起讨论黛西的病情。凯特林被告知妹妹的预后情况不佳。回想起那个潮湿的秋夜，在凯特林的家乡劳顿维尔的一个旧农舍里吃的那一顿压抑的晚餐，罗兹写道："那真是一个悲伤的时刻。"

从那以后，凯特林成了罗兹的密友和知己，两人经常交谈。凯特林利用他的影响力帮助癌症研究所与数百个工业实验室建立了合作关系。他经常从代顿飞到亚拉巴马州的伯明翰，与霍华德·斯基珀博士进行交流。斯基珀曾在化学战研究中心工作，现任南方研究所（一个新成立的独立的非营利性科研机构）生化部门的负责人。罗兹对斯基珀的工作表现印象深刻，战后曾试图招募他，但斯基珀在佛罗里达生活多年，不喜欢纽约。于是，罗兹牵线搭桥让他的赞助人去资助这个新实验室，后来凯特林成为斯基珀最重要的支持者之一。

无论凯特林走到哪里,他都会狂热地谈论科学研究的重要性。据他本人估计,他就这个话题发表了4 000次演讲。每次他都会重复他最喜欢的那句口号:"除了前进,无路可走。"从他在美国国家广播电台担任《空中交响乐》节目的主持人开始,凯特林就是一个名人了。在癌症协会举行的慈善活动上,每当他用那熟悉的带有鼻音的声音,就美国专有技术取得的胜利发表简短的爱国演说时,总能引起人们的注意。他的战时广播(由通用公司赞助)帮他完成了从发明家到新技术时代深受欢迎的传奇人物和朴素哲学家的转变。他经常告诉听众:"99.9%的研究都会失败。"只要实验还在继续,他就会时刻做好失败的准备。他说:"进步的代价是麻烦,但我认为这个代价并不大。"

*

就在波士顿儿童医院儿科病理学家西德尼·法伯博士决定用叶酸(在水果和蔬菜中发现的一种维生素B)治疗儿童白血病的那一年,癌症化疗遇到了一个大麻烦。法伯从文献资料中了解到,20世纪30年代,传教士露西·威尔斯曾用马麦酱(英国人经常食用的一种深色酵母酱,富含叶酸)为贫穷的印度怀孕纺织工人治疗贫血和白细胞减少症。法伯知道叶酸是DNA的重要组成部分,对于细胞分裂至关重要,他还观察到巨幼红细胞贫血和急性淋巴细胞白血病之间的相似性,因此他想知道这种酵母酱是否也可以用于治疗患晚期癌症的儿童。与此同时,莱德利实验室的研究人员报告说,丁蝶翼素(一种啤酒酵母提取物)会对小鼠的抗肿瘤活性产生刺激作用。但他们当时并未意识到,起作用的不是叶酸,而是叶酸的拮抗物,后者可以阻止或抑制细胞吸收叶酸。莱德利实验室误以为他们分离出了一种抗癌物质,于是制备了这种化合物。1946年夏天,法伯对90名晚期癌症患儿展开了临床试验。

医学史学家莫顿·迈耶斯博士指出："随之而来的是毁灭，而不是胜利。"治疗取得了与预期完全相反的结果，叶酸没有阻止而是加速了白血病的发展过程。所有患儿无一幸免。尸检结果表明，参与这次临床研究的11名患儿体内布满了癌变的白细胞。苦思冥想的法伯从这个可怕的错误中领悟到，它的逆效应（清除细胞中的叶酸）可能会抑制恶性细胞的生长。他找到莱德利实验室的印度生化学家耶拉帕加达·苏巴拉奥博士，重新进行了临床试验，这次使用了叶酸拮抗剂（抗代谢物）来阻断叶酸通路，以减缓或阻止癌细胞在患儿体内的扩散。

法伯犯下的那个令人震惊的错误激怒了波士顿儿童医院的儿科医生，但罗兹对此事的看法比他的许多同行更加乐观。他认为，这个事故只是临床试验中一次不幸的失败。如果一味担心造成伤害，就不可能战胜癌症。为了将目标从减缓病情转变为治愈疾病，他们必须进行临床试验。

出于安抚公众的考虑，罗兹强调将纪念医院和斯隆–凯特林的实验室划分开。但事实上，这两者有着千丝万缕的联系。即使被告知有风险，重症患者（和他们的父母）通常也更愿意尝试新的试验性疗法。对于每一个病例，医生都要做出一个严肃的决定：面对已尝试过所有方法的晚期癌症患者，他们是否应该让其尝试一种尚在研发中、药效非常强，但有可能加速病人死亡的药物呢？罗兹更喜欢从研究型科学家的角度看待这个问题。急性淋巴细胞白血病是最严重也是最常见的儿童癌症，通常发生在2~5岁的儿童身上，会在几周或几个月内导致患儿死亡。因此，许多医生认为这些病例的结局已定，每天给他们注射针剂根本没必要，反而会增加他们的痛苦。但对罗兹来说，试验性治疗不会让病人有任何损失，只可能会给他们带来巨大的利益。他认为，化疗医生应该怀着巨大的勇气和同情心去接受救治绝症患者的挑战，而不是放弃或消极应对。

在注定失败的化疗试验的受试者中，有一个患者（也是最著名的一个）得到了罗兹的密切关注。1946年夏天，富有传奇色彩的棒球运动员乔治·赫尔曼·鲁斯（昵称巴比·鲁斯）的左眼持续剧痛，他的声音变得嘶哑，吞咽也越发困难。到了秋天，他几乎说不出话来了。纽约法国医院的医生最初诊断鲁斯患上了鼻窦炎，并伴有牙齿问题，还因此拔去了他的三颗牙。12月，困惑不解的医生为他肿大的淋巴结进行了一个疗程的放疗，但他的症状还在加重。外科医生切开了他的颈部，发现了肿瘤，这是一种罕见的鼻咽癌，它破坏了鲁斯鼻子和嘴巴后面的气道。由于肿瘤无法全部切除，鲁斯注定难逃一死。1947年春天，在小鼠身上测试丁蝶翼素效果的西奈山医院外科医生理查德·路易松博士给鲁斯采取了试验性疗法，希望可以最后一搏。这个6英尺高的昔日壮汉与病魔搏斗了几个月，体重下降了80磅，已经快坚持不住了。鲁斯表示，只要能减轻他的痛苦，让他多活几个月，他愿意接受任何治疗。

在被告知这种药物可能不会起作用，甚至可能使他的病情恶化后，鲁斯仍然同意接受为期6周的治疗。他说，即使这种疗法对他没有帮助，它提供的信息或许也可以帮助那些患有相同疾病的人。路易松团队中的一些人也强烈反对，认为将这种药物用在病人身上为时尚早。从6月29日开始，鲁斯每天接受丁蝶翼素的注射。当时，还未明确要求医学研究志愿者要签署同意书，鲁斯也从未签署过。此外，医生们往往不愿意告诉癌症患者他们的真实诊断结果，据说除了报纸上报道的"肺部并发症"外，鲁斯对自己的病情一无所知。他在自传中称，关于他所患疾病和那种效果未经证实的药物，他"没有问任何问题"。

一开始，52岁的鲁斯表现出显著的临床效应。他的症状减轻了，肿大的淋巴结消失了。他又可以吃固体食物了，体重也在增加。因为他的病情有了明显好转，1947年9月路易松在圣路易斯举行的一次国际医学会议上介绍了鲁斯的情况，但没有公开鲁斯的名字。然而，消息很快就传开了，传言说这位棒球英雄的健康状况因为这种新疗法而好转。《华尔街日报》以一位"全美知名人物"在医学上取得成功的故事为例，报道说医生们正在全力研究"癌症的治疗方法"。《纽约时报》称丁蝶翼素是"新闻热点"。事实上，对莱德利实验室来说，这些报道都"热"过头了。该实验室给12.5万名医生发送信件，竭力澄清丁蝶翼素有一定疗效，但不能治愈癌症。

1948年6月13日，鲁斯觉得自己的体力已经恢复了，他穿上那件传奇的3号细条纹球衣，在扬基体育场25周年纪念活动上闪亮登场。他告诉热泪盈眶的球迷，能再次回到球场上他有多么高兴。但几天后，他又住进了纪念医院。不幸的是，他的癌症复发了。尽管又一次接受了放射治疗，但他还是在两个月后死于肺炎和转移性癌症。

罗兹要求纪念医院的官方新闻稿做出明确说明，他们的重要病人在治疗期间"没有使用任何特殊药物或化学药品来抑制肿瘤"。新闻稿称，鲁斯从未用过丁蝶翼素，因为"纪念医院研究发现它在治疗癌症方面毫无价值"。因此，他们无法为路易松的研究结果提供证明。罗兹后来说关于丁蝶翼素的临床试验是一个"大胆"的游戏，表面上取得了胜利，但实际上"搞错了方向"。罗兹在接受《新闻周刊》的采访时表示，临床上的失误"导致这场斗争变得更加复杂"。但他接着说，事实证明这次失误极其重要，因为它把人们的注意力引向了相关的化学物质，那就是氨的衍生物——胺。他明确地告诉《新闻周刊》的记者："尽管有过失败、错误和困惑，但癌症治疗正在取得进展。"巴比·鲁斯对癌症研究的贡献不仅在于病例本身，他的慈善基金会在他的女儿多萝西的管理下，资助了斯隆-凯特林研究所后来在新型化疗药物方面的多项研究。

于是医生们不再使用丁蝶翼素，几个月后，莱德利实验室又合成了一种名为氨基蝶呤的叶酸拮抗剂。1948年6月，法伯公布了对16名急性白血病患儿进行的第二次临床试验的结果，它表明叶酸拮抗剂或抗代谢物确实延缓了这种致命疾病的发展过程。10名患儿的病情出现了前所未有的缓解，还有5名患儿对治疗有反应，他们稚嫩的生命延长了4~6个月。尽管这些患儿的癌症复发了，但反复出现的病情缓解对法伯来说已足以称为一次胜利，也堪称化疗史上的一个里程碑。它证明了简单的化合物可以有效地治疗急性白血病。

1949年，第二种抗癌药物——氨甲蝶呤出现了，它是一种更安全的叶酸拮抗剂，至今仍在使用。氨甲蝶呤是治疗急性淋巴细胞白血病的标准药物，也是治疗许多其他癌症的关键药物（与其他药物结合使用）。实验室取得的这些胜利让人们相信科学家终于找到了战胜癌症的方法，也让他们对未来充满了希望。

西德尼·法伯让多名白血病患儿的病情得到缓解的消息，在全美各地的实验室引起了巨大的反响，化疗领域几乎在一夜之间就发生了颠覆性的变化。罗兹不相信这位45岁的波士顿病理学家仅凭一己之力就能取得如此重大的突破，他立即派约瑟夫·伯奇纳尔前往波士顿，去一探究竟。法伯治疗的那些患儿都对叶酸拮抗剂产生了积极的反应，不仅白细胞计数下降了，肿大的脾脏和肝脏缩小了，骨髓也恢复正常并维持了几个月。在伯奇纳尔亲眼见到这些孩子的病情确实有所缓解后，罗兹立刻找来这种药物，给癌症病人试用，虽然这些药物尚未通过审批。一开始，纪念医院团队认为这种药物可能无效，因为接受治疗的前9名患儿没有任何反应。然而，就在医生们准备放弃的时候，转机出现了——第10个患儿的病情有所缓解。尽管他们只看到了一个病例的积极反应，但罗兹及其临床研究人员还是深受鼓舞，并决定继续研究其他抗代谢物。

罗兹让斯隆-凯特林研究所的科学家回到实验室，继续寻找更多对癌细胞有选择性破坏作用的叶酸类似物，希望能再次得到幸运女神的眷顾。他对"抗代谢效应"一直很感兴趣，并发现某些物质干扰微生物代谢的方式与磺胺类药物攻击细菌的方式类似。虽然叶酸和氮芥子气衍生物在化学结构上没有什么相似之处，但这两类化合物都能通过抑制核酸的形成和作用杀死癌细胞。新的研究也表明，癌细胞含有的核酸比正常细胞多。如果他们能找到一种可以对失控的癌细胞产生"差异效应"（选择性地抑制癌细胞中核酸的形成和作用，而不伤害正常细胞）的药剂，或许就能找出这种疾病的致命弱点。

细胞化学异常复杂，罗兹知道应该找谁帮忙。他联系了霍华德·斯基珀。和亚历山大一样，斯基珀对癌症研究的兴趣也始于他在埃奇伍德对缴获来的德国氮芥子气的研究，他也相信癌症是有可能被治愈的。斯基珀欣然同意沿着他们既定的方向研究下去，并将他的实验室与斯隆-凯特林研究所联合起来，共同寻找可用于攻击癌细胞的新物质。斯基珀和罗兹密切合作，致力于选择最有望获得成功的化合物和探索领域。

1949年6月，《时代周刊》杂志封面刊登了罗兹的照片，称他是美国杰出的"抗癌斗士"，照片旁边还有一个盾形纹章：一只具有象征意义的螃蟹，背甲呈骷髅头形，一把光芒四射的希望之剑穿甲而出，剑柄上缠绕着双蛇杖。这把标志性的剑代表了罗兹致力于战胜癌症的斗争精神。他始终乐观地认为癌症是可以征服的，但从杂志文章的字里行间，读者看不出罗兹怀有胜利的喜悦，反而觉得他内敛克制——根本就没有什么灵丹妙药。在与癌症无休止的斗争中，科学家只是取得了部分成功，既没有找到彻底治愈癌症的方法，也没有发现任何可以消灭这种疾病的物质。他们只能利用一些尚不完善的化学武器，去抑制各种恶性肿瘤，但复发也是不可避免的。"我们只能帮助25%的人。"罗兹站在102L号房间外洁净的走廊里严肃地说。房间里一排排整齐的床上躺着脸色苍白的孩子，他们都得了白血病。"而且，我们只能缓解他们的病情。他们的疾病会复发，甚至会越来越严重。"

他停顿了一下，蓝眼睛中自信的光芒黯淡了下来。这是一场胆小者无法面对的战斗，斯隆-凯特林研究所每天的工作都非常艰难，甚至令人沮丧。《时代周刊》的文章指出，罗兹"并不是一个冷酷无情的技术人员"，似乎在暗指波多黎各事件。对住在大楼里的那些患者，他做不到无动于衷。病房里的患者无时无刻不在为自己的生命而战，他们最后的日子痛苦不堪，在吗啡的作用下奄奄一息。"有些人会问：'如果他们最终难逃一死，为什么还要让他们活着？'"提出这个问题后，他马上就给出了答案，让人不由地产生了一种紧迫感："因为我们的进展越来越快。也许在他们逝去之前，我们能够及时找到真正有效的办法。"这是一场与时间的赛跑，他坚信，如果能保持住这6年来越来越快的发展势头，在不太遥远的未来，白血病就不再是对儿童的死刑判决。这是罗兹能够给出的最好的回答——对明天的承诺。

*

罗兹决定与两名杰出的研究人员——宝林威康制药公司的乔治·希钦斯和格特鲁德·埃利恩合作。事实证明，这个决定成为一个重要的转折点。1950年，从物理学家转型为化学家的希钦斯，走在了恶性细胞核酸研究的前沿。他不满足于"碰运气"式的药物研发，决心寻找一种更"理性"的药物设计方法。他将搜索范围缩小到与丁蝶翼素密切相关的化合物——嘌呤，特别是腺嘌呤和鸟嘌呤，这两种嘌呤是DNA的基本组成成分。对嘌呤在核酸代谢中的作用进行研究后，希钦斯观察到细菌的细胞需要用特定的嘌呤来制造DNA。他猜测，干扰DNA的自然生成会中断细胞的生长。希钦斯每周付给格特鲁德·埃利恩50美元的报酬，雇用她研究嘌呤化合物的作用原理。30岁的埃利恩很快就合成了一种嘌呤化合物——2,6-二氨基嘌呤，它可以阻止叶酸和腺嘌呤的代谢，对肿瘤有明显的抑制效果。

果然，伯奇纳尔在斯隆-凯特林研究所进行的测试表明，这种嘌呤化合物使白血病小鼠的寿命延长了60%，它可以控制或摧毁鼠类肿瘤。

最初的临床试验结果给了他们些许希望：两个白血病成人患者的临床症状明显缓解，但后来他们病情复发并相继死亡。这种药物的可怕毒性导致了严重的恶心和呕吐反应，为了减小它的副作用，埃利恩和希钦斯重新设计了这种化合物。3年内，他们研发出两种新型化疗药物——二氨基嘌呤和硫鸟嘌呤，它们可以干扰癌细胞的形成，使白血病患者的病情得到缓解。其中，硫鸟嘌呤可以有效治疗成人急性髓细胞白血病。尽管这些新药对治疗癌症有效果，但病人仍然难以忍受其强烈的副作用。

埃利恩决心找到毒性更小的化合物，她测试了100多种嘌呤，最终发现了6-巯基嘌呤（6-MP）。在实验动物身上进行的测试表明，6-MP不仅可以抑制鼠类肿瘤的生长，还能使一些肿瘤永久消退。接受该药物治疗的小鼠存活时间是未接受该药物治疗小鼠的两倍。斯隆-凯特林研究所的弗雷德·菲利普斯在狗身上进行了实验，因为狗对药物的反应和人类差不多。他由此确定了人类患者可以使用的最大剂量、给药方式和毒性反应程度。6-MP似乎取得了成功，于是伯奇纳尔迅速对其展开了临床试验。

希钦斯、埃利恩与罗兹、伯奇纳尔保持着密切联系，期望尽快找到更先进的癌症治疗方法。埃利恩回忆说，对研究人员、医生和病人来说，这种经历就像乘坐"情感过山车"。她说："我们经常看到患者的病情有所缓解，但最终他们都会复发并死亡。当时我们认为很快就能找到对抗白血病的方法。"

*

1952年，伯奇纳尔开始进行6-MP的临床试验，并发现患者的病情得到了缓解。发表于1953年的研究结果显示，该药物对45名急性淋巴细胞白血病患儿中的15人有良好的缓解作用，另有10名患者的症状得到部分缓解，临床表现有显著好转。重要的是，研究结果还显示，对叶酸拮抗剂无反应的患儿，使用6–MP是有效的。6–MP是医生利用其他化合物解决耐药性问题取得的第一个突破，也是自西德尼·法伯试验氨甲蝶呤以来，他们在新药方面取得的最大的成功。尽管大多数患者的病情最终都复发了，但伯奇纳尔及其同事还在努力研究如何延长病人的生命——先是以月为单位，然后是以年为单位。一项针对269名患者进行的大规模临床研究证实，6–MP对患有急性白血病的成人和儿童的病情都有缓解作用。

随着大量研究结果的发布，罗兹深受鼓舞，并说服了凯特林为宝林威康公司的希钦斯研究项目提供资助。捐款来得正是时候——这家制药公司此前已经决定缩减生物化学部门的规模，并给一些员工发出了解雇通知书。"我们在最后一刻获救了。"希钦斯在谈到他的"救世主"时说。罗兹难掩兴奋之情，向记者们详细讲解了6–MP这一重大发现。著名报纸专栏作家、电台评论员沃尔特·温切尔在他颇具影响力的周日晚间广播节目中，宣传了白血病的这个新疗法。临床试验成功的消息一传出，希钦斯就被医生和患者打来的600多个电话"淹没"了。

1953年年底，在临床试验结果发布的几个月后，美国食品药品监督管理局以前所未有的速度批准了6–MP的上市申请。"6–MP的供应量十分有限。"长期担任美国癌症协会研究副主席的约翰·拉兹洛博士回忆说，"宝林威康公司决定全力扩大这种药物的生产，尽管他们不知道生产成本是多少，不知道该如何分销，也不知道该如何回应许多垂死病人发出的可怜请求。"希钦斯、埃利恩及其同事在圣诞节期间加班加点地生产这种药物，以满足市场的巨大需求。

1954年，伯奇纳尔给9岁的白血病患者黛比·布朗使用了两种新型抗癌药物——6–MP和氨甲蝶呤，给了她一线生机。她上三年级时被诊断患上了白血病，由于病情严重，不得不辍学在家。她家住在二楼，体质虚弱的她几乎无法爬楼，轻微的触碰就会在她的身体上留下瘀伤。一开始，她每周去找伯奇纳尔治疗三次。伯奇纳尔在她面前从未提过治愈这个词，但随着时间的推移，她的病情逐渐好转，去斯隆-凯特林研究所的次数也越来越少。最终，黛比·布朗成为急性淋巴细胞白血病的首批长期幸存者之一，她高中毕业后结了婚，生了一个孩子，还成了新泽西州的一名教师。

很快，6-MP和氨甲蝶呤就成了治疗儿童白血病的主要药物。伯奇纳尔写道："事实证明，用化疗对抗癌症并不是一个不能实现的梦想。"这些进展再次让人们对研究人员找到癌症的治愈方法充满期待，媒体上也再次充斥着对"神奇药物疗法"的乐观预测。1953年，《看杂志》刊登了一篇文章，兴奋地预言癌症很快就会被征服。《新闻周刊》认为，癌症疫苗可能即将出现。

罗兹积极地游说联邦政府增加对癌症研究的拨款，并意识到他需要公众的支持。他发布的那些权威声明滋长了媒体的种种预测。在众议院商业委员会举行的探讨化疗的科学前景是否值得政府提供支持的听证会上，罗兹说："我相信，在10年内或者稍晚的时候，我们将找到有效抗击癌症的化学物质，就像我们现在利用磺胺类药物有效地对抗细菌感染一样。"与此同时，罗兹和法伯正在推动美国国家癌症研究所接过斯隆-凯特林研究所的重担，增加药物研发力度，对数万种天然和合成化合物进行大规模筛选。罗兹对商业委员会说，他们已经研究了1万多种纯化学物质和7 000种天然提取物，"包括葡萄、苹果、蘑菇等的提取物"。他坚称，对于大自然的恩赐，人类还了解得不够深。

说到他们的"奋斗"目标，罗兹引用了已故共和党领袖老罗伯特·塔夫脱的癌症确诊太晚的例子。塔夫脱最初的症状是，他在与艾森豪威尔打高尔夫球时感到左髋关节疼痛。1953年5月下旬，塔夫脱在沃尔特·里德医院接受了一系列检查，但没发现任何问题。之后，由于极度疲劳，加上走路时一瘸一拐，他去了家乡俄亥俄州辛辛那提的一家医院就诊。那里的医生发现了他的肿瘤，但他决定隐瞒自己的病情（在癌症患者有可能被社会抛弃的年代，这样的冲动之举十分常见），继续履行参议员的职责，并拒绝了去纪念医院做治疗的建议。7月8日，塔夫脱在纽约医院接受了探查手术，但罗兹和其他医生已经无法确定他的肿瘤来源，因为他的腹腔里"全都是癌细胞"。他们缝合了塔夫脱的腹腔，因为他们知道病情来势凶猛、发展迅速，手术已经起不到任何作用了。几周后，塔夫脱死于脑出血，终年63岁。随后的尸检结果显示，他的癌细胞可能源于胰腺。

罗兹认为这类死亡现象应该是可以避免的，他还轻率地宣称自己将青史留名："在我看来，治疗癌症的'青霉素'指日可待，它一定会出现。"这句话反映了他对新药充满信心。随后，他更正了这种说法，指出他们并不是在寻找某一种灵丹妙药，而是在寻找"各种具有类似功效的新药"，以期彻底地消灭癌症。但一切为时已晚，他的自吹自擂成了新闻头条。《华盛顿邮报》宣布，"塔夫脱的医生认为癌症很快就会被攻克"。

罗兹的乐观预测遭到了一些同事的批评，他们认为现在谈"治疗癌症的青霉素"为时尚早。一些人私下里谴责罗兹在公共场合给了人们不切实际的期望。次日，美国原子能委员会生物和医学部主任约翰·布格尔博士公开承认了近年来取得的重大进展，但他也简要地补充说，"前面还有很长的路要走"。美国国家癌症协会任命了一个委员会，主要负责评估筛选样本的有效性。该委员会也认为，目前人们对化疗药物的了解还很不够。

一场关于癌症研究的正确方向的激烈辩论随之展开。学术研究人员强烈反对中央集权的国家计划，认为这会对科学界产生不利影响。他们认为医学的进步离不开独立的氛围，而他们真正需要的是研究经费。1953年12月，他们做出了妥协，同意在从事癌症研究的机构之间建立一个自愿合作项目。西德尼·法伯通过幕后活动，获得了颇有影响力的慈善家和卫生保健领域的活动家玛丽·拉斯克的支持。拉斯克及其丈夫阿尔伯特为美国癌症协会筹措了数百万美元的资金，拉斯克因此被媒体誉为"医学研究的救星"。1944年，拉斯克第一次见到罗兹时，就被他"征服癌症的坚韧不拔的决心"还有他和他的"陆军同事"在化学战研究中心及纪念医院取得的成就所打动。在拉斯克的敦促下，参议院拨款委员会向美国国家癌症研究所提供了500万美元的资金支持，并授权建立新的筛选系统。

罗兹和法伯终于如愿以偿了。1955年，美国国家癌症研究所成立了国家癌症化疗服务中心，筛选研究机构和科学家提交的各种具有潜在抗癌活性的化合物。化疗项目的规模迅速扩大，年筛选样本数量很快就达到了3万份，是斯隆-凯特林研究所的10倍。这一举措彻底改变了癌症研究的面貌，最终催生了数十亿美元的癌症制药产业。这个庞大、昂贵、低效的筛选机构刚一成立，就因为它专注于药物研发，加上化疗有治疗窗狭窄、效果甚微等缺点，引起了人们的强烈反对。1955年，英国著名癌症研究专家艾萨克·贝伦布卢姆向洛克菲勒研究所的一位同事抱怨道："罗兹正在全力寻找治愈癌症的方法，但这不是一个正确的研究方向。"

化疗的反对者指出，罗兹孜孜不倦地研究一种叫作备解素的新物质，这本身就说明了问题所在。长期以来，人们观察到一些动物抵抗癌症的能力更强，这表明它们可能对这种疾病具有某种免疫力。在没有明显原因的情况下癌症"自然消退"的现象在人类身上也存在，斯隆-凯特林研究所的科学家认为，产生这一现象的原因可能是备解素（血液中一种天然的防御性化学物质）的存在。因此，他们决定在14名来自俄亥俄州监狱的健康状况良好的志愿者前臂上注射癌细胞，以验证这一理论。14个志愿者体内都出现了大面积的炎症反应，这表明他们的身体在排斥癌细胞。后来，通过手术切除癌细胞后，志愿者身上没再出现癌细胞。他们在15名癌症患者身上进行了同样的实验，有13名患者身上的癌细胞不停地生长，几周后癌细胞被切除，之后又有4名患者的癌症复发。斯隆-凯特林研究所的科学家发现，血液中的备解素含量与人类个体对抗入侵癌症的能力直接相关。急于得到研究成果的罗兹宣布，这些实验表明"健康的人体内明显存在一种阻止癌细胞生长的防御机制"。

这项研究表明，或许可以通过接种疫苗来增强人体的天然抗癌能力。因此，进一步的研究不可或缺。《读者文摘》后来报道说："重大突破似乎指日可待。病入膏肓的孩子们接种了这种新物质，但没有任何效果。两年时间和上万美元换来的是又一场惨败。罗兹博士一定非常失望，但他从未动摇。他不停地做实验，测试了一种又一种物质。"免疫疗法（利用人体的天然防御机制去对抗癌症）是一种领先于时代的技术，想了解自然免疫，人类还有很多工作要做。多年后，备解素将再次被提起。

化疗引发了一连串的争议，越来越多的批评人士开始质疑这种控制癌症的策略是不是一个错误。"在20世纪50年代，人们对癌症化疗的临床效果持怀疑态度。"小文森特·德维塔博士和爱德华·朱博士在他们的关于试验性治疗发展史的著作中指出："大量的资源被投入到具有争议性的药物研发中，但没有证据证明药物可以治愈癌症，也没有证据证明药物对任何阶段的癌症患者有任何帮助，尽管药物也曾引发了一些令人印象深刻的抗肿瘤反应。"

德维塔回忆说，关于癌症的失败主义和宿命论卷土重来，只不过这次是一种"咄咄逼人的怀疑主义"。他当时是美国国家癌症研究所的一名年轻的医生，"他们见过化疗，知道它会失败"。新英格兰医疗中心德高望重的血液学家威廉·达梅舍克对这种疗法极为不满，他曾给病人开具了大剂量的氮芥子气，结果病人全部死亡，这个结果让他无法承受，他此后也不再使用化学疗法。不仅如此，他还成了最坚定的化疗反对者。在每年一度于大西洋城举行的美国临床研究学会春季会议上，他与一些志同道合的医生建立了一个非正式组织——"血液俱乐部"。该俱乐部经常邀请化疗医生来介绍他们的研究，但这只是为了找一个可以在同行面前抨击化疗的借口。德维塔说:"我以前从未见过这样的事情。只是因为他们敢于尝试治疗白血病,这些人就恨不得将他们撕成碎片。"

就连纪念医院内部也出现了类似的矛盾和冲突。一个由资深外科医生组成的"秘密团体"(在很长一段时间里都是医院内的主导派系)对癌症治疗方向不断提出抗议并加以阻止。据罗兹说,癌症化疗损害了他们的利益,所以外科医生呼吁"回到过去的美好时光,重拾昔日的优秀品德",只有这些才能给纪念医院带来显赫的名声,给他们的私人诊所带来丰厚的利润。1953年,由于积怨难消和部门间的冲突愈演愈烈,罗兹被解除了院长一职,只保留科研主任的荣誉头衔。虽然他仍是斯隆-凯特林研究所的负责人,但此后就与纪念医院分道扬镳了。罗兹的敌人欢欣鼓舞,正如《时代周刊》后来指出的那样,"纽约郡医学协会中一群恣意妄为的人"一直在等待一个借口赶走罗兹。"出于嫉妒,他们(总是非正式地)威胁要驱逐他"。威胁失败后,他们"骚扰了他10年"。

背叛让罗兹很受伤,他很气愤,言语中也透露出要采取行动的意思。这样的战斗令他疲惫不堪。1954年7月,他在给纪念医院基金会主席劳伦斯·S. 洛克菲勒的便函中尖锐地指出:"医学进步的过程总是充满着斗争,一方通过维持现状获利,另一方通过为科学进步做出贡献而获得满足感,即便蒙受经济损失也在所不惜。多年来,在纪念医院内部,尽管观点不同,但双方相互理解、彼此包容,为实现共同的目标而奋斗。为了保持进步和领导的地位,纪念医院持之以恒地引入先进的医疗方法。面对新事物和新面孔,我们即使做不到热烈欢迎,也会予以包容。但现在,一切都变样了。"

尽管保守派因为罗兹的行事高调而疏远了他,但他几乎仅凭一己之力,就为斯隆-凯特林研究所筹集了数百万美元的资金。1957年12月,研究所的理事、执行委员会成员沃伦·韦弗在私下里提醒洛克菲勒:"在研究所获得的支持中,有很多直接得益于罗兹的个人努力,或者是因为他领导的项目取得了成功。如果有人以为这些钱是其他人、机构通过其他渠道筹集的，那只是一种错觉。"他还告诫洛克菲勒，"在采取有可能进一步妨碍他的举措之前一定要三思而行"。

和以前一样，罗兹的垮台也有他自己的责任，比如他的傲慢和一些根深蒂固的观点。他拒绝承认耐药性和毒性等现实问题，也不愿以更开明的态度对待癌症治疗的各种可能性，而是把所有资源都集中在寻找新化合物的无休无止的实证研究上，所有这些让那些对化疗治愈率感到失望的人越发反感。迫切需要资金用于检验新方法、新想法的癌症研究人员和迫切希望使用其他治疗方案的癌症患者，都对他狭隘的眼光进行了谴责。

但罗兹固执地认为，他选择的研究方向是正确的，药物研发必将使医生和病人受益。化疗专家已经发现了至少20种可以延长癌症患者生命的药物，这个数字还有望进一步增加。他认为，这些新药不仅是他们追逐的目标，还能帮助他们探索和解释困惑了科学家几个世纪的自然奥秘——癌症的本质和抑制癌症发展过程的方法。"重要的是，我们似乎离这个伟大的秘密越来越近了。"他告诫说，"由科学驱动并得到公众资金支持的大规模研究已经产生效果了。"

与此同时，罗兹仍然是备受关注的"癌症研究先生"。在他的榜样力量的鼓舞下，世界各地的几十个机构纷纷加入了抗击癌症的战斗，这是医疗界有史以来力量最集中的一次行动。作为一名孜孜不倦的倡导者，他告诉《科利尔杂志》，"我们需要考虑的不是癌症能否得到控制的问题，而是何时能得到控制以及如何控制的问题"。

*

化疗医生需要的是能证明癌症可以治愈的证据，而它很快就出现了。1956年，刚加入斯隆-凯特林研究所的李敏求博士利用氨甲蝶呤作为紧急手段，治疗一名患有晚期绒毛膜癌（一种发生在孕妇身上的较为罕见的胎盘肿瘤）的24岁女性，这是历史上第一个药物诱导治愈癌症的病例。该患者的癌症已经转移到肺部，其中一个病灶破裂，导致胸腔里满是血液和空气，随时有生命危险。李敏求在斯隆-凯特林研究所曾观察到氨甲蝶呤可以抑制小鼠的绒毛膜细胞，于是决定给这名患者使用大剂量的氨甲蝶呤。令他吃惊的是，患者竟然熬过了当晚。第二天，他又给这名患者使用了大剂量的氨甲蝶呤。在接下来的几天里，患者的病情稳步好转。然后，李敏求为她设计了高剂量的治疗方案。4个月后，这名患者的肿瘤完全消失了，当她从医院回到家时，她的病已经痊愈。德维塔和朱称，虽然另有两名女性患者的病情也有所缓解，"但仍然没人愿意相信化疗取得了显著效果"，这是"这个时代的一大特征"。

李敏求是一个外来移民，在美国国家癌症研究所被视为异类。而且，他越过了界限，尝试了一种有争议性的癌症治疗方法。他建议长期使用抗叶酸药物，即使在肿瘤消退已久，或者患者因药物毒性过大而遭受严重并发症折磨的情况下，他仍然给他们使用这些药物。在他的一些同事看来，李敏求其实是在用一剂又一剂的强效药物毒害患者。还有人警告他，如果他继续使用这种激进的疗法，就会把他赶走。

但是，李敏求发现患者的肿瘤标记激素（HCG值）过高，他认为这和肿瘤的恶性程度之间存在相关性，并推测血液中还存在肿瘤的微小残留物。于是，他继续给患者使用氨甲蝶呤。在他看来，即使所有临床症状都消失了，患者仍然需要高强度的全身治疗，直到其HCG值降至零，所有癌细胞完全被消除。李敏求创造了只使用化疗手段治愈人类肿瘤的第一个病例。"这是个了不起的突破。"美国国家癌症研究所的同事埃米尔·J.弗莱雷克博士回忆说，"这一切都在我眼前发生。我们每天和他交谈，去诊所看望那些女性患者。"他们希望，在5年的生存期过去后，"被治愈"的女性患者不会有癌症复发的迹象。

但美国国家癌症研究所的理事会并不这样认为，他们觉得李敏求不守规矩，他坚持己见的结果就是遭到解雇。"李敏求被指控在病人身上做实验。"弗莱雷克说。这位凭借自身努力获得成功的癌症研究先驱认为，当时所有的化疗医生几乎都在病人身上做实验。"不做实验就意味着因循守旧，相当于什么也不做。可以说，李敏求是因为坚持自己的信念、期望能有所作为而遭到解雇的。"

后来的事实证明李敏求是正确的，他又回到了斯隆-凯特林研究所，并研发出一种类似的治疗睾丸癌的方法。但要让大多数医疗中心接受化疗，还有很长的路要走。20世纪五六十年代，使用高毒性药物的化疗医生仍会受到鄙视。许多医生和护士认为用这种原始而野蛮的药物治疗癌症病人——尤其是儿童——是不道德的。医院工作人员在谈到这些新型抗癌药物时仍然会使用"毒药"这个字眼。美国国家癌症研究所前所长德维塔博士回忆说，著名血液学家乔治·布雷彻博士（他曾认真研究所有癌症病人的骨髓涂片）即使在他自己的临床治疗中心巡诊时，也总是把白血病病房称为"屠宰场"，"甚至在亲见病人康复的证据后"也不愿改口。

化疗医生是医学学术领域的"激进派"，他们的方法处处受到质疑和攻击。弗莱雷克嘟囔着，每次他和他的临床医生同事提出新的治疗方法，等待他们的都是一句不耐烦的"没有人能治愈癌症……"。他说："但是，我们做到了。我们先治愈了绒毛膜癌，接着又治愈了儿童白血病。"所有人都认为，如果手术和放射疗法不能控制这种局部疾病（一度是全身性疾病），患者就没有生存希望了。但是，弗莱雷克和他的美国国家癌症研究所的同事是世界上最早发现全身性癌症可以用化学药品治愈的人，而且他们迫切想要证明儿童急性淋巴细胞白血病也是可以治愈的。

通过白血病的反应动力学研究，说话轻声细语的南方人霍华德·斯基珀（他自称"小鼠医生"）使这一切成为可能。他的研究表明，必须把所有白血病细胞都杀死,因为治疗后的回推表明,只要有一个癌细胞漏网,就足以杀死小鼠。按照他提出的"细胞灭杀"方案,给定剂量的药物每次都会杀死一定比例而不是固定数量的肿瘤细胞,因此化疗的成功与否取决于每次治疗开始时的肿瘤细胞数量。他认为残存细胞的数量是可以测量的,即使不可能数清所有的肿瘤细胞,也可以根据癌症复发的时间进行估计。

斯基珀还发现,序贯给药可以提高细胞灭杀率,联合用药则可能会产生一种"协同"效应,从而克服耐药性问题。当他发现有效的药物时,他就会想方设法制订出最有效的方案,让所有药物都靶向肿瘤。每种药物的副作用不尽相同,因此有助于降低系统毒性。这意味着在药物的治疗效果增强的同时,副作用也被分散了。而此前,医生每天或每周只给病人使用一种药物,当毒性大到病人无法承受时就停止用药,等到病人从副作用中恢复过来后再继续用药。斯基珀的研究颠覆了既有的剂量给药方法,转而采用更持久、更积极的化学疗法。他的目标不只是延缓疾病的复发,也是为了永久性地防止复发。

斯隆-凯特林研究所的伯奇纳尔沿着这个新方向,也开始试验越来越多被证明对白血病有活性的药物。在研究类固醇对小鼠的作用时,他发现使用一个疗程的类固醇有时可以克服氨甲蝶呤的耐药性。这一发现催生了一系列新型甾类烷化剂,至今这些药物仍被用于治疗几种癌症。在另一个临床试验中,他发现单次大剂量的可的松可以暂时降低晚期癌症患者的高白细胞计数。当他在序贯治疗方案中尝试使用叶酸拮抗剂(氨甲蝶呤或氨蝶呤)、可的松和 6–MP 时,这三种药物的组合产生了显著的疗效。自此以后,序贯治疗或联合治疗成为癌症化疗的标准模式,通常被用作外科或放射治疗的辅助手段。

临床医生意识到,他们的错误在于认为单一药物可以治疗癌症,而事实证明联合用药更有效。具有讽刺意味的是,让病人大量服用多种药物的做法被大多数医生厌恶,他们认为这种疗法草率而不合理。像往常一样,化疗医生必须打破常规。美国国家癌症研究所为愿意参加试验性癌症研究计划的病人提供免费治疗,在这里,弗莱雷克和他的同事埃米尔·弗雷三世了解到伯奇纳尔在斯隆–凯特林研究所的举措后,决定在经过充分治疗却病情复发的白血病患儿身上,试验他们自己研发的联合疗法。他们利用新发现的药物长春新碱,设计了一种名为VAMP(长春新碱、氨甲蝶呤、6–巯基嘌呤和泼尼松)的四药化疗方案。长春新碱是从长春花中提取的一种生物碱,礼来制药公司的测试证明它具有抗癌特性和一种特殊的毒性(不会像其他药物那样对正常血细胞产生影响)。弗莱雷克和弗雷推断,由于每种药物杀死癌细胞的方法各不相同,而且没有重叠,因此可以在不增加毒性的情况下给患者使用最大剂量。

当他们第一次提议对白血病患儿进行VAMP临床试验时,人们先是讽刺嘲笑,然后是怒不可遏。美国国家癌症研究所的化疗医生通常利用一个大型日光浴室向同行展示他们的最新研究成果,但其中一名医生对患者临床反应的描述堪称"言语大屠杀"。为了减少白血病引起的出血,弗莱雷克和弗雷会给患儿注射血小板和白细胞。此举给这两位医生惹来了大麻烦,因为这种做法难度极高且非常危险,此前没有人尝试过。而VAMP方案令所有人更加惊恐不已。"一开始我是反对的,"与他们俩合作的儿童抗生素治疗专家杰拉尔德·鲍迪博士回忆说,"怎么能同时给这些孩子使用4种药物呢?!作为一个基督徒,我认为这是不道德的,因为如果他们病情复发,就无路可走了。我觉得弗莱雷克简直是疯了!"经过反复讨论,弗莱雷克和弗雷终于获准进行VAMP方案的临床试验。他们取得的最初结果就让怀疑论者变成了忠实的信徒:陷入深度昏迷的患儿清醒过来,垂死患儿的病情得到了缓解。鲍迪说:"我们有16个病人,其中11人被治愈了。这太不可思议了!"

VAMP临床研究是一次大胆的飞跃,但事实证明癌症治疗不可能一蹴而就。在几个月的时间里，患儿们恢复健康，出院回家，这让他们感到心满意足。但随后一部分孩子的病情复发了。患儿们陆续回到美国国家癌症研究所，主诉头痛、麻木等症状。白血病复发后，癌细胞侵入了患儿的中枢神经系统，占据了他们的大脑。年轻医生们的心理压力也与日俱增。鲍迪非常沮丧，他把在患儿身上做临床试验的事告诉了牧师，希望得到建议。在接受VAMP治疗的17名患者中，有3人治愈后一直活到了老年。在随后的几个月里，临床医生们竭力弥补VAMP治疗方案的缺陷。为了提升疗效，他们调整了用药剂量和治疗间隔期。之后，病情的缓解率和缓解持续时间都有了稳步增长。

临床上的成功鼓舞了德维塔、杰克·莫克斯雷博士和美国国家癌症研究所的另一个优秀的团队。他们把氮芥、长春新碱、氨甲蝶呤和泼尼松这4种化疗药物组合在一起（被称为MOMP方案），经过临床试验首次治愈了患晚期霍奇金淋巴瘤的病例。强化联合疗法的目的是，破坏残留在骨髓和血液循环中的白血病细胞，疗程之间的间隔则为正常细胞的恢复提供了时间。德维塔称，MOMP方案及后来的MOPP方案（用丙卡巴肼替代氨甲蝶呤）同样因为"离经叛道"而遭到了"强烈的抵制"，因为没有足够的证据证明在治疗霍奇金病时可以使用这些药物。霍奇金病刚开始是淋巴结中出现肿瘤，然后扩散到血液中。德维塔的上级给出的反对理由是："太危险了！"但德维塔坚持认为它值得一试。经过慎重考虑，他们确定了前所未有的10周疗程。"结果令人吃惊，"他回忆说，"缓解率从接近于零上升到80%。"而且，没有一个患者死亡。MOPP方案没有让人们失望：针对最初的研究，即使跟踪调查的时间超过40年，彻底康复的患者中仍有60%的人未复发。

这一划时代的进展彻底改变了晚期霍奇金病患者的命运：到1965年，80%的患者都能彻底康复，不仅存活时间长，而且不再受到这种疾病的折磨。随着药物和技术的不断进步，霍奇金淋巴瘤现在的治愈率高达90%。

到20世纪60年代末，也就是化疗的黄金时代，人们已经坚信化学药物可以根治某些癌症。MOMP方案和MOPP方案的成功为找到更有效的联合疗法奠定了基础。1971年，关于联合疗法可治愈绒毛膜癌、淋巴瘤和急性白血病的报道，促使美国国会通过了《美国国家癌症法案》，并发动了另一场耗资更大、更具争议性的"抗癌之战"。在1971年1月的国情咨文中，理查德·尼克松总统呼吁"要像分裂原子和把人类送上月球那样，集中一切力量"找到治疗癌症的方法。

1972年秋天，约瑟夫·伯奇纳尔、文森特·德维塔、埃米尔·弗雷、埃米尔·弗莱雷克和李敏求等人因研发治疗癌症的化学疗法而获得阿尔伯特·拉斯克临床医学研究奖。德维塔坦承："受到这样的肯定，内心十分激动。"1973年，肿瘤学成为一个正式的医学专业，而化疗是这个专业领域的主要工具。《美国国家癌症法案》的目的之一是，授权建立新的癌症中心，以改善民众获得专业护理和先进治疗的机会。斯隆-凯特林研究所成为研究型医院的榜样，并更名为斯隆-凯特林癌症中心。

在接下来的几十年里，使用化学疗法的医生们经受了希望与失望、赞扬与诋毁。战时在癌症治疗方面取得的巨大成就不可避免地后劲不足，进展缓慢。发掘化学物质的潜力，更是一个缓慢的过程。临床医生在与各种各样的癌症做斗争的同时，努力地将化疗的副作用控制在一个可控制的水平上。在此过程中，药物不断推陈出新，合成了大量芥子气衍生物，产生了许多具有抗癌活性的新药，包括白消安、噻替派、马勒兰、苯丁酸氮芥和美法仑等。曾在斯隆-凯特林研究所担任化疗项目负责人长达20年的欧文·克拉科夫回忆说，使用这些化合物就像"在毒性和疗效之间走钢丝"。多年来，医生们改进了用药方案，调整了药物剂量和给药方式，引入了分期和延长疗法，让癌症患者的病情得到了真正持久的缓解。最后，值得一提的是，支持疗法的发展使医生们能够安全地加大给药强度，并使病人能够承受过去被禁止的严酷疗法。

虽然这些化学物质不是灵丹妙药，也各有局限性，但其中一些核心成分让研究人员灵光一现，一些新药应运而生。6–MP的治疗效果尤其显著，乔治·希钦斯和格特鲁德·埃利恩发现6–MP也会干扰免疫系统，由此研发出通过靶向细菌和病毒DNA来对抗疟疾、脑膜炎和败血症等传染病的药物。埃利恩发现的咪唑硫嘌呤可以使免疫系统受损的人在接受器官移植时无须担心排异反应，硫唑嘌呤至今仍被用于肾脏移植。抗代谢物也被用于治疗痛风，以减少患者体内尿酸的积累。在埃利恩的嘌呤抗病毒活性研究的引领下，有研究人员合成了一种可以干扰疱疹病毒复制的化合物，她的同事则研制出治疗艾滋病的药物齐多夫定（AZT）。因为发现了药物治疗的重要原理，希钦斯和埃利恩共同获得了1988年的诺贝尔奖。

埃利恩在诺贝尔奖的获奖演讲中自豪地指出，在20世纪40年代，急性淋巴细胞白血病患儿的预期寿命只有3~4个月。"自从把6–MP用作抗白血病药物，"她说，"这些患儿的存活时间中位值增加到12个月，少数患儿在服用了6–MP和类固醇后，数年内病情没有复发……6–MP一直是治疗急性白血病的常用药物之一。现在，联合使用3种或4种药物来缓解病情和巩固疗效，再进行数年的6–MP和氨甲蝶呤维持治疗，将近80%的急性白血病患儿都可以被治愈。"时至今日，有超过90%的急性白血病患儿都能存活下来。

在德维塔漫长的职业生涯中，他担任过美国国家癌症研究所癌症部主任、斯隆–凯特林研究所主任医师和耶鲁大学癌症中心主任医师。他说，在他工作过的每个地方，癌症死亡率都因为化疗而有所下降。"辅助性"地使用化疗（癌症药物与手术或放射治疗相结合），使一些常见致命疾病的死亡率显著下降，比如，乳腺癌死亡率下降了25%，结肠癌死亡率下降了45%，前列腺癌死亡率下降了68%。靶向治疗（针对在特定癌细胞中发现的特定基因或蛋白质使用特定的药物）正在向肺癌和黑色素瘤发起进攻，这两种肿瘤此前具有高度耐药性。近来，化疗与精细手术、放射治疗、免疫疗法一起，在治疗晚期黑色素瘤、白血病和淋巴瘤方面取得了进展。"所有这些都属于化疗，"德维塔解释道，"化疗是治疗癌症的第一种全身疗法。往静脉中输入药物的疗法就是全身疗法。"

"我们即将打赢这场癌症攻坚战。"他这样断言，闭口不谈这一行业内仍随处可见的消极态度。他乐观地认为，在不久的将来，人类能够治愈更多癌症。他并不害怕使用"治愈"这个词，尽管罗兹式的绝对说法现在已经不流行了。有效的新药已经研发出来了，他迫切地希望美国食品药品监督管理局批准它们上市，以便拯救更多的生命。"医学领域存在很多问题，这并不是因为我们没有正确的工具，而是因为这个领域的变化非常缓慢。"

对癌症患者来说，幸运的是，1945年发起的正面抗击癌症的运动改变了医学领域的这一特点。德维塔在《癌症之死》一书中指出："癌症是一种广为人知的疾病，人们甚至还会穿戴一些颜色与癌症相关的服饰。"他指的是有些人每年10月会戴粉色丝带、粉色帽子和各种粉色配饰，表达对癌症的关注。"现在癌症患者被视为斗士而不是受害者，他们向疾病发起反击，更重要的是，他们有可能取得胜利。"

罗兹未能亲眼看到第一个用化疗治愈的癌症病例。1959年8月13日，他因为严重的冠状动脉阻塞而骤然离世，终年61岁。他的事业也戛然而止。《纽约时报》评价他对现代化疗的发展起到了不可替代的作用："他的死是人类的损失，也是科学的损失。在全美各地的实验室和医院里，成千上万的工作人员不畏艰辛、默默耕耘。这些人中有的是杰出的科学家，有的在国际上享有盛誉，但真正的科学巨人却寥寥无几。星期五上午，人类最大的杀手——心脏病——从我们身边夺走了一位与癌症做斗争的科学巨人。"

罗兹离世的消息让他手下的员工难以接受，斯隆-凯特林研究所副总裁沃伦·韦弗言简意赅地对他们说:"他真正做到了生命不息,工作不止。他死得伟大。尽管这是一个悲剧,但我们知道他死得其所。"

在一个月后举行的追悼会上,罗兹的同事切斯特·斯托克博士特别提到了这位杰出的抗癌先驱曾遭受的攻击。他说,西奥多·罗斯福的话最适合用作罗兹的墓志铭:

  荣誉不属于那些评论家,不属于那些喜欢分析强者是如何跌倒的或者对实干家吹毛求疵的人。荣誉属于真正站在竞技场上,那些脸上沾满灰尘、汗水和鲜血的人;荣誉属于英勇奋斗的人;荣誉属于在错误和失败面前永不气馁的人……最后,如果成功了,他就会享受胜利带来的喜悦;如果失败了,他至少进行过无畏的尝试。而那些既不知胜利为何物也不知失败为何物的冷漠而胆怯的人,不配和他相提并论!

这段话是斯托克在罗兹的办公室里看到的,罗兹还给这段话做了标记。

*

关于斯隆–凯特林癌症中心和化疗的故事很长,限于篇幅,这里不做赘述。虽然医院和实验室还会让人们想起罗兹的雄心壮志,但随着罗兹的去世,那段关于氮芥子气从战场到临床癌症治疗手段的发展历程的记忆也被封存了起来。他的继任者不再提及战时研究成果,也许他们认为它与治病救人的医院格格不入,所以不想让患者想起化疗的邪恶起源。今天,几乎没有任何东西会让人们想起,对抗癌症的战争发端于军方和医疗机构之间并不稳固的联盟。在斯隆–凯特林癌症中心的色调柔和的大厅和令人安心的候诊室里，找不到一块纪念亚历山大或几千名用自己的死换来数百万人生存机会的逝去者的牌匾。

罗兹认为，无论未来发现了什么新的癌症治疗方法，医学界都应该永远铭记巴里灾难的受害者对此做出的一份贡献。1946年，在著名的西奈山医院演讲即将结束时，他对斯图尔特·亚历山大表达了敬意，也对遵循以赛亚的指示"铸剑为犁"，将一系列研究成果整合起来，为人类文明创造出巨大价值的医生和研究科学家表达了敬意。

巴里事件早已被大多数人遗忘，第二次世界大战也成为历史。随着原子能的发展，人们担忧的化学战已然过时了。事实证明，所有的担心和预防措施，努力和焦虑，都只起到了预防作用。然而，在为人类造福方面，对有毒化学物质作用方式的研究也许比其他大多数军事武器的研究的贡献都要多。

后 记

迟到的正义

关于"二战"时化学武器的保密工作在解密后仍维持了很长一段时间。洛克菲勒大学医院前主任医师朱尔斯·赫希博士说:"毒气有非常丑陋的一面,因此人们不愿谈论它,想要把它放在历史的角落里。"他指的是美英两国政府"一直想与巴里事件保持距离并被诟病'故意掩盖真相'"的事。官方的保密措施导致记录遗失、信息出错,并使很多人对为什么会将这种有毒化学物质用于医疗用途疑惑不解。此外,这也意味着军方否认芥子气会对幸存的水兵、船员和平民产生长期影响。"显然,战争期间的保密制度常常导致报道不准确或记忆错误,"赫希说,"特别是在毒气的事情上。"

1948年秋天,德怀特·艾森豪威尔出版了他那本备受期待的回忆录,他下了很大决心才决定讲述巴里轰炸和盟军船只遭受的重大损失。在知道关于化学武器的一些消息泄露出去后,他轻描淡写地说"其中一艘船上装载了芥子气",还说毒气泄漏是一起"不幸的事件"。为了控制舆论,防止信息进一步泄露,他竭力淡化这件事的影响。"幸运的是,风是朝海面方向吹的,泄漏的毒气没有造成人员伤亡。"他写道,"但是,如果风向相反,很可能就会造成巨大的灾难。这确实很难解释,尽管我们制造和运输这些毒气的目的只是为了报复。"

具有讽刺意味的是，艾森豪威尔对这场"灾难"的闪烁其词以及对"不幸后果"的回避，似乎是在下意识地请求人们理解他们：当初掩盖真相的行为是战时压力导致的，也是经过深思熟虑的。1947年，美国海军中校沃尔特·卡里格和另外两名军官发布了关于盟军海军战斗史的半官方的《战斗报告》，对此事做了更"干净"的描述。报告根本没有提及毒气，也没有为信息不全道歉，而是在前言中称"有些细节"仍然需要保密，"严格说来，它们不仅会从大西洋之战的相关报告中消失，还会从整个'二战'史中消失"。

巴里第九十八英国综合医院外科负责人阿尔芬斯·德阿布勒中校并不赞成删除或粉饰历史。1949年1月26日，他在给艾森豪威尔的信中称："我希望你能原谅我，但我认为你说'泄漏的毒气没有造成人员伤亡'是不准确的。"艾森豪威尔是德阿布勒在意大利服役时的指挥官。"当时我就在那里，负责管理1 280名来自不同国家的伤员。"他接着写道，"死了很多人。"大多数人员伤亡都是由港口里的芥子气和石油混合物造成的，他们"实际上受到了非常严重的污染，其中许多人死于这种可怕的化学物质造成的肺部并发症"。对于艾森豪威尔透露部分真相的行为，德阿布勒也给予了赞扬："你提到一艘船上装载了芥子气，此前我在这场灾难的相关报道中从未见到官方提及这条信息。"他在信的结尾说："先生，请千万不要认为我是在批评你，但我认为你一定希望自己对这个事件的描述是准确的。"

艾森豪威尔认为德阿布勒在信中对毒气泄漏的程度与伤亡情况的关注"考虑周到"。"事实上，"他回复道，"我本周正好阅读了1947年6月《布莱克伍德杂志》上的一篇文章，它的描述跟你一致。"

这篇名为"巴里大爆炸"的文章对巴里空袭做了直白的描述。文章作者斯科特·杰文斯中尉是港口负责人，袭击发生时他因为之前受伤正在第九十八综合医院接受康复治疗。杰文斯刚回到海军大楼,就"四处搜集关于这次灾难的缺失的细节,后来这些细节在一系列的官方报告中被放大了。尽管这些内容令人不舒服,但我们必须面对"。他的文章错漏百出,充斥着各种猜测,比如,港口里的"每一艘自由轮"上都装载了毒气弹,里面有致命的化学物质,"百分之百是美国制造的",很可能是"路易斯毒气"。但杰文斯也了解到,对货物清单的保密举措致使灾难一发不可收拾:"浪费了很多宝贵的救治时间,最终毒气穿过病人的皮肤产生了毒性,这些可怜的家伙。"一份巴里损失评估报告称:"不算当地居民,仅盟军伤亡人数就超过1 000人,当场或之后死亡的约有三四百人。"杰文斯指出,盟军采取了一些措施,确保这次事故"不会引起公众的注意",因为"在除德国人以外的人看来,这肯定不是什么好消息"。

当时正在考虑竞选总统的艾森豪威尔,一定很想知道杰文斯的文章是如何通过军方审查的,以及会带来什么麻烦。"虽然我还没有机会核查官方记录,但我会这样做。"他告诉德阿布勒,"在以后的文本中我也会做出更正。"但到最后,他未做出任何更正。

丘吉尔在1951年出版了有关"二战"的长篇回忆录,在第五卷《紧缩包围圈》中,他继续保持自己的立场,坚称巴里没有芥子气。在这本书中,丘吉尔经常引用艾森豪威尔在《远征欧陆》中的描述,但他也会有意忽略艾森豪威尔对毒气泄漏的描述,只承认德国空军"碰巧命中"了一艘军火船,弹药爆炸导致这个拥挤的港口损失惨重,"另有16艘船只沉没和30 000吨货物损失殆尽"。

这场争议搁置了20年。之后,一位雄心勃勃的美国海军军官D. M. 桑德斯上校注意到"在珍珠港事件之后,盟军从没有因为某一次事件而损失这么多船只",于是他决定调查德军20分钟的空袭为什么能取得"如此巨大的成功"。他找到了斯图尔特·亚历山大于1944年6月20日提交的《关于巴里港芥子气伤亡情况的最终调查报告》,美国军方曾将这份报告列为机密文件。"虽然这份报告在1959年被解密，"桑德斯说，"但似乎没有人提到过它，至少在海军里没有。"这让他感到很奇怪，因为"美国军事人员偶尔会接触化学战剂，我们或许可以从这个悲剧事件中吸取教训"。桑德斯对这次化学武器事故的令人信服的分析报告发表在1967年9月的《美国海军学会学报》上，他还就如何避免这类代价高昂的错误提出了一些建议。和杰文斯一样，他也认为造成这场灾难的关键因素是，"只要涉及生化武器，军方就会采取安全保密措施进行隐瞒（这种做法持续至今）。如果有更多的人知道约翰·哈维号上装载了什么货物，就一定会有人记得这条信息，并采取适当的应对措施"。

这起尘封已久的事件就像沉船残骸一样，正在慢慢浮出水面。美国空军前飞行员格伦·B. 茵菲尔德从治疗他母亲的医生那里听说，氮芥子气成为霍奇金病的推荐疗法是源于第二次世界大战期间的一次事故。"好奇心被激起"的茵菲尔德开始搜寻关于这起致命事故的一切信息，他很快就了解到，"即使是在20世纪50年代末，美国军方也很不愿意公布有关1943年巴里毒气事件的任何细节"。他到美国国家档案馆（那里存放着关于该事件的官方报告和备忘录）找资料，但被拒之门外，理由是这些文件仍属机密。他在埃奇伍德兵工厂的调查也没有什么收获。他找到了一封收件人是新任总统艾森豪威尔的信，那是"他的军事助手写的一封彬彬有礼的短信，没什么有用的信息"。

接下来，茵菲尔德把目光投向了传统的实地报道，他花费了数年时间搜集空袭当晚身在巴里的那些人的陈述。他去了意大利，与还记得约翰·哈维号爆炸事件的人交谈。他还去了德国，询问了几名参与过此次空袭行动的德国空军前飞行员。他找到了约翰·巴斯科姆号的船长奥托·海特曼，还找到了斯图尔特·亚历山大，但亚历山大从不与任何人谈论这件事。茵菲尔德不想就此放弃，他告诉亚历山大他已经知道了事情的真相，这是一个非常重要的历史事件，准确地还原这个事件符合所有人的利益。

此时亚历山大已经在新泽西当了30多年的家庭医生和心脏病专家，巴里事件已被他淡忘了。亚历山大给战争部打了个电话，确定他发表在《军医》上的芥子气伤亡情况最终报告不再是保密文件后，交给了茵菲尔德一个副本。亚历山大谨慎地同意在这次事故涉及的医学方面为茵菲尔德提供帮助，但仅限于幕后。

亚历山大对艾森豪威尔极为忠诚（战后他们仍然维持着友谊），不愿听到任何批评艾森豪威尔的言论。在他看来，艾森豪威尔相信他的诊断——真正的死因是芥子气中毒，所以艾森豪威尔才不顾丘吉尔的反对，允许他撰写那份报告。他对艾森豪威尔在《远征欧陆》中闭口不谈芥子气造成的巨大伤亡进行了辩解：战争结束不久那本书就出版了，当时巴里灾难的严重程度尚未公开。这些年来，亚历山大夫妇与艾森豪威尔夫妇关系密切，经常在白宫见面。艾森豪威尔宣布竞选总统时，曾邀请邦妮加入他的竞选班子，但邦妮拒绝了，因为她有两个年幼的女儿要照顾。最后，邦妮同意担任支持艾森豪威尔公民组织的全美副主席和新泽西州联合主席。她经常和艾森豪威尔一起，乘坐火车在46个州之间奔波，争取选票。在1952年11月3日的选举之夜，亚历山大夫妇和艾森豪威尔夫妇坐在一起等待选举结果。紧张不安的艾森豪威尔除了"谈论那场战争"以外，其他什么都不想谈。

茵菲尔德又想方设法拿到了另外几份解密文件，但这还远远不够。比如他从未见过约翰·哈维号上的货物清单，所以他对芥子气炸弹在马里兰州巴尔的摩被小心翼翼地装上船的描述是不准确的。他猜测船长和船员在起航前肯定是一副忧心忡忡的样子，但实际上毒气弹早已被运到奥兰的化学武器库了。茵菲尔德也不知道，美国和英国港口官员从一开始就清楚港口有毒气，化学武器专家在空袭发生的第二天上午就证实了它们的存在，意大利医生也辨识出了这些毒气，不过他们的怀疑要么没有引起重视，要么没有报告给医院主管部门。更加值得注意的是，他从未听说艾森豪威尔任命了调查委员会（亚历山大曾参与其中），也从未见过那些证人的证词和最终的调查报告。他不得不虚构一些场景和对话（包括灾难受害者的想法和评述），来填补书稿中的那些漏洞。这个做法虽然增加了趣味性，但也把《巴里灾难》(Disaster at Bari) 一书变成了一部奇怪的真假混合的作品。作为史料，它给人一种不可靠的感觉。

不过，茵菲尔德的这本书在1971年秋天出版时依然引起了轰动。众人的关注让亚历山大感到很尴尬，作者的一些不实描写则让他不满。在最精彩的那个场景中，一名码头官员打电话报告说，在港口地面上找到了德军的炸弹碎片。作者似乎想利用这个令人震惊的证据，证明纳粹可能是这起事件的罪魁祸首。但这一幕并未真实发生，亚历山大告诉后来的一位作者，这些描写"不符合事实"。作者说艾森豪威尔"没有考虑过芥子气可能是德国空军投放的"，这个说法也很荒谬，正是因为考虑到这种可能性，艾森豪威尔才要求抽调一名化学武器专家到盟军总司令部工作。此外，炸弹外壳上清楚地标有美国序列号，在潜水员发现这个线索之后，它们的来源就确定无疑了。亚历山大将这些虚构内容归因于作者想增强作品的戏剧性，并且说这"在文学创作上是允许的"。

意大利人在很大程度上支持茵菲尔德披露巴里毒气事故，认为这有利于人们了解盟军占领意大利给他们造成的损失。与此同时，一些意大利专家发现，该书对飘进城镇的致命蒸汽的描述有些夸大其词，并对"平民中有1 000多人死亡"的真实性提出了质疑（之后出版的所有关于这场灾难的文章和书籍几乎都引用了这个数字）。花了几十年时间研究这次事故及事后清理工作的"二战"历史学家维托·安东尼奥·洛伊兹和帕斯夸里·特里齐奥指出，较为准确的意大利平民死亡人数应该是300~400人。他们认为茵菲尔德很可能把两起事件混为一谈了，他给出的死亡人数之所以这么多，是因为其中包含了战争结束的一个月前巴里港发生的第二次大爆炸的死亡人数。1945年4月9日，美国自由轮查尔斯·亨德森号在卸载弹药时发生爆炸,船上的56名船员和317名意大利码头工人遇难,另有600名意大利海军士兵和平民受伤。这对巴里来说是一场更大的悲剧,至今它仍是市民脑中挥之不去的记忆。

巴里人之所以依然记得1943年12月2日发生的那场空袭,并不是因为它夺走的那些生命,而是因为散落在港口地面上的毒气弹。在普利亚海岸,从巴里到莫菲塔和曼弗雷多尼亚的一个巨大的弧形水域中,各种锈迹斑斑的弹药散落在50~700英尺深的海床上,其中包括德国的水雷、没有爆炸的芥子气弹和磷弹,它们对舰船、渡轮和渔民构成了巨大的威胁。在战争结束后的几年里,媒体报道了几十起渔网不慎拖动毒气弹造成芥子气污染和中毒的事件。当检查发现受害者手臂皮肤变红、起水疱、脉搏加速时,医生马上就明白是怎么回事了。在危险水域中打捞废铁赚取零用钱的年轻人也受到了影响。

在巴里港清理行动于1947年春天正式开始之前,媒体报道的内容大多是一些传闻。意大利海军潜水员在勘察横七竖八沉没在港口水底的22艘船时,在约翰·哈维号的货物中发现了一些未爆炸的芥子气炸弹,用特里齐奥教授的话说,它们是"埋在巴里港水底的定时炸弹"。这一令人震惊的发现表明,普利亚排雷中心需要进一步加强打捞行动的严密性。于是他们派出了一个由一名高级海军军官、4名经验丰富的潜水员、医疗人员、护士、军需官及武器技师组成的团队。清理行动历时7年,据报道仅在约翰·哈维号上就找到了大约2 000颗芥子气炸弹。它们被小心翼翼地转移到一艘驳船上,然后被拖到大海里,沉到水底。不过,偶尔还会有毒气弹从淤泥中露出,随波逐流并造成伤害。

1944年春天,英国军队将阵亡军人的灵柩从巴里的市政公墓转移到5英里外的一个僻静的新公墓中,旁边是一个叫作特里吉亚诺的小村庄。在那次灾难中丧生的许多美国军人被海葬,但那些被葬在临时墓地的人后来被重新安葬在内图诺的西西里-罗马美国公墓,其中包括24名约翰·哈维号的遇难船员。在这片占地面积达77英亩的大型墓地里，安葬着近7 900名在西西里战役、萨莱诺和安齐奥登陆战役及其他激烈战斗中牺牲的美国军人。

随着"隐藏最深的'二战'秘密"被披露，格伦·茵菲尔德揭开了官方竭力掩藏的化学武器事故的面纱。他还通过书评、文章和1971年10月刊发在《美国传承》杂志上的长篇书摘，扩大了他的著作的影响力。此后几年，受他的启发，关于巴里事故的形形色色的专题报道出现在各种出版物上。很难想象，巴里灾难的幸存者（更不用说当时亲历这场灾难的军人、医生和护士）第一次听说当时港口发生了毒气泄漏及其可怕的影响时，会有多么震惊和沮丧。

年轻的英国护士格拉迪斯·里斯在战争结束后嫁给了加拿大陆军军医罗伯特·艾肯斯，定居在新斯科舍省哈利法克斯市。她一直想确认她照顾的那些年轻水手到底受到了什么污染，但她发给英国战争部的请求一直"没有回音"。一天，她突然收到一份关于这件事的剪报，是她在哈利法克斯市大西洋海事博物馆的一个朋友寄来的，文章的标题是"恐怖的巴里港芥子气"。她看后觉得自己被当局愚弄了，在他们的命令下，医院工作人员误导了病人，并篡改了他们的病历。但回过头看，她认为丘吉尔为了防止德国实施报复而隐瞒真相的做法可能是正确的。"如果将芥子气事件公之于众，后果可能会非常严重。"里斯在她的回忆录《身披战袍的护士》中写道："在那个时候，谁知道希特勒会做些什么呢？"

然而，并不是每个人都会选择原谅和忘记，特别是在为了保密而以牺牲巴里幸存者的健康为代价的情况下。1976年7月，曾在英国皇家海军泽特兰号上服役的火炮瞄准手乔治·萨瑟恩，在"泽特兰军旅酒吧"（位于伦敦南肯辛顿的一间迷人的维多利亚风格的街头酒吧）组织了一次约有50名退役军官和士兵参加的聚会。他的一个同船战友读过茵菲尔德的书，告诉他在空袭当晚巴里港发生了毒气泄漏，而且他们很可能在爆炸后都接触了那些毒气。98岁的萨瑟恩说:"听到这个消息,我们无比震惊,因为在那之前,我们对芥子气一无所知。"尽管年迈耳聋,但他的思维依然敏捷。

严格的审查制度已经实行了30多年,但即便如此,他和他的朋友们还是想不通,这是整个战争中最严重的事件之一,为什么它能被掩盖得如此密不透风呢?因为在空袭中的英勇行为而被授予大英帝国勋章的萨瑟恩确信,这种"掩盖"行为是精心策划的。考虑到第一次世界大战留下的关于毒气的记忆十分骇人,他认为关于化学武器事故的消息肯定会在国内外引发强烈的抗议,世界舆论的矛头也将指向这里。所以,在他看来,政府下令掩盖真相是为了避免可怕的政治后果:"目的就是不让英国和美国的民众知道这两个国家都在囤积并向前线运送芥子气。"

愤怒的萨瑟恩认为官方掩盖巴里事件的时间太久了,于是他立即动笔写下了他在1943年那个惨痛夜晚的亲身经历。为了拯救莱曼·阿博特号于火海,他和另外4个人奋力灭火,还把水手们从"致命的芥子气和石油混合物"中救了出来。从德军投下第一颗炸弹到第二天黎明时分,他一直在港口中央区域呼吸着烟雾,不断被受到污染的脏水浸湿。当萨瑟恩试图查阅英国国防部的文件来证实他的描述时,却被告知没有关于这次灾难的官方记录。皇家陆军医疗队也给了他同样的答复:"我们对此事一无所知。"由于无法查阅巴里事件的档案,萨瑟恩备感沮丧,他在当地报纸上刊登了一系列启事,呼吁曾置身于1943年12月2日空袭现场的船员提供更多的信息。他知道,接触过芥子气的人不可能都离世了——好运气、及时淋浴、换衣服和恰当的治疗让许多人得以平安回家。在那之前,萨瑟恩一直"因为自己安然无恙而心满意足"。他胳膊和手上的水疱及灼伤已经好了,虽然他经常止不住地干咳,但和其他人相比,他的伤微不足道。然而,随着一个又一个幸存者对他的启事做出回应,他了解到有数百人遭遇了不幸。

英国政府拒绝承认巴里事故，这意味着许多有创伤后遗症的水手从未得到他们需要的帮助。他说："掩盖真相意味着，一些受害者声称他们接触过芥子气的说法并没有得到医疗部门的认真对待。"一些受害者因为不知不觉地吸入烟雾而出现各种健康问题，比如肺功能减退、声音和视力障碍及呼吸道癌症。此外，还有一些人出现了心理问题，比如抑郁和创伤后应激综合征。由于这起芥子气事故在官方记录中是不存在的，在受害者的医疗记录中也没有出现，因此，几乎不可能证明他们的疾病是由这次事故造成的。"这促使我下定决心说出真相。"萨瑟恩怒不可遏地说，"关于巴里袭击事件的细节内容，英国政府早就启动了审查程序，直到当时仍在实施。"

《恶毒的地狱》是在对幸存者进行了数十次采访的基础上完成的一部作品，涉及很多私密信息，对盟军当局授权隐瞒芥子气以致数百名履行爱国义务的军人痛苦终生的行为表达了强烈的愤怒。一等水兵伯特伦·史蒂文斯是一个典型的例子，当伏尔甘号被炸弹击中时，他就在船上。在去往布林迪西医院接受救治之前，他和其他船员一直穿着被石油和海水浸透的衣服。史蒂文斯后来从意大利的医院被转送到英国朴次茅斯皇家海军基地，但他没有做过医学检查，也没有因为视力模糊和严重头痛而受到过任何医学护理。1948年1月服兵役结束时，他接受了一次粗略的体检，并以A1的评价从皇家海军退伍，A1是"适合继续服兵役"的缩写。退役后不到4年，史蒂文斯的健康状况就开始恶化：他丧失了性功能，还患有胃炎、支气管炎和结膜炎。因为眼睛疼痛，会不由自主地流泪，他不得不一直戴着太阳镜。由于脚底有大水疱，他走起路来也很困难。1968年，呼吸困难、经常生病的他已无法再从事码头工人的工作。

1982年，史蒂文斯在伦敦怀特查佩尔医院接受了一系列身体检查，被诊断出患有唇癌，随后癌细胞迅速扩散到颈部。在史蒂文斯接受肿瘤切除术后，他的妻子贝蒂偶然听到医生们在讨论她丈夫的病。那是她第一次听到芥子气这个词,她突然意识到导致她丈夫长期患病的原因是什么了。

让人意想不到的是,怀特查佩尔医院的那位医生竟然是战争结束6年后被派往巴里的一个事实调查小组的成员,该调查小组的任务是弄清楚一些当地居民突然死亡的原因。史蒂文斯说他的慢性健康问题也许可以追溯到他在1943年巴里空袭中受的伤,这番话引起了这位医生的注意。他向史蒂文斯询问了袭击当晚发生的事情、入院治疗的过程,以及在随后的几个小时和几天里出现的症状。"以前有任何人告诉过你身体不适的原因吗?"医生边问边记。史蒂文斯回答说:"没有。"医生说他之所以对这个病例感兴趣,是因为他去过巴里,但出于"安全"原因他无法细说。医生向史蒂文斯承诺,以后会告诉他更多的情况。但医生没有兑现这个诺言,即使事情已经过去了很多年,他仍然不敢告知病人真实情况。"他从来没有主动提起芥子气,"萨瑟恩说,"史蒂文斯面对的是在保密工作方面丧心病狂的英国当局。"

贝蒂认为她的丈夫和在巴里受到污染的其他英国幸存者被有意误导并剥夺了伤残津贴,于是她带头采取了为他们争取正义的行动,并与从一开始就拒绝索赔要求的战争抚恤金委员会抗争了三年。英国国防部拒绝公开史蒂文斯的医疗记录,这使取证工作变得更加困难。但贝蒂没有放弃,她继续游说英国议会改变立场,并争取媒体的帮助,从而引起了人们对生病的退伍军人受到的无情和不公平待遇的关注。1985年12月,伯特伦·史蒂文斯的申请终于被批准了,他成为第一个得到官方承认的巴里芥子气事故幸存者,还获得了一笔抚恤金。由于一直没有人告诉他受到芥子气污染的事,当局勉强同意他的抚恤金从他首次出现症状起计算。10年后,呼吸困难的史蒂文斯在氧气瓶和氧气面罩的陪伴下过完了他的一生,终年73岁。

伯特伦·史蒂文斯领取抚恤金的新闻在媒体上发布后,巴里事故的受害者陆续提出了索赔，直接促使英国卫生与社会保障部于1986年发起"特殊运动"，跟踪调查与巴里事件有关的其他英国受害者，了解是否有类似的补偿需求。根据他们的调查数据，在巴里事件的693名受害者中，有141人死亡或失踪。

没有资料显示有多少幸存者领到了战争抚恤金。截至1991年，又有185人申领战争抚恤金，其中106人获批。当然，许多伤病缠身的老兵这时候已经去世了。愤恨不平的乔治·萨瑟恩认为，与数百名从未被告知真相的受芥子气污染的军人相比，这个数字不值一提。为他们治疗的随船医生、医院的医护人员和现场急救人员要么不知道危险，要么发誓保持沉默。他写道："事实证明，这是一个保守终生的秘密。我们永远不会知道，像伯特伦·史蒂文斯和他的家人一样遭受痛苦却完全不了解内情的人还有多少。"

对巴里事件的审查制度，也使美国退伍军人无法得到解决自身健康问题所需的信息和帮助。1961年，美国国家科学院试图开展一项针对受芥子气污染的美国受害者的健康状况研究，但是由医学科学部委任的负责追踪调查人事记录的调查机构发现，他们的努力遭到了美国和英国军方烦琐手续的阻碍。官员们总是给出一些老生常谈的借口，比如找不到或无法获取文件。斯图尔特·亚历山大表示愿意尽其所能提供帮助，但后来他得知，由于难以追踪到受害者，该项目无法继续进行。"所有病历上都写着'敌军行动所致烧伤'，"他回忆说，"他们分不清谁是热烧伤，谁是芥子气烧伤。"即使能够找到受害者，该调查机构的负责人也不确定是否应该在这时候告诉他们曾接触过化学毒剂。他问亚历山大："我们应该从巴里灾难的角度来制订调查方案，还是伪装成一般性研究，把我们的真实目的隐藏起来？"他犹豫不决，担心违背军事安全的相关要求。

1991年，在美国政府正式承认"二战"期间美国军人接触过芥子气和其他化学战剂后，美国退伍军人事务部对这个迟来的决定做出了回应，请求美国科学院医学研究所成立一个委员会调查此事。1993年1月，委员会发布了《退伍军人面临的危险：芥子气和路易斯毒气对健康的影响》综合研究报告，谴责美国军方花了近50年的时间才承认美国军人被动成为芥子气测试项目的受试者；而且，美国国防部没有提供后续的医疗服务，也没有预见到这种有毒物质对人体健康造成的长期影响。报告最后指出，军方对化学武器研究的持续保密措施也阻碍了医学评估活动。巴里事件是美国人在这场战争中遭遇的唯一一次芥子气伤亡事故，约有6万名军人受到影响（因为芥子气中毒严重，至少有4 000人饱受慢性健康问题的折磨）。"毫无疑问，"委员会宣称，"一些为我们的国家服务并做出了巨大牺牲的退伍军人遭到了两次不公正的对待。"第一次是因为保密制度，第二次则是因为在长达数十年的时间里官方拒绝承认此事。

1993年1月，美国退伍军人管理局召开新闻发布会，宣布放宽毒气受害者的证明标准，使索赔更加方便，并承诺听取美国科学院医学研究所委员会的建议，寻找其他9万名在埃奇伍德兵工厂等场所从事军需品生产的军人和平民（其中很多是女性）。据说，在战争年代，这些场所的空气中含有大量芥子气，其工作人员有可能接触了浓度足以产生毒性的芥子气。退伍军人管理局找不到相关人事记录，不得不根据《信息自由法》多次请求国防部提供相关数据。1994年秋天，退伍军人管理局确认了另外8 000人的身份（尽管未完全证实），他们不是受试者，但在军事事故中可能接触过毒气，其中约有500人与巴里灾难有关。约翰·巴斯科姆号上的年轻炮手沃伦·布兰登斯坦在袭击发生后因为芥子气中毒而双目失明两周，医学研究所委员会找到了他，希望从医学角度进一步了解巴里事件幸存者的健康状况。"我们只收到了几名当时在场的退伍军人的回复。"委员会负责人康斯坦斯·佩丘拉在写给布兰登斯坦的信中说，"如果你能就你当时的受伤情况和健康问题提供更多的信息，将对我们大有帮助。"

医学研究所委员会的另一项任务是了解化学战研究中心的战备工作的历史背景，包括对致命气体进行的"特别"实验。1942年6月（珍珠港事件发生的6个月后），就在美国人对德国或日本发动毒气攻击的担忧达到顶峰时，美国战争部宣布可以利用人类"志愿者"进行化学战研究，以获得比动物模型更好的数据。所谓的"志愿者"正是美国军人，他们被招募时得到的许诺是，享有额外的特权、额外的假期或者更好的工作环境。但官方报告显示，在得知实验的真实性质后，他们是不可以退出的。许多人后来还受到威胁，如果他们违反保密条款，就会被关进监狱。这些机密实验的目的是测试防御和进攻设备及技术，得到了化学战研究中心和海军研究实验室的支持，是盟军的一个更大计划的一部分，英国、澳大利亚、加拿大和印度都参与其中。

芥子气实验有三种基本类型：第一种是小块测试，将化学物质滴在一小块皮肤上，以评估毒剂的效力；第二种是室内测试，让伊利诺伊五大湖训练中心的数千名美国海军士兵反复接触不同浓度的芥子气，以确定防护服的有效性；第三种是实地测试，让穿戴不同防护服的人接受芥子气攻击，走过受污染的地面，或进入污染区域收集数据，以了解防御装备的效果和士兵受到不同程度损伤后的表现。室内测试和实地测试也被称为"人体损伤实验"，损伤程度从轻微皮肤烧伤到至少要一个月才能愈合的严重组织损伤不等。陆军在多地进行了实地测试，包括埃奇伍德兵工厂、亚拉巴马州的希伯特营、佛罗里达州的布什内尔、犹他州的达格威试验场和巴拿马的圣何塞岛等。

通过研究人体受到的毒性作用，化学战研究中心的工作人员改进了设备，医学科学家也对芥子气的作用有了更深入的了解。曾在化学战研究中心罗兹手下工作过的霍华德·斯基珀在澳大利亚大堡礁待了两年，协助英澳美联合团队研究如何利用芥子气有效打击盘踞在岛上的日军，以及如何在进攻中减少盟军的伤亡。科学家对大堡礁周围的无人岛屿进行了模拟"轰炸",穿戴着防护装备的斯基珀及其队友需要上岛收集有毒蒸汽的样本,对海军"志愿者"进行测试。早前他发现芥子气会破坏骨髓,于是他尝试逆转这种抑制作用,但一直没有找到有效的药物。斯基珀后来说,芥子气一直没有被投入战斗,这让他松了一口气,因为芥子气是"一种可怕的武器"。他很高兴战后能利用自己掌握的关于芥子气毒性的一手资料,为癌症的防治做出贡献。但一名美国海军老兵直言不讳地指出,让他"受伤的不是敌人,而是自己的同胞"。

1943年年末,化学战研究中心选择了巴拿马海岸附近的圣何塞岛作为实验地点,研究如何将化学武器应用于对日本本土和日占岛屿的攻击。美国军事科学家认为,毒气在太平洋地区的杀伤力更大,因为敌人在炎热潮湿的环境中会暴露出更大面积的皮肤。罗兹奉命前往巴拿马,制订化学战研究中心的医疗方案。圣何塞岛项目(负责人是埃格伯特·F.布伦准将)在圣何塞岛的700多英亩土地上投放了多种化学毒剂,包括芥子气、光气、氰化氢、丁烷和凝固汽油弹,以测试它们对丛林环境的作用和对兔子、山羊的影响。由于不同物种的皮肤反应差异很大,硫芥子气在环境温度较高时对人体皮肤的渗透速度更快,因此他们认为有必要让士兵成为实验对象。

他们通过一系列芥子气实验,对波多黎各人和美国白人士兵身上的水疱进行了比较,看他们的皮肤敏感性是否存在差异。他们推测,皮肤的厚度可能会影响皮肤的敏感性,而黑色皮肤对抗原的反应可能与白色皮肤不同。在测试过程中,一些人因严重烧伤和眼部炎症而入院,但没有任何实验数据支持黑色皮肤和白色皮肤的硫芥子气渗透率存在差异的说法。在巴拿马进行的种族研究(这是美军历史上的另一个污点),只是研究芥子气对人体皮肤影响的大规模战时实验中的一小部分。

当时,还没有一套正式的规则来约束在人类受试者(无论是健康的志愿者还是病人)身上进行的临床试验。1947年针对纳粹人体试验颁布的《纽伦堡法典》包含了 10 条道德准则，对医学研究中人类受试者的使用与待遇问题进行了规范，其中有一条是必须取得受试者的同意。（由于军方和情报机构利用人类受试者进行的测试活动一直持续到 20 世纪 60 年代，没有证据表明美国陆军受到了这些道德准则的约束。）为了告诉读者实验是在何种氛围下进行的，以及做这些实验的军方研究人员持何种态度，康斯坦斯·佩丘拉和戴维·拉尔在《退伍军人面临的危险》一书中详细记录了第二次世界大战的化学战实验和 250 名参与者的证词。医学研究所委员会证实，在欧洲和日本激烈战况的刺激下，参与测试计划的调查人员"虽然认为毒气可能会造成大规模伤亡，但仍相信自己的研究对于挽救生命是必要的"。

不过，委员会也发现，科学家并未将他们掌握的毒剂知识全部应用于化学战实验，导致受试者过度接触毒气、受伤和出现长期的健康问题。"这是一场战争，"佩丘拉和拉尔断言，"也是一个全球性突发事件，它要求我们必须分清轻重缓急，即使这意味着要打破个人福祉至上的医学研究惯例。"

罗兹及其在战时结识的科学家成功地在军用医学研究和民用医学研究之间架起了一座桥梁，但他们留给后人的遗产仍存有争议。历史学家苏珊·史密斯在她的著作《接触有毒物质》中指出："20 世纪 40 年代初，科研人员通过实验室和战场两个途径了解芥子气和氮芥子气，然后在患者身上检验他们的想法。"虽然当时的医生会把利用氮芥子气在军人志愿者身上做实验和利用它治疗晚期癌症患者区分开来，但在很多方面两者做不到泾渭分明。罗兹迫切想把他从实验室和战场上学到的东西应用到临床上，把化学武器转变成治疗癌症的新方法，但他有些冒进，也不够谨慎，这让他的很多同事感到不安。罗兹的批评者认为，罗兹把研究目标和治疗目标简单地等同起来，所以他可能觉察不到他正在把患者当作实验对象，导致患者的健康有时会受到更大的损害。如今，穿越这片伦理丛林的道路并不比罗兹和其他早期化疗医生那个时候好走，但现在的临床试验进展更慢也更谨慎，每一步都要拿到计划会议和同行评审委员会上讨论。

罗兹在那封信中说要杀光波多黎各人，这个臭名昭著的玩笑给波多黎各人的心灵造成了无法修复的创伤，也让这位癌症研究先驱毁誉参半。1950年11月，两名波多黎各民族主义者企图闯入华盛顿特区布莱尔大厦暗杀哈里·杜鲁门总统，而诱因似乎就是罗兹的那封信。这个事件立刻造成了轰动，也引发了争议。一名袭击者在杀死一名警察后被击毙，另一名袭击者奥斯卡·克拉佐受伤后被捕。他后来承认，当听到波多黎各民族党领袖佩德罗·阿尔维苏·坎波斯以罗兹密谋灭绝波多黎各人的信件的例子证明美帝国主义虐待成性时，他就决定把自己的一生奉献给该党。克拉佐被判处死刑，但1952年杜鲁门给他减了刑。1979年，吉米·卡特总统将克拉佐的刑期减为已服刑时间。获释后，克拉佐回到了波多黎各，并受到了英雄般的热烈欢迎。

2002年秋天，生物学教授埃德温·巴斯克斯在波多黎各大学备课期间，偶然发现了罗兹的这封信。巴斯克斯愤怒不已，10月5日他写信给美国癌症研究学会，要求该组织撤销以罗兹的名字命名的癌症研究成就奖。他在信中写道："我认为，用一个从事不人道和不道德研究的人的名字命名一个奖项，在情理上是不可接受的。"巴斯克斯的这封信在引起媒体的关注后，再次点燃了波多黎各学术界、医学界和社会团体的怒火。波多黎各大学历史系教授佩德罗·阿蓬特-巴斯克斯发出了"迟来的正义"的呼声。20多年来，他一直在研究和撰写有关罗兹的文章，还出版过一套书讨论这个问题。他在这套书的最后一本《康奈利·罗兹博士留下的悬案：起诉书》中指出，罗兹的那封信应该被视为"对他在波多黎各实施的多起谋杀和他试图实施的谋杀的认罪书"。

然而，大多数历史学家和医学伦理学家并不认为这件事已经盖棺论定。道格拉斯·斯塔尔在《科学》杂志上发文指出："很少有人相信罗兹真的给病人注射了癌细胞。"他还说："让一些观察者震惊的不仅是那封信的内容，还有信被公开后学校对待罗兹的态度。"苏珊·莱德勒在一篇学术文章中称，罗兹的那封信并不能清晰地反映出他的道德观。她认为那只是他自娱自乐时开的一个玩笑，尽管其中"带有令人难以置信的种族主义成分"。不过，她相信医学界不会因为一点儿出格行为就将这位有争议性的先锋人物从历史中抹去。她指出，许多像罗兹一样的杰出研究人员都对医学科学做出了重大贡献，但他们的过去也有阴暗的一面。她补充说："如果我们因此惩罚罗兹，那么应该受到同样惩罚的还有很多人。"大多数学者和伦理学家都认为，在看待罗兹这个问题上，需要做到一分为二，既不能宽恕他写的那些失当的话和偏激的想法，也要"对他的成就给予应有的赞扬，同时承认他犯过一些错误和过失"。

为此，美国癌症研究学会委托了一家调查机构，就罗兹70年前通过注射癌细胞导致8个波多黎各人死亡的指控展开独立调查。与此同时，该组织还暂停了一个以罗兹的名字命名的金额为5 000美元的年度性奖项。2003年4月，耶鲁大学法学院法学、医学和精神病学名誉教授兼医学伦理专家杰伊·卡茨经过调查指出，尽管没有证据证明罗兹杀死了患者，或给波多黎各人注射了癌细胞，或采取了任何不正当的医疗行为，但这封信本身就应该受到谴责，以他的名字命名的奖项也应该被撤销。

现在，对罗兹帮助建立的癌症研究所来说，他的名字已经不值一提。曾经挂在研究所大厅里的那张他穿着实验室白大褂、令人印象深刻的肖像画已经被摘下来了，但如果仔细看，还可以在纪念医院主楼历史壁画中的一张合影上看见他的影像。斯隆-凯特林癌症中心公共关系宣传册的"中心概况"部分提及他们的首任所长时说："后来，罗兹博士与军方的关系，以及他受到的不道德人体实验的指控，成为这位化疗先驱的人生污点。"

*

多年来，斯图尔特·亚历山大一直关注着基于氮芥子气的癌症治疗方法的发展。1942年，他在埃奇伍德实验室测试过这种神秘的化合物。性格谦逊的他从未在同事面前吹嘘过他战时的功绩，但在茵菲尔德的那本书出版后，亚历山大不再抗拒谈起他在化学战研究中心所做的研究了。大多数医学文献都承认，"用化疗治疗癌症的时代始于巴里港事件"，他对此感到十分自豪。很少有人提及他的名字，不过这对他来说并不重要。作为帕克里奇的首席内科医生和心脏病专家，他早已赢得了人们的尊敬和爱戴。他从父亲那里接手的私人诊所创建于1865年，100多年来一直为本地的家庭提供医疗服务。他在博根郡松树医院担任了18年的主任医师，同时是帕萨克谷医院和其他几家医院的医生，还在哥伦比亚大学和纽约大学的医学院兼职授课。他像父亲一样热心公益，曾在许多社区委员会和医疗组织任职，还担任过博根郡医学会、博根郡心脏协会和新泽西医学会的主席。

1987年春天，72岁的亚历山大已经从私人诊所退休。一天，他刚做完一个手术，休息时接到了尼古拉斯·斯帕克的电话。17岁的斯帕克是亚利桑那州图森市的一名高三学生，他在旧货市场中淘到了一本《美国传承》杂志精选合集，其中登载了茵菲尔德的那本书的一个节选，亚历山大在"二战"期间不顾一切地寻找巴里事故真相的故事令他着迷。他把那段文字拿给他的父亲——病理学家罗纳德·斯帕克看，他的父亲也很感兴趣，并帮他找到了亚历山大的最终调查报告和几篇有关化疗起源的医学论文。斯帕克确信他为"全国历史日"的论文作业找到了"最佳主题"。如果不是亚历山大的坚持不懈，人们可能永远不会发现芥子气才是那场灾难的罪魁祸首，也就不可能发现它可以用来治疗癌症。

但是，在读完茵菲尔德的书后，斯帕克觉得它太像"历史小说"了，分不清"哪些是真实的，哪些是虚构的"。于是他想，如果能和亚历山大医生聊一聊，厘清一些关键点，他就能提交一篇论据充分的论文，并有机会在征文比赛中晋级。不过，在他得知位于密苏里州圣路易斯的国家服役人员资料中心曾于1973年遭遇火灾，数百份退伍军人的档案付诸一炬后，他觉得自己不大可能在交论文的最后期限之前找到这位医生了。

那一年的历史论文主题是个人自由，斯帕克想把那位年轻的化学战医生置自己的职业生涯于不顾，向丘吉尔提出大胆质疑的行为介绍给大家。他回忆说："一想到亚历山大医生冒着巨大的风险，历尽艰辛挽救了许多生命，改变了医学的历史进程，最后却连一封推荐信都拿不到，我的心情就久久无法平静。"英国当局对待亚历山大的方式让年轻的斯帕克愤怒不已，他天真地认为自己能为此做点儿什么，甚至可以纠正这个错误。此外，身边发生的一件事也给了他一些启发。当时，他的父亲正在与图森市的大烟草公司做斗争，并取得了成功——在全市范围内取缔了自动售烟机。这让斯帕克对"向当权者说出真相"这句话的含义有了进一步的理解。

尽管困难重重，退伍军人管理局还是找到了亚历山大残缺不全的个人档案，并将图森大学附属中学这名高中生的信寄到了他在新泽西的地址。3月底的一天，当听到母亲在厨房大喊"亚历山大医生打电话找你"时，斯帕克简直不敢相信自己的耳朵。此后，斯帕克对亚历山大进行了几次电话采访，内容涉及他的医学调查及他与英国官员的冲突。通话较为简短——那时候长途电话费很贵，斯帕克用积攒的零花钱从睿侠（Radio Shack）买来一个小型电话录音设备，录下了共计15分钟的通话内容。亚历山大非常热情，回答了斯帕克的所有问题，但斯帕克感觉到亚历山大不太赞成他想让巴里事件的真相引起过多关注。不过，亚历山大还是同意了，尽管他"压根儿不相信会有什么结果"。斯帕克长达16页的论文《为了我的病人的利益》一路挺进州决赛，获得了第一名。亚历山大写信恭喜这位年轻人，并预祝他在全美历史日征文大赛中取得好成绩。

在接下来的几个星期里，斯帕克一直认为他的论文获奖是不公平的，因为亚历山大医生从来没有因为他的英勇行为而获得勋章。"随着他的名字被从所有官方记录中删除，"斯帕克在他的论文中写道，"巴里事件真正的英雄变成了一个隐形人。"最终，斯帕克没有赢得在华盛顿特区举行的全美历史日征文大赛，但他获得了海军历史基金会的特别奖和250美元的奖金。后来，他又获得了7 000美元的弗林基金会大学奖学金。一天，哈特参议院办公大楼正在举办一个活动。当参赛选手列队与所在州的议会代表握手、合影时，斯帕克向亚利桑那州参议员丹尼斯·德孔西尼谈起了亚历山大的事。他说出了他能想到的所有理由，建议政府应该承认亚历山大在巴里的勇敢行为。让斯帕克大吃一惊的是，在听完他的陈述后，德孔西尼竟然表示会进一步调查这件事。

德孔西尼的办公室向美国陆军提出了这个问题。他们在仔细查阅了亚历山大的人事记录（虽然在那场火灾中被水浸湿过，但字迹仍然清晰可辨）后发现，他曾获得6项军事荣誉，包括：1944年在支持意大利对法国的作战行动中因功绩突出而获得铜星勋章，美国防务勋章，外国服务勋扣，欧洲、非洲、中东地区七星战斗勋章，诺曼底登陆箭头勋章和胜利奖章。没有任何文件显示，美国陆军计划在巴里授予他奖章却由于英国的反对而没有付诸行动。简言之，在德孔西尼和新泽西州国会议员罗伯特·托里切利的工作人员给北非盟军总司令部的前军官写了几十封信，多次询问美国和英国军事部门并进行了广泛的调查之后，美国陆军奖励处最终同意破例，重新研究此事。1987年10月9日，美国医学新闻网报道："在巴里事件发生44年、丘吉尔去世22年后，美国陆军奖励处终于开始深入研究尘封已久的记录，了解斯图尔特·亚历山大的事迹。当时，他只是一位年轻的中校和化学战专家，却做出了一个在政治上极其敏感的诊断。"

面对托里切利的工作人员"坚持不懈"的询问，不胜其烦的白厅回复说："亚历山大认为丘吉尔对'芥子气中毒是导致伤亡的（部分）原因'的说法持怀疑态度，他的这个想法完全正确。"英国国防部的斯蒂芬·邓恩告诉英国驻华盛顿大使馆的官员："毕竟，那是一艘美国船只，就连美国有关部门也是过了一段时间才确认亚历山大的诊断。"他对丘吉尔试图"掩盖伤亡的确切原因"的说法持有异议，并解释说："在没有确诊的情况下，他（丘吉尔）更愿意称之为'化学烧伤'。"但是，在得知新泽西州的比尔·布拉德利和亚利桑那州的丹尼斯·德孔西尼这两位有影响力的参议员对这件事非常感兴趣，而且很有可能进一步追究此事后，他的办公室并不否认当时丘吉尔的处理方式并非一点儿问题都没有："可以说，回过头看，事情本来可以处理得更好。但我们必须要考虑到，当时让盟军指挥官如坐针毡的事情有很多，而这只是其中一件。"

最后，美国陆军历史学家证实了这一说法。1988年5月20日，星期五，在美国国会大厦举行的一个小型仪式上，白发苍苍的亚历山大和邦妮一起接受这份迟到的荣誉。参议员德孔西尼做了一个简短的演讲，赞扬了亚历山大的英雄品质和斯帕克对真相的执着追求。主持仪式的还有参议员布拉德利，他说很高兴看到亚历山大的医学调查工作得到认可，因为他的工作不仅影响了他的患者，更是"推动化疗发展的催化剂"。在英姿勃发的斯帕克的见证下，他们向亚历山大颁发了一张由美国陆军军医局局长签发的嘉许状，上面写着："如果不是他及早做出诊断并迅速开展恰当而积极的治疗，就会有更多的人失去生命，患者的伤势也会严重得多。他全心全意地帮助在巴里灾难中受伤的军人和平民，展现了军人和医生最好的一面。"

斯帕克为自己花了8个多月的时间才让亚历山大得到他应得的认可而致歉，但两位参议员显然有些尴尬，几乎同时苦着脸说："对华盛顿来说，能在8个月内完成此事已经相当惊人了。"亚历山大由衷地感谢斯帕克为他的事所做的努力，在接下来的庄重的悼念仪式中，他静默肃立，缅怀所有在巴里灾难中牺牲和把自己的明天献给国防及医学的人。

在随后的新闻发布会上，军医局副主任参谋马克·尤上尉解释说，英国不久前才解密了巴里事件的相关文件，而在此之前美国陆军是不可能授予亚历山大任何荣誉的。（英国人的解密工作以缓慢著称：巴里事件的大部分文件在1971年解密，空军部的一部分文件在10年后解密，而有些文件到2008年才解密，还有一些要等到2044年。）值得注意的是，英国政府并没有为亚历山大在巴里的工作颁发任何官方荣誉的计划。面对蜂拥而至的记者，亚历山大显得有些窘迫，他简单地说："我从未想过要获得这个（奖项）。当时我之所以做那些事，只是因为那是我的责任。履行职责是我一直以来的追求。"

一名记者来到亚历山大家中，问他是否为自己的诊断终于被证明是正确的而高兴。亚历山大回答说："我很高兴，但这并不是证明我是否正确的问题。"他还表示他非常钦佩和崇拜丘吉尔首相，而且他明白在当时取得战争的胜利比公开真相更重要。"我认为丘吉尔是正确的。"他指的是丘吉尔拒绝承认芥子气事故，甚至拒绝承认他做出的芥子气中毒诊断的决定，"但我认为他在这件事的处理上过于强硬了。"

第二天，所有报纸都从政治角度报道了此事，《亚利桑那每日星报》的头条是《图森市的少年纠正了温斯顿·丘吉尔的不公正决定》。

1988年秋天，《国会议事录》收录了亚历山大的巴里调查报告，以及陆军军医局局长授予他的荣誉。新泽西州的议会代表玛格丽特·洛克马向亚历山大致敬，并表示他堪称"化疗之父"。这一称呼虽然迟到已久，但亚历山大当之无愧。

3年后的感恩节，亚历山大收拾行装，准备和女儿及孙辈去加勒比海度假。他接到了从伦敦打来的电话，得知英国政府准备表彰他在巴里的工作。他回答说，尽管等待了多年，但还要再等等，因为他要去度假了，等他回来后再讨论此事。这是一个苦乐参半的时刻，因为亚历山大已经病入膏肓，他知道自己等不到那一天了。两周后，1991年12月11日，亚历山大在马斯蒂克岛去世，享年77岁，死因是一种恶性黑色素瘤——皮肤癌，这是他自己诊断出来的。

《纽约时报》刊登了他的讣告，其中没有提到巴里事件，也没有提到化疗。

2006年9月，在第一份癌症化疗临床试验报告诞生60周年之际，朱尔斯·赫希在《美国医学协会杂志》上向斯图尔特·亚历山大致敬，提醒读者不要忘记巴里灾难和这位充满好奇心的医生，他"从一堆恐怖的记录中筛选并提取出精华，帮助人类战胜病魔"。

致谢

没有斯图尔特·亚历山大的两个女儿黛安和茱蒂丝的慷慨相助，本书就不可能出版。对于我要写一本书介绍他们父亲在意大利巴里执行机密任务的想法，她们非常支持，并提供了大量"二战"时期的信件、报告、文件、记录和照片。她们在布洛克岛的家中盛情款待我，让我受宠若惊，我对她们的好意深表感激。感谢尼古拉斯·斯帕克不吝时间，慷慨地分享了他青少年时期的回忆。他（还有他自豪的母亲）竟然还保存着与亚历山大的所有谈话录音，厚厚一叠与亚利桑那州参议员丹尼斯·德孔西尼办公室的通信，以及当地报纸上的几十篇文章。这是多么珍贵的资料啊！我有幸采访了乔治·萨瑟恩，他是巴里灾难的幸存者，也是一位讲故事的高手。在他儿子保罗（也是一位历史学家）的帮助下，他不厌其烦地回答了我提出的所有问题。不幸的是，乔治在2019年11月17日去世了，尚未看到本书的出版。我永远感激萨瑟恩一家。

我也要感谢罗马的萨宾娜·卡斯泰尔弗兰科，感谢她在意大利做的调查、报告和翻译方面的所有工作。如果没有她，巴里之旅就不会如此高效，也不会如此有趣。作家弗朗西斯科·莫拉也给了我很大的帮助，提供了关于这场灾难对他的家乡巴里的影响的宝贵信息。我还要感谢罗伯托·达尔安吉洛为我提供了珍贵的灾难翌日现场的照片。

为了创作本书，我花了数百个小时在美国和英国的国家档案馆查阅资料。非常感谢我的研究助理露丝·特南鲍姆，正是凭借她的聪明能干、随机应变、眼光独到，我们才成功地发掘出许多埋藏得很深的宝贵资料。她单枪匹马找到了亚历山大1942年完成的调查报告，内容涉及缴获的德国氮芥子气样品——化合物1130，而埃奇伍德兵工厂曾告诉我们这个样品早就丢失了。她花了大量时间帮我整理文件，找出我漏掉或可能永远也不会注意到的很多信息。这是我们合作的第6本书，所以她非常清楚我需要什么资料。我对她感激不尽。

英国国家档案馆的西蒙·福勒也给予了我巨大的帮助，不仅为我详细讲解错综复杂的审查程序，还满足了我提出的几十个深入挖掘的请求。我还要感谢美国国家档案馆（马里兰大学帕克分校）的蒂姆·内宁格和美国国家档案与资料管理局（圣路易斯市）的乔治·富勒，他们冒险进入"火灾资料区"，查看在1973年大火中受损并密封冷藏的个人档案。霍莉·里德和迈克尔·布卢姆菲尔德帮助我收集了本书中的照片，历史图片社的史蒂夫·格林制作了精美的"二战"影像复制品。感谢美国陆军军事学院图书馆的杜安·米勒，德怀特·艾森豪威尔总统图书馆和博物馆的瓦卢瓦兹·阿姆斯特朗、玛丽·伯兹洛夫，以及国会图书馆的全体工作人员。特别感谢斯隆-凯特林癌症中心的苏珊·威尔和她的合规办公室，感谢他们授权我使用癌症中心的图片。

我还要感谢许多医生和专家，他们为我讲解了复杂的医学资料，特别是文森特·德维塔博士，这位化疗历史上的先驱人物对本书的创作贡献巨大。感谢查尔斯·索耶斯博士，他花了大量时间阅读本书尚未成形的书稿，并提出了深刻的建议，帮我避免了一些尴尬的错误。如果本书中还有错误，都是我自己的问题。斯图尔特·亚历山大的同事兼好友迈克尔·内文斯为我提供了许多有关亚历山大的重要背景资料，将我引荐给认识亚历山大的医生和护士，还送给我一些相关的医学书籍和文章。

我很庆幸我的身边有一个很棒的团队。长期给我当经纪人的克里斯·达尔总是支持和鼓励我。我要向我的编辑约翰·格鲁斯曼表示由衷的感谢，他从一开始就对本书充满了信心。非常感谢他和他的诺顿团队，特别是海伦·托马瑞斯，感谢他们对书稿的用心和关注。我还要感谢凯瑟琳·布兰德斯的精心编辑工作。格罗夫-大西洋出版社的摩根·恩特里金给了我大量建议，有他作为我的英国出版商，我感到非常幸运。

我要感谢卡维尔·苏凯，他让我远离干扰，潜心创作。感谢詹姆斯·雅各比和塔夫·霍姆斯在创作的瓶颈期鼓励我。感谢我的母亲，与她充满活力的对话和她对这个项目持续的热情，是我每周都能坚持创作直至完稿的动力。

感谢我的丈夫史蒂夫和儿子约翰，他们陪我前往巴里，是我坚定的支持者。在听了这么多年的战争故事后，他们仍然坚持让我讲述这个故事。现在，我终于不辱使命，完成了创作。此时此刻，我的感激之情无以言表。我把这本书献给他们。

詹妮特·科南特
2019年于萨格港

注释

序言　小珍珠港事件

ix　**When the two:** The movements and observations of Will Lang and George Rodger come from Will Lang, Will Lang notebooks, 1943–1945, notebook #9, "Bari Raid," USMA Special Collections, West Point.

x　**"Knocked out":** Vincent Orange, *Coningham: A Biography of Air Marshal Sir Arthur Coningham* (Washington DC: Center for Air Force History, 1992), 175; Dwight D. Eisenhower, *Crusade in Europe* (London: William Heinemann, 1948), p. 226.

xi　**The invasion of Sicily:** Details are drawn from Lang, notebooks; Rick Atkinson, *The Day of the Battle: The War in Sicily and Italy, 1943–1944* (New York: Henry Holt, 2007); Samuel Eliot Morison, *Sicily–Salerno–Anzio* (Boston: Little, Brown, 1962); Richard Lamb, *War in Italy 1943–1945: A Brutal Story* (New York: Da Capo Press, 1993).

xiii　**"snail's progress":** "Snail's Progress," *Time*, Dec. 27, 1943.

xiii　**"misery march":** Dispatches from *Time* Magazine Correspondents: First Series, 1925–1955, Will Lang (MS Am 2090 112), Houghton Library, Harvard University.

xiii　**"There are no":** Jon B. Mikolashek, *General Mark Clark: Commander of U.S. Fifth Army and Liberator of Rome* (Philadelphia: Casemate, 2013), p. 66.

xiii　**"They don't seem to have":** Lang, notebooks.

xiv　**"*Madonna, Madonna mia*":** Lang, notebooks; "Disaster at Bari," *Time*, Dec. 27, 1943.

xv　**"There goes Monty's":** Dispatches from Time Magazine Correspondents: First

Series, 1925–1955, Will Lang (MS Am 2090 112), Houghton Library, Harvard University.

xv **"Let's get out"**: Ibid.
xv **"Fiery panorama"**: Ibid.
xvi **"Help, help!"**: Ibid.
xvi **"There are a lot"**: Ibid.
xvi **"damage was done"**: "Bari Facts," *Time*, Dec. 27, 1943; *New York Times*, Dec. 16, 1943.
xvi **"sneak attack"**: *Washington Post*, Dec. 16, 1943.
xvii **"napping"**: Ibid.
xvii **"No! I will not comment"**: "Bari Facts," *Time*, Dec. 27, 1943.
xvii **"Belated and patently embarrassed"**: Ibid.
xvii **Rocket-driven glide bomb:** *New York Times*, Dec. 6, 1943; *Los Angeles Times*, Dec. 17, 1943.
xvii **"Bari had all the makings"**: Robert J. Casey, *This Is Where I Came In* (New York: Bobbs-Merrill, 1945), p. 78.
xviii **"little Pearl Harbor"**: "Little Pearl Harbor," *Newsweek*, Dec. 27, 1943.
xviii **"You're going to hear"**: "Bari Facts," *Time*, Dec. 27, 1943.

第 1 章 巫师部队

1–2 **"Red light"**: Stewart F. Alexander, "Bari Harbor and the Origins of Chemotherapy," Lecture delivered at Englewood Hospital on Nov. 11, 1987, unpublished, SFAP; Stewart F. Alexander, "Bari Harbor—and the Origins of Chemotherapy for Cancer," *CML Army Chemical Review* (July 1990): pp. 21–26; Nicholas Spark interviews with S. F. Alexander, March 31 and April 4, 1987, NSP; Glenn B. Infield, *Disaster at Bari* (New York: Macmillan, 1971), p. 179.

2 **"Expert advice"**: Ibid.; Stewart F. Alexander, "Final Report of the Bari Mustard Casualties," June 20, 1944, Appendix #1, "Memorandum by O i/c Surgical Division, 98th General Hospital, Dec. 5, 1943," SFAP and AFHQ, Office of the Surgeon, RG492, 704, box 1757, NARA.

3 **Overstretched hospitals:** Ibid.; WWII US Medical Research Center, "26th General Hospital," https://www.med-dept.com/unit-histories/26th-general, accessed June 2019.

3–6 **Alexander family background:** Stewart F. Alexander, *SFA: An Autobiography by Stewart F. Alexander*, ed. Judy Connelly, Unpublished, 1992, SFAP, pp. 1–7. Stewart F. Alexander, "Samuel Alexander, M.D., and the Uniform Medical Practice Act," *Journal of the Medical Society of New Jersey*, vol. 81, no. 9 (Sept. 1984): pp. 759–62.

6 **"Available any time"**: Alexander, *SFA*, p. 8.

6 **"We must do"**: Ibid.
7 **"Well below"**: Ibid.
8 **Patented gas-mask design:** Ibid.; *Bergen* [NJ] *Evening Record*, Nov. 23, 1943.
8 **"I really think"**: Ibid., p. 18.
8–9 **"harden," "Won't I get into trouble"**: Alexander, *SFA*, pp. 13–14.
9 **"Exciting"**: Ibid., p. 33.
9 **"investigation, development, manufacture"**: Al Mauroni, "The U.S. Army Chemical Corps: Past, Present and Future," Army Historical Foundation, Jan. 28, 2015; the history of the Chemical Warfare Service (CWS) was drawn from Leo P. Brophy and George J. B. Fisher, *United States Army in World War II: The Technical Services. The Chemical Warfare Service: Organizing for War* (Washington, DC: Center of Military History, 1989), pp. 18–23.
9 **"Let Us Rule"**: Mauroni, "The U.S. Army Chemical Corps: Past, Present and Future."
9 **"defensive necessities"**: Brophy and Fisher, *Organizing for War*, p. 22.
10 **"every living soul"**: *New York Times*, Jan. 3, 1943.
10 **king of battle gases:** Robert Harris and Jeremy Paxman. *A Higher Form of Killing: The Secret Story of Chemical and Biological Warfare* (New York: Hill and Wang, 1982), p. 42.
10 **He learned to identify:** Alexander, *SFA*, pp. 26–27.
11 **Chart of Chemical Warfare Agents:** Chemical Warfare Service, 1942, SFAP.
11 **Medical Research Laboratory:** Alexander, *SFA*, pp. 26–29; Edgewood Arsenal Medical Research Division bulletins, memoranda, and reports 1941–1942, SFAP; Brooks E. Kleber, and Dale Birdsell. *The Chemical Warfare Service: Chemicals in Combat. USAWWII* (Washington DC: United States Army, 1966), pp. 90–93.
12 **"It's the natural fear"**: *New York Times*, Jan. 3, 1943.
13 **CWS budget soared:** Harris and Paxman, pp. 116–17; Jonathan B. Tucker, *War of Nerves: Chemical Warfare from World War I to Al-Qaeda* (New York: Anchor Books, 2006), p. 89.
14 **"The Supreme Court"**: *New York Times*, Jan. 3, 1943.
14 **"Smoke saves blood"**: Ibid.
15 **"It will look better"**: Alexander, *SFA*, p. 27.
15 **"a very heady time"**: Ibid., p. 28.
15 **"defensive preparedness"**: Kleber and Birdsell, *Chemicals in Combat*, p. 48.
16 **1925 Geneva Protocol and details of German gas production:** Harris and Paxman, *A Higher Form of Killing*, pp. 44–45, 51.
16 **gas at Yichang:** *Time*, Feb. 1, 1943. Barton J. Bernstein, "Why We Didn't Use Poison Gas in World War II," *American Heritage*, vol. 35, issue 5 (Aug./Sept. 1985).
16 **"authenticated reports"**: *New York Times*, Jan. 3, 1943.

17	**"horror propaganda":** Ibid.
17	**"The best defense":** Ibid.
17	**"perverted science":** Winston S. Churchill, *Churchill: The Power of Words*, ed. Martin Gilbert (New York: Da Capo Press, 2013), p. 394.
17	**"the attitude of the British government":** Ibid.
17	**"I wish now to make plain":** "World Battlefronts: Gas," *Time*, May 18, 1942; Brophy and Fisher, *Organizing for War*, p. 63; Edward M. Spiers, *Chemical Warfare* (New York: Palgrave Macmillan, 1986), p. 73.
18	**"drew on everything":** Eisenhower, *Crusade in Europe*, p. 69.
18	**"To preserve the image":** Harris and Paxman, *A Higher Form of Killing*, p. 115.
18	**Axis powers were unlikely to conduct gas warfare:** Kleber and Birdsell, *Chemicals in Combat*, p. 75.
19	**Eisenhower's cable:** Alexander, *SFA*, pp. 33–34.
20	**"evolve as needed":** Ibid., p. 35.
20	**"a regiment of wizards":** Kleber and Birdsell, *Chemicals in Combat*, p. 91.
20	**Western Task Force:** Alexander, *SFA*, p. 35.
21	**"Well, I'll fix you":** Ibid., p. 38.
21	**"Yes, Sir, I have very little knowledge":** Ibid.
21	**naval battle at Casablanca:** William Manchester and Paul Reid, *The Last Lion: Winston Spencer Churchill, Defender of the Realm (1940–1965)* (New York: Little, Brown, 2012), pp. 585–87; Charles M. Wiltse, *The United States Army in the Second World War, Technical Services, The Medical Department in the Mediterranean Theater and Minor Theaters* (Washington, DC: Office of the Chief of Military History, 1965), pp. 116–20; Rick Atkinson, *An Army at Dawn: The War in North Africa, 1942–1943* (New York: Henry Holt, 2002), pp. 130–40.
22	**"very haphazard":** Alexander, *SFA*, p. 39.
22	**Casablanca Conference:** Ibid., p. 40–43; Meredith Hindley, *Destination Casablanca: Exile, Espionage and the Battle for North Africa in World War II* (New York: Public Affairs, 2017), pp. 351–55.
22	**"potential hazards":** Alexander, *SFA*, p. 40.
23	**Anfa Hotel:** Hindley, *Destination Casablanca*, p. 352.
25	**"shot in the arm":** Alexander, *SFA*, p. 42.
25	**"unconditional surrender":** Atkinson, *An Army at Dawn*, p. 294.
25	**"small potato," "I don't know":** Stewart F. Alexander to his parents, Feb. 2, 1943, SFAP and Rauner Special Collections Library, Dartmouth College, Hanover, NH.
25	**"splendid manner":** Letter of Commendation from Roosevelt to Eisenhower, Jan. 27, 1943, and copy sent by Brigadier General T. J. Davis to Alexander, SFAP.
26	**"bulldog meeting a tomcat":** Eisenhower, *Crusade in Europe*, p. 85.
26	**"unity of purpose":** Ibid.; Alexander, *SFA*, pp. 44–45.

26 **"I'm rather glad"**: Alexander, *SFA*, p. 45.1.
28 **"all at loose ends"**: Edward D. Churchill, *Surgeon to Soldiers: Diary and Records of the Surgical Consultant, Allied Force Headquarters, World War II* (Philadelphia: J. B. Lippincott, 1972), p. 82.
28 **"steal"**: Alexander, *SFA*, p. 47.
29 **Air evacuation:** Ibid., pp. 45–46. Details of air transport in the Tunisia campaign were also drawn from Wiltse, *Medical Department in the Mediterranean*, p. 204.
29 **Defeat at Kasserine Pass:** Details of the Kasserine battle are drawn from Eisenhower, *Crusade in Europe*, pp. 163–64, 172.
29 **"Pack and run"**: Albert E. Cowdrey, *Fighting for Life: American Military Medicine in World War II* (New York: Free Press, 1994), p. 118.
30 **"bleak, difficult place"**: Alexander, *SFA*, p. 54.
30 **"The sooner they give"**: Stewart F. Alexander to his parents, Feb. 2, 1943, SFAP and RSC.
30 **fears of chemical warfare heightened:** Spiers, *Chemical Warfare*, pp. 76–77; Stephen L. McFarland, "Preparing for What Never Came: Chemical and Biological Warfare in World War II," *Defense Analysis*, vol. 2, no. 2, 1986, pp. 107–8.
30 **"capable of initiating"**: AFHQ, Secret Operation Memorandum, Chemical Warfare Policy, April 23, 1943, Records of the Chemical Warfare Service, RG 175 1917–1994, 175.2, NARA.
31 **"though less remote than hitherto," "Hitler, faced," "British resources"**: Spiers, *Chemical Warfare*, p. 77; *New York Times*, April 23, 1943.
31 **"increasing unease," "military sources"**: UPI, April 22, 1943.
31 **"likely to employ," "pulling down the pillars"**: *New York Times*, April 22, 1943.
31 **"making significant preparations," "shall under no"**: Harris and Paxman, *A Higher Form of Killing*, p. 118.
32 **"made the most minute preparations"**: Spiers, *Chemical Warfare*, p. 77.
32 **"threatened that if Italy"**: Prime Minister to Gen. Ismay for Chiefs of Staff, TNA: PREM 3/88/3; Atkinson, *Day of the Battle*, p. 272.
32 **"gas reprisals"**: Spiers, *Chemical Warfare*, p. 77.
32 **"call forth immediate"**: Spiers, *Chemical Warfare*, p. 77.
33 **"Adolf will turn"**: Spiers, *Chemical Warfare*, pp. 76–77; Atkinson, *Day of the Battle*, p. 272.
33 **Enigma decrypt:** Ibid.
33 ***Tentative Lessons Bulletins***: Lina Grip and John Hart, "The Use of Chemical Weapons in the 1935–36 Italo-Ethiopian War," SIPRI Arms Control and Non-Proliferation Programme, October 2009, p. 4.
33 **Seronio chemical factory:** Spiers, *Chemical Warfare*, pp. 76–77.

33   **"It is probably":** Stewart F. Alexander letter to Col. William D. Fleming, Office of the Chief Surgeon, European Theater of Operations, Sept. 15, 1943, SFAP.
34   **Wehrmacht policy:** Spiers, *Chemical Warfare*, pp. 77–78; Comm. Walter Karig, Lt. Earl Burton, and Lt. Stephen L. Freeland, *Battle Report: The Atlantic War* (New York: Farrar & Rinehart, 1946), p. 272; Author interview with Dr. Vito Antonio Leuzzi, Bari, Italy, Oct. 2018.
34–35 **"The development," "among the first":** Alexander, *SFA*, pp. 27–28.
35   **AFHQ October 13, 1943 minute** is also cited as the chemical-weapons policy "for the maintenance of Italy," in "Report on the Circumstances in Which Gas Casualties Were Incurred at Bari on December 2/3, 1943," March 14, 1944, RG 492, MTO, Chemical Warfare Section, 350.01 (entry 166, box 1747, loc 290/54/16/6), NARA; "Implementation of Theater Plans for Gas Warfare," August 18, 1943, War Department, and related Chemical Warfare Service operations memoranda dated April 23, Aug. 30, and Sept. 7, 1943, RG 492, MTO, Chemical Warfare Section, 381, box 1706, NARA; TNA: WO 204/5452.
35   **"We were always":** Eisenhower, *Crusade in Europe*, p. 226.

第 2 章　为时已晚

36   **"Their agitation":** Alexander, "Bari Harbor," lecture.
37   ***"Acqua, acqua":*** George Southern, *Poisonous Inferno: World War II Tragedy at Bari Harbour* (Shrewsbury, UK: Airlife Publishing, 2002), p. 70. Details of the bomb damage and aftermath in Bari are also drawn from Amy Louise Outterside, "Occupying Puglia: The Italians and the Allies, 1943–1946" (PhD diss., University of Newcastle upon Tyne, 2015), pp. 52–58; Author interview with Dr. Vito Antonio Leuzzi, and Dr. Pasquale Trizio, Bari, Italy, Oct. 2018.
37   **98th British General Hospital:** Gwladys M. Rees Aikens, *Nurses in Battledress: The World War II Story of a Member of the Q.A. Reserves* (Halifax: Nimbus Publishing, 1998), pp. 83–85.
38   **"With every fresh":** Cocks, E. M. Somers, *Kia-Kaha: Life at 3 New Zealand General Hospital 1940–1946* (Christchurch, NZ: Caxton Press, 1958), pp. 242–45.
38   **nightmarish scene:** Ibid.; Aikens, *Nurses in Battledress*, pp. 89–90; Scott Jeavons, "Big Bang at Bari," *Blackwood's Magazine*, vol. 261, June 1947, p. 462; Stanley Scislowski, *Not All of Us Were Brave* (Toronto: Dundurn Press, 1997), p. 93; Infield, *Disaster at Bari*, pp. 127–28.
39   **"death ward":** Southern, *Poisonous Inferno*, p. 89.
40   **"considerably puzzled," "immersion" cases:** Alexander, "Final Report," Appendix no. 1.
40   **"smarting eyes":** Ibid.

40	**"such a nuisance"**: Southern, *Poisonous Inferno*, p. 93.
40	**"cot case"**: Jeavons, "Big Bang at Bari," p. 462.
40	**"We worked"**: Aikens, *Nurses in Battledress*, p. 90.
40	**"unusual"**: Stewart F. Alexander, "Toxic Gas Burns Sustained in the Bari Harbor Catastrophe," Dec. 27, 1943, cited hereafter as "Preliminary Report," included in Alexander, "Final Report."
41	**"rather well"**: Ibid.
41	**"No treatment"**: Stewart F. Alexander to William D. Fleming, Dec. 26, 1943, RG 112, MTO surgeon general, 390/17/8/2–3. 319.1, box 6, NARA.
41–42	**"odd," "as big as balloons"**: Aikens, *Nurses in Battledress*, p. 91.
42	**"We began to realize"**: Ibid.
42	**"gritty, as though"**: Alexander, "Preliminary Report."
42	**"Force them to open"**: Ibid.; Alexander, "Final Report," Appendix #3, "Report of Ophthalmologist, 98th General Hospital."
42	**"eye teams"**: Ibid.
43	**"as rumors were heard"**: Ibid.
43	**"Dermatitis N.Y.D."**: "Report on Circumstances," NARA.
43	**"Among the battle casualties"**: Cocks, *Kia-Kaha*, p. 243.
44	**"good condition"**: Alexander, "Preliminary Report."
44	**"much mental anguish"**: Alexander, "Final Report."
44	**"With what little knowledge"**: Aikens, *Nurses in Battledress*, p. 91.
45	**"We did everything"**: Ibid.
45	**"That's when the rumors"**: Warren Brandenstein, *2 Dicembre 1943: Hell over Bari*, documentary, directed by Fabio Toncelli, script by Fabio Toncelli and Francesco Morra, Rome: SD Cinematografica, 2014.
45	**"Their eyes asked"**: Aikens, *Nurses in Battledress*, p. 91.
46	**"early death," "as dramatic"**: Alexander, "Preliminary Report."
46	**"Individuals that appeared"**: Ibid.
46	**"cyanosed and respirations"**: Alexander, "Final Report," Appendix #4 "Representative Case Records."
46	**"abruptly died"**: Alexander, "Preliminary Report."
46	**"no prognostic signs"**: "Report on Circumstances," NARA.
47	**"no or only very minimal"**: Alexander, "Preliminary Report."
47	**"not conform," "official manual"**: Alexander, "Final Report," Appendix #1.
47	**"At the moment"**: Ibid.
48	**"considerable anxiety"**: D.D.M.S. 2 DIST., Col. J. H. Bayley, War Diary, Dec. 1–31, 1943, UK National Archives UK NA: WO 177/133.
48	**"strange deaths"**: Alexander, "Bari Harbor," lecture.
49	**"certain patterns"**: Alexander, "Preliminary Report."
50	**The three most common blister agents:** Description of poison gases taken from

"Medical Bulletin No. 17," Office of the Chief Surgeon, European Theatre of Operations, March 15, 1944, SFAP; Rudolph Hecht, "The Dermatologic Aspects of Chemical Warfare," Office of the Chief Surgeon, European Theater of Operations, A.P.O. 871, SFAP; Harris and Paxman, *A Higher Form of Killing*, pp. 24–27.

51 **"textbook"**: Alexander, "Final Report."
51 **"twelve to fourteen hours"**: Alexander, "Preliminary Report."
51 **"rather dilute"**: Ibid.
51 **"strikingly brawny"**: Ibid.
53 **"unfortunate souls"**: Alexander, "Bari Harbor," lecture.
53 **"almost absolute correlation"**: Alexander, "Final Report."
53 **"What is that odor?"**: Infield, p. 181; Alexander, "Bari Harbor," lecture; Rosemary Lunardini, "The Birth of a Notion," *Dartmouth Medical School Alumni Magazine*, Fall 1988, pp. 17–21; Interview with Alexander by Nicholas Spark, March 31, 1987, NSP.
53 **"Traces of an odor"**: Alexander, "Bari Harbor—and the Origins of Chemotherapy."
54 **"I feel these men," "None"**: Infield, p. 182.
54 **"Have you checked," "I have"**: Ibid.
55 **"highest degree"**: Interview with Alexander by Nicholas Spark, March 31, 1987, NSP.
55 **"careful and complete"**: Alexander, "Bari Harbor—and the Origins of Chemotherapy," p. 23.
55 **"great protest," "Did he not know"**: Alexander, "Bari Harbor," lecture.
56 **"Certain of the scientific"**: Alexander, "Final Report."
56 **"remarkable that no"**: Alexander, "Preliminary Report."
56–57 **"Some of the survivors," "In the hustle"**: Ibid.
57 **"rumor," "A rumor had been heard"**: Ibid.
57 **"obtain no verification"**: Alexander, "Final Report."
58 **"No attempt was made," "It must be,"**: Alexander, "Preliminary Report."
58 **"The speed with which"**: Memorandum to All Medical Officers, Task Force "A," October 10, 1942; and many similar CWS bulletins and memoranda, SFAP.
58 **"The die is cast"**: *Post Review*, May 26, 1988.
59 **"absolutely denied"**: Alexander, "Bari Harbor," lecture.
59 **"Something funny"**: Interview with Alexander by Nicholas Spark, March 31, 1987, NSP.
59 **"gut feeling," "mustard gas poisoning"**: Alexander, "Bari Harbor," lecture.

第 3 章　穿秋裤的天使

60 **"significant grief"**: Alexander, "Bari Harbor," lecture, SFAP.
60 **responsible for 4,500 nurses**: *The Record* (Bergen County, NJ), Nov. 30, 2005.

61	**"carefully take down," "strong-willed":** Alexander, *SFA*, p. 49.
61	**"an obstructionist," "fought over the phone":** Ibid., p. 51.
61–62	**Red Cross–Harvard Field Hospital Unit, "Typhoid Mary":** Pete Martin, "Angels in Long Underwear," *Saturday Evening Post*, July 31, 1943; Gertrude Madley, *Bulletin of the American Association of Nurse Anesthetists*, May 1994; "My Assignment as a Red Cross Nurse," *The Record* (Bergen County, NJ), Nov. 30, 2005.
62	**North Africa invasion:** *New York Times*, May 21, 1943; Martin, "Angels in Long Underwear."
63	**"night and day," "The biggest":** *New York Times*, Oct. 28, 1943.
63	**"hid his clothes," "Boston Nurse":** *Daily Boston Globe*, April 27, 1943; Martin, "Angels in Long Underwear."
63	**"in an awful hurry":** *Daily Boston Globe*, April 27, 1943.
63	**Round-trip ticket:** "On Leave from Africa," *The American Journal of Nursing*, vol. 43, no. 6 (June 1943): p. 559.
64	**promotion and impromptu ceremony:** Martin, "Angels in Long Underwear."
64	**"so that others":** *Harrisburg* [PA] *Telegraph*, June 4, 1943.
64	**"I'd tell her":** Martin, "Angels in Long Underwear."
64–65	**"facing the horrors," "her girls":** Ibid.
65	**"Wilburnice":** Transcript of dedication speech at opening of the nurses' villa, SFAP.
65	**"Let's pray together":** Alexander, *SFA*, pp. 56–57; Eisenhower, *Crusade in Europe*, pp. 198–201.
65	**"General, I guess":** Eisenhower, *Crusade in Europe*, p. 198.
65	**"nervous":** Atkinson, *An Army at Dawn*, pp. 147–48.
65–66	**"You coward," "gutless bastards":** Ibid.
66	**"I can't help it":** Ibid.
66	**"slapping incidents":** Eisenhower, *Crusade in Europe*, p. 198.
67	**"I must so seriously":** Martin Blumenson, *The Patton Papers: 1940–1945* (New York: Houghton Mifflin, 1974), pp. 328–30.
67	**"Tell me why," "I didn't do anything":** Alexander, *SFA*, p. 57.
67	**"shirking":** Eisenhower, *Crusade in Europe*, p. 199.
67	**exhaustion:** Cowdrey, *Fighting for Life*, p. 142.
68	**"Old Blood & Guts":** Edward Churchill, *Surgeon to Soldiers*, p. 478.
68	**"If you have two":** Cowdrey, *Fighting for Life*, p. 132.
68	**"a maniac driving":** Ibid.
68	**"The problem," "Of course":** Alexander, *SFA*, p. 58.
69	**"It is impossible":** Edward Churchill, *Surgeon to Soldiers*, p. 8.
69	**"frantic but somewhat fruitless," "hush-hush":** Ibid.
69	**blast injuries:** Ibid.
69–70	**"great gaps," "disaster management":** Ibid., pp. 18, 20.

70   **Cocoanut Grove fire:** Edward Churchill, "Management of the Cocoanut Grove Burns at the Massachusetts General Hospital," Office of the Surgeon General, May 24, 1943; Jeffrey R. Saffle, "The 1942 Fire at Boston's Cocoanut Grove Night Club," *The American Journal of Surgery*, vol. 166 (Dec. 1993); Oliver Cope, MD, "Care of the Victims of the Cocoanut Grove Fire at the Massachusetts General Hospital," *New England Journal of Medicine* (July 22, 1943): pp. 138–47.

73   **"miracle drug":** Lesch, John E., *The First Miracle Drugs: How the Sulfa Drugs Transformed Medicine* (Oxford: Oxford University Press, 2007), p. 3; "Champ Lyons: Brief Life of an Innovative Surgeon: 1907–1965," *Harvard Magazine*, May–June 2016.

73   **"rescue something":** Edward Churchill, *Surgeon to Soldiers*, p. 24.

73   **"essential to preserve an open mind":** Ibid.

73   **"When external violence":** Ibid.

第 4 章　噩梦之旅

74   **Description of bombed harbor and cleanup effort:** Jeavons, "Big Bang at Bari"; Capt. D. M. Saunders, "The Bari Incident," US Naval Institute *Proceedings*, vol. 93, no. 9 (Sept. 1967): pp. 35–39.

74   **"the ugly ducklings":** Peter Elphick, *Liberty: The Ships That Won the War* (Annapolis, MD: Naval Institute Press), pp. 18–19.

76   **Hitler might wage gas warfare:** Alexander, "Bari Harbor," lecture, SFAP; Interviews with Alexander by Nicholas Spark, March 31 and April 4, 1987, NSP; Circular Letter No. 5, "Nitrogen Mustards," Office of the Chief Surgeon, European Theater of Operations APO 871, April 13, 1943, SFAP; Mark D. Arvidson, "A Mustard Agent Tragedy—the air raid on Bari," *CML Army Chemical Review* (July 1994).

76   **"The Germans are now known":** Most Secret, "Memorandum on a New German Odourless Gas," 1943, pp. 8–10, SFAP.

76   **"The principal danger":** Ibid.

76–77 **Substance "S," "Winterlost":** CWS Memorandum, undated, SFAP; Joel A. Vilensky, *Dew of Death: The Story of Lewisite, America's World War I Weapon of Mass Destruction* (Bloomington: Indiana University Press, 2005), p. 102; Constance M. Pechura and David P. Rall, eds., *Veterans at Risk: The Health Effects of Mustard Gas and Lewisite* (Washington, DC: National Academy Press, 1993), p. 22.

77   **"spray attack":** Hecht, "The Dermatologic Aspects of Chemical Warfare, Office of the Chief Surgeon, European Theater of Operations, A. P. O. 871, SFAP;

77   **"Zahlost":** Alexander to Col. E. P. Rhoads, Office of the Chief of the Chemical Warfare Service, Sept. 14, 1943, SFAP.

77 **"thickened mustard preparations":** Alexander to Col. E. P. Rhoads, Office of the Chief of the Chemical Warfare Service, Sept. 14, 1943, SFAP.

78 **Germans possessed bombs:** Alexander to Col. Charles S. Shadle, Chief Chemical Officer, AFHQ, December 2, 1943, SFAP; Hecht, "The Dermatologic Aspects of Chemical Warfare, Office of the Chief Surgeon, European Theater of Operations, A. P. O. 871, SFAP.

78 **"full blast":** Alexander to Col. Rhoads, Sept. 14, 1943, SFAP.

79 **"nursemaid squad":** "Bari Air Raid," Dec. 1943, UK NA: 17 ADM 199/739.

80 **No Smoking!:** *2 Dicembre 1943: Hell over Bari,* doc., Toncelli.

80 **"Mustard?" "That's impossible":** Interviews with Alexander by Nicholas Spark, March 31 and April 4, 1987, NSP.

81 **"state categorically":** Alexander, "Bari Harbor—and the Origins of Chemotherapy," p. 23.

81 **"unity of purpose":** Eisenhower, *Crusade in Europe,* p. 85.

81 **"It is imperative":** Alexander, "Final Report."

81 **Of the 534 men:** D.D.M.S. 2 DIST., Col. J. H. Bayley, War Diary, Dec. 1–31, 1943, UK NA: WO 177/133; Alexander, "Preliminary Report."

81 **"it could only":** Alexander, "Bari Harbor—and the Origins of Chemotherapy," p. 23.

82 **diver sent down:** Ibid.; Alexander, "Bari Harbor," lecture; Lunardini, "The Birth of a Notion"; Karel Margry, "Mustard Disaster at Bari," *After the Battle,* no. 79, 1993.

83 **"no trace of mustard":** "Report on Circumstances," NARA.

83–84 **"To understand," "pattern had been made clear":** Alexander, "Final Report."

84 **"Reading the reports":** Alexander in *2 Dicembre 1943: Hell over Bari,* doc., Toncelli.

84 **preliminary postmortem results:** Alexander, "Final Report," Appendix #4.

85 **Seaman Stone, "early deaths," "A generalized," "curious black":** Ibid.

86 **Seaman McLaughlin chart, "living tissue":** Ibid.

87 **"It would appear":** Alexander, "Final Report."

88 **"Blast Deaths," "grave derangement":** Alexander, "Preliminary Report."

89 **"a German airborne delivery":** Alexander, "Bari Harbor—and the Origins of Chemotherapy," p. 23.

89 **"Everyone, including the Post Commander":** Ibid.

89–90 **American M47A2 bombs:** Alexander, "Bari Harbor—and the Origins of Chemotherapy," p. 23; Margry, "Mustard Disaster at Bari"; USS *John Harvey*'s bill of lading in "Report on Circumstances," NARA; TNA: 17 ADM 199/739.

90 **many problems associated with the M47A1 bombs:** Thomas Spoehr, *CML Army Chemical Review* (January 1990): p. 33.

91 **Advised hospital staffs on proper treatment:** Alexander, "Bari Harbor—and

the Origins of Chemotherapy," p. 23; Alexander, "Bari Harbor," lecture; Margry, "Mustard Disaster at Bari"; "Report on Circumstances," NARA.

91 **"Sufficiently superior":** Alexander, "Preliminary Report."
91 **running list of treatments:** Ibid.
92–93 **great majority of patients, "treatment of choice," "a bit more poorly":** Ibid.
93–94 **"A casualty with burns," "a minimum of success," "relatively little effect":** Ibid.
94 **"most discouraging":** Alexander, "Final Report."
94 **"Allies' own supply":** Alexander, "Bari Harbor," lecture.
94 **"frightful international import," "If they were going to accuse":** Lunardini, "The Birth of a Notion."
95 **"Grave political implications":** Alexander, "Bari Harbor," lecture.
95 **"fullest possible retaliation":** Alexander, "Bari Harbor—and the Origins of Chemotherapy," p. 24.
95 **"The political significance":** Ibid.
95 **Death toll spiked:** Alexander, "Preliminary Report."
96 **"The burns in the hospitals":** Alexander to DDMS AFHQ, December 11, 1943, in Alexander, "Final Report," Appendix #1.
97 **"Please keep me":** Alexander, "Bari Harbor," lecture; Alexander, "Bari Harbor—and the Origins of Chemotherapy," p. 24; Nadine Epstein, "MD Remembers Role in Treating WII's Bari Victims," *American Medical News*, Oct. 9, 1987; Margry, "Mustard Disaster at Bari"; Infield, *Disaster at Bari*, pp. 203–4.
97 **"your man in the field":** Interview with Alexander by Nicholas Spark, March 31, 1987, NSP.
97 **"proof," "we not acknowledge," "scientist on the ground":** Epstein, "MD Remembers Role in Treating WII's Bari Victims."
98 **"beyond any doubt":** Alexander, "Bari Harbor," lecture.
98 **"the symptoms," "The doctor should reexamine":** Alexander, "Bari Harbor—and the Origins of Chemotherapy," p. 24; Lunardini, "The Birth of a Notion," p. 19.
98 **"strange exchange," "lowly, lonely American":** Alexander, "Bari Harbor," lecture; Margry, "Mustard Disaster at Bari."

第5章　特殊亲和力

99 **most important question:** Alexander, "Bari Harbor—and the Origins of Chemotherapy," p. 25.
99–100 **World War I fatality rate, "minimally present":** Ibid.
100 **"In this group of cases":** Alexander, "Preliminary Report."
100 **"The effect upon the white blood cells":** Alexander, "Final Report."

101 **"It all added up":** Barbara T. Musso, "Medical Detective Work: Chemotherapy Owes Debt to Dr. Stewart Alexander," *Pascack Valley* [NJ] *Community Life,* July 16, 1980.
101 **"If mustard could":** Ibid.
102 **Classified samples tested:** Alexander, *SFA,* p. 31; Alexander, "Bari Harbor," lecture; Alexander, "Bari Harbor—and the Origins of Chemotherapy," p. 21.
102 **Structure of nitrogen mustard compounds:** Ibid.
103 **Experiments on compound 1130:** T. W. Kethley and C. B. Marquand, MD (EA) Memorandum Report 59, *Preliminary Report on Hematological Changes in the Rabbit Following Exposure to Lethal Doses of 1130* (June 30, 1942), National Library of Medicine.
103 **"normalcy," "The changes":** Ibid.
104 **"bad batch of rabbits":** Alexander, *SFA,* p. 31.
104 **"shrunken little shells":** Ibid.
105 **Twenty-one copies distributed:** T. W. Kethley and C. B. Marquand, MD (EA) Memorandum Report 59; Alexander, "Bari Harbor—and the Origins of Chemotherapy," p. 22.
106 **History of poison as a cure:** M. Weatherall, *In Search of a Cure: A History of Pharmaceutical Discovery* (Oxford: Oxford University Press, 1990), pp. 3–45; Guy B. Faguet, *The War on Cancer: An Anatomy of a Failure, A Blueprint for the Future* (Dordrecht: Springer, 2005), pp. 28–35.
106–7 **"antitoxins," "chemotherapies":** Weatherall, *In Search of a Cure,* pp. 55–64; Morton A. Meyers, *Happy Accidents: Serendipity in Major Medical Breakthroughs in the Twentieth Century* (New York: Arcade, 2007), pp. 39–47.
107 **"special affinity," "magic bullet":** Ibid.
107 **poison gas as useful medicine:** "Medicine: Gas Therapy," *Time,* May 12, 1923; Thomas Faith, "'As Is Proper in Republican Form of Government': Selling Chemical Warfare to Americans in the 1920s," *Federal History online,* 2010, p. 34.
108 **"all of the depression":** Ibid., p. 35.
108 **Vedder's defense of gas:** Ibid.; Vilensky, *Dew of Death,* p. 70.
109 **Winternitz background and character:** Dan A. Oren, *Joining the Club: A History of Jews and Yale* (New Haven, CT: Yale University Press, 1985), pp. 136–45.
109 **"Winter," "Napoleonic in outlook":** Averell A. Liebow and Levin L. Waters, "Milton Charles Winternitz, February 19, 1885–October 3, 1959," *Yale Journal of Biology and Medicine,* vol. 32 (December 1959): pp. 143, 145.
110 **"bizarre blood findings," "We found that the agent":** Alexander, "Bari Harbor—and the Origins of Chemotherapy," p. 22.
110 **"unreliable," "if this did happen":** Alexander, *SFA,* pp. 32–33.
111 **"If such a thing," "a little bit":** Ibid.; Alexander, "Bari Harbor—and the Origins of Chemotherapy," p. 22.

111 **"mustard gas did, in truth"**: Ibid., p. 25.
112 **yelling for more blood tests:** Interview with Alexander by Nicholas Spark, March 31, 1987.
112 **First Seaman Theodore M. Fronko chart:** Alexander, "Final Report," Appendix #4.
113–14 **Ensign K. Vesole chart:** Ibid.
115 **"The striking features"**: Alexander, "Preliminary Report."
115 **Preparing samples for Edgewood:** Ibid.; Alexander, "Bari Harbor—and the Origins of Chemotherapy," pp. 24–25; Alexander, "Bari Harbor," lecture.
116 **"It was just rumors"**: Bob Wills, *2 Dicembre 1943: Hell over Bari*, doc., Toncelli.
116 **"warm, pleasant sensation"**: Ibid.; Southern, *Poisonous Inferno*, p. 54.
117 **"There were dead servicemen"**: Bob Wills, *2 Dicembre 1943: Hell over Bari*, doc., Toncelli.
117 **"Cover that man's face"**: Southern, *Poisonous Inferno*, p. 89.
117 **"He looked ever so young"**: Bob Wills, *2 Dicembre 1943: Hell over Bari*, doc., Toncelli.
117–18 **"proper coffins," "We had to take"**: Ibid.
118 **"We were most surprised," "Some of the guys"**: Ibid.
119 **"We were sworn"**: Ibid.
119 **"We were at a loss," "Most of those dear boys," "We felt so betrayed"**: Aikens, *Nurses in Battledress*, p. 92.
119 **Italian doctors recognized gas, sailors spread rumors:** Author interviews with Drs. Vito Antonio Leuzzi and Pasquale Trizio, Bari, Italy, Oct. 2018; Naval Command Bari, Prot. N. 771, "Deposizione del Comandante della R.N.A. Barletta Cap. Corv. Corrao Salvatore Rigurdante il Sinistro Occorso la Sera del 1/12/43," Ufficio Storico Marina Militare (Archival Office of the Italian Navy), Rome.
119 **"stab-in the-back"**: Author interviews with Drs. Vito Antonio Leuzzi and Pasquale Trizio, Bari, Italy, Oct. 2018.
120 **"There were thousands," "no explanation"**: Interview with Francis James Vail by Eileen M. Hurst, Sept. 4, 2004, Veterans History Project, Library of Congress.
120 **"security issue," "very few casualties," "strong offshore wind"**: Nicholas Spark interview with Alexander, March 31, 1987.
121 **"Sharing an underground"**: Southern, *Poisonous Inferno*, p. 102.
121 **Italian response to bombing:** Author interviews with Drs. Vito Antonio Leuzzi and Pasquale Trizio, Bari, Italy, Oct. 2018; Author interview with Francesco Morra, Rome, Oct. 2018; also, Outterside, "Occupying Puglia," pp. 17–20, 57–58.
122 **"USE OF TOXIC GAS"**: Telegram from COMINCH and CN to CINCLANT, CINCPAC, COMNAVEU, etc., Dec. 15, 1943, Map Room Papers, Box 103, MR 302, Sec. 1–Chemical Warfare 1942–1945, NARA.

122–23　**"would be effective," "initiating use of gas"**: Ibid., Naval message from CINCLANT to COMINCH, Dec. 18, 1943.
123　**Nazi SS heard rumors:** Glenn B. Infield, *Secrets of the SS* (New York: Military Heritage Press, 1981), pp. 91–93.
123　**"The Allies could begin"**: Atkinson, *The Day of the Battle*, p. 278.
123　**"I see you boys"**: Ibid.; Infield, *Disaster at Bari,* p. 207; Nicholas Spark interview with Alexander, April 4, 1987.
124　**"Axis Sally was right"**: Lunardini, "The Birth of a Notion."

第 6 章　保密共识

126　**"mental picture"**: Alexander, "Bari Harbor—and the Origins of Chemotherapy," p. 24.
126　**Port defenses weak and phone line out of order:** Air Ministry and Ministry of Defence, Royal Air Force Overseas Commands, reports and correspondence, 242 GROUP, Air Attacks on Italy, 1943, TNA: AIR 23/1481.
126　**"on a plate":** TNA: AIR 23/1481.
127　**Mooring positions:** Drawn from "Bari Berthing Plan" on the night of Dec. 2, 1943, TNA: ADM 1/24248.
128　**Sketch of "Ship Positions 2 Dec. 1943":** Alexander, "Final Report," SFAP, NARA; also in "Report on Circumstances," NARA.
128　**"war supplies" and other cargo descriptions:** "Summary Statements by Survivors of the SS *John Bascom*," Office of the Chief of Naval Operations, Memorandum for File, 28 February 1944, TNA: AIR 23/1481; Infield, *Disaster at Bari,* p. 275; Southern, *Poisonous Inferno*, pp. 7–8.
129　**"walked," order in which the ships were bombed:** Margry, "Mustard Disaster at Bari"; Arthur R. Moore, *A Careless Word . . . A Needless Sinking* (Kings Point, NY: American Merchant Marine Museum at the US Merchant Marine Academy, 1983), p. 155; Saunders, "The Bari Incident," pp. 36–39.
129　**Sinking of *John Bascom*:** Ibid.; Karig, Burton, and Freeland, *Battle Report*, pp. 276–78.
130　**"This must be":** Southern, *Poisonous Inferno*, p. 69.
130　**heroic actions of Ensign "Kay" Vesole:** Karig, Burton, and Freeland, *Battle Report*, pp. 276–78; *Commendatory Conduct of Armed Guard Unit Assigned to SS Samuel J. Tilden, U.S. Cargo Ship* (Wash DC: Navy Dept., Office of Chief of Naval Operations, 18 January 1944).
131　**"huge Roman candle":** Jeavons, "Big Bang at Bari," p. 46.
131　**"'Gas!' Many of the crew":** Alexander, "Preliminary Report," SFAP, NARA.
132　***Bascom* crew rescued, Vesole taken to 98th General Hospital:** Margry, "Mus-

tard Disaster at Bari;" Karig, Burton, and Freeland, *Battle Report*, pp. 277–78; *The Daily Times*, Davenport, IA, March 12, 1944.

132 **"mysterious death"**: Alexander, "Bari Harbor—and the Origins of Chemotherapy for Cancer," p. 21.

133 **"no longer existed"**: Ibid., p. 23.

133 **casualty distribution chart:** Alexander, "Final Report," SFAP, NARA.

134 **breakdown of mustard deaths:** Ibid.; Lunardini, "The Birth of a Notion," p. 18.

134 **concern for mustard casualties diverted to other ports:** Nicholas Spark interview with Alexander, April 4, 1987, NSP.

135 **No information about Italians except for ten cases:** Alexander, "Final Report," SFAP, NARA.

135 **"held it up to their nose"**: Nicholas Spark interview with Alexander, March 31, 1987, NSP.

136 **one hundred tons of mustard gas:** Alexander, "Bari Harbor—and the Origins of Chemotherapy for Cancer," p. 24; Margry, "Mustard Disaster at Bari"; Paxman and Harris, *A Higher Form of Killing*, p. 121.

136 **"acknowledged the mustard gas"**: Alexander, "Bari Harbor," lecture; Alexander, "Bari Harbor—and the Origins of Chemotherapy for Cancer," p. 24.

136 **"to deny the presence"**: Ibid.

136 *John Harvey* **loaded with mustard at Oran, and official orders and invoice:** "Report on Circumstances," NARA.

136–37 **Official paper trail, shipping wire and manifest sent via air courier:** Ibid.

137 **"cargo of mustard gas"**: Ibid.

137 **"U and E boat activities"**: Ibid.

137 **"low priority," "in as safe a place"**: Ibid.

137 **Wilkinson at wheel of his jeep and actions during raid:** Southern, *Poisonous Inferno*, p. 48.

138 **"dangerous," "scuttle"**: "Report on Circumstances," NARA.

138 **"order every," "horror," "If you can't"**: Marcus Sieff, *Don't Ask the Price: The Memoirs of the President of Marks & Spencer* (London: George Weidenfeld & Nicholson, 1987), pp. 124–25.

138 **Four messages:** "Report on Circumstances," NARA.

139 **"It picked me up"**: Southern, *Poisonous Inferno*, p. 48.

139 **"a brilliant white light"**: Ibid., p. 49.

139 **"a direct hit"**: Sieff, *Don't Ask the Price*, p. 124.

139 **thirty broken casings, "tidal wave"**: "Report on Circumstances," NARA.

139–40 **"just had time," "but with a thick"**: Southern, *Poisonous Inferno*, p. 50.

140 **"gas in the dock area"**: "Report on Circumstances," NARA.

140 **"definite," "general warning"**: Ibid.

140 **2:15 p.m. meeting at harbormaster's office and decisions taken**: Ibid.

141 **"unanimous in their opinion," "in order to maintain"**: Ibid.

141 **"Recommendation to secrecy":** Ibid.
142 **"No direct information":** Alexander, "Final Report," SFAP, NARA.
142 **"Mustard problem":** Nicholas Spark interview with Alexander, March 1987, NSP.
142 **"The cover-up," "It was the same factor":** *Mojave Daily Miner,* May 20, 1988.
143 **First inspection failed to detect toxic site:** "Report on Circumstances," NARA.
143 **"at least 2,000–3,000 pounds of mustard":** Alexander, "Preliminary Report," SFAP, NARA.
143 **"not of major degree":** Ibid.
144 **"It was the mixture," "The burns sustained":** Ibid.
145 **"young and foolhardy":** Alexander, "Bari Harbor," lecture, SFAP.
145 **"professional integrity":** Lunardini, "The Birth of a Notion," p. 21.
145 **"Gas has very few":** Tim Cook, *No Place to Run: The Canadian Corps and Gas Warfare in the First World War* (Canada: UBC Press, 2001), p. 4.
146 **"as if they were something":** Southern, *Poisonous Inferno,* p. xiv.
146 **full support of his superiors:** Epstein, "MD Remembers Role in Treating WII's Bari Victims," p. 54.
146 **"complicated the clinical":** Alexander, "Final Report," SFAP, NARA.
146 **"reexamined all the data," "If the Prime Minister":** Alexander, "Bari Harbor," lecture, SFAP; Alexander, "Bari Harbor—and the Origins of Chemotherapy," p. 24; Lunardini, "The Birth of a Notion," p. 19.
147 **Col. Bayley memo to Surgeon WFTD MED FLAMBO:** UK National Archives UK NA: WO 177/133.
147 **"burns due to enemy action":** Alexander, "Bari Harbor," lecture, SFAP; Alexander, "Bari Harbor—and the Origins of Chemotherapy," p. 24; Lunardini, "The Birth of a Notion," p. 19; Nicholas Spark interview with Alexander, April 4, 1987, NSP.
147–48 **"It was a high secret":** "Wartime Nursing in North Africa and Italy," Jessie Park Smith's experiences, accessed Sept. 16, 2019, http://www.bbc.co.uk/history/ww2peopleswar/stories/92/a2090792.shtml.
148 **"court martialed":** Alexander, "Bari Harbor," lecture, SFAP; Alexander, "Bari Harbor—and the Origins of Chemotherapy," p. 24; Lunardini, "The Birth of a Notion," p. 19; Nicholas Spark interview with Alexander, March 31, 1987, NSP.
148 **"safety and wellbeing":** Alexander, "Bari Harbor," lecture.

第 7 章　最终报告

149 **"the closer you get":** Ernie Pyle, *Brave Men* (Lincoln, NE: Bison Books, 2001), p. 44.
149 **discovered a whole new group:** Alexander, "Bari Harbor," lecture, SFAP; Alexander, "Final Report," Appendix #2.

150 ***Bicester* crew contaminated, "odor of garlic":** Ibid.; Comm. Guinness's Comprehensive Report of Bari Air Raid, Reports from Commanding Officers of the *Bicester, Zetland* and *Vulcan,* TNA: AIR 23/1481.
151 **Medical report on Alfred H. Bergman, "due to leaking":** Jay M. Salzman, Captain, M.C., Ward Surgeon to Chief of Surgical Services, 7th Station Hospital, APO 774, U.S. Army, 4 Jan. 1944, SFAP.
151 ***Bicester* admissions:** TNA: PIN 15/5071 and 15/5217/3, and TNA: AIR 23/1481.
152 ***Vienna*, "necessary precautions":** "Report on Circumstances," NARA.
152 ***Vulcan*, "owing to temporary blindness":** TNA: AIR 23/1481; TNA: WO 169/13885.
153 **"the lucky ones":** Southern, *Poisonous Inferno,* p. 98.
153 **"covered in blisters":** Judith Perera and Andy Thomas, "Britain's Victims of Mustard-gas Disaster," *New Scientist,* Jan. 30, 1986.
153 **"the size of an old penny":** Southern, *Poisonous Inferno,* p. 98.
154 **"eye-only" casualties chart:** Alexander, "Final Report."
154 **"universal," "their fear," "instructions as to the exact":** Medical Officer's Journal, HMS *Bicester*, Dec. 23, 1943, TNA: PIN 15/5071.
155 **"representative cases," "at least twelve":** Alexander, "Preliminary Report."
155 **"a plea for":** Alexander, "Final Report."
155 **"a bit of a heavy heart," "But I did have":** Alexander, "Bari Harbor," lecture, SFAP.
157 **"short report," "certain cases," "A request":** Alexander, "Final Report," Appendix #2; "Report on Circumstances," NARA.
157 **"observations of Casualties" memorandum:** TNA: WO 204/7613.
159 **"Superior to what?":** Ibid.
159 **"a gigantic attack":** Franklin D. Roosevelt, Dec. 24, 1943: Fireside Chat 27: On the Tehran and Cairo Conferences, https:///www.docs.fdrlibrary.marist.edu.
160 **"Toxic Gas Burns":** Alexander, "Preliminary Report."
160 **"The facts are related":** Ibid.
160 **"due to mustard," "The point":** Ibid.
161 **"not likely to," "severe systemic effects," "far greater significance":** Ibid.
161–62 **"The lack of warning," "the pattern":** Churchill, *Surgeon to Soldiers,* p. 305.
162 **"calls particular attention":** Col. Standlee cover letter to Col. Shadle, Dec. 26. 1943 (TNA): WO 204/1105.
162 **"I have really been":** Alexander to Col. W. D. Fleming, Dec. 24, 1943, Report of Bari Harbor Blast 1943, Office of the Surgeon General, RG 112, Box 6, NARA.
163 **"Dear Colonel Wood":** Alexander to John R. Wood, Dec. 27, 1943, SFAP; Infield, *Disaster at Bari,* pp. 202–3.
164 **"magnum opus":** Lunardini, "The Birth of a Notion," p. 19.

164 **"offending the Prime Minister":** Alexander, "Bari Harbor," lecture, SFAP.
164 **"Dear Colonel Alexander":** Rhoads to Alexander, Jan. 15, 1944, SFAP; Infield, *Poisonous Inferno*, p. 284.
165 **"worth bearing in mind":** Alexander to Capt. George M. Lyon, Dec. 27, 1943, SFAP; Infield, *Disaster at Bari*, pp. 201–2.
165 **"Col. Shadle was most":** Lyon to Alexander, March 28, 1944, SFAP.
165 **"quite bursting," "Such solutions":** Col. W. D. Fleming to Alexander, Jan. 6, 1944, SFAP.
165–66 **"at the earliest," "Chemical intelligence":** Fleming, Circular Letter to Port Commanders, Jan. 11, 1944, enclosed in letter to Alexander, SFAP.
166 **"Your report," "Relations with the CWS":** Fleming to Alexander, Jan 11, 1944, SFAP.
166 **"should be left":** TNA: CAB 79/68/18.
167 **"The Royal Navy":** Maj. Gen. Lowell Rooks to G-1, AFHQ, Dec. 22, 1943, TNA: WO 204/1105.
167 **"no secret," "report these casualties," "We should state":** Ibid.
167 **"the straight facts," "without concealment":** Ibid., Rooks telegram.
167–68 **"Enemy action," "bronchitis, etc.," "these terms":** Ibid., Eisenhower, "Most Secret and Immediate" telegram, Jan. 2, 1944; also in TNA: AIR 2/13585.
168 **"Allied policy is not":** Ibid.; also "Report on Circumstances," NARA.
168 **"injuries to eyes":** Ibid., Air Ministry to AFHQ, Jan. 5, 12, 1944; also in AIR 2/13585.
168 **"Breaking":** Ibid., Chiefs of Staff Committee Meeting, note of draft telegram.
168 **"a large party," "repercussions":** TNA: AIR 2/13585, Air Marshal Richard Peck, Jan. 9, 1944.
168 **"I agree":** Ibid., Peck, Jan. 14, 1944.
168 **"kept on ice":** Ibid.
169 **"strongly recommended," "It is believed":** TNA: WO 204/1105, "Important and Most Secret" telegram from Gen. Wilson, Jan. 11, 1944; also in AIR 2/13585.
169 **"unjust distribution," "Even had the defenses":** Ibid., Air Chief Marshal Tedder to AFHQ, "Report on Adequacies of Protective Measures at Bari," Dec. 23, 1943.
170 **"The Prime Minister":** TNA: PREM 3/88/3.
170 **"thank you letter":** *New York Times*, Dec. 30, 1943.
170 **"unknown destination," "A few weeks":** Ibid.
170 **"at the end":** Winston S. Churchill, *The Second World War, Volume V: Closing the Ring* (Boston: Houghton Mifflin, 1951), p. 373.
171 **"so tired out":** *New York Times*, Dec. 30, 1943.
171 **"absolutely vile":** Churchill, *Closing the Ring*, p. 372.

171　**"White House"**: Eisenhower, *Crusade in Europe*, p. 214.
171　**"Am stranded amid"**: Churchill, *Closing the Ring*, p. 374.
171　**"I am distressed"**: Ibid.
171　**"soft underbelly"**: Eisenhower, *Crusade in Europe*, p. 213.
172　**"risky affair"**: Ibid., p. 233.
172　**"could be more dangerous"**: Churchill, *Closing the Ring*, p. 387.
173　**"at an alarming pace"**: J. A. Vale and J. W. Scadding, "In Carthage Ruins: The Illness of Sir Winston Churchill at Carthage, December 1943," *Journal of the Royal College of Physicians of Edinburgh*, vol. 47, issue 3 (Sept. 2017): p. 290.
173　**"I judge he is"**: Ibid., p. 292.
173　**"I have not at any time"**: *New York Times*, Dec. 30, 1943.

第 8 章　被遗忘的前线

174　**"serious blow"**: Eisenhower, *Crusade in Europe*, p. 22.
174　**"end-run"**: Manchester and Reid, *The Last Lion,* p. 784.
175　**"specific answers," Eisenhower's questions:** "Report on Circumstances," Brig. Gen. E. J. Davis to the Board of Officers, Jan. 2, 1944, NARA.
176　**"Some of the details"**: Ibid.
177　**"We considered that no"**: Ibid., Brig. Chichester-Constable's summary report.
177　**"had the impression"**: "Report on Circumstances," NOIC Comm. E. J. Guinness's Bari Comprehensive Report, Feb. 22, 1944, Section VII, "The Report of the Gas," NARA; also in TNA: ADM 199/739.
178　**"whether the alleged"**: "Report on Circumstances," Brig. Chichester-Constable's report, NARA.
178　**"reticence of authorities," "The outstanding fact"**: Ibid.
179　**"special notification," "mixed cargo," "If there is reason"**: Ibid.
179–80　**"very much concerned," "In checking," "most evident"**: "Report on Circumstances," Col. Shadle to Gen. Adcock, "Inspection of the Port of Bari, Italy," Dec. 20, 1943; also in TNA: WO 204/1105.
180　**"at least some," "red"**: Ibid.
181　**"There appears to be," "recommendation"**: "Report on Circumstances," Brig. Chichester-Constable's report, NARA.
181　**"the relationship," "Normally, the principle"**: Ibid.
182　**List of specific answers:** "Report on Circumstances," NARA.
183　**"It was an unlucky raid"**: J. F. M. Whiteley to J. N. Kennedy, Dec. 21, 1943, TNA: WO 204/307.
184　**"Had the ship concerned exploded"**: "Report on Circumstances," NOIC Comm. E. J. Guinness's Bari Comprehensive Report, Feb. 22, 1944, NARA; also in TNA: ADM 199/739.

184 **"Bloody River":** Todd DePastino, *Bill Mauldin: A Life Up Front* (New York: W. W. Norton, 2008), p. 145.

184 **"It added to":** Harry C. Butcher, *My Three Years with Eisenhower: The Personal Diary of Captain Harry C. Butcher, USNR, Naval Aide to General Eisenhower, 1942 to 1945* (New York: Simon & Schuster, 1946), pp. 511–12.

185 **"gung-ho" marines:** DePastino, *Bill Mauldin*, p. 139.

185 **"While planning":** Tucker, *War of Nerves*, pp. 64–65.

186 **"biological warfare," "two principal types," "Due to his steady":** Memorandum for the Adjutant General, Subject: Biological Warfare, The Secretary of War Directs, Feb. 9, 1944, SFAP; War Dept. memorandum, Subject: BW, to Comm. Gen., NATOUSA, Feb. 19, 1944, SFAP; Interim Report on Bacteriological Warfare, AFHQ, Feb. 21, 1944, SFAP; McFarland, "Preparing for What Never Came," pp. 111–15.

186 **"highest evaluation," "definite report," "The Germans":** Alexander to John P. Marquand, Jan. 7, 1944, SFAP.

187 **"neutralize any such," "This is to let":** Ibid.

187 **D-day planners:** Kleber and Birdsell, *Chemicals in Combat,* pp. 156, 167; McFarland, "Preparing for What Never Came," pp. 111–15; Spiers, *Chemical Warfare*, pp. 78–79.

188 **"It is recommended":** Alexander to Chief Surgeon, NATOUSA, Jan. 16, 1944, SFAP.

188 **"I see Comp'ny E":** Kleber and Birdsell, *Chemicals in Combat,* p. 176.

189 **"tremendous":** Alexander, "Bari Harbor," Lecture, SFAP.

189 **"Your cooperation in furnishing":** Rhoads to Alexander, April 15, 1944.

189 **"It is most," "scanty":** Alexander to Rhoads, April 17, 1944, "Report on Circumstances."

190 **"The systemic effects":** Ibid.

190 **"Inadequacy of the material," "In general":** Arnold Rich and Arthur M. Ginzler, MRL (EA) Report no. 20, "Pathological Changes in the Tissue of the Victims of the Bari Incident," May 18, 1944, Edgewood Arsenal, Army Medical Library, Washington, DC.

191 **"systemic mustard," "a study be made":** Ibid.

191 **"silver leaf merger":** *New York Herald Tribune*, May 5, 1944.

193 **"This officer":** Transcript of Perrin Long's toast, SFAP.

193 **"forgotten front":** DePastino, *Bill Mauldin*, p. 168.

第 9 章　谜中谜

194 **"classic medical paper":** Tom Mahoney, "What We Know Now About Cancer," *American Legion Magazine*, July 1959, p. 16; also Cornelius P. Rhoads, "The

Sword and the Ploughshare," *Journal of The Mount Sinai Hospital*, vol. 13, no. 6 (1946): p. 300.

194 **"Under military security":** C. P. Rhoads, MD, "Report on a Cooperative Study of Nitrogen Mustard (HN2) Therapy of Neoplastic Disease," *Transactions of the Association of American Physicians*, vol. 60, issue 1 (1947): p. 110.

195 **"Dusty":** "Frontal Attack," *Time*, June 27, 1949.

195 **"A riddle wrapped":** Mahoney, "What We Know Now About Cancer," p. 17.

195 **"Scientifically inaccessible":** Cornelius P. Rhoads, "Ewing: The Experimental Method and the Cancer Problem," *Bulletin of the N.Y. Academy of Medicine* (Oct. 1951): p. 607.

195–96 **Rhoads background, "Trudeau Group":** "Mr. Cancer Research," *Time*, Aug. 24, 1959; Obituary, "C. P. Rhoads, M.D., D.Sc.," *British Medical Journal* (Aug. 29, 1959).

196 **"melancholy statements":** Rhoads, "Ewing: The Experimental Method," p. 620.

197 **"What drugs will not," discovery of radium:** Faguet, *The War on Cancer*, p. 26.

198 **"cancer might be regarded":** Rhoads, "Ewing: The Experimental Method," p. 608.

198 **"Melted away":** Musso, "Medical Detective Work: Chemotherapy Owes Debt to Dr. Stewart Alexander," *Pascack Valley* [NJ] *Community Life*, July 16, 1980; Rhoads, "The Sword and the Ploughshare," p. 308.

198 **"Most promising substance":** Rhoads, "Report on a Cooperative Study of Nitrogen Mustard," p. 110.

198 **"Since mustard gas":** *Asheville* [NC] *Citizen Times*, Oct. 3, 1953.

198 **"disturbed bone-marrow," "direct toxic action":** E. B. Krumbhaar and Helen D. Krumbhaar, "The Blood and Bone Marrow in Yellow Cross (Mustard Gas) Poisoning: Changes Produced in Bone Marrow of Fatal Cases," *Journal of Medical Research*, vol. 40, no. 3 (July 10, 1919): pp. 497–508.

199 **"We fully recognize":** Frank E. Adair and Halsey J. Bagg, "Experimental and Clinical Studies on the Treatment of Cancer by Dichloroethylsulphide (mustard gas)," *Annals of Surgery*, vol. 93, no. 1 (January 1931): p. 193.

199 **"anti-carcinogenic action":** I. Berenblum, "Experimental Inhibition of Tumour Induction by Mustard Gas and Other Compounds," *Journal of Pathology*, vol. 40 (1935): pp. 549–58.

200 **"Penicillin for cancer":** *Asheville* [NC] *Citizen Times*, Oct. 3, 1953.

200 **"Tower of strength":** Alexander, "Bari Harbor—and the Origins of Chemotherapy," p. 25.

201 **"Dusty, as I knew him":** Alexander, "Bari Harbor," lecture, SFAP.

201 **Winternitz assigned study, "substance X":** Alfred Gilman Sr., "The Initial Clinical Trial of Nitrogen Mustard," *American Journal of Surgery*, vol. 105 (May 1963): p. 574.

201 **"enemy did not intend," "battery of syringes":** Ibid., p. 575.
202 **"Close contact," "The point":** Ibid., p. 574.
202–3 **"unique properties," "sensitivity," "The problem":** Ibid., pp. 574–75.
203 **"lone mouse":** Ibid.
203 **"Amazement":** Tom Urtz, "On the Trail of a Cancer Cure," *Yale–New Haven* Magazine, Yale–New Haven Hospital publication, Fall 1983, p. 8.
203 **"This was quite":** Gilman, "The Initial Clinical Trial of Nitrogen Mustard," p. 575.
203–4 **"prolongation of survival," "therefore came up":** Ibid., p. 576.
204 **"act of a charlatan":** Ibid., p. 577.
204 **"Without consulting anyone":** Gene Cooney, "Cancer Chemotherapy" from Battlefield . . . to the Laboratory . . . to the Bedside," *Yale–New Haven Magazine*, Winter 1992, p. 20, and Urtz, "On the Trail of a Cancer Cure," p. 11.
204 **"sufficiently encouraging":** Gilman, "The Initial Clinical Trial of Nitrogen Mustard," p. 576.
204 **"Any drug that gave":** Urtz, "On the Trail of a Cancer Cure," p. 9.
205 **"JD":** John E. Fenn and Robert Udelsman, "First Use of Intravenous Chemotherapy Cancer Treatment: Rectifying the Record," *Journal of the American College of Surgeons*, vol. 212, no. 13 (March 2011): pp. 413–17.
205 **"The patient's outlook":** Ibid., p. 415.
206 **"unwarranted confidence":** Gilman, "The Initial Clinical Trial of Nitrogen Mustard," p. 577.
206 **"softening," "all cervical," "For a short time":** Ibid.
207 **"serious error," "fortunate guess":** Ibid.
208 **"very narrow":** Louis S. Goodman, Maxwell M. Wintrobe, William Dameshek, Morton J. Goodman, Major Alfred Gilman, and Margaret T. McLennan, "Nitrogen Mustard Therapy: Use of Methyl –Bis (Beta-Chloroethyl) amine Hydrochloride and Tris (Beta-Chloroethyl) amine Hydrochloride for Hodgkin's Disease, Lymphosarcoma, Leukemia, and Certain Allied Disorders," *Journal of the American Medical Association* (henceforth *JAMA*), vol. 132, no. 3 (Sept. 21, 1946): pp. 126–32.
209 **"to obtain data":** Rhoads, "The Sword and the Ploughshare," p. 308; *New York Times*, Jan. 9, 1946.
210 **"enemy dared not," "same wartime system":** *The Gazette and Daily* (York, PA), Jan. 5, 1945.
211 **"He dreamed of an approach":** Joseph Burchenal, "Cornelius P. Rhoads, M.D., 1895–1959," *CA: A Cancer Journal for Clinicians*, vol. 28, no. 5 (Nov./Dec. 1959), http://onlinelibrary.wiley.com, accessed July 2019.
211 **"Bench-to-bedside research":** C. P. Rhoads, "Cancer University," *Kettering Digest*, Dayton, OH, National Cash Register Co. (1956): p. 84.

212 **"This may be the key":** Musso, "Medical Detective Work," *Pascack Valley Community Life*, July 16, 1980.
212 **"That the Bari Harbor contribution":** Alexander, "Bari Harbor," lecture, SFAP.

第 10 章　正面攻击

213 **"First atomic bomb," "harnessed," "a marvel":** *New York Times*, August 7, 1945.
214 **"organized science":** Ibid.
214 **"a fresh page":** Paul Boyer, *By the Bomb's Early Light: American Thought and Culture at the Dawn of the Atomic Age* (Chapel Hill: University of North Carolina Press, 1985), p. 134.
214 **"Dream team":** Stuart W. Leslie, *Boss Kettering: Wizard of General Motors* (New York: Columbia University Press, 1983), p. 122.
214 **"American industrial research," "the amazing":** *New York Times*, Aug. 8, 1945.
214 **"Very rapid progress," "apparently hopeless," "I cannot help":** Ibid.
215 **"direct":** C. P. Rhoads, "Cancer University," p. 83.
215 **"Help to conquer":** *New York Times*, Aug. 7, 1945.
216 **"There is something":** *New York Herald Tribune*, Aug. 9, 1945.
216 **"persuasive tongue":** "Frontal Attack," *Time*, June 27, 1949.
216 **"He's no Scrooge":** *New York Times*, Feb. 18, 1966.
217 **"Moral fraud":** David Farber, *Sloan Rules: Alfred P. Sloan and the Triumph of General Motors* (Chicago: University of Chicago Press, 2002), p. 209.
217 **"economic royalists":** Ibid., p. 185.
217 **"All are alike":** Ibid., p. 209.
217 **"eminently proper":** *New York Times*, Feb. 18, 1966.
217 **"Our attention":** Farber, *Sloan Rules*, p. 211.
218 **"frontal attack":** Rhoads, "Cancer University," p. 81; "Frontal Attack," *Time*, June 27, 1949.
218 **"skeleton plan," "[W]hether the whole":** Ibid., p. 80.
219 **"tomorrow," "screwdriver and pliers":** Ibid., pp. 32, 82.
219 **"well-defined," "too diffuse":** Ibid., p. 79.
219 **"the interminable labor":** Ibid., pp. 81–82.
220 **Standard Oil and GM business ties to Nazi Germany:** Henry Ashby Turner Jr., *General Motors and the Nazis: The Struggle for Control of Opel, Europe's Biggest Carmaker* (New Haven, CT: Yale University Press, 2005); "Corporations and Conscience," *New York Times*, Dec. 6, 1988; Michael Straight, "Standard Oil: Axis Ally," *New Republic*, April 6, 1942; Michael Dobbs, "Ford and GM

Scrutinized for Alleged Nazi Collaboration," *Washington Post,* Nov. 10, 1998; Charles Higham, *Trading with the Enemy: An Exposé of the Nazi-American Money Plot, 1933–1949* (New York: Dell, 1984); Edwin Black, "Nazis Rode to War on GM Wheels," *San Francisco Chronicle,* Jan. 7, 2007; Edwin Black, *Nazi Nexus: America's Corporate Connections to Hitler's Holocaust* (New York: Dialog Press, 2017).

221 **"arsenal of Democracy," "Arsenal of Fascism"**: Dobbs, "Ford and GM Scrutinized"; GM Opel will dominate European market in *New York Times,* March 18, 1929, and March 18, 1932.
221 **"a strong virile nation"**: Turner Jr., *General Motors and the Nazis,* p. 45.
222 **"Now I believe," "In other words"**: Ibid., p. 27.
223 **"outclassed on mechanical"**: Farber, *Sloan Rules,* p. 225.
223 **"Blitz truck"**: Dobbs, "Ford and GM Scrutinized."
223 **"camouflage"**: Black, "Nazis Rode to War on GM Wheels."
223 **"did not assist"**: Dobbs, "Ford and GM Scrutinized" and "Automakers and the Nazis: GM Responds," *Washington Post,* Dec. 14, 1998.
224 **"a plan has been worked"**: Turner, *General Motors and the Nazis,* p. 97.
224 **"a hostage"**: Ibid., p. 151.
224 **"more than ten thousand"**: Turner, *General Motors and the Nazis,* p. 98.
224–25 **"Distinguished services," "inspiration"**: Dobbs, "Ford and GM Scrutinized."
225 **"League of Benedict Arnolds," "treasonable"**: Turner, *General Motors and the Nazis,* p. 122.
225 **"wasting his time"**: Ibid., p. 126.
225 **"outlaw," "anything but force"**: Ibid.
225 **"a Nazi sympathizer"**: Farber, *Sloan Rules,* p. 229.
226 **"there will be a blast"**: Ibid., p. 231.
226 Kettering **"bug," "flying bug"**: Leslie, *Boss Kettering,* pp. 297–99.
227 **"horsepower is war power," "super fuel"**: Ibid., pp. 301–5.
227 **"He is so engrossed"**: Ibid., p. 307.
228 **"If you are going"**: Farber, *Sloan Rules,* p. 234.
228 **"Victory Is Our Business"**: Ibid., p. 235.
228 **"approximately $22.7 million"**: Black, "Nazis Rode to War on GM Wheels," *New York Times,* Nov. 2, 1948.
229 **"rendered GM guilty"**: Turner, *General Motors and the Nazis,* p. 158.
229 **"War reparations"**: Black, "Nazis Rode to War on GM Wheels."
229 **"unaware of any"**: "Automakers and the Nazis: GM Responds," *Washington Post,* Dec. 14, 1998.
229 **"Corporate officials"**: "Corporations and Conscience," *New York Times,* Dec. 6, 1988.
230 **"principal target"**: *New York Times,* Aug. 27, 1944.

230 **"war on cancer"**: *New York Times,* Jan. 20, 1942.
230 **"the greatest curse"**: Farber, *Sloan Rules,* p. 241.
230 **"Kettering Will Direct," "scientific community"**: Rhoads, "Cancer University," p. 83.
231 **"professional amateur"**: Ibid.
231 **"As such it now ranks"**: *Williamsport* [PA] *Sun-Gazette,* Jan. 10, 1946.
231 **"The Nazis were"**: "Frontal Attack," *Time,* June 27, 1949.
232 **"All I can do"**: Ibid.
232 **"There is a tendency"**: Smith, *Toxic Exposures,* pp. 110–11.
232 **"in the war of science," "Coordinated research"**: *New York Times,* Oct. 18, 1945.
233 **"important observation"**: Rhoads, "The Sword and the Ploughshare," p. 3.
233 **"lead to a cure"**: Alexander, "Bari Harbor," lecture, SFAP.
234 **"Stewart had many," "Perhaps more than any"**: Author interview with Dr. Michael Nevins; Michael Nevins, testimonial speech (undated), included in Alexander, *SFA.*
234 **"volunteering," narrowly escaped injury**: *The Record* (Bergen County, NJ), Nov. 30, 2005.
235 **"army of children"**: Author interview with Diane and Judith Alexander, July 2018.
235 **"I was young"**: Lunardini, "The Birth of a Notion," p. 20.

第 11 章　考验和磨难

236 **"too much power"**: "Frontal Attack," *Time,* June 27, 1949.
236 **"arbitrary and autocratic"**: "Mr. Cancer Research," *Time,* Aug. 24, 1959.
236 **"publicity seeking"**: Ibid.
236 **"wartime emergency"**: "Frontal Attack," *Time,* June 27, 1949.
237 **"tower of hope"**: Ibid.
237 **"human guinea pig"**: Mary Woodward Lasker, "The Unforgettable Character of Dusty Rhoads," *Reader's Digest,* April 1965, p. 166.
237 **"Pure research," "no necessary," "purposeful"**: Warren Weaver, Draft of remarks at Memorial Service for Dr. Rhoads, Sept. 22, 1959, Warren Weaver Papers, Box 7, 76–96, Rockefeller Archive Center, hereafter RAC.
237 **"Hawk-like eyes," "outspoken, frequently blunt," "stepped on"**: *New York Times,* Oct. 10, 1956.
238 **John D. Rockefeller and medical research**: Frances R. Frankenburg, *Human Medical Experimentation: From Smallpox Vaccines to Secret Government Programs* (Santa Barbara, CA: Greenwood, 2017), pp. 341–43.

238 **"big ideas":** Dr. William Bosworth Castle, transcript of an oral history interview conducted 2008, ASH Oral History, "Legends in Hematology," American Society of Hematology Project, Columbia University, New York City, pp. 1–3.

239 **"scientific value" and Castle's report on patients:** General Statement of Dr. William Castle, director of The Anemia Commission of the Rockefeller Foundation (hereafter RF) on their work and Dr. Rhoads's case, typescript, March 7, 1932, pp. 1–4, RF, RG 1.1, 243 Anemia, box 1, folder 7: 2, RAC.

239 **"Exciting experiment," "We now have":** C. P. Rhoads to Simon Flexner, Sept. 19, 1931, RF, RG 1.1, 243 Anemia, box 1, folder 7, RAC.

240 **For various descriptions of events surrounding the Rhoads letter to Fred "Ferdie" Stewart:** Susan E. Lederer, "'Porto Ricochet': Joking about Germs, Cancer and Race Extermination in the 1930s," *American Literary History* 14, no. 4 (Winter 2002): pp. 720–46; Laura Briggs, *Reproducing Empire: Race, Sex, Science and U.S. Imperialism in Puerto Rico* (Berkeley: University of California Press, 2002), pp. 60–62; Pedro Aponte-Vázquez, *The Unsolved Case of Dr. Cornelius P. Rhoads: An Indictment* (San Juan: Rene Publications, 2004), pp. 57–63.

240 **"very much surprised":** Interview with Dr. William Galbreath, Director of Presbyterian Hospital, in Quiñones file, Feb. 9, 1932, RF, RG 1.1, 243 Anemia, box 1, folder 5, RAC.

240–41 **"High regard," "all a joke":** Ibid.

241 **"Fear" and "distrust":** Sworn Statement of Luis Baldoni in Quiñones file, Jan. 2, 1932, RF, RG 1.1 243 Anemia, box 1, folder 5, RAC.

241 **"considered the matter":** H. H. Howard to George Payne, Jan. 30, 1932, RF, RG 1.1, 243 Anemia, box 1, folder 6, RAC.

241–242 **"it would be ideal" and text of Rhoads letter:** Page 2 of Special Attorney José Ramón Quiñones to Honorable Governor of Porto Rico, Feb. 11, 1932, RF, RG 1.1, 243 Anemia, box 1, folder 5, RAC.

242 **"inoculate," "tuberculosis and other":** Ibid.

242 **"Confession of murder" and "libel":** Gov. James R. Beverley to Col. F. F. Russell of RF, Jan. 30, 1932, RF, RG 1.1, 243 Anemia, box 1, folder 5, RAC.

243 **"poison Ivy," "spin doctor":** Pedro Aponte-Vázquez, *The Unsolved Case of Dr. Cornelius P. Rhoads*, p. 26; David Miller and William Dinan, *A Century of Spin: How Public Relations Became the Cutting Edge of Corporate Power* (London: Pluto Press, 2008).

243 **"Regret very much":** "Porto Ricochet," *Time,* Feb. 15, 1932.

243–44 **"It tells of eight," "friend," "parody":** *New York Times,* Jan. 30, 1932.

244 **Payne interview:** Payne interviewed by William A. Sawyer of RF, Feb. 9, 1932, RF, RG 1.1, 243 Anemia, box 1, folder 6, RAC.

244 **"safety valve":** Lederer, "Porto Ricochet: Joking about Germs, Cancer and Race Extermination," p. 735.

244 **"Only a few years":** Ibid., p. 734.

245 **"The incident casts," "news":** Telegram from Henry R. Luce to Ivy Lee, Feb. 9, 1932, RF, RG 1.1, 243 Anemia, box 1, folder 6, RAC.
245 **"He and Dr. Castle," "His parody":** "Porto Ricochet," *Time,* Feb. 15, 1932.
245–46 **"acting on my instructions," and observations about patient deaths and Rhoads:** General Statement of Dr. William Castle, typescript, March 7, 1932, pp. 1–4, RF, RG 1.1, 243 Anemia, box 1, folder 7: 2, RAC.
246 **"by direct or indirect," "untrue":** Quiñones to Hon. Gov. of Porto Rico, Feb. 11, 1932, RF, RG 1.1, 243 Anemia, box 1, folder 5, RAC.
246 **"Dr. Rhoads Cleared":** *New York Times,* Feb. 15, 1932.
246 **"very happy," "Incidentally":** Gov. James R. Beverley to W. A. Sawyer of RF, Feb. 17, 1932, RF, RG 1.1, 243 Anemia, box 1, folder 6, RAC.
247 **"I think we have":** Payne to Doctor H. H. Howard of RF, Feb. 25, 1932, RF, RG 1.1, 243 Anemia, box 1, folder 6, RAC.
247 **"To him," "genuine interest," "No patients":** Rafael Arroyo Zeppenfeldt to Editor of *La Correspondencia,* Jan. 29, 1932, RF, RG 1.1, 243 Anemia, box 1, folder 4: 2, RAC.
248 **"The work he began," "His work":** Dr. George Minot to Dr. Herbert S. Gasser, Cornell University Medical College, Sept. 25, 1935, RF, RG 1.1, box 25, folder 20, RAC.
248 **"and his skill":** George W. Corner, *A History of The Rockefeller Institute, 1901–1953: Origins and Growth* (New York City: Rockefeller Press, 1964), p. 477.
248 **"Porto Rican episode":** Business manager of RF in response to Rhoads request, March 6, 1942, RF, RG 1.1, 243 Anemia, box 1, folder 7, RAC.

第 12 章　真相大白

250 **"For a moment":** Rhoads, "The Sword and the Ploughshare," p. 299.
251 **"A medical officer":** Ibid.
252 **"to produce more," "striking proportions":** D. A. Karnofsky, "The Nitrogen Mustards and their Application in Neoplastic Diseases," *New York State Journal of Medicine,* vol. 47, issue 9 (May 1947): pp. 992–93.
252 **"chemical tool," "unique group":** Rhoads, "The Sword and the Ploughshare," p. 309.
252 **"It is quite true":** Ibid.
253 **"undreamed of only":** *Cincinnati Enquirer,* April 2, 1947.
253–54 **Goodman and Gilman landmark studies:** Goodman et al., "Use of Methyl-Bis (Beta-Chloroethyl)amine Hydrochloride and Tris (Beta-Chloroethyl)amine Hydrochloride for Hodgkin's Disease, Lymphosarcoma, Leukemia and Certain Allied Disorders," *JAMA,* vol. 132, no. 3 (Sept. 21, 1946): pp. 126–32; Alfred Gilman and Frederick S. Philips, "The Biological Actions and Therapeutic Appli-

cations of the B-Chloroethyl Amines and Sulfides," *Science,* vol. 103, no. 2675 (1946): pp. 409–15.

254 **"prompted," "the experience":** *New York Times,* April 21, 1946.

254 **"deadly artillery":** "Medicine: Mustard Against Cancer," *Time,* Oct. 21, 1946.

254–55 **"War Gases Tried," "fifteen or twenty years":** *New York Times,* Oct. 6, 1946.

255 **"Medicine: Mustard Against Cancer":** "Medicine: Mustard Against Cancer," *Time,* Oct. 21, 1946.

255 **"significant remissions," "had been kept":** Ibid.; Leon O. Jacobsen, Charles L. Spurr, E. S. Guzman Barron, Taylor R. Smith, Clarence Lushbaugh, and George Dick, "Nitrogen Mustard Therapy: Studies on the Effect of Methyl-Bis (B-Chloroethyl) Amine Hydrochloride on Neoplastic Disease and Allied Disorders of the Hemopoietic System," *JAMA,* vol. 132, no. 6 (Oct. 5, 1946): pp. 263–71.

255 **"potentially dangerous drug":** Smith, *Toxic Exposures,* p. 107.

256 **"Alfred, you belong":** Vincent DeVita Jr. and Edward Chu, "A History of Cancer Chemotherapy," *Cancer Research,* vol. 68, no. 21, American Association for Cancer Research (Nov. 2008): pp. 8643–53.

256 **"Those who have not":** Joseph Holland Burchenal, "The Historical Development of Cancer Chemotherapy," *Seminars in Oncology,* vol. 4, no. 2 (June 1977): p. 136.

257 **"neochemotherapists":** "Joseph H. Burchenal: In Memoriam (1912–2006)," *Cancer Research,* American Association for Cancer Research (Dec. 2006).

257 **"studies of a fundamental":** C. P. Rhoads, "Perspectives in Cancer Research," in New York Academy of Medicine, ed., *Perspectives in Medicine* (New York: Columbia University Press, 1948).

258 **"briefly interrupt":** David Karnofsky, Walter H. Abelmann, Lloyd F. Craver, and Joseph H. Burchenal, "The Use of Nitrogen Mustards in the Palliative Treatment of Carcinoma," *Cancer* (November 1958): p. 655.

258 **Karnofsky Performance Status Scale, "disabled":** Carsten Timmermann, "'Just Give Me the Best Quality of Life Questionnaire': The Karnofsky Scale and the History of Quality of Life Measurements in Cancer Trials," in *Chronic Illness,* vol. 3 (Sept. 2013): pp. 179–90.

259 **"C-Day Landing":** *New York Times,* April 16, 1948.

260 **SKI colony of mice, "take":** *Lawton* [OK] *Constitution,* May 9, 1948.

260 **"In the fight":** Ibid.

260 **"Differential effect":** "Frontal Attack," *Time,* June 27, 1949.

261 **"It was a sad":** Rhoads, *Kettering Digest,* p. 84.

262 **"There is no place":** *Muscatine* [IA] *Journal and News-Tribune,* Feb. 22, 1949.

262 ***Symphony of the Air:*** Leslie, *Boss Kettering,* p. 310.

262 **"All research is 99.9 percent":** A. H. Alexander, "The World's Most Dissatisfied Man," *Philadelphia Inquirer,* July 13, 1957, p. 136.

263 **Farber folic-acid experiments:** Siddhartha Mukherjee, *The Emperor of All Mal-*

adies: A Biography of Cancer (New York: Scribner, 2010), pp. 27–36; Meyers, *Happy Accidents,* pp. 128–29.

263 **"Devastation rather than triumph":** Meyers, *Happy Accidents,* pp. 128–29.

264 **"Babe" Ruth, one of the first chemo patients:** Lawrence K. Altman, MD, "The Doctor's World: Ruth's Other Record: Cancer Pioneer," *New York Times,* Dec. 29, 1998.

265 **"pulmonary complications," "asked no questions":** Ibid.

265 **"famous national figure," "a cure":** *Wall Street Journal,* Sept. 11, 1947.

265 **"hot news":** *New York Times,* Aug. 22, 1948.

266 **"no special drug," "had been previously":** *New York Times,* Aug. 18, 1948.

266 **"bold" play, "complicated the struggle," "In spite of":** "Toward the Cancer Goal," *Newsweek,* Oct. 18, 1948.

267 **Farber's repeated remissions, Burchenal confirmed:** Angela Thomas, "Joe Burchenal and the Birth of Combination Chemotherapy," *British Journal of Hematology,* vol. 133, issue 5 (June 2006), pp. 493–503.

267 **"Anti-metabolic effect":** *New York Times,* Oct. 5, 1948.

268 **Howard Skipper background:** Alexander, *SFA*; Linda Simpson-Herren and Glynn P. Wheeler, "Howard Earle Skipper: In Memoriam (1915–2006)," *Cancer Research,* American Association for Cancer Research (Dec. 2006).

268 **"Cancer Fighter":** "Frontal Attack," *Time,* June 27, 1949.

269 **"We can help only," "no callous," "Some people ask":** Ibid.

270 **"rational" method, Gertrude Elion:** John Laszlo, MD, *The Cure of Childhood Leukemia: Into the Age of Miracles* (New Brunswick, NJ: Rutgers University Press, 1996), pp. 62–85.

270 **Burchenal "2,6" tests:** William Wells, with the assistance of Gertrude Elion and John Laszlo, "Curing Childhood Leukemia," *Beyond Discovery: The Path from Research to Human Benefit* (Washington, DC: National Academy of Sciences, 1997); Thomas, "Joe Burchenal and the Birth of Combination Chemotherapy"; Laszlo, *The Cure of Childhood Leukemia,* pp. 54–55.

271 **Burchenal trial of 6-MP:** Wells, "Curing Childhood Leukemia"; Thomas, "Joe Burchenal and the Birth of Combination Chemotherapy"; Laszlo, *The Cure of Childhood Leukemia,* pp. 56–57.

272 **"We were rescued":** Ibid., p. 70.

272 **"Supplies of 6-MP":** Ibid., p. 71.

272–73 **Debbie Brown, "*cure*":** Wells, "Curing Childhood Leukemia."

273 **"Chemotherapy of cancer":** Burchenal, "The Historical Development of Cancer Chemotherapy," p. 136.

273 **"wonder-drug remedies":** *Asheville* [NC] *Citizen-Times,* Oct. 3, 1953; *Oneonta* [NY] *Star,* Oct. 5, 1953; *Burlington* [VT] *Free Press,* Nov. 5, 1953.

273–74 **"I am convinced," "including everything":** *Asbury Park* [NJ] *Press,* Oct. 3, 1953; also in C. P. Rhoads testimony, Health Inquiry (Heart Disease, Cancer) Hearing, Oct. 1–3, 1953, Committee on Interstate and Foreign Commerce, House Sudoc No. Y4.In8/4:H34/7/pt.1, CIS #83 H1420–5-A, Microfiche group 3, link: https://congressional.proquest/congressional/docview/t29/.d30.hrg-1953-fch-0012.

274 **"fighting for," "full of cancer"**: *New York Times*, Oct. 3, 1953.
274 **"Inevitably, as I see it," "a variety"**: Ibid.
274 **"Taft's Doctor"**: *Washington Post*, Oct. 3, 1953.
275 **"Most of the road," "crash"**: *New York Times*, Oct. 4, 1953.
275 **"fairy godmother"**: James S. Olson, *Making Cancer History: Disease and Discovery at the University of Texas M. D. Anderson Cancer Center* (Baltimore, MD: Johns Hopkins University Press, 2009), p. 46.
275 **"smoldering determination"**: Lasker, "The Unforgettable Character of Dusty Rhoads," p. 164.
276 **"Rhoads is making"**: Warren Weaver Diary, 4 October 1955, p. 91, Rockefeller Foundation, RG 12 Officers' Diaries, RAC, retrieved from https://storage.rockarch.org/58721bae-3476–469f-875a-a9b4a726911b-rac_rfdiaries_12–2_weaver_1932–1959_040.pdf.
276 **"spontaneous regression"**: Mahoney, "What We Know Now About Cancer," *American Legion Magazine*, p. 44.
277 **"there clearly does"**: Claude Stanush, "Medicine's Greatest Hunt—For Chemicals to Starve Out Cancer," *Collier's* (Nov. 23, 1956), p. 31; Sidney Katz, "Is There a Drug to Cure Cancer?" *Maclean's Magazine* (April 12, 1958), pp. 78–79.
277 **"A dramatic breakthrough"**: Lasker, "The Unforgettable Character of Dusty Rhoads," p. 170.
277 **"Skepticism surrounded"**: DeVita and Chu, "A History of Cancer Chemotherapy."
277 **"aggressive skepticism," "They had seen"**: Author interview with Dr. Vincent T. DeVita Jr., August 2019.
278 **"Blood Club," "I had never seen"**: Ibid.; Vincent T. DeVita Jr. and Elizabeth DeVita-Raeburn, *The Death of Cancer: After Fifty Years on the Front Lines of Medicine, A Pioneering Oncologist Reveals Why the War on Cancer Is Winnable—And How We Can Get There* (New York: Farrar, Straus and Giroux, 2015), p. 83.
278 **"Cabal," "return to the good old days"**: C. P. Rhoads to Reginald G. Coombe and Laurance Rockefeller, July 19, 1954, Warren Weaver Papers, Box 7, folders 76–96, RAC.
278 **"willful band," "Jealous"**: "Mr. Cancer Research," *Time*, Aug. 24, 1959.
278 **"The history of medical"**: C. P. Rhoads to Reginald G. Coombe and Laurance Rockefeller, July 19, 1954, Warren Weaver Papers, Box 7, folders 76–96, RAC.
279 **"So much of the support"**: Warren Weaver to Frank A. Howard and Laurance Rockefeller, Dec. 16, 1957, accompanying "Memorandum Concerning Memorial Center—Hospital, SKI, ETC.," Warren Weaver Papers, Box 7, folders 76–96, RAC.

279　**"The essential fact"**: *The News-Messenger* (Fremont, OH), Nov. 14, 1956.
280　**"Mr. Cancer Research"**: "Mr. Cancer Research," *Time*, Aug. 24, 1959.
280　**"It is no longer"**: Stanush, "Medicine's Greatest Hunt—For Chemicals to Starve Out Cancer," *Collier's* (Nov. 23, 1956), p. 31.
280–81　**Min Chui Li background, "As a sign," "hcg level"**: DeVita Jr. and Edward Chu, "A History of Cancer Chemotherapy"; Emil J. Freireich, "Min Chui Li: A Perspective in Cancer Therapy," *Clinical Cancer Research,* vol. 8, issue 9 (Sept. 2002); Mukherjee, *The Emperor of All Maladies*, pp. 137–38.
281　**"It was a fantastic"**: Emil J. Freireich, transcript of an oral history interview conducted by Gretchen A. Case at Dr. Freireich's offices at the University of Texas M. D. Anderson Cancer Center on June 19, 1997, National Cancer Institute Oral History Project, History Associates Inc., p. 76.
281　**"Li was accused"**: Mukherjee, *The Emperor of All Maladies*, pp. 137–38.
282　***"poison"***: DeVita Jr. and Chu, "A History of Cancer Chemotherapy."
282　**"butcher shop," "even while"**: DeVita Jr. and DeVita–Raeburn, *The Death of Cancer*, p. 60.
282　**"Young Turks"**: Laszlo, *The Cure of Childhood Leukemia*, p. 57.
282　**"No one can ever"**: Freireich, transcript of an oral history interview, p. 77.
282–83　**"mouse doctor," "cell kill," "synergistic"**: DeVita Jr. and Chu, "A History of Cancer Chemotherapy"; Mukherjee, *The Emperor of All Maladies*, pp. 193–42.
283　**Burchenal and combination therapy:** Thomas, "Joe Burchenal and the Birth of Combination Chemotherapy," pp. 498–501.
284　**At NCI, VAMP:** DeVita Jr. and DeVita–Raeburn, *The Death of Cancer*, pp. 49–63.
284　**"verbal bloodbath"**: Ibid., p. 49.
284　**"At first I opposed it"**: James S. Olson, 2nd Reading from "Making Cancer History—Frei and Freireich Combination Chemotherapy," University of Texas M. D. Anderson Cancer Center Project, video transcript, retrieved from https://www.mdanderson.org › transcripts › making-cancer-history-2, accessed July 2019.
285　**MOMP, "fierce resistance"**: DeVita Jr. and Chu, "A History of Cancer Chemotherapy."
286　**"It would be too dangerous"**: DeVita Jr. and DeVita–Raeburn, *The Death of Cancer*, p. 77.
286　**"The results were startling"**: DeVita Jr. and Chu, "A History of Cancer Chemotherapy."
286　**Golden Age:** G. Bonadonna, "Does Chemotherapy Fulfill Its Expectations in Cancer Treatment?" *Annals of Oncology*, vol. 1, no. 1 (1990): p. 12.
286　**"War on Cancer"**: DeVita Jr. and DeVita–Raeburn, *The Death of Cancer*, p. 244.
286　**"the same kind"**: Richard A. Rettig, *Cancer Crusade: The Story of the National Cancer Act of 1971* (New York: Authors Choice Press, 1977), p. 77.
286　**"It was heady"**: DeVita Jr. and DeVita–Raeburn, *The Death of Cancer*, p. 137.

287　**"walking a tightrope"**: Glenn Infield, "Out of Calamity: Chemotherapy," *Roche Image: Of Medicine and Research* (Nov. 1972): p. 30.

288　**Hitchings and Elion discover new drugs**: Wells, with the assistance of Gertrude Elion and John Laszlo, "Curing Childhood Leukemia," *Beyond Discovery: The Path from Research to Human Benefit* (Washington, DC: National Academy of Sciences, 1997); Laszlo, *The Cure of Childhood Leukemia*, pp. 54–55.

288　**"With the addition of 6-MP"**: Gertrude B. Elion, "The Purine Path to Chemotherapy," Nobel Prize Lecture, December 8, 1988, Wellcome Research Laboratories, Burroughs Wellcome, Research Triangle Park, retrieved from https://www.nobelprize.org/uploads/2018/06/elion-lecture.pd.

288–89　**"adjuvant," "All these things"**: Author interview with Dr. Vincent T. DeVita Jr., Aug. 2019; decline in mortality figures from DeVita Jr. and DeVita–Raeburn, *The Death of Cancer*, p. 245.

289　**"We *are* winning"**: Ibid., p. 245.

289　**"*cure*," "A lot of the things"**: Author interview with Dr. Vincent T. DeVita Jr., Aug. 2019.

289　**"Cancer is a disease"**: DeVita Jr. and DeVita–Raeburn, *The Death of Cancer*, p. 246.

289　**"His death is a loss"**: "Crusader Against Cancer," *New York Times*, editorial, Aug. 15, 1959.

290　**"It is quite literally"**: Warren Weaver, SKI Chairman of the Board, transcript of his Statement to the Staff of Memorial Center, Aug. 18, 1959, Warren Weaver Papers, Box 7, folders 76–96, RAC.

290　**"It is not the critic"**: Lasker, "The Unforgettable Character of Dusty Rhoads," p. 172.

291　**"Beat their swords"**: Isaiah 2:4, retrieved from https://biblehub.com › Isaiah.

291　**"The Bari incident"**: Rhoads, "The Sword and the Ploughshare," p. 309.

后记　迟到的正义

292　**"There is something," "Apparently, secrecy"**: Jules Hirsch, "An Anniversary for Cancer Chemotherapy," *JAMA*, vol. 296, no. 12 (Sept. 27, 2006): pp. 1518–20.

293　**"one of the ships," "Fortunately"**: Eisenhower, *Crusade in Europe*, p. 226.

293　**"disaster," "most unfortunate"**: Ibid.

293　**"still some few details"**: Karig, Burton, and Freeland, *Battle Report*, p. v.

293　**"I hope you"**: Lt. Col. A. L. d'Abreu to Gen. Dwight D. Eisenhower, Jan. 26, 1949, Dwight D. Eisenhower Presidential Papers, Pre-Presidential 1916–1952, name series, Box 30, Dwight D. Eisenhower Presidential Library.

294　**"thoughtfulness," "As a matter"**: Gen. Dwight D. Eisenhower to Col. A. L. d'Abreu, Feb. 14, 1949, Ibid.

294 **"picked up the missing":** Jeavons, "Big Bang at Bari," pp. 462–63.
295 **"While I have not yet":** Gen. Dwight D. Eisenhower to Col. A. L. d'Abreu, Feb. 14, 1949, Dwight D. Eisenhower Presidential Papers, Pre-Presidential 1916–1952, name series, Box 30, Dwight D. Eisenhower Presidential Library.
295 **"Chance hit":** Churchill, *Closing the Ring*, p. 225.
295 **"spectacularly successful," "Although regraded":** Saunders, "The Bari Incident," pp. 36–39.
296 **"curiosity aroused," "even in the late," "a polite":** Glenn Infield, "Disaster at Bari," *American Heritage*, vol. XXII, no. 6 (Oct. 1971): p. 105.
297 **"talk of the war":** *The Record* (Bergen County, NJ), May 2002.
298 **"not correct," "had not considered":** Nicholas Spark interviews with S. F. Alexander, April 4, 1987, NSP.
299 **"one thousand deaths":** Infield, *Disaster at Bari*, p. 177.
299 **Disputed by Italian historians:** Author interviews with Drs. Vito Antonio Leuzzi and Pasquale Trizio in Bari, Italy, October 2018.
299 **Explosion of SS *Charles Henderson*:** Ibid.
300 **"a time bomb":** Ibids
300 **Cleanup operation, two thousand mustard gas canisters:** Author interview with Francesco Morra, Rome, Oct. 2018; also, Francesco Morra, *Top Secret: Bari 2 Dicembre 1943: La Vera Storia della Pearl Harbor del Mediterraneo* (Roma: Castelvecchi, 2014), p. 113.
301 **"one of the best":** Infield, *Disaster at Bari,* book jacket.
301 **"produced no information," "Had the mustard":** Aikens, *Nurses in Battledress*, pp. 92–93.
302 **"It came as," "cover-up":** Author interviews with George Southern, with the assistance of his son, historian Paul Southern, June and July 2018.
302 **"deadly cocktail":** Southern, *Poisonous Inferno*, book jacket.
303 **"content to be":** Ibid., p. 50.
303 **"The cover-up meant," "It made me":** Author interviews with George Southern, with the assistance of his son, historian Paul Southern, June and July 2018.
303 **Bert Stevens background:** Southern, *Poisonous Inferno*, pp. 23, 98, and especially 154–58; Perera and Thomas, "Britain's Victims of Mustard-gas Disaster."
304 **A1, "fit for further service":** Southern, *Poisonous Inferno*, p. 155.
304 ***mustard gas*:** Ibid., p. 157; Perera and Thomas, "Britain's Victims of Mustard-gas Disaster."
304–5 **"Did at any time," "He never volunteered":** Ibid., pp. 156–57.
305 **Bert Stevens pension backdated:** Alan Baker, Department of Health and Social Security, Friars House, to Michael McAloon, Ministry of Defence, March 6, 1986, Pension file, TNA: PIN 15/5071; also Perera and Thomas, "Britain's Victims of Mustard-gas Disaster."

305 **"special exercise"**: Malcolm Beaumont, War Pensions Policy, Department of Health and Social Security to Mr. J. Nicol, Terry Resource and Advice group, July 3, 1991, Pensions file, TNA: PIN 15/5071 and 15/5217.
306 **"As it has turned out"**: Southern, *Poisonous Inferno*, p. 158.
306 **"All the records"**: Nicholas Spark interview with S. F. Alexander, March 31, 1987, NSP.
306 **"Should we frame"**: Infield, *Disaster at Bari*, p. 248.
307 **sixty thousand affected servicemen:** Pechura and Rall, *Veterans at Risk,* pp. v–x.
307 **"There can be no question"**: Karen Freeman, "The VA's Sorry, the Army's Silent," *Bulletin of the Atomic Scientists,* vol. 49, no. 2 (March 1993), p. 39.
308 **VA later identified five hundred Bari victims:** Jeanne B. Fites, Deputy Under Secretary of Defense, Requirements and Resources, to Hon. Porter Goss, House of Representatives, Pension file, in Congressional Hearing on Experiments with Human Test Subjects, Briefing Book Sept. 28, 1994, retrieved from https:// www.esd.whs.mil/Portals/54/Documents/FOID/Reading%20Room/Personnel _Related/12-F-0895_Chemical_Weapons_Exposure_Project_Section-B2_1993 _Binder2_Part2_Redacted.pdf.
308 **"[We] have heard"**: Constance M. Pechura to Warren Brandenstein, May 26, 1992, cited in Gerald Reminick, *Nightmare in Bari: The World War II Liberty Ship Poison Gas Disaster and Cover-Up* (Palo Alto, CA: Glencannon Press, 2001), p. 193.
308 **"Extraordinary" experiments:** Pechura and Rall, *Veterans at Risk.*
308–9 **"Patch tests," "chamber tests," "man-break tests"**: Ibid., pp. 31–41.
309 **Howard Skipper, mock "bombings"**: Laszlo, *The Cure of Childhood Leukemia,* p. 201.
309 **"A terrible weapon"**: Ibid.
309 **"Was injured"**: Glenn Jenkins to Constance M. Pechura, Jan. 31, 1992, veterans testimony, National Academy of Sciences, cited in Smith, *Toxic Exposures,* p. 128.
310 **CWS test project in Panama**: John Lindsay-Poland, *Emperors in the Jungle: The Hidden History of the U.S. in Panama* (Durham, NC: Duke University Press, 2003), pp. 44, 45, 49–57; Smith, *Toxic Exposures,* pp. 55–56; Pechura and Rall, *Veterans at Risk,* pp. 157–59.
311 **"were convinced," "It was a war"**: Pechura and Rall, *Veterans at Risk,* pp. 68–69.
311 **"The laboratory"**: Smith, *Toxic Exposures,* p. 114.
313 **"I find it morally"**: "Cancer Body to Probe Claims that Scientist Killed Subjects," Inter Press Service, Dec. 3, 2002.
313 **"belated justice," "a written confession"**: Aponte-Vázquez, *The Unsolved Case of Dr. Cornelius P. Rhoads,* p. 15.
313 **"Few people"**: Douglass Starr, "Revisiting a 1930s Scandal, ACR to Rename Prize," *Science,* vol. 300, issue 5619 (April 25, 2003): p. 574.

313   **"incredibly racist"**: Ibid.
313–14 **"If we are going to tar," "due appropriate credit"**: Eric T. Rosenthal, "The Rhoads Not Taken: The Tainting of the Cornelius P. Rhoads Memorial Award," *Oncology Times*, vol. 25, issue 17 (Sept. 10, 2003).
314   **"Dr. Rhoads' ties"**: "About Us" brochure, "Engineering Discovery: The Story of SKI," retrieved from https://www.mskcc.org/about.
314   **"the modern age"**: Lunardini, "The Birth of a Notion," p. 21.
315   **"perfect topic"**: Author interview with Nicholas Spark, July 2018, and Nicholas Spark letter to the author, Aug. 8, 2018.
315   **"Historical novel," "sort out"**: *Tucson [AZ] Citizen*, June 26, 1987; Author interview with Nicholas Spark, July 2018, and Nicholas Spark letter to the author, Aug. 8, 2018.
316   **"The idea that somehow"**: Ibid.
316   **"Speak truth to power"**: Ibid.
316   **"Dr. Alexander is on"**: Nicholas Spark letter to the author, Aug. 8, 2018.
316   **"Not believing"**: Ibid.
316   **spark essay:** Nicholas T. Spark, "'For the Benefit of My Patients. . .': The Debacle at Bari: Government Responsibility Versus the Right to Know," 11th Grade, Historical Essay, NSP.
317   **"With his name"**: Ibid.
318   **"Thus, 44 years"**: *American Medical News*, Oct. 9, 1987.
319   **"a catalyst"**: Press release from the Office of Senator Dennis DeConcini, Hart Senate Office Building, Washington, DC, May 19, 1988, NSP.
319   **"Without his early"**: Ibid.; Certificate of Appreciation presented by Quinn H. Becker, Lieutenant General, U.S. Army, The Surgeon General, Department of the Army, April 7, 1988, SFAP.
319   **"for Washington"**: *Arizona Daily Star*, May 21, 1988.
319   **"This [award]"**: *The Record* (Bergen County, NJ), May 29, 1988.
319   **"I'm very gratified"**: *Mohave Daily Miner*, May 20, 1988.
320   **"I think Churchill"**: *The Record* (Bergen County, NJ), May 29, 1988.
320   **"Tucson Teenager"**: *Arizona Daily Star*, May 21, 1988.
320   **"The Father of Chemotherapy"**: Hon. Marge Roukema of New Jersey, In Tribute to Dr. Stewart F. Alexander, *Congressional Record*, vol. 134, no. 150 (Oct. 20, 1988).
320   **"who sifted through"**: Hirsch, "An Anniversary for Cancer Chemotherapy."

参考文献

Aikens, Gwladys M. Rees. *Nurses in Battledress: The World War II Story of a Member of the Q.A. Reserves*. Halifax: Nimbus Publishing, 1998.

Ambrose, Stephen E. *Eisenhower: Soldier, General of the Army, President-Elect, 1890–1952*, vol. 1. New York: Simon & Schuster, 1983.

———. *The Supreme Commander: The War Years of General Dwight D. Eisenhower*. New York: Anchor Books, 1969.

Aponte-Vázquez, Pedro. *The Unsolved Case of Dr. Cornelius P. Rhoads: An Indictment*. San Juan: Publicaciones René 2004.

Atkinson, Rick. *An Army at Dawn: The War in North Africa, 1942–1943*. New York: Henry Holt, 2002.

———. *The Day of the Battle: The War in Sicily and Italy, 1943–1944*. New York: Henry Holt, 2007.

Boyd, Thomas Alvin. *Charles F. Kettering: A Biography*. Washington DC: Beard Books, 1957.

Brophy, Leo P., and George J. B. Fisher. *United States Army in World War II: The Technical Services. The Chemical Warfare Service: Organizing for War*. Washington, DC: Center of Military History, 1989.

———, Wyndham D. Miles, and Rexmond C. Cochrane. *United States Army in World War II: The Technical Services. The Chemical Warfare Service: From Laboratory to Field*. Washington, DC: Center of Military History, 1988.

Browning, Robert M., Jr. *U.S. Merchant Vessel War Casualties of World War II*. Annapolis, MD: Naval Institute Press, 1996.

Butcher, Harry C. *My Three Years with Eisenhower: The Personal Diary of Captain Harry C. Butcher, USNR, Naval Aide to General Eisenhower, 1942 to 1945*. New York: Simon & Schuster, 1946.

Casey, Robert J. *This Is Where I Came In.* New York: Bobbs-Merrill, 1945.
Churchill, Edward D. *Surgeon to Soldiers: Diary and Records of the Surgical Consultant, Allied Force Headquarters, World War II.* Philadelphia: J. B. Lippincott, 1972.
Churchill, Winston S. *Churchill: The Power of Words*, ed. Martin Gilbert. New York: DaCapo Press, 2013.
———. *The Second World War, Volume V: Closing the Ring.* Boston: Houghton Mifflin, 1951.
Cocks, E. M. Somers. *Kia-Kaha: Life at 3 New Zealand General Hospital 1940–1946.* Christchurch, NZ: Caxton Press, 1958.
Corner, George W. *A History of the Rockefeller Institute, 1901–1953: Origins and Growth.* New York City: The Rockefeller Press, 1964.
Cowdrey, Albert E. *Fighting for Life: American Military Medicine in World War II.* New York: Free Press, 1994.
DePastino, Todd. *Bill Mauldin: A Life Up Front.* New York: W. W. Norton, 2008.
DeVita, Vincent T., Jr., and Elizabeth DeVita-Raeburn. *The Death of Cancer: After Fifty Years on the Front Lines of Medicine, A Pioneering Oncologist Reveals Why the War on Cancer Is Winnable—And How We Can Get There.* New York: Farrar, Straus and Giroux, 2015.
Eisenhower, Dwight D. *Crusade in Europe.* London: William Heinemann, 1948.
Elphick, Peter. *Liberty: The Ships That Won the War.* Annapolis MD: Naval Institute Press, 2001.
Faguet, Guy B., MD. *The War on Cancer: An Anatomy of Failure, A Blueprint for the Future.* Dordrecht: Springer, 2005.
Faith, Thomas Ian. "Under a Green Sea: The U.S. Chemical Warfare Service 1917–1929." PhD diss., George Washington University, 2008; Ann Arbor, MI: University Microfilms, 2008.
———. *Behind the Gas Mask: The U.S. Chemical Warfare Service in War and Peace.* Urbana: University of Illinois Press, 2012.
Farber, David. *Sloan Rules: Alfred P. Sloan and the Triumph of General Motors.* Chicago: University of Chicago Press, 2002.
Frankenburg, Frances R., ed. *Human Medical Experimentation: From Smallpox Vaccines to Secret Government Programs.* Santa Barbara, CA: Greenwood, 2017.
Freireich, Emil J., and Noreen A. Lemak. *Milestones in Leukemia Research and Therapy.* Baltimore: Johns Hopkins University Press, 1991.
———. *The Conquest of Cancer: A Distant Goal.* Dordrecht: Springer, 2015.
Harris, Robert, and Jeremy Paxman. *A Higher Form of Killing: The Secret Story of Chemical and Biological Warfare.* New York: Hill and Wang, 1982.
Hastings, Max. *Winston's War: Churchill 1940–1945.* New York: Vintage, 2009.
Hersh, Seymour M. *Chemical and Biological Warfare: America's Hidden Arsenal.* New York: Bobbs-Merrill, 1968.

Hindley, Meredith. *Destination Casablanca: Exile, Espionage, and the Battle for North Africa in World War II*. New York: Public Affairs, 2017.
Infield, Glenn B. *Disaster at Bari*. New York: Macmillan, 1971.
———. *Secrets of the SS*. New York: Military Heritage Press, 1981.
Karig, Walter, Comm., Lt. Earl Burton, and Lt. Stephen L. Freeland. *Battle Report: The Atlantic War*. New York: Farrar & Rinehart, 1946.
Kleber, Brooks E., and Dale Birdsell. *The Chemical Warfare Service: Chemicals in Combat. USAWWII*. Washington DC: United States Army, 1966.
Kutcher, Gerald. *Contested Medicine: Cancer Research and the Military*. Chicago: University of Chicago Press, 2009.
Lamb, Richard. *War in Italy 1943–1945: A Brutal Story*. New York: Da Capo Press, 1993.
Laszlo, John, MD. *The Cure of Childhood Leukemia: Into the Age of Miracles*. New Brunswick, NJ: Rutgers University Press, 1996.
Lederer, Susan E. *Subjected to Science: Human Experimentation in America Before the Second Word War*. Baltimore, MD: Johns Hopkins University Press, 1995.
Lesch, John E. *The First Miracle Drugs: How the Sulfa Drugs Transformed Medicine*. Oxford: Oxford University Press, 2007.
Leslie, Stuart W. *Boss Kettering: Wizard of General Motors*. New York: Columbia University Press, 1983.
Manchester, William, and Paul Reid. *The Last Lion: Winston Spencer Churchill, Defender of the Realm, 1940–1965*. New York: Little, Brown, 2012.
Meyers, Morton A., MD. *Happy Accidents: Serendipity in Major Medical Breakthroughs in the Twentieth Century*. New York: Arcade, 2007.
Mikolashek, Jon B. *General Mark Clark: Commander of U.S. Fifth Army and Liberator of Rome*. Philadelphia: Casemate, 2013.
Moore, Arthur R., Capt. *"A Careless Word . . . A Needless Sinking": A History of the Staggering Losses Suffered by the U.S. Merchant Marine, both in Ships and Personnel, during World War II*. Kings Point, NY: American Merchant Marine Museum at the U.S. Merchant Marine Academy, 1983.
Morison, Samuel Eliot. *Sicily–Salerno–Anzio, January 1943–June 1944*. Boston: Little, Brown, 1962.
Morra, Francesco. *Top Secret: Bari 2 Dicembre 1943: La Vera Storia della Pearl Harbor del Mediterraneo*. Roma: Castelvecchi, 2014.
Mukherjee, Siddhartha. *The Emperor of All Maladies: A Biography of Cancer*. New York: Scribner, 2010.
Orange, Vincent. *Coningham: A Biography of Air Marshal Sir Arthur Coningham*. Washington, DC: Center for Air Force History, 1992.
Oren, Dan A. *Joining the Club: A History of Jews and Yale*. New Haven, CT: Yale University Press, 1985.

Patterson, James T. *The Dread Disease: Cancer and Modern American Culture*. Cambridge: Harvard University Press, 1987.

Pechura, Constance M., and David P. Rall, eds. *Veterans at Risk: The Health Effects of Mustard Gas and Lewisite*. Washington, DC: National Academy Press, 1993.

Pyle, Ernie. *Brave Men*. Lincoln, NE: University of Nebraska Press, 2001.

Reminick, Gerald. *Nightmare in Bari: The World War II Liberty Ship Poison Gas Disaster and Cover-Up*. Palo Alto, CA: Glencannon Press, 2001.

Rettig, Richard A. *Cancer Crusade: The Story of the National Cancer Act of 1971*. New York: Authors Choice Press, 1977.

Rhoads, Cornelius P., ed. *Antimetabolites and Cancer*. Washington, DC: American Association for the Advancement of Science, 1955.

Scislowski, Stanley. *Not All of Us Were Brave*. Toronto: Dundurn Press, 1997.

Sieff, Marcus. *Don't Ask the Price: The Memoirs of the President of Marks & Spencer*. London: George Weidenfeld & Nicholson, 1987.

Smith, Susan L. *Toxic Exposures: Mustard Gas and the Health Consequences of World War II in the United States*. New Brunswick, NJ: Rutgers University Press, 2017.

Southern, George. *Poisonous Inferno: World War II Tragedy at Bari Harbour*. Shrewsbury, England: Airlife Publishing, 2002.

Spiers, Edward M. *Chemical Warfare*. New York: Palgrave Macmillan, 1986.

Tucker, Jonathan B. *War of Nerves: Chemical Warfare from World War I to Al-Qaeda*. New York: Anchor Books, 2006.

Turner, Henry Ashby, Jr. *General Motors and the Nazis: The Struggle for Control of Opel, Europe's Biggest Carmaker*. New Haven, CT: Yale University Press, 2005.

Vilensky, Joel A. *Dew of Death: The Story of Lewisite, America's World War I Weapon of Mass Destruction*. Bloomington: Indiana University Press, 2005.

Weatherall, M. *In Search of a Cure: A History of Pharmaceutical Discovery*. Oxford: Oxford University Press, 1990.

Wiltse, Charles M. *United States Army in the Second World War, The Technical Services: The Medical Department: Medical Service in the Mediterranean and Minor Theaters*. Washington, DC: Office of the Chief of Military History, 1965.

图片来源

Bari Harbor. Photograph taken by George Kaye. New Zealand. Department of Internal Affairs. War History Branch: Photographs relating to World War 1914–1918, World War 1939–1945, occupation of Japan, Korean War, and Malayan Emergency. Ref: DA-04528-F. Alexander Turnbull Library, Wellington, New Zealand. /records/22698031.

Unloading Cargo, Bari. New Zealand, Sherman tank, being unloaded in Bari, Italy, during World War 2. New Zealand. Department of Internal Affairs. War History Branch: Photographs relating to World War 1914–1918, World War 1939–1945, occupation of Japan, Korean War, and Malayan Emergency. Ref: DA-04503-F. Alexander Turnbull Library, Wellington, New Zealand. /records/22758990.

Unloading Tank, Bari. Kaye, George Frederick, 1914–2004. New Zealand. Department of Internal Affairs. War History Branch: Photographs relating to World War 1914–1918, World War 1939–1945, occupation of Japan, Korean War, and Malayan Emergency. Ref: DA-04487-F. Alexander Turnbull Library, Wellington, New Zealand. /records/22894737.

Nighttime Bombing, Bari. US Army Signal Corps, courtesy of NARA.

Smoking Ships, Bari. US Army Signal Corps, courtesy of US Army Heritage Center.

Ships in Flames, Bari. US Army Signal Corps, courtesy of US Army Heritage Center.

Man in Boat, Bari. US Army Signal Corps, courtesy of NARA and SD Cinematografica.

Smoldering Ruins, Bari. US Army Signal Corps, courtesy of US Army Heritage Center.

Sunken Ship. Bull, George Robert, 1910–1996. Sunken ship in Bari Harbour, Italy, World War II. Photograph taken by George Bull. New Zealand. Department of Internal Affairs. War History Branch: Photographs relating to World War 1914–1918, World War 1939–1945, occupation of Japan, Korean War, and Malayan Emergency. Ref: DA-06498-F. Alexander Turnbull Library, Wellington, New Zealand. /records/22733939.

Churchill and Eisenhower, Algiers. Imperial War Museum © IWM (NA 3286).

Lt. Col. Stewart F. Alexander. Stewart F. Alexander Papers.

Lt. Col. Bernice "Bunny" Wilbur. Library of Congress.

Col. Cornelius "Dusty" Rhoads. Courtesy of the US National Library of Medicine.

Churchill with Eisenhower. Library of Congress, Prints and Photographs Division, NYWT&S Collection, LC-DIG-ppmsca-04649.

Mustard Gas Victim. Stewart F. Alexander Papers.

Telegram (No Mention of Mustard Gas). Stewart F. Alexander Papers.

Sloan and Kettering Announce Plans. Courtesy of Memorial Sloan Kettering Cancer Center.

Rhoads and Chemotherapists at Sloan Kettering. Courtesy of Memorial Sloan Kettering Cancer Center.

Sloan Kettering Institute Lobby. Courtesy of Memorial Sloan Kettering Cancer Center.

Babe Ruth at Memorial Hospital. Courtesy of Memorial Sloan Kettering Cancer Center. Babe Ruth™ owned and licensed by the Family of Babe Ruth and the Babe Ruth League, Inc., c/o Luminary Group LLC, www.BabeRuth.com.

Children on Leukemia Ward, Memorial Hospital. Courtesy of Memorial Sloan Kettering Cancer Center.

Alexander Family Practice, New Jersey. Stewart F. Alexander Papers.

Alexander with Nicholas Spark and Senators. Stewart F. Alexander Papers.